U0455314

好兵帅克

[捷]雅·哈谢克◎著

李　硕◎译

中国民族文化出版社

北京

图书在版编目（CIP）数据

好兵帅克 /（捷）雅·哈谢克著 ; 李硕译 . -- 北京：
中国民族文化出版社有限公司 , 2024.3

ISBN 978-7-5122-1805-5

Ⅰ . ①好… Ⅱ . ①雅… ②李… Ⅲ . ①长篇小说 – 捷
克 – 现代 Ⅳ . ① I524.45

中国国家版本馆 CIP 数据核字（2023）第 213580 号

好兵帅克
HAO BING SHUAIKE

作　　　者	［捷］雅·哈谢克◎著　　李硕◎译
责 任 编 辑	王　华
责 任 校 对	李文学
出 版 者	中国民族文化出版社　地址：北京市东城区和平里北街 14 号
	邮编：100013　　联系电话：010-84250639　64211754（传真）
制　　　版	北京市大观音堂鑫鑫国际图书音像有限公司
印　　　装	德富泰（唐山）印务有限公司
开　　　本	889 mm × 1194 mm　　32 开
印　　　张	15.875
字　　　数	329 千字
版　　　次	2024 年 3 月第 1 版
印　　　次	2024 年 3 月第 1 次印刷
标 准 书 号	ISBN 978-7-5122-1805-5
定　　　价	98.00 元

目 录

第一卷　后方的勤务兵

第二卷 在前线的帅克

第三卷 光荣地溃败

第四卷 溃败续篇

第一卷　后方的勤务兵

第一章　帅克的高谈阔论

"咱们的斐迪南被他们杀害了。"女用人对帅克先生说。几年前，帅克被军医审查军委会鉴定为智障后，被迫退伍回到老家，在家就以贩狗为生，并为杂种狗伪造正宗血统证明书。

除此之外，帅克还患有严重的风湿病。他这时正在往膝盖上搓着风湿油。

"哪个斐迪南被杀了啊，太太？"帅克问，"我认识两个斐迪南。其中一个在帕洛斯杂货店当仆人，记得一次错把一瓶生发油喝下了肚；另一个叫斐迪南·科苟史科，他是一个捡狗粪的。这两个斐迪南，杀掉哪个我看都没什么值得惋惜的。"

"但是，被杀死了的是斐迪南大公呀。就是那个又胖又虔诚，住在开罗莫斯基的呀。"

"我的天哪！"帅克大声尖叫了一声，"这可太棒了。在哪儿被杀死的？"

"在萨拉热窝被枪杀的。用的还是左轮手枪呢！当时他正带着夫人坐在小汽车里兜风呢。"

"他可真够神气的！麦劳太太，坐的还倒真是小汽车呀！当然喽，也只有像他那样地位显赫的才能坐得上啊。不过，他可没想到，坐小汽车兜一下风就呜呼哀哉，命归黄泉了。而且，还是在萨拉热窝被杀的，这不是波斯尼亚的庙会吗，麦劳太太？那估计是土耳其人干的了。原来就不该把我们的波斯尼亚和黑塞哥维那抢过来。结果怎么样，这不要了那位大公的小命！他是不是受了好半天罪才死的？"

"不，当场就身亡了。您可知道，那些左轮手枪是玩不得的。不久前，我老家努斯列有一位先生也持着一把左轮手枪玩。结果一家人全挨了枪子，连跑到四楼去看谁在放枪的门房都送了命。"

"不过，麦劳太太，有一种左轮手枪，你就是疯狂地使劲儿扣动扳机，它也不出火花，这类玩意儿倒还真挺多哩。但是，他们用来干掉大公的那种左轮手枪肯定比我说的那种要好得多。您敢跟我打赌吗，麦劳太太？干掉大公的那个人，当天他的穿着一定十分体面。很明显，向大公开枪是件很难的事啊，他绝对不会像偷猎者放空枪那样轻而易举。首先你应先用尽心思接近，因为像他那样的人物，穿得不体面怎么能接近？你肯定得戴一顶礼帽，不然还没等你下手，警察就会把你带走了。"

"据说他们有一伙人。"

"这就对了，麦劳太太，"这时已洗完膝盖的帅克说，"比如说，若是你想去杀掉一个大公或皇帝什么的，你得请人合计一下。俗话说，两个人的智慧胜一个人啊。多人出主意，就像我们的圣诗上唱的那样，功德圆满，马到成功了。关键是车子过来的那一瞬间你就得瞄准。你还记得当年用一把锉刀捅死咱们可怜的伊丽莎白皇后的卢希涅先生吗？他当时就是在和她一起散着步哩。知人知面不知心啊！所以，从那以后，皇后从没出来悠闲走过。这种事还有许多，一个一个都将轮到的。你等着看吧，麦劳太太，沙皇和他的皇后早晚也会有这样的下场的。不过——但愿上帝保佑别再这样了，因为也许有一天我们的皇帝也会在劫难逃，他叔叔已经被干掉了。这位皇帝的仇人太多了，斐迪南的还没他的多呢！正像前不久有位朋友在酒馆里说的那样，他们早晚也会落到这下场，哪怕是国家的军队也保护不了他们。只可惜我的那位朋友连酒钱都付不起，被警察抓走了。老板被他扇了一下，又打了警察两巴掌。之后就被警察装上囚车押走了，肯定会给他一点儿颜色瞧瞧的。哎，麦劳太太，你看过很多这样的事了吧。想当初，在我服役的那个军队里，一个步兵干掉了他的连长。这个步兵拿着一杆上了膛的步枪，走进了连长办公室，屋子里的人呵斥他不可以在这里走动，可他偏在那儿逛来逛去，强调连长必须和他谈判。连长走出来，立刻宣布他不准离开营房一步。他抄起步枪，对准连长的胸膛扣动扳机，只听砰的一声，子弹射穿了连长的后背，办公室里顿时乱作一团，桌子上的墨水瓶被打翻了，公文被沾得满纸都是。"

"他被处置了吗？"麦劳太太问道。

"用根裤腰带上吊了。"帅克边刷着自己的大礼帽边回答，"他说自己的裤腰太松裤子总往下掉，于是从看守那儿借了根裤带便弄成了自杀的工具。你还用别人来枪毙吗？要知道，麦劳太太，什么人干了这样的事脑袋都会搬家的。那看守更不用说了，他不仅倒霉地丢了工作，还要被关六个月！不过，他没有等到服刑期满就逃到瑞士去了，现在在一个教会里传经诵道。唉！老实人如今真的少了，麦劳太太。我认为斐迪南大公在萨拉热窝错看了枪杀他的那个人。也许把他当成了绅士——一个正派的人——满口全是好话，歌功颂德。但是，他没想到是这位绅士了结了他的余生。斐迪南身上中了一枪还是几枪？"

"报上登载说大公的身体成了个靶子，子弹当时像倾盆大雨似的瞬间射向大公。"

"干得太利索了，麦劳太太，干净利落。假如是我干这事，非买支勃朗宁不可。这种手枪看上去像个玩具，但它只需两分钟，就足够干掉他，管他是瘦的还是胖的。不过，说句老实话，麦劳太太，还是胖人比较容易打。人们现在都还没忘记当年葡萄牙人是怎样枪杀自己的国王的。他的确太肥了。行了，我该回溢满杯酒馆去了。那个短毛歪腿的狗如果有人来带它的话，您转告他，让我放在乡下的养狗场里了。因为前几天，它耳朵的毛刚被我剪了，不长齐了不能带回来，否则会感冒的。您把钥匙交给那位看门的女士吧！"

溢满杯酒馆里只有一位顾客正独自坐着，他就是便衣侦探班德塔史瑞得。酒馆老板贝雷瑞斯正在洗着各种玻璃杯盘。班德塔史瑞得想方设法要和他谈点儿正经事，可就是不知从何说起。

老板贝雷瑞斯是个远近闻名的粗人，满嘴脏话，狗嘴里吐不出象牙来。但他却满腹经纶，像个读书人。他经常奉劝别人都去读一读雨果关于拿破仑的一本书里的最后一章，说的是一位老近卫军在滑铁卢战役中答复英国佬的最后那一段。

"这个夏天过得很愉快。"这是班德塔史瑞得郑重谈话的开始。

"好个蛋。"贝雷瑞斯边回答边将杯盘放进橱柜里。

"这就是他在萨拉热窝惹的蠢事。"班德塔史瑞得赶紧接上一句。

"在哪个萨拉热窝呀？"贝雷瑞斯反问了一句，"是叫努赛尔的那个酒店吗？那儿干仗是太正常不过了，非常出名的。"

"是波斯尼亚的那个萨拉热窝，老板先生。斐迪南大公在那儿被他们枪杀了，不知您有什么想法？"

"我不想过问这些琐事。谁想让我议论这种事，那就让他亲我的屁股吧！"贝雷瑞斯先生非常粗鲁地回答，同时点上烟斗说，"现在，他妈的谁要是跟这类事情纠缠在一起，无异于去送死。我是做买卖的，顾客来了要喝杯啤酒，那我就给他倒上一杯。我才不管什么萨拉热窝，什么政治，或者死了个什么大公呀，这些都跟我们没有他妈的屁关系，谁想臭美谁去，去管这类糗事，我肯定他多半没甜头吃，就等着去樊克诺兹监狱吧。"

班德塔史瑞得没有继续说下去，他环视了一下空空的酒馆，心头不禁一片酸楚。

"在这里曾经挂过一张陛下的像的，"他又绞尽脑汁地说，"而且就是现在您挂镜子的那个地方。"

"是的，没错儿，"贝雷瑞斯回答说，"以前就是挂在那儿的，可苍蝇总是在画像上排泄，我不得不将它挪到了房顶与天花板之间的顶间处，那处安全系数最高。您也明白，要是哪天碰上个爱扯淡的，或许就大难临头了，我他妈的为此犯得着吗？"

"萨拉热窝那个地方肯定坏得无法想象，老板先生。"

对这类直言不讳的狡猾提问，贝雷瑞斯先生的回答向来都是格外地谨慎小心："嗯，在波斯尼亚和黑塞哥维那，天气一直都很炎热。记得当年我在那里服役时，士兵们都要往我们首长的头上搁冰块儿的。"

"您还记得在哪个团服役吗，老板先生？"

"芝麻大的事我怎能记住，我向来对这类糗事没感觉，而且也不去打听，"贝雷瑞斯先生回答说，"爱管闲事就会招惹是非。"

听到这里，这位便衣侦探班德塔史瑞得也无语了。他那有些阴沉的表情直到帅克的到来才变得好起来。帅克刚跨进酒馆门槛，便要了一杯黑啤酒，他说道："如今黑纱也该维也纳披了。"

班德塔史瑞得的眼睛里突然闪出了希望的色彩，马上接上一句："开罗莫斯基也有十幅黑纱披挂在国旗的两旁。"

"嗯，应该挂十二幅。"帅克猛地喝了一大口啤酒说。

"您为什么认定非要挂十二幅呢？"班德塔史瑞得惊奇地说。

"好记呗！正好一打嘛，也好算账。成批成打地买肯定要比零买便宜呀。"帅克回答说。

酒馆又是好一阵子沉默。直到帅克一声叹息才打破这有些沉闷的气氛："咳，这怎么就真的翘了辫子，归了西天了呢？

马上就要当皇帝了，怎么就命丧黄泉了呢？回想当年，我服兵役的时候，也有一个将军从马背上摔了下来，直接就摔死了。当时士兵们还想帮他一把，把他扶上马背，可仔细一看，咳，竟然断了气，当时就摔死了。他原本也是准备要升为大帅军衔的，却陨命于军事演习中。这种演习不会有好结果。听说在萨拉热窝也有一次这样的演习。我记得有一次亲身体验了那种军事演习，结果他们居然发现我的军装上扣子不够数，于是便将我软禁了两周，最初两天我简直就像个重残人士一样，一点儿都不能动弹，因为他们把我的手和脚都捆绑在一起，还让我不停地翻着跟头。不过，话还得说回来，军队就是军队，必须讲纪律规矩，不能大家都我行我素，不听招呼，那成何体统呢！我们军队的马克威兹上尉经常训诫说：'对你们这帮浑蛋讲军纪就必须时时刻刻讲，否则你们就会像一群猴子一样只会爬树。而军队则是要将这群猪猡变成人。'有什么错误吗？您不妨假设一下，假如在公园里，比如说就在布拉格的卡尔拉克街心公园里的每一棵树上，都蹲着一位像猴子一样不遵守军纪的大兵，那景象难以想象！唉，这是我一直最担心的。"

"萨拉热窝事件是塞尔维亚人干的吧？"班德塔史瑞得又把话题扯了过来。

"您这就不对了，"帅克回答说，"是土耳其人干的，他们是为了波斯尼亚和黑塞哥维那这两个省才干的。"接着，帅克就奥地利当局对巴尔干半岛的外交政策支出了他的妙招："土耳其人于一九一二年不敌塞尔维亚、保加利亚和希腊，他们想让奥地利出来协助，可恰恰相反，他们却把斐迪南杀死了。"

"您是否喜欢土耳其人？"帅克转过头来问老板贝雷瑞斯，"信奉神教的狗你也喜欢？我知道您不会喜欢他们，不是吗？"

"顾客永远是顾客，"贝雷瑞斯说，"即使他是土耳其人，但对于我们做生意的人来说，政治就是他妈的扯淡，没时间去搭理它！你们付了酒钱就只管坐下来饮酒，随便你们说什么，我不管。咳，才不管杀死斐迪南大公的是他妈的塞尔维亚人还是土耳其人，是天主教徒还是伊斯兰教徒，是无政府主义者还是小捷克党人，这些都和我无关。"

"那好吧，老板先生，"班德塔史瑞得有些来劲儿了，他有办法了，这两人之中总有一个有很大机会被他抓到弱点，"可您不觉得这件事对奥地利是个非常大的损失吗？"

帅克接着说："这损失无法避免，而且这个损失惊人得可怕。没有人能一下子代替斐迪南的。不过要是他再胖点儿就好了。"

"您这是什么意思？"班德塔史瑞得显得较真了。

"还不懂吗？"帅克回答道，"我的意思是说，他如果长得再胖一些的话，那他肯定会在被枪杀之前中风而死的，当他还住在开罗莫斯基城堡时，他就不停地追赶到他辖域里去拾柴火、采蘑菇的妇女；他如果长得再胖一些的话，就不会死得如此难堪了。但无论怎样讲，他好歹也算是我们皇帝的叔父呀，他们却把他给枪杀了。他被所有头版议论着。咳，反正是没面子了！好多年前，在我们老家布杰约维采的集贸市场上，一个叫普谢季斯拉夫·罗得威科的牲口贩子，就因为一点儿口角，被人拿刀捅死了。这个罗得威科还有个儿子叫班霍什勒弗，因为发生了这件事就没地方去贩卖生猪了，人们都指着他说：'那个被捅死的人的儿子就是他，没准儿他也会是个无赖。'结果，这儿子无路可走，只好从科卢莫罗沃桥上纵身向伏尔塔瓦河一跳。好心的人们还不得不下水去打捞他，为了抢救他，人们在他的肚子上狠狠地挤压并给他做人工呼吸。医生还给他注射了一种不知叫什么名字的药水，到最后他才逃过一劫。"

"您的话是不是太夸张了？"班德塔史瑞得意味深长地说，"您开始说的是斐迪南大公，怎么又扯出个什么牲口贩子来。"

"您可能理解错了，"帅克辩解道，"我敢向上帝发誓，我不会说别人什么的，老板是了解我的，不是吗？我只是对大公的那位寡妇表示同情与担心。现在她该怎么办？留下孤儿寡母，开罗莫斯基领地的主人失踪了。再嫁给一个新的大公，又将是什么样的结果呢？当她和新的大公再次去到萨拉热窝时，那她还不是要再次独守空房？许多年前，在胡波卡不远的茨列威地方有个护林人，名字很古怪，叫什么皮切。一伙偷猎者打死了他，留下一位寡妇和两个孩子。一年后她又嫁给了一个叫费波克·休维拉韦兹的护林人，结果她的丈夫又被枪杀了。这个寡妇第三次嫁人，仍然嫁给了护林人，可她这次说了：'这种事总会过去的。要是这次再倒霉，那我真不知道该如何面对了。'哪知道，这次她的新丈夫还是未能幸免于难。她跟前后三个护林人总共生了六个孩子。有一天，她去胡波卡地区爵爷府的办公室抱怨，说她嫁给这些护林人遭尽了苦难。于是，爵爷府的人就把她推荐给了一位从朗热斯邦来的名叫伊林斯的捕鱼人。没想到她的渔夫老公在捕鱼时溺死在了鱼塘里。她跟他又生了两个孩子。不久，她又和一位猪贩结婚，而这个屠夫却

11

在一天夜里用斧头将她劈了，随后去自首。当皮塞克法庭准备将他吊起来上刑时，这个屠夫一口咬下了神父的鼻子，并且说他没什么可值得深思的，同时还说了皇帝的种种不是。"

"那您知道他说了陛下什么话吗？"班德塔史瑞得以一种急切的声音追问道。

"这我可不能对您说，谁也不敢重讲。听说那话说得非常刺耳并且很吓人，以致一名法院审判官听了后当场就给吓疯了，至今还被关在隔离室里，怕他出来把此事给宣扬出去。这件事可不同于酒鬼喝醉后对皇帝的骂骂咧咧。"

"陛下又怎样被酒鬼们破口大骂的呢？"班德塔史瑞得追着问。

"哎呀，求求你们了，先生们，换个话题吧！"贝雷瑞斯老板说，"你们是知道我的，我从来都不乱谈。如果闲扯，胡扯到最后不就又惹上麻烦了吗？"

"您问酒鬼们是如何咒骂陛下的？"帅克重复一遍后说，"骂什么的都有，那简直是五花八门。您不妨试试看，您先把自己给灌醉了，然后再唱奥地利国歌，那您肯定就开始骂起皇帝老儿来了。所骂的话哪怕就只有一半是真的，那也够皇帝一辈子下不来台了。不过，皇帝这老头子说真的还没到该死的地步，他肯定受不了。咱就说这几件事吧，皇子鲁道夫早年夭折，死因不明；皇后伊丽莎白被人捅死了；弟弟杨·奥尔特生死未卜，杳无音信；就连当上墨西哥皇帝的一个哥哥也命丧在碉堡的墙根儿前。如今他的长辈又被人揍了，真要有一副铁石心肠、钢铸的神经才能承受得住这些打击啊。要是碰上一个酒鬼，发着酒疯，冲着陛下大骂起来，他怎么能受得了啊！不过要是今天打起仗来，我会第一个帮助皇帝，哪怕粉身碎骨我也心甘情愿。"

帅克喝了一口啤酒，接着说："陛下真会置之不理吗？那您就对他太不了解了。您记住我这句话，我们早晚会和土耳其人干仗。哼！我的叔叔你们也敢杀，那我就先给你一嘴巴子。仗是肯定要干的，塞尔维亚和俄国在未来这场战争中一定会助我们一臂之力的。"

帅克如此这般地预卜未来的样子实在神采飞扬。他满脸带着纯真，笑得很灿烂，得意扬扬。对他来说，一切事情都是那样明了。

"也许是这样，"帅克继续描绘着他对奥地利前景的看法，"如果我们同土耳其开战，德国人就会帮助他们来进攻我们，因为德国人同土耳其人是绑在一起的，他们都是粪蛋儿。但咱们也有可能跟法国人联手，法国从一八七一年起就看德国不顺眼了。你们走着瞧吧。这个仗肯定打，我不说这个了。"

班德塔史瑞得站起身来庄重地宣称："那您就什么也别说了，您随我来，我有话对您讲。"

帅克紧随便衣侦探来到过道，一个小小的怪事发生了：刚才还是他邻座酒客的人，现在却给他出示了有双头鹰秘密侦探的证章，并宣称要立即逮捕他，送往警察署。帅克竭力辩解，准是在某件事上让这位先生对他产生了误解，他根本就没有罪，连一句可能得罪、伤害别人的话都没有说过。

而班德塔史瑞得侦探却对他说，他实际上已经触犯了好几条刑律，其中之一就是叛国罪。

随后，两人一同返回了酒馆，帅克对贝雷瑞斯先生说：

"我刚才总共喝了五杯啤酒，吃了一个夹香肠的月牙面包。现在你再给我倒一杯李子酒，喝了这杯酒我就必须走了，因为我被捕了。"

侦探掏出双头鹰证章给贝雷瑞斯先生看，半晌才对他说道：

"您结婚了吗？"

"结了。"

"您老婆能不能承担起酒馆生意？"

"能。"

"那好，一切都好办了，老板先生，"班德塔史瑞得高兴地对老板说，"那您就把您老婆叫来吧，把酒馆生意交给她，我们晚上来拘捕您。"

"别着急，"帅克安慰老板说，"我只是因为犯了叛国罪被抓的。"

"可我又因为哪件呢？"贝雷瑞斯先生抱怨道，"我向来都是十分小心的呀！"

班德塔史瑞得微微冷笑，狡猾地说：

"为您刚才说什么苍蝇在皇帝画像上拉满了屎！记住，我会让您把对陛下的种种该死的不忠想法统统说出来的。"

帅克带着满脸愉悦、亲切的神情，跟着便衣侦探从溢满杯酒馆走了出来。当他们走上大街时，帅克便问侦探：

"我是该在人行道上趴着还是爬着走？"

"为什么？"

"我想我既然被你们逮捕了，应该没有权利在人行道上有气势地走了。"

当他们俩踏入警察署的大门时，帅克就说：

"不知不觉之中竟然舒舒服服地溜达到这儿来了。您是溢满杯的常客吗？"

当帅克被他们带进传讯室的时候，酒馆老板正在溢满杯酒馆向自己那泪光满面的老婆交代今后的生意，并用自己独特的方式安慰她说：

"你也别哭了！我就不相信因为那张挂满苍蝇屎的皇帝画像就被人弄垮！"

帅克用他自己那很可爱而又极其动人的方式预言了将要发生的世界大战。他对未来有着如此的远见卓识，历史学家也会对此事颇感兴趣。如果将来事态的发展与他在酒馆发表的高见有些相背离的话，我们也得知道，帅克从未系统地受到过外交知识的培训。

第二章　在警察署里的表现

萨拉热窝的刺杀事件使得警察署里挤满了倒霉鬼，他们全部被抓了进来，而传讯室里的老巡警却心平气和地对他们说：

"你们被这个斐迪南玩得团团转哦！"

帅克被关的地方是二楼的一间牢房，六个人在里面。其中五个人围桌而坐，另外一个中年男子，好像是故意避开大伙儿，在屋里面的一个草垫上坐着。他们一个个地被帅克质问为什么被捕。

他们异口同声地说"都是为那萨拉热窝的事""都为那个斐迪南""都为那大公被枪杀的事""为了那个斐迪南""就为那个大公在萨拉热窝被杀害的事"。

第六位对那五个人的回答不予理睬，他不想同他们打交道，是害怕被怀疑。他被逮捕关进来，是因为他企图对霍利茨的一位老板进行抢劫。

于是，帅克就跟围桌而坐的五个叛逆分子坐在了一起。他们分别把如何被关进来的经过重复地诉说了十几遍。

这里除一个人外，全都是在饭馆、酒店或咖啡馆这类地方被抓来的。那个例外的是一位异常肥胖的先生，戴着一副眼镜，两只眼睛里一直泪汪汪的。他是在家被警察抓的，在萨拉热窝刺杀事件爆发的头两天，他正在勃利耶斯坎酒馆请两名塞尔维亚的理工科大学生喝酒，之后又被便衣侦探波列卡森发现他们在链条街的梅梦塔夜总会烂醉。连这次的酒钱都是他付的，他在审讯记录上已经签字供认。

他对全部问题的回答都一样且哭泣着说：

"我是开文物商店的。"

他所得到的回答也一样是千篇一律的：

"这个不能成为宽恕您犯罪的理由。"

那个在酒馆里被捕的小个子是位教授，当时他正在给酒馆老板讲述各种暗杀手段的历史。他被抓时，正好准备用一句话来为每件暗杀案的心理下定义："暗杀的思想简单得就像'一个鸡蛋能被哥伦布竖起来'一样。"

"还有一件同样简单的事，那就是樊克诺兹监狱正在恭候着您的光临。"一个暗探在听了他的高见后对他的话做了这么一句补充。

第三位叛逆分子是赫坦克威契克地区的慈善心肠慈善会的会长。在刺杀事件发生的当天，他们的慈善会正好在举行一场隆重的花园音乐会。彼时警察大队长到了，说是奥地利有丧事，要求驱散听众。这位会长好言请求："请等一会儿，让他们把《喂，斯拉夫弟兄们！》这首歌曲演奏完。"

而现在，这位会长满脸沮丧地坐在这儿哭诉道：

17

"新理事会在八月份就要举行，如果那时候我不在家，就有可能当不上。你知道吗？我当会长已经十年了，我怎能受得了这般奇耻大辱啊！"

斐迪南的死怎么会不知不觉就落难于这个倒霉的第四位被捕者，他可以说是一位品德纯洁高尚、心地善良的厚道人。两天来他一直守口如瓶，避而不谈这件事，只字不提"斐迪南"这三个字。原来是当夜晚来临时，他去咖啡馆玩扑克牌，红桃皇后"Q"被他们用王牌红桃"7"干掉了，顺便还说了一句：

"我被他们用红桃'7'干掉了，就像是萨拉热窝那件事一样。"

那第五位，他承认自己是说了"大公在萨拉热窝遭遇刺杀"才被抓到这儿来的，现在他气还没消，气得胡须直翘，脑袋就像关在牲畜栏里的哈巴狗。

这人在他被捕的饭馆里只字不谈，连刊登有关斐迪南事件的报纸都没读过。他独自一个人坐在一张饭桌的边上，后来进来一个不知从哪里来的人就在他的对面坐了下来，张嘴冲着他问：

"今天你看报了啊？"

"没有。"

"你知道大公被害的这事件吗？"

"不知道。"

"你知道为什么会发生这个事件吗？"

"不知道，我对这件事不感兴趣。"

"你肯定会对这件事感兴趣。"

"我就不明白，我凭什么要对此事感兴趣呢？我只管抽我的雪茄，喝几盅酒，吃我的晚饭，而我连报纸都不看，报上净是谎话连篇，一看我就生气。"

"你连萨拉热窝的刺杀案都不感兴趣吗？"

"任何刺杀案都吸引不了我，管它是发生在布拉格、维也纳、萨拉热窝，还是伦敦。如果对这些事感兴趣，那就离衙门、法庭和警察署不远了。如果说有某个人在某时某地被杀，那他活该，谁让他那个草包不警惕点儿，让人家给干掉了呢！"

这一段话就是他在这场对话中的最末一段。从此，每隔五分钟他就会扯着嗓子喊叫一遍："我是无辜的啊！"

不论走到哪儿他都会嚷这句话，从跨进警察署的大门开始，到布拉格刑事法庭，直到进了牢房里也少不了这句。

帅克在听完了他们讲述的有关颠覆国家的令人发指的故事后，觉得自己应该指出他们所处的情势是一点儿希望也没有了。

"所有情况都不太顺利了，"他开始这么宽慰他们，"你们说你自己或者我们中的任何一个人是会走运的，这是错误的。国家要警察来是为惩治搬弄是非。时局危急到了连大公都吃了枪子的时候，像咱们这样的人被警察抓了来又算得了什么呢？他们这样做的动机，就是想要让斐迪南的葬礼办得热闹一些。赶紧抓更多的人来，我们在这儿也不觉得闷得慌，大伙儿会不会不开心呀？想当年，我在部队当兵时，连队半数以上的人全被关了起来，有多少无辜者被处决了。这不光在军队，法院里也一样。曾经有一次，一名妇女被处决，说是她掐死了刚出生的双胞胎。尽管她对天发誓，说她绝对不可能杀死双胞胎，因

19

为她只生了一个小女孩，还说她在结束这小女孩的一生时没有让她受任何痛苦，最后仍判她为双重谋杀罪。诸如此类的事，还有住在塞宾霍列索的一个吉卜赛人，警察硬说他深夜闯进了一家杂货铺，抢走了圣诞之夜献给上帝的供品，他发誓说他只是怕冷进去暖和了一会儿，可仍然不管用。如果你不小心栽在法官手中，你就等着吃亏吧，尽管他们有时也觉得这些人不全是地痞流氓。但在今天这个日子，特别是在斐迪南被刺的这个节骨眼儿上，好人和坏人是难以分清的。回忆当年，我在布杰约维采服役的那时候，在操练场后面的树林里，连长的一条狗被人给打死了。连长知道后，当即全连紧急集合，让我们排队报数，逢十者上前一步。我心里清楚，我肯定是那逢十的一个。我们排好队，立正站直，眼睛全一动不动。连长在我们面前来回踱步，大声地嚷道：'你们这帮流氓、坏蛋、下贱货、害虫、斑鬣狗、畜生，为了这条狗我恨不得把你们全部放到蒸笼里去蒸，下到锅里去煮，在案板上剁成肉泥，枪毙你们，或者把你们一个个打得鼻青脸肿。告诉你们给我放机灵点儿，我绝不会轻饶你们，我要把你们都关两周禁闭。'你们瞅瞅，那会儿还仅仅是为了一条小狗，而如今怎么说也是为一位大公呀。当然要弄得恐怖些让人害怕至极，好让丧事办得像个样子。"

"我没罪呀！"那个头发倒竖起来的男人又大声喊了起来。

"耶稣有罪吗？"帅克说，"他们不照样将他钉在十字架上了？不论在什么时候都从来没有平等，没有人管你有罪没罪。就像军队里常听到的一句话，'别多管闲事，当好你的差！'这才是尽善尽美的境界。"

说完此话，帅克往草垫上一躺，得意扬扬地睡觉了。

此时，又有两个人被他们带来。其中一个是波斯尼亚人，他咬牙切齿地在牢房里来回转，他在每说一句话时都带上脏字"他娘的"。他担心待在警察署的这段时间里会丢掉他的那个流动售货篓，这使他心神不宁。

另外一个新来的不是别人，正是酒馆老板贝雷瑞斯，当他看到自己的老相识帅克后，便立即把帅克叫醒，很伤感地喊了一声：

"我到底还是被弄到这儿来了！"

帅克同情地和他握了握手，然后说：

"你来了，我十分欢迎。我早就料到那位侦探既然告诉你他会在晚上去接你，就不会食言的，这家伙说话算数。想到这样的人如此认真守信，倒也真是一件大好事。"

可是，贝雷瑞斯先生却那么不以为然，他说这样的认真守信用连屁都不值。此时他小声地问帅克，这些在押犯是不是贼，和他们关在一起会不会有损他这个生意人的名声。

帅克告诉他，除了那个企图用暴力抢劫霍利茨老板的人以外，其余的人跟他一样都是为了那个被刺的大公的事。

贝雷瑞斯先生听后有些恼火，他说："那蠢猪大公才不值得我来这儿，我是为了陛下的事才被带到这儿来的。"屋里的人一听来劲儿了，全想弄个明白。于是，他便兴致勃勃地讲起了苍蝇在皇帝画像上拉屎一事的前前后后。

"是那些个畜生把皇帝的像给弄脏的，"他在讲完自己悲惨遭遇的故事后说，"结果他们却把我给关进了监狱。我绝饶不了那些个苍蝇。"最后他还以恐吓的口气加上一句。

帅克又躺下睡了，但是没睡多大一会儿，就被来人带去受审。

于是，帅克沿着楼梯去第三科受审。他背着自己的十字架渐渐地向生命的终点走去，他一点儿也没感觉到自己这是在去殉难。

当帅克瞧见了"严禁在走廊上吐痰"的提示牌后，他请求警察让他到痰盂处去吐，随后他胸怀坦荡、容光焕发地跨入传讯室。他对屋里的人问候道：

"我恭祝先生们晚安，万事如意！"

但无人搭理他的问候，却有人朝他的肋骨捶了几下，将他推到一张桌子前面。桌子后面坐着一位警官，摆着官架子，一副冷冰冰的脸孔，样子凶得就像是刚从伦布罗索的那本《论罪犯典型》里跳出来的似的。

他恶狠狠地瞥了帅克一眼，对他说：

"别装蒜！"

"我很无奈，"帅克郑重其事地对他说，"那时在军队，就因为我的精神不健全而被剥夺了军籍，并且一个专门的审查委员会正式宣布我为智障。我是官方确定的智障。"

那位满脸长着一副罪犯相的首长一边咔嚓咔嚓地磨着牙，一边对帅克说：

"你少给我扯淡，从你被控告和你所犯的案子分析，你根本不是智障，精神也很正常。"

他开始历数帅克的罪名，从叛国罪直至侮辱皇帝陛下以及皇室里的各位成员。在这所有的罪名中，最严重的罪名当属称赞刺杀斐迪南大公事件了，仅仅从这一罪名就可派生出无数个新的罪名来，其中包括赫然昭彰的煽动叛乱罪，因为他所犯的罪行都暴露在大庭广众之下。

"你对此还有什么需要解释的吗？"那位像野兽般凶狠的首长暗暗自喜地问道。

"已经很多了，"帅克天真无邪地回答道，"少而精，多而烂。"

"喏，这就是说你承认罪名了？"

"我什么都招供。严厉是很重要的，一个对自己缺乏严格要求的人也就是不成功的人。想当年，我在服役的那时候……"

"你给我闭嘴！"警察署长大声呵斥帅克道，"你必须如实回答我提的问题！知道吗？"

"知道。"帅克说，"报告首长，我全清楚了，您说的每个字我都听得非常清楚。"

"你都和谁有交往？"

"和自己的女用人，首长。"

"当地政界你就没有认识的熟人吗？"

"当然有，首长，我订了一份下午出版的《民族政策报》，也就是众所周知的那份'小母狗报'。"

"滚出去！"那位首长像野兽般凶狠怒吼起来。

当他们把帅克带离传讯室时，帅克还不忘回头道了一声：

"祝首长们晚安！"

帅克一回到自己的牢房，就对其他囚犯说，这里的审讯特别滑稽："他们总是先朝你乱嚷上几句，然后就把你一脚踢出去。"

"要是在过去呀，那可受苦啰。"帅克接着对屋里的人说，"我在一本书上面看到过，被告为了证明自己无罪，必须先从烧红的烙铁上走过去，然后还要喝上一杯熔化了的铅水。他也可以被吊在梯子上，脚上还得套上一双几乎千斤重的西班牙靴子。如果还不肯招供，那就点燃一支大的火炬烧他的腰部，他们当时对杨·内波穆茨基使的就是这一招。听说他在经受这种酷刑时，发出好像有人在锯他的腿似的惨叫，直到将他装进一个不透水的密封大口袋里，从昂列斯喀桥上扔下去之后，他才停止了惨叫。这样的例子数不胜数，更有甚者是他们将囚犯劈成四大块，或者戴上颈手枷，让他站在民族博物馆附近当街示众。当他们把囚犯扔进水牢里时，他会觉得自己好像是死而复生了。"

"如今我们被关了进来，这日子就跟过家家一样，很有趣，"帅克兴致勃勃地接着说，"没人把咱们劈成四大块，也没有给咱们套上千斤重的西班牙靴子。我们还有草垫、桌子、凳子；住得又不像军需罐头里的沙丁鱼；他们还给我们汤喝，给面包吃，到时还送来一壶水；去厕所也不远。所有这一切表明世界在进步。说真的，就是审讯室离我们远了点儿，还得爬到三楼。但是，楼道里很干净，也很热闹，囚犯穿梭往来，男女老幼很齐全。你们应感到高兴才对呀，因为您在这里绝不是孤身一人，每个人都可以心满意足地走自己的路，也不用担心审讯室会对您说：'我们决定，根据您本人的意愿，明天您将被劈成四大块或者被活活烧死。'真要是这样宣判，那简直难以想象。我说朋友们，若是我们中的人摊上这样的倒霉事，那整个魂都会丢掉的。喏，现在的一些情况已经变得对我们有利多了。"

他刚夸完公民在现代化的监狱里生活待遇是如何如何大有改善，狱卒就打开了牢门叫道：

"帅克，穿好衣服，出来受审！"

"哎，这就来！"帅克回答说，"这我倒不在乎。我刚从审讯室里被你们撵出来，我觉得是不是弄错了。我怕同我一起蹲监的难友们会生我的气呀，'你小子都过了第二次堂了，我们怎么连一次都还没享受。'我担心他们有可能会妒忌我。"

"别废话，你快给我滚出来！"这是对帅克这种人最礼貌的答复。

帅克又一次站在了那位野兽般凶狠的首长面前了。那人说话的声音极其冷酷，他出其不意地问道：

"这些罪你都承认了啊？"

帅克用他那双和善友爱、碧蓝碧蓝的眼睛紧紧盯住对面那个心狠手毒的人，心平气和说：

"如果首长您要我招供，那我就招供，这对我也不会有什么损害。如果您说'帅克，你什么都不要承认'，那我就是粉身碎骨也要极力回避要害绕着圈子转。"

那位严酷的首长拿笔在文书上写了点儿东西，随后递给帅克一支钢笔，催促他在文书上面签字。

帅克于是就在班德塔史瑞得的诬告书上签了自己的名字，而且还添了这么一句：

以上对我之控告，均以事实为准。

约瑟夫·帅克

帅克签完后，转头问那位严酷的首长：

"还需要我签什么文书吗？还要我明早再来一下吗？"

回答他的是："刑事法庭明早等待着你哦。"

"明天什么时间，首长？我的天哪，但愿我不要睡过了头。"

"滚！"这是那天第二次从桌子对面向帅克发出的吼叫。

帅克在返回自己铁窗牢房时，对押送他的一个狱卒说：

"一切还行吧！"

帅克走进牢房，牢门刚一关上，人们就急迫地问开了。帅克毫无隐瞒，非常清晰地逐个回答他们：

"就在刚才，我全招供了，我对他们说斐迪南大公大概是我杀的。"

六条汉子被吓得当即在满是虱子的破毯子里缩成了一团，只有那位波斯尼亚人说了一句：

"愿你一切都好！"

帅克一躺到草垫上，就说道：

"这下不好了，咱们这空房里缺个闹钟。"

第二天清晨，没有闹钟也自然会有人来叫醒他。六点整，一辆"绿安托"牌的囚车把帅克押解至州刑事法庭。就在囚车驶出警察署的大门时，帅克对他同车的人们说："我这次抢先了！"

第三章　在法医面前

真是不可思议，法庭里的那间小审讯室既干净又舒服，给帅克留下了十分好的印象。墙壁洁白如雪，铁栅漆黑，还有那位胖乎乎、肥墩墩的首席检察官德马蒂尼先生，他系着紫罗兰色的领章，戴着镶有花边的帽子。紫罗兰色在这里不仅被确定为主色调，而且在举行宗教礼仪和戒斋期的首日，以及耶稣受难日都要用这种颜色来渲染好的氛围。

古罗马统治耶路撒冷的光辉时代又将重现。他们把囚犯从地下室带到一层那帮一九一四年的彼拉多神像面前。这些主审官——新时代的彼拉多，不但不洗净双手以表示光明正大，反而还差人去特西戈饭店买柿子椒包肉团和比尔森的啤酒来大吃大喝；他们还不停地向国立刑事法庭递交一批又一批新的起诉材料。

所有这些起诉材料缺少分析，什么逻辑也不存在，全是些什么：他抢占了上风，他拼命地掐，他犯傻劲儿，他唾沫星子四溅，他嘲笑了，他威胁了，他杀了人，他不舍不弃，等等。

这些主审官成了法律的杂耍演员、法律条文的术士、贪吃被告的大肚汉或者奥地利丛林中的饿虎，他们几乎是根据法律条款章节的多少来确定抓捕被告时该迈的步子的大小。

当然也有少数几位例外的主审官，他们没把法律当儿戏。但这里一直是鱼龙混杂的。

帅克被他们带到了一位这样的人物面前接受审判。这位老先生年事已高，看上去像个老好人。当年在审判曾经轰动一时的凶杀案的凶手瓦莱什时，他仍然彬彬有礼地说："您请坐，瓦莱什先生，刚好没人坐这儿。"

当帅克被他们带到他面前时，老先生就用与生俱来的礼貌请帅克坐下，然后说：

"请问阁下就是帅克先生吗？"

"是啊，"帅克回答道，"因我父亲叫帅克先生，我母亲叫帅克太太。我不可能给他们丢脸，不承认自己的姓名。"

主审官的脸上泛过一丝柔和的笑容。

"您可干了件好事，您心里面肯定不会好过的。"

"我的良心一直是不安的，"帅克边说边笑，笑得比主审官还要和蔼可亲，"我敢打赌我的良心比有些人不安，先生。"

"从你签字画押的口供看，我掌握这一点，"主审官用比帅克还要柔和的口气说，"在警察署里他们给您压力了吗？"

"一点儿也没给，先生。是我自己问他们我该不该在上面签字的，他们说应该签，于是我就按他们的要求签了。我是不会为签名的事和他们吵架的。那样做肯定对我无益。规矩是必要的，凡事要按规矩办嘛。"

"您觉得，帅克先生，您的身体有没有毛病？"

"没有毛病？这可不对，主审官先生。我患有风湿症，一直在使用风湿油搓揉膝盖。"

这位年迈的主审官又和蔼可亲地笑了笑说："我们去把法医请来给您检查一遍，您觉得怎样？"

"这不是什么严重的毛病，不用麻烦他们，浪费他们的时间。况且在警察署里的时候，医生已经给我做过检查，他怀疑我得了淋病。"

"虽然已经检查过了，帅克先生，但是我们还需要请法医们来查一下，走走形式。我们指定了一批优秀的医师组成了一个委员会专门为您做检查，同时，您也可以趁机舒坦地休息调整一下。我再问一个问题：根据您的口供，您宣称并散布说，不久的将来就会爆发战争，是这样的吗？"

"对呀，先生，战争随时都会爆发的。"

"您可能突然要犯一种病症？"

"这倒没有。只是有一次在查理广场差点儿被汽车撞死。唉，一切已经过去了。"

审讯至此告终，帅克和主审官先生握了握手。一回到自己的那间小牢房，他就对难友们说：

"为了搞清刺杀斐迪南大公这件案子，他们竟然要派法医来给我做身体检查。"

"法医也检查过我啊，"一个年轻人说道，"就是我偷地毯的那一次。他们确诊认定我犯有神经衰弱症，会成为一个智障的人。而这次我又偷盗了一架蒸汽打谷机，他们对我也没办法。昨天，我的律师还跟我说，我只要有一次被宣布为精神不健全者，那我将一生受益。"

"那些法医我不信任，"一个样子看似机灵，有点儿素质的人说，"有一次我伪造期票，为了万无一失，我听了捷克著名的精神病学教授海维洛赫医生的课。后来，我被抓起来时就按海维洛赫医生描述的那样，佯装抽了一阵羊角风。我朝法医委员会里一名医生的腿上咬了一口，又拿起一只墨水瓶，一口气把里面的墨水都喝了下去。抱歉，诸位，我还当着整个军委会的面，故意在房间的角落撒了一泡尿。正因为我很用力地咬了那个医生的腿肚子一口，他们说我壮如一头牛，什么也救不了我。"

"我根本不在乎那个检查，"帅克说，"回想当年，我在军队服役的被时候，给我检查身体的还是一个兽医呢，现在不也很好嘛。"

"法医都是吃干饭的，"一个矮小，有点儿耸肩的人说，"前不久，有人偶然在我的草场里挖掘出了一副人的骨架子，法医们就根据这副骨架子判断，死者大约在四十年前被一种钝器猛击脑袋而死。我今年才三十八岁，可也被怀疑了，于是被关了起来，尽管我有出生证、户口本和居住证。"

"我认为，"帅克说，"我们要公平地看待世界。世界上的人谁敢保证自己不犯错？而且一个人越用心思在一件事情上，就越容易出差错。法医也是人。智者千虑，必有一失。就像有一次在努斯列的博易契河桥上，一天夜里，当我独自从斑柴迪往家走的时候，碰见一个人，他不管三七二十一挥起皮鞭就朝我头上抽，把我打昏在地后，他用电筒照了照我，说'打错了，不是他'。他因自己打错了人而恼火，拿着皮鞭又一次打我屁股。有的人就是要将错就错，这也是人之常情嘛。比如还有一次，我的一位朋友在夜里发现了一条冻得半死的疯狗，便将它抱回家，放进了他老婆的被子里，那畜生一暖和过来就恢复了兽性，它咬遍了朋友的全家，甚至把那个还躺在摇篮里的全家最小的孩子也给撕裂咬碎，吞了下去。我还可以告诉你们一个例子，我们老家那儿的一个车工是如何闯了大祸的事。有一回他用钥匙打开教堂的门，并走了进去，他以为那是自己的家。他把鞋子脱到了圣器室，以为是自家的厨房；然后他躺在祭坛上，以为是躺在了自家的床上，他还随手在自己身上盖上有圣人题言的小台布，又拿来一本福音书和几本圣书当枕头用。第二天一大早他就被看门人看见了。待他清醒后，他和颜悦色地向教堂看门人解释，说他一时之间迷糊了，做错了事。'好你个一时迷糊！'教堂看守人愤怒地说，'就为这个，我们必须重新净化教堂。'之后这个车工站在了法医面前，接受了他们的检查。法医们都证明他的神志清醒，头脑清楚，他要是喝多了，那他肯定无法将钥匙插进教堂大门的锁眼儿里去。随后，这个车工就死在了樊克诺兹监狱里了。我再给你们讲一个例子吧，这是克拉德诺的一只警犬，也就是赫赫有名的警察大队队长洛塔奥的那只狼狗。洛塔奥大队长养了很多狗，他专门找流浪汉作为驯狗的工具，吓得这些流浪汉都不敢来克拉德诺。于是，他命令他的部下，不管采用什么方法都必须抓一个嫌疑犯。一天，警察们终于给他抓来了一个嫌疑犯，这位穿着很讲究，他是在朗恩森林里被发现的，那时他正坐在一个树杈上。警察就将他的大衣下摆剪下一块，拿去给那些警犬嗅，随后这个人就被带到郊外的一个砖瓦厂里，再将那些受过训练的狗放出来，让它们去跟踪那人的足迹，最后还真把他给带了回来。从那以后，这个人整天就没完没了地爬梯子、翻土墙、跳进鱼池里，因为那群狼狗一直在后面追他呀。最后才发现，这个人是一名捷克激进派议员。议会的那一套令他厌烦透顶，于是他就跑到朗恩森林来郊游消遣。所以我常说，错误是难免的，不管是学识渊博或是笨手笨脚的，连政府的内阁大臣也有出差错的时候呀。"

法医委员会来确定帅克的智力与他全部被控的罪名是否一致。该军委会由三位特别严肃认真的先生组成，这三人中，每一个人对帅克检查的见解同另外两个的见解都有很大分歧。

在精神病学方面，他们分属三种不同的学派。

然而，在科学上南辕北辙的这些学派在帅克这个案子的定性上却取得了惊人的一致意见，这仅仅是因为帅克给了整个军委会一个惊人的，应该说给人一种特别的感觉。当他刚一走进这间将有人要对他的精神状态做检查的屋子时，看见到墙上挂着奥地利元首的肖像后，他便立即喊道："诸位先生，我们的陛下弗朗茨·约瑟夫一世万岁！"

这件事太明了了。帅克坦白的诉说，使得他们没有必要再发出一连串的提问。但还是有几个最关键的问题必须搞清楚，以便证实他对精神病学的三种体系的真正看法。

"镭和铅哪个重？"

"啊呀，这我一次也没称过。"帅克回答道，脸上布满了甜蜜蜜的微笑。

"你觉得世界末日存在吗？"

"那我总得先看到这个末日再说呀，"帅克漫不经心地说着，"明天它肯定不会到来。"

"地球的直径你可以计算出来吗？"

"啊呀，我无法办到这些，"帅克回答说，"可我也有一个谜语，不妨请先生们猜猜看：有一座房子，每层有八面窗户，屋顶有两扇天窗和两个烟囱，每层楼住有两家房客。那么，请问大家，请你们告诉我，这座楼房的看门人的奶奶是哪年死的？"

法医们都会心地望了望，其中的一个提问道：

"你知道太平洋到底有多深吗？"

"抱歉，这个我可不清楚，"他是这么回答的，"不过我可以相当有把握地告诉你们，它肯定比维舍诺悬崖深处的伏尔塔瓦河要深一些吧。"

军委会的主席简短地问了一句："满足了吧？"可其中的一位委员又提了这么一个问题：

"一二八九七乘以一三八六三等于多少？"

"七二九。"帅克连眼都不眨就回答道。

"我想这已足够了，"军委会主席说，"可以将这位被告带回原来的地方去了。"

"谢谢诸位先生，辛苦你们了，"帅克毕恭毕敬地说道，"我也足够了。"

帅克走后，三位专家取得一致意见，认为根据精神病学者所发现的一切自然规律，用不着怀疑帅克是个蠢猪和智障。

主审官的报告里写有这么一段话：

> 在本报告上签名之诸法医同人一致鉴定约瑟夫·帅克为地地道道、彻头彻尾之精神愚笨迟钝者和先天的呆子，即天生的智障。现举例说明之，凡见墙上挂像，总要立正高呼"弗朗茨·约瑟夫一世陛下万岁！"仅此一点就足以说明约瑟夫·帅克之精神状态实属智障、蠢猪之流。鉴于此，军委会建议：1.停止审问约瑟夫·帅克；2.将约瑟夫·帅克送交精神病院观察，以查明他的精神状态对他周围之危害程度！

就在这份报告编排出台之时，帅克却仍然在给自己的因友们作这样的讲述："他们把斐迪南的事件撂在一边，却跟我瞎扯起一些蠢不可及的事情。瞎扯到最后，都说足够了，就让我离开了。"

"我谁都不相信，"那个有点儿耸肩的小个子，也就是被人在他的地里挖出一副人骨头架子的人发表了自己的意见，"这些人全都是骗子，骗人的。"

"耍小聪明是肯定的，"帅克说，并往草垫上一躺，"如果把每个人都想得那么好，那相互之间不早就会觉得没意思了吗？"

第四章　被从精神病医院里赶出来

　　帅克后来形容他在精神病医院里的那段遭遇时，使用了一些非同一般的赞美之词："我实在搞不懂，疯子被关进了精神病医院为什么还要生气呢？在医院里每一个人都可以赤身裸体地躺在地板上，学狼叫，可以发狂和咬人。要是在其他地方，人们都会大惊小怪，然而在那里却是家常便饭。那里有社会主义者意想不到的自由。在那里每个人都可以把自己当作上帝或圣母马利亚，当作教皇或英国国王，当作皇帝老儿或圣瓦茨拉夫。不过，最后你却依然会被死死地捆绑着，赤裸着身子，孤独地躺在一个角落里。那边还有一个人，声称自己是大主教，他除了疯狂地大吃大喝，肆无忌惮地随地大小便之外，还游手好闲，你们根本想象不到，他有多么能折腾啊。可在那个地方一点儿也不用感到羞耻，还能得到宽恕原谅。那里还有这样一个人，为了能领取双份饭菜，竟然说自己就是基里尔和麦托迪。那儿还有一位先生硬说自己怀孕了，并邀请所有的人去参加他婴儿的洗礼祝宴。还有许多棋手、政客、渔夫和童子军，以及集邮爱好者和业余摄影师被关在那儿。那里还有一个人，老去摆弄一批老的瓷罐，说那是骨灰罐。有一个总是用被子把自己裹得严严实实的，说这样就绝对不会计算出哪天是世界的末日了。我在里面也遇到了几位教授，其中有一位老是跟在我的后面，总跟我解释说，克尔克诺什山麓是吉卜赛人的摇篮。而另一位教授则要向我阐述地球内部存有比地球外部还要大得多的一个球体。"

"什么人都有在那儿扯淡的权力，想说什么就说什么，就像议会开会一样。偶尔，他们还讲一些童话。要是童话里的公主结局悲惨，那他们就会互相打起来。最可笑的是那位硬说自己是昂多的十六部百科大词典的老兄了，他要求每个人都来打开自己，并找出'纸箱装订机'这个词条来，不然他就完蛋了。没办法，人们只好给他穿上紧身衣他才安静了下来。随后他又自我欣赏起来，说他已进入到装订这道工序了，要求人们给他切出一个现代派的书边来。那里的日子就像天堂里一样美好。你可以大声喊，尖声叫，唱歌跳舞，号哭，学羊咩咩叫，也可以尖声怪叫，乱蹦乱跳，还可以念祷告；也可以翻跟头；可以爬着走，可以跷起一只脚来跳；可以转圈圈，爬墙或整日里蹲在地上。所有这些谁也不会走过来跟你说：'这您可不能干，也不准干，先生，这有失您的身份，您该感到羞耻才对，亏您还是个有素质的人。'当然那里也有一些文疯子。有一个学问很深的发明家，他每天一个劲儿地抠鼻子，而且一天只说一句话：'就是我发明了电。'就像我说的，那里真是美妙无比，太好了，我在精神病医院里度过的那几天，可说是我一生中最愉快的日子。"

帅克万万想不到的是，为了观察他的精神状态，他们将他从州刑事法庭转送到精神病医院来，而在此处他受到了热烈欢迎。他们先是把他脱光，然后给他披了件大褂儿，热情地搀着他去洗了个澡，一路上一个护士还给他讲了一些有关犹太人的故事来逗他开心。在浴室里，他们先把他泡在一盆热水里，然后又将他拖出来，再用凉水浇淋，这样反复弄了三遍，然后问帅克喜不喜欢。帅克说这远比查理桥附近的那些个澡堂子要好得多，并且说他非常喜欢洗澡。"如果你们再替我修剪指甲，理理发，我就是更舒坦了。"他这么补充一句，同时殷勤地冲着他们笑着。

他们答应了帅克的所有请求，他们用一块海绵将他全身擦干，用一张被单将他全身包裹起来，并把他抬到一号病房的床上，让他躺下，把被子盖好，吩咐他好好睡觉。

至今，帅克还用一种爱恋之情来叙述这件事："你们想想，那有多么美好！我被他们安排在床上时，那会儿我简直是幸福到了极点。"

帅克果真在床上美美地熟睡了。随后他被叫醒，他们给了他一罐牛奶和一个长面包。他们已经把面包切成了碎块儿。一个护士抓住帅克的双手，另一个护士就将一块块碎面包放在牛奶里蘸蘸，然后喂到帅克嘴里，就像填鸭一样。全部填完后，他们又搀扶他去上厕所，并恳请他尽快把大小便都排泄掉。

帅克把这一美好瞬间描述得是那么津津有味，充满留恋之情：

"就在我拉屎撒尿的工夫，他们中的一个人还将我搂在他怀里。"

从厕所出来后，他们又把他挽到床上躺下，一再嘱咐他一定要好好睡觉。然后又把他叫醒，带他去观察室，帅克又一次被脱了个精光，站在了两位医生面前，这情景不由得使他回忆自己应征入伍时进行体检的那个庄严的日子，并情不自禁地说了声"合格"。

"你说明白点儿？"一个医生说道，"此刻，听我的口令，向前走五步，再向后退五步。"

帅克向前走了十步。

"我不是跟你说了吗？"医生说，"走五步！"

"多走一些路也没问题。"帅克说。

于是，两位医生又让帅克坐在椅子上，其中一位敲了敲他的膝盖。然后告诉另一位说反射作用很正常。那位医生却摇了摇头，走过来亲自来敲帅克的膝盖。刚才那位医生又翻了翻帅克的眼皮，检查他的瞳孔。之后两位医生走到桌边，用拉丁文互相嘀咕了一通。

"喂，听着，你会唱歌吗？"其中的一位医生问帅克，"你不介意唱一首歌给我们听吧？"

"好的，先生，"帅克回答说，"尽管我没有一点儿音乐细胞，但恭敬不如从命，我不妨试试，好让你们快乐。"

于是，帅克的歌声响起：

年少的修士河岸坐，

　　　双手托腮思绪重，

　　　苦涩灼热的泪成行，

　　　挂在两颊悲戚戚。

　　"我不会唱后面的了，"帅克说，"如果你们不嫌弃，我就再给你们献上一首。"

　　　我的心充满忧愁，

　　　痛楚在胸中流淌。

　　　静坐把远方瞭望，

　　　那儿有我的渴望。

　　"唉，真抱歉下面的我唱不了了，"帅克叹了一口气说道，"我还会唱《我的故乡在哪里》的第一句，最后我还是只会一句'太阳在东方现出笑容，韦德斯戈列兹统帅和将领们整装待发'。我还会唱几首民歌，比如《主保佑我们》《千百次地向你致意》……"

　　两位医生相互交换了目光，其中一位问："你以前有过神经不健全、智障的精神状态吗？"

　　"在军队里检查过，"帅克严肃而骄傲地回答说，"我被军医先生们正式宣布为神经不健全的智障。"

　　"你可能为了逃避兵役而装病吧？"另一位医生冲着帅克高声吼了一句。

"说我吗？"帅克为自己诉苦道，"没骗你，我真是个智障患者。如果不信你们可以到驻扎在布杰约维采的第九十一团的团部或者到坎奥列纳地区的预备役队的司令部去调查。"

两个医生中年岁较大一点儿的带着无可奈何的神情摆了摆手，然后指着帅克对护士们说："让这个人穿上衣裳，把他带到头排过道的第三号病房去。然后回来一个人，把他的全部档案送交办公室。告诉他们早点儿给他结案，我们可不想让把他老留在我们手里。"

医生们又一次恶狠狠地瞪了那文质彬彬的、正退向门口还边退边有礼貌地鞠着躬的帅克。帅克还回答了一个护士的提问，问他这是干什么蠢事，帅克回答说："因为我光着身子，什么也不想让这些首长们瞧见，免得他们说我没有礼貌，撒野。"

自打护士们奉命把衣服还给帅克后，他们就不再搭理他了。他们命令他穿好衣服，并由一个护士把他带到三号病房去。帅克还要在医院待几天，等待办公室办理他出院的文书，因此他还有时间继续他的观察。失望的医生们在报告里给帅克下了这样的鉴定："弱智的假病号"。由于他们在中饭前就要放了他，所以还闹了一场麻烦。

帅克坚持说，精神病院总在人吃过饭后被赶走，因此他不能不吃中饭饿着肚子离开医院。闹得精神病医院的看门人只好叫来巡警，因此巡警就将帅克带到了斯昂蒙沃大街的警察署去了。

第五章 在斯昂蒙沃大街警察署

帅克在精神病医院里的所有时间，只是昙花一现，接踵而至的是坎坎坷坷、充满磨难的生活。

罗马皇帝尼禄仁政下的刽子手残忍，他们曾严厉地说过："把那个浑蛋基督徒招进狮子口里。"帅克遇到的就是这样一个巡警——布劳恩。他恶狠狠地叫道："把这个臭小子给我扔进牢笼里！"

话说得生硬，眼睛里闪现出了一种古怪而又变态的惬意。

帅克向他行了个礼，并很豪爽地说："一切就绪，首长先生。我想，牢笼不就是单间牢房吗？这没什么可怕的。"

"少跟我在这里耍贫嘴！"巡警火冒三丈地嚷道。可帅克却说："我是非常开心地接受、由衷地感激您为我所做的一切安排。"

帅克一个人无力地坐在牢房里的一张板凳上，似乎在思考着什么，当牢门的钥匙咔嚓响起来的时候，从来人的表情上看，显然没有恢复他自由的意思。

"您好，尊敬的先生，"帅克边说边在那人的旁边坐下，"你清楚此刻几点了？"

"我对时间不感兴趣。"那人回答道。

"这里环境挺好的，"帅克努力找话头儿往下谈，"这张板床还是用刨平的木头做的哩。"

那人绷着个脸不理睬他。他站起身来，在牢门和板床的咫尺间来回快步踱着，就好像要忙着去抢救什么似的。

此时，帅克饶有兴致地注视着墙上那些个乱七八糟的题词。一个未署名的囚犯对天发誓，表示要跟警察拼个你死我活。题词是这么写的："你们不会有好下场的。"另一个囚犯写道："滚吧，你们这些个肥头大耳的家伙们！"还有一个直截了当地记录了一段实况："我于一九一三年六月五日在此蹲监，待遇还行。韦昂什威茨商人约瑟夫·马列切克。"竟然还有发自肺腑的题词："主啊！饶了我呀……"下面还写什么"吻我的'P'吧。"可字母 P 又被划掉了，然后在旁边写上"屁股"。而就在这"屁股"两个字的旁边，一位多愁善感的先生题了首诗："闷来溪旁坐，太阳入山坳。冈丘映微光，佳人在何方？"

那个在牢门与板凳之间来回急促踱步，像要得马拉松冠军的人停下脚步，喘着气坐回原位。他双手抱着头，突然大声喊道："放了我吧！"随后又自言自语地说，"他们不会放我的。不会的，不会的，我从早上六点就待在这儿了。"

过了一会儿，他突然地又开腔了，站起来问帅克：

"您身上有没有带皮带，我的余生将由它来结束！"

"我很高兴为您效劳，"帅克边回答边解下身上的皮带，

"我还从没见过在牢房里用皮带上吊的呢。"

"可是真麻烦，"帅克四下看了看牢房说，"这地方儿连个钩子也没有，窗子的插销又吊不动您。不行的话，我给您出个主意，您可以跪在床边上吊，像布拉格的马忏斯修道院里的那个修道士一样，为了一位年轻的犹太姑娘，在十字架上吊死。我非常欣赏自杀的人，您只管放心地上吊吧。"

那个一脸忧伤的人，不仅没有接过皮带，反而把帅克递到他手里的皮带扔到角落里，突然哭了起来。他一边用肮脏的手背抹着眼泪一边喊道："我是个有妻儿的人啊！因为酗酒、生活放荡被关到这里，上帝哪！我可怜的老婆啊，我的同事们会如何看我呢？我是有儿有女的人啊，因为酗酒、生活放荡被关进这里来的。"他反反复复地絮叨个没完。最后，他终于稍稍平静了一点儿，走到牢门口，突然用拳头在门上一通乱捶。门外传来一阵脚步声，一个声音大声问道："你做什么呢？"

"放了我吧！"那声音绝望得好像他已经没什么活头了。"放你去什么地方呢？"门外问。"回我的工作单位去。"这个当了父亲、丈夫、公务员、酒徒与浪荡汉的可怜人回答说。

在静寂的走廊中，可以听到一阵嘲笑声，那是一种非常可怕的嘲笑声。脚步声也随嘲笑声渐渐远去。

"看样子，门外那家伙不喜欢您，才那么嘲笑您。"帅克说，这时那个绝望的人回来在他旁边坐了下来。"这些看守一不顺心就会对我们使坏，要是惹着他们，他们什么坏事都做得出来的。您要不打算上吊，那就心平气和地坐下来，看他们究竟爱干什么吧。我觉得，对像您这样享受办公室生活又有妻儿的人，这件事可非同寻常。我要是没猜错的话，您觉得单位会不要您吧？"

"那可没准儿，"他叹了一口气，"问题是我都不知道自己干了些什么。我只记得，我被人从一个地方赶了出来，可我还想回去抽一支雪茄烟。开头原本是挺美的，我们科长庆贺自己高升，请大家到一家酒馆去喝酒，接着又到第二家、第三家、第四家、第五家、第六家、第七家、第八家，甚至第九家。"

"您要我们数给您看？"帅克问，"我最擅长数数。有一天晚上，我总共到过二十八个地方，不过，我发誓，在任何一家我喝的啤酒都没超过三杯。"

"说实在的，"这位倒霉的下属说，"我们到过一打多的小酒店后，发现科长不见了。尽管我们还用了一根细绳把他拴着，仿佛牵小狗一样把他带在身旁，可他还是溜掉了。我们到处找他，结果我们大伙儿也各自走散了。而我就待在维诺堡的午夜咖啡馆里了。我在那里直接用瓶子喝了一公升酒，后来又做了些什么事我就不清楚了。只知道他们把我拉到警察署来的时候，两个警察都说我喝醉了，言辞行为非常不礼貌。他们说我打了一位太太，从衣帽架上把别人的礼帽夺下来用小刀子割破；还轰走了一支女子管弦乐队；当众诬告一个服务生，说他是偷了二十克朗的贼；还打碎我座位前的大理石桌面，又故意往邻座一位不相识顾客的咖啡杯里吐唾沫；至于还捣了什么乱我是想不起来了。您要相信我，我是一个特别顾家、从不胡思乱想的本分人、有教养的人。您说是吧？我一向是安分守己的啊！"

帅克没有回答他的问题，而是高兴地问："我想知道您是费了好大力气还是轻而易举地将大理石桌面击碎的呀？"

"一下子。"这位自称有教养的先生回答说。

"您无法自拔了，"帅克很是悲伤地说，"他们会以此推断，认为您苦练武术的目的就是干这类勾当。您除了往那位不相识顾客的咖啡里吐唾沫，就没掺和点儿朗姆酒？"

没等他回答帅克就直接往下说："如果掺了朗姆酒，那事情可就更糟了，因为它的价钱会更贵一些。法庭上，他们都喜欢把所有的账累加起来，好让你够得着最终的罪行。"

"在法庭上……"这位自称尽心竭力、恪尽职守的一家之长低着头，沮丧地自言自语，像一个受到良心责备的人那样陷入了麻烦。

"家里人了解您被关押的事吗？"帅克问道，"他们要知道，也是从报纸上知道的吧！"

"您说这种事会登报吗？"这位替上司背黑锅的人天真地问道。

"肯定会的，"帅克回答得相当直接，因为他从来没有向别人隐瞒真相的习惯，"这篇关于您的报道会使人们产生极大的兴趣。我也经常阅读报上有关描写酒鬼以及他们怎样耍酒疯之类的专栏文章。不久以前，在溢满杯酒家，就有一位顾客真的什么都没干，他只是把一个玻璃杯往空中一抛，他刚好站在了它的下面，玻璃杯掉下来直接砸破了他的脑袋，于是警察就把他给带走了。次日早上，我们就读到关于这件事的报道。还有一次，在布拉格的佩特洛夫卡夜总会，我和一个负责办理丧事的人打了起来。警察为了给我们解决纠纷，只好将我们两人都关了起来，这件事情当天下午就见报了。还有一次，在僵尸咖啡馆里，一位参事先生打碎了两个盘子，您猜怎么着？这事第二天照样给登报了。您现在唯一的办法就是只有尽快从牢里写份更正声明寄到报社，就说报上所述之一切事情与己无关，您与这位同名同姓的先生既无亲无故，又与世无争，然后再给家里写封信，让家人将这份更正声明剪下来，保管好，好让您出狱后能用得上。"

"您是不是觉得冷？"帅克发现这位很有些教养的先生直打寒战，"今年的夏末对我们来说是够凉的啰。"

"我，我已是个没指望的人啰！"帅克的这位难友哭得要死要活的，"我，我是无法自拔了！"

"也是，"帅克高兴附和他说，"待您刑满出去后，您原来的单位不知是否还接受您，也不知道您能否很快地找到其他工作，因为各行各业，哪怕是您愿意去给剥死野兽皮的人去当伙计，人家也都要先审查您是否有过犯罪记录。唉，为了一时的快乐，的确是太不划算啰。在您蹲监这段日子里，您的太太和孩子们的生活会不会无依无靠？她会不会落魄得去当乞丐？孩子们会不会去走弯路呢？"

一阵哭泣声响起。

"我可怜的妻儿啊！"

这位良心受到责备的忏悔者站了起来，向帅克谈起他的孩子们来：他有五个孩子，最大的十二岁，参加了童子军。这孩子只喝凉水，他是他父亲的榜样。尽管他父亲是第一次做出这

46

样的事情来。

"还参加了童子军！"帅克喊叫了一声，"我最喜欢听童子军的故事了。有一次，在布杰约维采的胡波卡镇的茨列威附近的米德洛瓦尔，我们九十一团进行演习，当地的农民们在树林里抓住三个所谓植树造林的童子军。在农民们把他们中最小的一个捆绑起来的时候，他哭闹个不停，连我们这些当兵的男子汉也不忍心看这种场面，只好走到一边去。在农民们捆绑这三个童子军的过程中，有八个农民被他们咬伤。后来在村长的鞭子抽打下，他们供认说：为了晒太阳，他们把树林砍得面目全非。他们还招供，在长势良好的麦田里，他们用刀子将麦穗割下来烤着吃。结果麦田着了火，还说那是偶然事件。农民们还在树林里的一个地洞内找到了五十多千克被啃过的家禽和林中野兽的骨头，还有好几堆的樱桃核和尚未熟透的苹果的核，以及别的一些东西。"

这位童子军的、值得同情的父亲听后心情极度不爽。

"我前世犯了什么事啊！"他抱怨道，"这样一来我的名声可就扫地了。"

"也是，"帅克以他天生的直率说道，"因为这事，您一辈子的名声都不会好了。一旦登了报，熟悉您的一些人还会给您添油加醋。这都是人之常情。您也别太在意，别把它当回事。如今这世上声名狼藉的人多了去了，比名声好的人起码要多十倍。像您这样极其微小的事不必担心。"

这时，过道里响起了沉重的脚步声，钥匙在锁孔里嘎啷响了一声，牢门被打开了，巡警招呼帅克出去。

"抱歉，"帅克很爽快地说，"我是中午十二点才来到这里的，而这位先生却是早上六点就在这里等候了。我是不急。"

他这话巡警根本不理会。巡警用他强有力的手已经把帅克拖到走廊去了，一声不响地把他直接带到了二楼。在第二间房子里的桌边坐着一位胖乎乎的巡长，看上去很可亲，他对帅克说：

"哦，你就是那位帅克吗？为什么到这儿来？"

"太简单了，"帅克回答说，"是巡警先生把我带到这儿的。因为他们不给我午饭吃就把我撵出了精神病医院，我不同意。这未免也太夸张了吧，他们把我当成什么人了。"

"你听着，帅克，"巡长先生和蔼地说，"我们为什么非要在这儿、在斯昂蒙沃大街同你过不去呢？我们直接把你送到警察总署去不是更好吗？"

"大家都清楚，到了这个地方，一切都得听从您的，"帅克得意地说，"从这儿到警察总署我会走得很开心的。"

"很高兴我们在这个问题上取得一致的意见，"巡长十分欣喜地说，"意见统一比什么都好，对吗，帅克？"

"不论是谁，我都愿意同他协商办事，"帅克回答说，"我敢肯定，我将永远铭记您对我的恩典。"

帅克深深地鞠了个躬，然后在一名巡警的带领下来到楼下的警卫室。一刻钟后，帅克又在耶茨纳大街走向查理广场。押送他的是另一名巡警，他的腋下还夹着一本书，标题是用德文写的"囚犯名册"。

在街的一个角落处，帅克和押送他的警察看到一群人围着一个告示牌拥挤着争着看什么。

"那是陛下的宣战布告。"巡警对帅克说。

"我早就想到了,"帅克说,"可是精神病医院里的医师们还不知道。按道理来讲,他们的消息应该更灵通。"

"怎么了?"巡警问。

"因为那里关了很多军官,先生。"帅克补充说。

当他们走进刚刚挤到宣战布告周围的人群中时,帅克高声叫道:"弗朗茨·约瑟夫陛下万岁!这场战争我们一定赢!"

亢奋的人群中,不知是谁在他那把耳朵都盖上了的宽边帽上敲了一下。就这样,好兵帅克穿过熙熙攘攘的人群,又一次跨进了警察总署的大门。

"记住我的话,诸位先生,在这场战争中我们肯定赢!"帅克说着这句话,与簇拥着他的人群挥手依依惜别。

在影响深远而古老的欧洲历史上,曾经验证过这么一条真理:明天将使今天的一切幻想破灭。

第六章　重返家园

警察总署里到处弥漫着一派官场气味。当局一直在估量着人们对战争究竟有多少热心。总署里，只有少数人还意识到自己是这个民族的子孙，而这个民族注定要为了与它完全无关的利益而流血，此外则全是那些如同猛兽的政客，他们的脑子里装的全是监狱和绞刑架，借此来维护他们制定的那些横暴的、被曲解的法律条文。

每当审问嫌犯时，他们总是伪装成和颜悦色的神气来对付落在他们掌心里的牺牲品，每次说话都要事先斟酌一番。

"很抱歉，帅克先生，你又落到我们手里了。"其中一个制服上绣着黑黄袖章的野兽，对站在眼前的帅克说，"我们原以为你会改过自新，可是你却让我们太失望了。"

帅克轻轻地点了点头，表示赞同。他的神情是那样泰然自若，使得那头绣着黑黄袖章的野兽非常不解地盯着他，然后拖长语气说：

"不许你再装傻！"

不过他马上又换成客气的腔调接着说：

"说老实话，把你抓起来，我们也于心不忍。而且我敢保证，你也没犯什么大罪，因为你的智力水平低下，肯定会受别人的唆使。告诉我，帅克先生，究竟是谁教唆你去做那些蠢事的？"

帅克咳嗽了几下，然后说：

"实在对不起，我根本不知道您所说的那愚蠢的事指的是什么。"

"那好，帅克先生，"他假装以一个忠厚长者的口气说，"据押送你的巡警告发，说你在大街上的宣战布告书前召集了一大群人，高呼'弗朗茨·约瑟夫陛下万岁！这场战争我们必胜！'的口号，煽动人们起哄，这难道不是一件蠢事吗？"

"我不能袖手旁观啊，"帅克表白说，用一双天真无邪的眼睛凝视着审问官，"我看见人们读宣战布告时，一点儿也不兴奋，我的气不打一处来。连个高呼胜利'万岁'的人都没有，一点儿劲儿也没有，就像这事与他们毫无任何关系似的。我是九十一团的老兵，实在看不下去了，于是我就喊出了口号。我想，先生那时您若是处在我这个位置，您一定也会那样做的。既然准备打仗，就必须打赢它，就应对陛下三呼万岁呀！这个，谁也拦不住我。"

只有招架之功，而毫无还手之力的绣有黑黄袖章的野兽没敢正眼看帅克——这个天真无邪的羔羊，赶忙将视线投到公文上，说道：

"我非常能够理解你的爱国情怀，不过我希望你能在别的场合去更好地发挥。你很明白，你当时是被巡警押送着的，因此，你的爱国言行就可能，甚至肯定会被公众认为是很反常的一种嘲笑，并非出于严肃的诚意。"

"当一个人由巡警押解着行走，"帅克回答说，"这可以说是他一生中并非寻常的艰难时刻。关键是，如果这个人即使在这种境遇下也不忘记开战以后他该为国家做些什么，要我说，这样的人不见得是个坏蛋吧。"

绣着黑黄袖章的野兽嘴里说了一句什么，瞪了帅克一眼。

帅克则对他报以自己特有的天真、柔和、谦恭与温顺的目光。

他们又对视了一阵。

"这次就饶过你，帅克！"官架子十足的大胡子审问官终于嚷道，"如果下次你再被逮到我这儿，那我对你就不客气了，直接把你交给霍朗泰涅区的军事法庭惩办。知道吗？"

没等他反应过来，帅克就突然地扑上前去吻了他的手，他说：

"愿上帝为您做的一切功德赐福于您！不论在什么时候，您喜欢要一只纯种的狗，敬请光顾。我是个狗贩子。"

帅克就这样又重获自由回家去了。

走在路上，帅克想，是否应该先到溢满杯酒馆去一下。终于，他推开了前不久被便衣警察班德塔史瑞得押着他走出去的那扇门。

酒馆里死气沉沉。只有几位顾客坐在那里，其中有昂帕列那斯教堂的执事。他们一个个愁眉苦脸，柜台后面坐着女掌柜贝雷瑞斯太太，她双眼漠然地呆望着啤酒桶的扳柄。

"喂，伙计们我又回来了！"帅克快活地说，"太太给咱来一杯啤酒吧。贝雷瑞斯先生呢？他回来了吗？"

贝雷瑞斯太太没有搭理他，眼泪却一下子流了出来。她呜咽着一字一顿地诉说着他的遭遇："一个……星期……之前……他们……判了他……十年……"

"哟，我还没想到会这样！"帅克说，"那么他已经在里面待了七天了。"

"他凡事都是那么小心翼翼呀，"贝雷瑞斯太太哭着说，"他自己也总是这样说。"

酒馆里的客人们依然鸦雀无声，好像有幽灵在这儿来回徘徊着，警告他们还必须更加提防似的。

"谨慎乃智慧之母。"帅克边说边走到那张为他放了一杯啤酒的桌子旁坐下。贝雷瑞斯太太在给帅克端啤酒时，伤心的眼泪淌落在了酒杯里,杯里的啤酒泡沫上冒出了一个小洞眼儿。

"现在就是这样一个世道，所有的人都被逼得谨小慎微。"

"昨天我们教堂那儿下葬了两个人。"昂帕列那斯教堂的执事避开了话题。

"肯定是又死人了。"第二位顾客说。

第三位顾客问道："下葬时有没有灵台棺座？"

"我不清楚，"帅克说，"打仗的时候，军人死后下葬会是个什么样儿。"

顾客们站起身来付了酒钱，一个个一声不响地走了，屋里只剩下帅克和太太。

"真没想到，"帅克说，"竟给一个没罪的人判了十年徒刑。给一个无罪的人定判五年徒刑的事我倒听说过，可一判就是十年，实在是太多了点儿。"

"我老伴交代了，"贝雷瑞斯太太哭着说，"他在这里是怎么描述苍蝇和画像的，在警察署和法庭上也是一字不差地重复了一遍。我当时是被作为一个证人出席审判的，可我能有什么办法呢？因为他们说我和我丈夫是亲属关系，所以我也可以不做证。这个亲属关系把我吓坏了，我生怕又惹出什么麻烦，唯有放弃做证的权利。我可怜的丈夫看了我一眼，至死我也忘不了他盯着我的那对眼睛。直到警察把他押走时，他还是稀里糊涂的，在过道里还朝着他们嚷了一句'自由思想万岁！'"

"那位班德塔史瑞得先生最近还到这儿来吗？"帅克问道。

"来过几次，"女掌柜说，"他每次都是要一两杯酒，然后问我谁到这儿来过。顾客们在酒馆里谈足球赛，他也偷着听。他们一看到他进来，就立即转移话题改谈足球比赛的事。搞得他常常打哆嗦，好似马上要抽风似的。最近一段时间，只有横向街的一个裱糊匠上了他的当。"

"骗人上当，真是训练有素，"帅克评辩道，"这个裱糊匠笨不笨呀？"

"跟我丈夫差不多，"贝雷瑞斯太太哭着回答说，"班德塔史瑞得问他是否用枪打过塞尔维亚人。他说自己会打枪，只是有一次在游艺场打靶时射穿了一个克朗。班德塔史瑞得立即拿出记事本并说道：'哟，这又是一桩新的大叛国案。'横向街的裱糊匠过后被他们带走了，自此他就再也没有回来过。"

"他们当中的大部分人都回不来了，"帅克说，"痛啊，给我来杯朗姆酒。"

帅克刚喝完第二杯甜酒，班德塔史瑞得就走进了酒吧。他极快、极熟练地环视了空荡荡的酒馆，然后在帅克身边坐下，并要了杯啤酒，等待帅克开口。

帅克从报架上拿了一份报纸，瞥着最后一版的广告栏说道：

"快看呀，什特拉什科维采村五号房的切菲勒，要出售他的庄园连同三百六十四公亩耕地，那块区域上还有学校、公路呢。"

班德塔史瑞得用手指神经质地急促地敲着桌子，掉过头向帅克说：

"真扫兴，你怎么会对庄园感兴趣了，帅克先生？"

"啊，原来是您呀，"帅克说着，伸出手去和他握手，"我刚才没认出您来，我这记性真不好。头一次我记得我们好像是在警察总署见的面。近来您在忙什么呢？您常到这儿来喝酒吗？"

"我今天是特意来找你的，"班德塔史瑞得说，"警察总署里人告诉我，说你是个狗贩子。我非常想弄一条上等的捕鼠狗或者一只猎犬，或者是这一类的什么狗。"

"那好办，"帅克回答说，"您是要纯种的还是杂种的？"

"我想嘛，"班德塔史瑞得对他说，"我认为还是弄一条纯种的吧。"

"您不要一条警犬吗？"帅克问，"这种狗能替您跟踪所有东西，把您领到作案现场。韦昂什威茨的一个屠夫就有一只这样的警犬，成天帮他拉小车。这只狗，特别勤劳。"

"我想我当然是要一只猎狗的好，"班德塔史瑞得平静而又固执地说，"一条不咬人的猎狗。"

"没牙的猎狗好不好？"帅克问，"德依维采一个饭馆老板就有只这样的。"

"要不我还是要条捕鼠狗吧。"班德塔史瑞得犹豫不决地说。他对狗了解得太少了。要不是警察总署有命令，他绝不会主动去了解狗的事情。因为这个命令下得简短扼要而且紧急：必须尽快通过帅克贩狗的活动，了解他的一切。为了完成任务，他还有权为自己挑选搭档，并且可以用公款买狗。

"捕鼠狗有大有小，尺寸不一，"帅克说，"我知道的有两条小的、三条大的，这五条都可以抱到膝盖上玩耍。我很乐意为您推荐它们。"

"也许对我来说不错，"班德塔史瑞得说道，"多少钱一条？"

"这得看狗的大小了，"帅克回答说，"它跟买小牛犊不同，正相反，狗越小越值钱。"

"我认为要一条大的狗比较好。"班德塔史瑞得说，他担心把国家下拨的秘密款项动用得太多。

"好！"帅克说，"大的我卖您五十克朗一条，再大一些的就四十五克朗。还有一件事忘问了，您是要狗崽子还是要年龄大些的？另外，是要公狗还是要母狗？"

"什么都好，"班德塔史瑞得回答说，这些莫名其妙的问题把他搞得晕头转向了，"你替我去办吧，明晚七点钟我上你家去取，没问题吧？"

"您就尽管来吧，不会有任何问题的，"帅克回答得很直接，"可是就眼下的情况，我不得不请您先预支给我三十克朗的定金。"

"好吧，"班德塔史瑞得说着便付了钱，"行，咱们为这笔生意干上一杯，我付钱。"

两人喝干后，帅克付了自己的那份酒钱。班德塔史瑞得对帅克说，不用害怕他，他今天不涉及公干，可以和他谈政治。

帅克却强调，他从来不在酒馆里谈论政治，还说整个政治都是用来骗小孩的。

班德塔史瑞得对此却有更为独特的看法，他说每个弱小国家最终都要走上灭亡之路，他还问帅克对此有什么看法。

帅克声明，这可能不要他帮忙。有一次让他照料一条身体虚弱的圣伯纳狗崽，喂它军用饼干，结果这条狗崽还是死了。

打那以后，班德塔史瑞得称自己是名无政府主义者，还请教帅克，像他这样的人该加入哪个组织好。

帅克说，有一次一名无政府主义者用一百克朗从他那儿买了一条莱欧堡狗，可是那笔钱到现在都还没有付给他。

等他们喝到第六个四分之一公升时，班德塔史瑞得便大谈起革命和反对宣战动员令来，帅克赶紧靠近他，在他耳边细声细语说：

"酒馆里刚才进来了一位客人。如果他听到您的这番谈话，您就倒霉了。您看，女掌柜已经在抽泣了。"

贝雷瑞斯太太的确正坐在柜台后面的椅子上伤心地哭泣。

"哭什么呢，贝雷瑞斯太太？"班德塔史瑞得问道，"三个月后我们就能赢得这场战争，到那时，国家实行大赦，你家掌柜的就会回来了。到时候我们还会到你这儿聚会庆祝的。”

“你说我们肯定能打赢吗？”他回过头来问帅克。

“你怎么总在这个问题上面绕来绕去，扯个没完没了呢？”帅克说，“我们一定会胜利的。行了，我该回去了。”

帅克付了酒钱，就回到他的老用人麦劳太太那里去了。这时她看到开门进来的是帅克，显得有些吃惊。

“我经常以为您得多年以后才能回来，”她用惯常的坦率口气说，“因此，我出于怜悯，收留了一位午夜咖啡馆的看门人。已经有人来查过三次户口了，他们什么也没得到，还说您是个无可救药的人，还说您很狡猾。”

帅克立即观察到，这名从没听说的房客在他这儿过得相当舒坦：自己睡一半床，另一半被一个长发精灵占着。她好像十分感谢，正搂着他的脖子睡熟了。两人的内衣扔在一边，由这个乱乎乎情景可以看出，这位看门人准是兴高采烈地带着他的情人寻欢作乐。

“先生，”帅克摇着这位乘虚而入的房客说，“先生，快醒醒，您别误了午餐。您要是对别人说我是在您没地方吃午饭时把您撵走的，那可就太冤枉我了。”

那人睡意正浓，还没搞清楚是房主回来了。他一直坚持说，他有权利睡这张床，并且还懊恼地表示：谁要是搅了他的瞌睡，他就要给对方几个拳头。说完，他还想继续睡觉。

这时，帅克拾起他的内衣，抛到床上，边使劲儿摇着边对他说：

"你们要是还不赶快起来离开的话，我就把你们扔到大街上去，就像现在这个样子扔出去。你们尽可能还是识相点儿穿上衣服赶快滚。"

"本来想睡到晚上八点的，"门房边穿裤子边不好意思地对帅克说，"我付给这位太太每晚两克朗的床位费，她还允许我把咖啡馆的小姐带来。梅什娜，快起来吧！"

当他扣上领子，系好领带时，他已经完全清醒并且能向帅克介绍说：含羞草午夜咖啡馆是最好的夜间娱乐场所之一，只有那些持有警察署颁发的体检合格证的女人才能进去工作，并发自内心地邀请帅克常去光顾。

然而，他的女伴梅什娜却对帅克嗤之以鼻，没说他几句好话，其中最好的一句是："你这个大主教养的崽子！"

两个不速之客一离开，帅克就去找麦劳太太算账，可是却连她的影子都找不着了。只找到一张小字条，上面是麦劳太太的潦草笔迹，内容很轻松地表达了她对这件事的道歉：

"请原谅我吧，先生，我再也见不到这个世界了，因为我要跳窗了。"

"瞎说！"帅克说，他开始耐心等着她。

半小时后，可怜的麦劳太太悄悄地溜进了厨房，她的表情显得很难过，她多么希望帅克能安慰她几句。

"你要是真想跳窗户，"帅克说，"就到卧室去跳吧，我已经把窗子打开了。我可不愿让你从厨房的窗子跳下去，因为这样你会落到玫瑰园里，要是把花丛压坏的话，你还得赔偿损失。要是从卧室的窗子跳下去，刚好落到过道上，运气好的话，脖子就摔断了。要是不太幸运的话，就会把所有的肋骨和胳膊腿之类的摔断，还得交住院费。"

麦劳太太哭了，她轻手轻脚地走进帅克的卧室，把窗户关上，回来对帅克说："开着窗户风大，对先生的风湿症没好处。"

然后，她走过去认认真真地打扫。她噙着眼泪回到厨房，对帅克汇报他离开家这段的事情："先生，我们在院里喂的两只小狗都死了。那只司爱波拉狗在他们来家里搜查的时候溜了。"

"我的天哪！"帅克大叫道，"这东西出去一定会倒霉的。警察肯定在找它哩。"

"正在找人的一位警察先生把它从床底下拖出来时，被它咬了一口。"麦劳太太接着汇报说，"有人说，床底下藏了一个人，接着警察就以法律的名义让那只司爱波拉狗出来，可它就是不出来，因此他们就动手拖。它对他们狂叫乱咬一番，一下子就冲出门外，再也没有音信了。他们问有谁常到我们这里来，有没有国外的汇款。后来，他们又觉得我呆，因为我说，偶尔也有收到国外汇款，因为前不久，就收到了贝奥洛的一名司机寄来买安格拉猎狐犬的六十克朗，就是您曾在《民族政策报》上登过广告的那条狗，最后您没有把他要买的那只狗寄过去，却把一条瞎了眼的小狐狗崽装进枣木箱里寄去了。他们又特别和气地想要把那个夜咖啡馆的看门人介绍来住，说是这样可以让我战胜恐惧……"

"我对这些警察首长感到讨厌，麦劳太太，"帅克叹了口气，"你以后等着瞧好戏吧，将来不知会有多少警察要到我这里来买狗哩。"

我真不清楚，如果有谁查阅警察总署的档案，在私下拨款项目中，能否看到下列符号，如 B——四十克朗，F——五十克朗，L——八十克朗，诸如此类；要是他们错将 B、F、L 当作人名缩写，以为他们为了四十、五十、八十克朗就犯罪的话，那就大错而特错了。

"B"代表体形高大的司爱波拉种狗，"F"意思是狐狸，"L"则指一种猛犬。这些狗全是由班德塔史瑞得从帅克那里购买的带到警察总署去的。但它们与纯种狗没有相同之处，而且相貌极其丑陋，但帅克却把它们当作纯种狗卖给了班德塔史瑞得。

他卖出的所谓司爱波拉狗是由杂种卷毛狗和大街上的一条野狗交配而产下的；所谓的狐狸，有一对猎獾狗的耳朵，个子跟条猛犬一样大，两腿歪叉着，就如患了软骨病似的；而那猛犬，满脑袋粗毛，嘴巴像品捷狗，尾巴剪得短短的，个子有达克斯狗那么高，屁股溜光，跟有名的美国秃毛狗很像。

密探康卢森过后也去买狗，但他买到的却是一只惊恐万状、胆小如鼠的怪物，似是一条周身斑点的鬣狗，长着苏格兰牧羊犬式的狗毛。于是，他在警察总署里的秘密费用中又写上了 D——九十克朗这笔新开支。据说，这条怪狗还被他们当作猛犬使用过。

和班德塔史瑞得一样，康卢森同样什么也没从帅克那儿得到，就连他那熟巧的政治言语也被帅克巧妙机智地转移到给小狗治犬瘟的话题上了。密探们费尽心思为帅克设计的圈套，结果都成为班德塔史瑞得从帅克那儿牵回的一条丑八怪杂种狗。

狡猾的密探班德塔史瑞得的灾难时刻也到来了。当他的住宅里挤了七条这类丑八怪狗时，他就把自己和它们一起关在了后边的房子里，还总是不给它们吃饱，结果这些狗饿疯了就毫不留情地把他给吃掉了。

　　他的一大功德乃是死后为国库省了一笔殡葬费。他在警察总署里的人事档案的履历表中，加上了充满悲剧性的几个字："被一群狗吞食"。

　　帅克听说了这一悲惨事情后，说：

　　"我费尽了脑子也想象不出，到了要他接受末日审判的时候，去什么地方收集他的尸骨呢？"

第七章　应征入伍

前线传来消息说，奥地利军队从加利西亚的拉包河岸的森林全军溃退，在塞尔维亚的军队也在连续地吃着败仗。这时，奥地利陆军总部突然想到要起用帅克，盼望他能把帝国从危难中拯救出来。

时间不长，帅克就接到了部队的通知，并限他一周之内到射击岛去进行体检，但当时他的风湿症又发作了，正躺在床上休息。

麦劳太太在厨房里替他煮着咖啡。

"麦劳太太，"帅克以平静的语调在卧室里喊道，"麦劳太太，请到我这边来一下。"

用人站到他床旁时，帅克又以同样平静的语调说："请坐，麦劳太太。"他的声音有些神秘兮兮的。

麦劳太太坐下后，帅克从床上站起来说："我应该重新回部队了！"

"我的天哪！"麦劳太太尖叫了一声，"您去做什么啊？"

"打仗，"帅克阴沉地回答，"现在奥地利前线非常吃紧。在北线上，敌人这时正向我们的坎勒克弗推进；在南线上，他们正向匈牙利开进。我们遭到了两头夹击，他们才招我入伍。昨天我在报纸上还看到这样的句子，'在我们美丽的祖国上空乌云弥漫'。"

"可您现还在动不了呢！"

"那也没关系，麦劳太太，我可以坐着轮椅去打仗。我用得着的东西在街口上糖果店老板那儿。头几年，他就是用那个轮椅推着自己脾气不好的瘸腿爷爷出来走动的。麦劳太太，你就以这样的轮椅推着我去从军吧。"

麦劳太太哭起来了："先生，我还是给您去请个医生来吧！"

"不用，麦劳太太。我只是这双腿不听使唤，其余部位都灵敏得很。现在国家正需要人，每一个残疾人都应该找准自己的位置。你快去煮咖啡好了。"

麦劳太太离开后，好兵帅克躺在床上唱起了歌：

当东方升起了太阳，
韦德斯戈列兹的勇士们上了前线。
冲，冲，冲！
他们去作战，直向主呼喊：
愿耶稣与圣母马利亚保佑我们，
冲，冲，冲！

麦劳太太听着这首战歌显得很吃惊，竟忘了咖啡，她全身都在抖动，畏惧地听着帅克在床上继续唱道：

> 与圣母同在，守住四座桥梁，
> 博安莫坦呀，前卫要加强。
> 冲，冲，冲！
> 苏沃斐列一役，血战正酣，
> 鲜血汇成河。
> 冲，冲，冲！
> 鲜血汇成河啊，躯体成肉酱！
> 十八好男儿，英勇战沙场。
> 冲，冲，冲！
> 十八好男儿啊，遇难莫慌张，
> 就在你身后呀，运送军饷忙。
> 冲，冲，冲！

"先生，求求您别唱了！"虽然哀求的声音从厨房传出，但是帅克仿佛没有听到，还是坚持唱完他的那首战歌：

> 军粮钱饷车上装，
> 我们实力强，
> 冲，冲，冲！

麦劳太太慌忙奔出去找医生。一个小时后，医生来了，帅克还在梦中。

这位身材魁梧的医生把他叫醒，把手放在他的脑门儿上摸了摸说：

"放松一些，我是维诺堡的贝韦科医生——请把手伸过来给我瞧瞧——将这个温度计夹在腋下——对了，就是这个样子——让我瞧瞧您的舌头——再往外伸——别动——您父母是怎么死的？"

眼下维也纳当局正号召奥匈帝国内各个民族都要准备为国捐躯，而贝韦科医生却为帅克的爱国热情开了一剂镇静药，叮嘱这位骁勇而和善的士兵不要去想应征入伍的事。

"您好好躺着睡觉。我明天再来。"

第二天医生来了，向麦劳太太询问帅克的状况。

"病情更厉害了，医生，"她担心地回答说，"昨天晚上，他的风湿症又发作了。您说怎么才好，他竟唱起奥地利国歌来了。"

贝韦科医生只好对他加大镇静药的剂量，以控制他的病情。

第三天麦劳太太向医生报告说，帅克的病情更加严重了。

"医生，下午他让我出去，替他找一张战场地图。晚上他就开始胡乱地想起来，并说奥地利必赢。"

"那药粉是严格按照处方服用的吗？"

"没有，医生，他没有叫我去取。"

贝韦科医生对帅克的态度十分气愤以至暴跳如雷，坚决表示以后再也不给这类人看病了，说完便拂袖而去。

再过两天，帅克必须到征兵军委会报到。

这之前，帅克做了些准备工作：首先，他让麦劳太太给他买了一顶军帽；其次，他又叫她去街角糖果店那里把轮椅弄来；最后，他又觉得还需要一副拐杖，碰巧糖果店老板还保存着一副拐杖，那是一家人对他们祖父的纪念。

现在，帅克就缺一束应征者胸前佩戴的鲜花了。这个嘛，麦劳太太也替他置办了。眼瞧着麦劳太太这几天瘦了许多，她边走边落泪。

这样，在一个极具有纪念意义的日子里，布拉格大街上出现了一幕精忠报国的动人场面：

一个老妇人推着一把轮椅，上面坐着一个头戴军帽的男子，他那镶着"弗郎基克"标志的帽徽是那样的明亮闪烁，他手里挥动着一副拐杖，外套上面还戴着一束鲜艳耀眼的鲜花。

这个人不断地挥着手中的拐杖，沿着布拉格街道边行进边大声叫道口号：

"打到贝尔格莱德去！打到贝尔格莱德去！"

一群人跟在他的轮椅后面。在帅克出发入伍的那幢房子前聚集了好多人。开始仅是一小群，后来越聚越多了。

帅克坚信，连那些站在十字路口值勤的警察也都在对他致意。

在瓦茨拉夫大街上，看热闹的人又增加了好几百。在坎勒克弗街拐角处，有个戴制服帽的德国大学生被打了，因为他用德语冲着帅克直叫道：

"万岁！打倒塞尔维亚人！"

在沃奇切克街拐角处，赶来的一队骑警将跟在帅克后面的人群驱散了。

巡警正要逮捕帅克，他便拿出白纸黑字的文件，证明他是奉命应征入伍去军委会报到的。但是为了防止他继续引起治安混乱，两名骑警把帅克一行护送到了设在射击岛的征兵军委会。

对于这一事件，在《布拉格官方新闻报》上登出这样的报道：

残疾人的爱国情结

昨日上午，布拉格街道的行人曾目睹了一个可歌可泣之壮举，当兹国难危急之际，吾国男儿实乃精忠报国之最佳典范，亦为希腊罗马古风之再现。昔穆戚约斯·司开沃拉置其灼伤之手于不顾，而犹率军勇猛作战。昨日，一手执拐杖之残疾者，乘其老母所推之轮椅，奔赴疆场。此情此景，感天动地。吾捷克民族之子弟，身虽残疾，而犹自愿从军，以期为我王献出其自家性命。布拉格通衢对其所呼之"打到贝尔格莱德去！"莫不热诚赞许，益足彰明布拉格民众对其祖国及皇室之无限爱戴云云。

《布拉格日报》也以类似笔调刊登了这件事。文章的最后说道，这位自愿从军的残疾人后面跟着一簇德国人，他们用身子拯救了他，为了他受到协约国的捷克籍特务的殴打。

《波希米亚报》登载了这样的新闻，呼吁对这位残疾的爱国志士给予奖励，还说凡德籍公民愿对这位无名英雄有所捐献的，可以直接送到该报馆去。

照以上这三家报纸的说法，捷克国土上帅克是唯一的高尚公民了，可是征兵军委会的先生们却不以为然。

尤其是主管军医的勃森医生，他是个不讲道理的恶人。他认为，所有的人都想方设法用欺骗的手段逃脱兵役，不肯上前线，担心子弹和榴霰弹。

人们经常听见他对此发表感慨："捷克人都是躲开兵役的匪徒。"

两个月零十天以来，他亲手检查了一万一千个征役者，其中有一万零九百九十九名查出是装病逃避兵役的。剩下的那个幸运的人，要不是因为在勃森医生大喊一声"向后转"时中风而死去了，勃森医生本来可以凑够一万一千名的整数。

"把这个装病的逃兵死人给抬走。"勃森医生确定那人已经死了后说道。

就在那一天，帅克与一群人，毫无掩饰地站在了这位医生面前，尴尬地用那支撑着自己身子的拐杖遮羞。

"这确实是一片好的无花果叶啊，"勃森说，"根据我的了解，这种无花果叶在天堂里还从来没见过呢！"

"此人由于智障，被诊断为智障，无法服役。"军医主管一面翻阅着帅克的病历档案，一面解释道。

"你还有其他病症吗？"勃森问道。

"报告首长，我有风湿症。不过，即使粉身碎骨，我也要效忠陛下，"帅克谦虚地说，"我的膝盖肿了。"

勃森恶狠狠地瞪了他一眼，叫道："这又是一个装病的逃兵！"然后，他转身用冷冰冰的语调对军医主管说，"马上把这家伙关起来！"

两个士兵扛着上了刺刀的步枪把帅克押到军事监狱里去了。

麦劳太太扶着轮椅在桥上等待着帅克，当看到他被上了刺刀的士兵押解的时候，她伤心得扭头就走，丢下轮椅再也没掉过头去捡。

而好兵帅克却非常谦恭地行进在国家武装保卫者队列之中。

刺刀在阳光下闪烁着光芒，有些刺眼，当他们走到小城广场的拉德斯基纪念碑前时，帅克回过头向后面的人群又振臂高呼：

"打到贝尔格莱德去！打到贝尔格莱德去！"

纪念碑上的拉德斯基元帅的塑像犹如在用梦一般的眼睛低头看着帅克，看着他佩戴在外衣上鲜艳刺目的花束，拄着两根旧拐杖一瘸一拐地走远了。在同一时间，一位先生严肃告诉周围的行人说，他们护送的是一个"逃兵"。

第八章　被确定为装病者

国难当头之际，军医们全部的心思是：打掉附在那些假病号身上的那种消极怠工的鬼胎，将他们重新送回军队送上战场。

这些装病者的疾病可谓五花八门：肺结核、风湿症、疝气肿、肾炎、伤寒、糖尿病、肺炎和各种杂症。

为了制裁这些装病的人，有关部门将相应的苦刑也制定成了制度，分为：

一、控制饮食——不论患有何症，早晚一律各饮茶一杯，连饮三日；为了发汗，每次随服一剂阿司匹林。

二、为了让这些假病号品尝军队的艰苦，有人应服大剂量金鸡纳霜粉剂，也就是所谓的"舔服奎宁"。

三、每天以一公升温水洗胃两次。

四、用肥皂水和甘油灌肠。

五、用冷水浸湿的被单裹身。

一些人在受过全部的五级酷刑后，就被装进一具简易的棺材，送往军用墓地去埋葬了。有些人十分害怕，不能坚持下去，刚到灌肠的阶段就声称已经药到病除了，并请求跟随下一个先遣营立即进入战壕。

帅克一到军事监狱，就被关在了一个当作病房的茅棚里，里面已经住了几个胆小的假病号了。

"我一点儿也支持不下去了。"坐在他旁边床上的一个人说。他刚从门诊部被带回来，在那儿他已经被洗了两次胃了。此人假装眼睛近视。

"我决定明天就去团队。"左边的一个人接着说，他刚被灌完肠。这人装的病是耳聋。

挨着入口处的那张床上躺着一个奄奄一息的痨病鬼，他的身子正被裹在一条凉水浸过的被单里。

"这是本周内第三个人了，"坐在帅克右边的人说，"你有什么病啊？"

"我有风湿症。"帅克回答说。听完他的回答，茅棚里的人都哈哈笑起来。连那个快咽气的痨病鬼——也笑了。

"风湿症在我们这儿不算什么，"一个肥胖的男子表情非常严肃地提醒帅克说，"风湿症在这儿根本不算病，和脚上长个鸡眼差不多。我是贫血，又切掉了大半个胃，还被拿掉了五根肋骨，可就这样还是没人相信我。前一些天，这里来了个聋哑人，每隔半小时就给他换一张凉水浸过的被单，这样裹了十四天。除此之外，每天还要给他灌肠、洗胃。医生给他开催吐剂的药方时，所有卫生兵都以为他赢了，可以回家了。然而他却坚持不下去了，他变得胆小了，说：'我不行了，我实在装不下去了，我还是恢复我那能说会听的功能吧。'所有的病

72

友都劝他坚持下去，不要吱声，可他一个劲儿地说自己既不耳聋又能说话。到早上查病房时，他招供了。"

"他确实坚持很长时间了，"一个佯装一条腿比另一条腿短十公分的人说，"他不像那位佯装中风的人，只消三片奎宁、一次灌肠和一天禁食就承认自己没病了。还没等到洗胃，他的中风病就完全消失了。仅有那个说是被疯狗咬了的人坚持的时间最长。他在这里又是乱咬，又是狂吠，确实装得挺像，可他就是没法让自己嘴里吐出白沫子来。我们也使尽浑身解数想帮助他，在每天查病房之前的一小时里，我们一直帮着搔痒他的脖子，搞得他抽起筋来，脸也憋紫了，可就是吐不出白沫子来。没法子，早上医生查房时，他只得坦白放弃装病这套把戏。可惜啊！他只得像支蜡烛一样笔直地站在床前行着军礼说：'报告首长，咬我的那只狗可能不是疯狗。'首长用一种异样的目光死盯着他，把他害怕得浑身哆嗦慌忙改口说，'报告首长，我从没被狗咬过。只是我自己往自己手上咬了一口。'老实交代之后，他们就给他定了一条自残的罪名，说他想把自己的手咬下来，为了逃避上前线打仗。"

"凡是需要口吐白沫的病，一般都很难装。"那位装病的胖家伙又说，"癫痫。这儿有个患癫痫病的，他总跟我们说，发一次病不算什么。他有时一天发作十多次。当他发作时，两手攥得紧紧的，眼睛瞪得如铜铃，自己抽打自己，舌头也伸了出来。不管他怎样辩解，一看就是地道的、一流的癫痫，像极了。突然有一天，他长疖子了，脖子上有两个，背上也有两个。在抽搐了一阵之后，脑袋也动不了了。怎么也坐不好，只好趴在地板上抽打自己。之后，便发起高烧来。烧得把自己的事全都抖搂了出来并且让查房的医生听见了。他发烧时，特地给他供应了两天的病号饭，早上是面包加咖啡，中午有汤、馒头片和调味汁，晚上还有粥或汤喝。而我们却饥肠辘辘，带着清洗过的胃，眼巴巴地瞧着这小子大吃大喝，舔嘴咂舌，打着呼噜和饱嗝，我们跟着他这样真是受够了。他这种做法使其他三人大上其当，都交代他们是装的心脏病。"

"不知什么是最好的办法，"另外一个装病者这么说，"我们隔壁房间里有两个我的老师。他们一个不分昼夜地叫喊：'焚烧布鲁诺的柱子上还在冒着烟！'而另一个则学狗叫，开始是'汪——汪——汪'三声慢的，随后是'汪、汪、汪、汪、汪'五声快的，接着又是慢的，就这样反反复复不停地喊叫。他们俩已持续三周多了。我本来也打算装成疯子的，一个宗教狂，宣扬教皇的至圣至贤。后来我只花十五克朗，让小城区的一个剃头匠给我身上弄个胃瘤。"

"我认识一个住在布舍夫诺瓦的烟囱清洁工，"另一个病号说，"你仅须花上十克朗，就会让你的体温突然升高，并且还想去自杀。"

"这没啥呀，"又一个病号说了，"在韦昂什威茨有个接生婆，只要你愿意花区区的二十克朗，她就能叫你的踝骨脱臼，保你残疾一辈子。"

"我只用了五克朗就把脚给弄脱了臼，"靠窗户的一排床上有个声音说，"五克朗和三杯啤酒。"

"听你们这么说，我这病已经耗费了我两百多克朗了，"

坐在他隔壁的一个特别瘦弱的人说，"我敢打赌，世上的毒药都被我吃遍了，随你们说哪种吧。我都快成了毒药的仓库了。我喝过生汞，吸过水银蒸气，嚼过砒霜，抽过鸦片，尝过撒上吗啡的面包，吞过马钱子碱，喝过含磷的二硫化碳。我的肝、肺、肾、胆、脑子、心脏、肠子都毁了，可谁也说不清我究竟得了什么病症。"

"我看最好的办法就是在胳膊的皮肤下面注射点儿煤油。"靠门的一个人辩解道，"我的一个表哥就是这么做的且走了好运。虽然他们把他的胳膊从肘部锯了下来，但自从那以后，军队就再没有找过他的麻烦。"

"确实的，"帅克说，"为了效忠陛下，每个人都得吃点儿苦头。不是抽胃液，就是灌肠。想当年，我在军队里服役的那会儿，比这还糟呢。要是有人生了病，他们就把他的胳膊倒绑起来，扔到一个洞里，让他到那儿养着去。那洞里可不像这儿，那里既没有床，没有褥垫，也没有痰盂。病人就睡在光板子上。有一次，一个士兵得了伤寒病，紧挨着他的那个得的是天花。两人都被捆了起来，团部的军医还使劲儿踢他们的肚子，非说他们是假病号。最后，这两个士兵都死了。这件事被国会知道了，还上了报。他们怕我们看这些报纸，就搜查我们的小提箱，看谁藏了这些报纸。我一贯是个倒霉蛋，别人谁也没被查出来，全团仅有我那儿有。因此，他们就将我带到团部办公室。我们的上校，那头阉牛，该死的东西，对我又吼又叫，还命令我立正站好，非要我说出给报纸投稿的人。如果讲不出来，就把我的嘴扯烂，把我关在死牢里。一个军医还走过来，在我鼻子底下，挥动拳头，咆哮咒骂：'你这条该死的狗，大浑蛋，倒霉的畜生，社会主义的败类！'但我却很坦率地直瞪着他，连眼睛都不眨一下，话也不讲一声，站得笔直。他们像一条条恶犬一样在我周围来回乱窜，对我狂吠。我一声不响，毕恭毕敬，两手一直紧贴裤缝。就这样僵持了半个小时，上校跑到我跟前怒吼道：'你是不是个傻子呀？''报告，上校首长，我就是个呆子。''为了打掉他那股呆傻劲儿，关他个二十一天的禁闭！每周斋戒两次，一个月内不允许出营地，戴上四十八小时的镣子，马上将他关起来，告诉他，让他放聪明些：我们的国库里绝不储备他这样的傻子。你这个狗崽子，我们要把这些报纸从你的脑袋里抠出来！'这就是上校先生在来回乱窜了一阵之后做出的决定。在我被关押期间，兵营里乱得一团糟。禁止士兵看任何东西，连《布拉格官方新闻报》也不许读。连兵营食堂都不准用报纸包香肠、碎干酪。可越是这样，士兵们反而越卖力地读起书报来了。事情适得其反，而我们这个团也因此成了最有文化修养的团了，我们每天看书读报。有人甚至作诗写歌暗地里来跟这位上校斗争。团里一发生点儿什么事情，马上就会有人用'虐待士兵'之类的标题在报纸上发表文章。这还不算什么，他们还会给维也纳的议员们写信，要求政府为他们申冤。这些议员便会在议会里不停地责骂我们的上校是个畜生什么的。有位来自胡波卡的士兵因为在出操时被上校打了一记耳光，便向维也纳的议员们告了一状，结果被关了两年。即使有部长派小组去调查也无济于事。调查组一走，上校就把我们全团集合起来训话，说士兵就是士兵，应该少废话，一声不吭，保持沉默，老老实实服役，谁要是有什么不满意，那就是不遵守军队里的纪律，不懂隶属关系。'浑蛋们，你们以为能求助检查组吗？'上校说，'能帮你们屁忙！现在每个连都从我面前正步走过去，并大声重复一遍我刚才的话。'于是，我们便一个连接着一个连地脸朝上校所站的位置来个'向右看'，持枪行礼，对着他怒吼：'浑蛋们，我们以为能求助检查组吗？求助个屁！'上校笑开了花，一直笑到第十一连从他眼前通过为止。第十一连正步行进坚定有力，脚打着地叭叭直响，走得非常神气。可当他们行进到上校跟前时，怪了！鸦雀无声！什么声音都没有。顿时，只见上校的脸像大公鸡的鸡冠一样红。他命令十一连重回原地，再走一次。于是，他们又正步行进着，但仍是鸦雀无声，只能看见一排排士兵怒视着上校。上校下达了口令：'稍息！'他自己却在院子里跳脚，并用鞭子抽打着自己的高筒靴，啐着唾沫，突然停下来，大叫一声，'解散！'然后骑上他那匹瘦马跑出了院门。我们都在等待着，猜测十一连可能要倒什么大霉了，结果啥事儿也没有。我们等了一天，又等了整整一个星期，可一直没有等来。自此，这位上校就再也没在兵营里露过面了。这一来，可乐坏了那些士兵和军官们。后来，上级又派来了一位新的上校，听说那个老上校进了什么疗养院，因为他亲笔上疏陛下，说十一连竟然造反了。"

下午查房的时候到了，只见葛林斯坦伊军医挨个儿查着床铺，军队卫生员拿着花名册跟在后面。

"马楚纳！"

"有！"

“给他灌肠和服阿司匹林！波科尔尼吗！”

“有！”

“洗胃和吃金鸡纳霜。克沃希科！”

“有！”

“灌肠和服阿司匹林。科恰特克！”

“有！”

“洗胃和吃金鸡纳霜。”

于是，就这样一个接一个地诊断，一个接一个地下处方，无情地、迅速地进行下去。

“帅克！”

“有！”

葛林斯坦伊医生对这个新面孔瞅了一眼。

“有什么不对啊？”

“报告首长，我有风湿症。”

葛林斯坦伊医生在他干医务期间，一直都是用一种冷嘲热讽的态度对待病人的，他感觉这比训斥有效果。

“啊哈，风湿症，”他对帅克说，“你可病得很严重啊！可也巧了，那不慌，就在爆发世界大战时，需要人到前线去打仗的时候得了这种病，你一定很着急吧？”

“报告首长，确是这样。”

“这么说，还让我说准了。那太棒了，患了风湿症还来到我们这儿。不打仗的时候你这家伙欢蹦乱跳得像只兔子，可是刚一打仗，看看，你的风湿症马上就来了，膝盖也不灵了。膝盖疼吧？”

78

"报告首长，疼得很厉害。"

"一夜一夜地不能入睡，是不是？哼，风湿症，这种病确实危险，也很是不好受，也很麻烦的。但是，在我们这儿，治疗风湿症有让你满意的办法。严格的饮食控制和多种疗法是非常有效的。不信你等着瞧吧，你在我们这儿治疗比在皮耶什佳尼温泉的疗效要好得多。到时候，你就能顺利地开赴前线，你的屁股后头还会扬起一片尘土呢。"

接着，他转身对军队卫生员说：

"记下他的处方：'帅克，严格控制饮食，每天洗胃两次，另加一次灌肠。'至于下一步治疗措施，看看再说。目前就把他送到门诊室，先把他的胃洗得个干干净净，等洗够了，再给他灌肠，要灌得满满的，直灌得他喊爹叫娘的，这样一来他的风湿症就被吓跑了。"

之后，他朝所有病人发表了一通演说，话里还充满了睿智和幽默的警句：

"你们别以为自己的那些小把戏能够帮助你们蒙混过关。不管你们找的是什么借口，我全不在意。我非常清楚，你们都是在装病逃避兵役，我就了却你们的心愿。像你们这样的兵痞，我对付了不知有几百几千了。在这些床上曾经睡过大批的征役者，他们根本没有病，就是缺少军人气概。他们的同袍在前方拼命，他们却想在后方赖在床上不起来，吃着医院提供的一顿顿饱餐，等着战争结束。哼，你们这帮狗崽子真是他妈的打错了算盘，我要让你们这些人二十年后做梦想起在这儿的经历，仍然吓得魂不守舍。"

"报告首长，"靠窗口一张床上有个人粗声粗气地说，"我的病都好了。昨天夜里我就感觉我的气喘病有些好转。"

"你叫什么？"

"克沃希科。报告首长，我同意灌肠。"

"行，上路之前你还需再灌一次肠的，"葛林斯坦伊医生决定说，"省得你今后责怪我们这儿没有给你好好看病。现在全体病号注意：我读到谁的姓名，谁就跟着卫生员去领自己应该得到的那一份。"

于是，每个人都领到了医生给开的一大堆药。帅克的表现让人觉得他很能干。

"千万要狠下心，"帅克向给他灌肠的公差提醒说，"别忘了自己以前曾宣誓效忠陛下。即使是你自己的亲爸爸或者亲兄弟在这里，你也照样不要手软地给他灌，连眼珠子都不要眨一下。心中只有一个念头：奥地利都靠灌肠才能坚不可摧。胜利必将属于奥地利！"

第二天，葛林斯坦伊医生查病房的时候，专门询问帅克对军医院印象怎么样，是否喜欢它。

帅克回答说，这是一所管理还不错、医德高尚的医院。医生为了奖励他对医院的赞扬，又给他加了一些阿司匹林和三片奎宁，并让他当场用水冲服下去。

就是苏格拉底当年饮那杯毒药的时候，也根本没有帅克那样安详地服用奎宁，他把各级酷刑都尝遍了。

帅克被他们裹进湿被单的时候，医生问：

"目前还好吧？"

"报告首长，就像在浴池里或者跟在海滨消夏一样。"

"你还有风湿症吗？"

"报告首长，好像我的病还不见好转。"

于是，帅克又将遭受新一轮的折磨。

在这期间，一位已故步兵元帅弗·勃萨罕莫男爵的遗孀正到处打听，想寻找到前不久在《波希米亚报》上提到的那位爱国士兵，尽管他是一个不健全的人，还让别人用轮椅推着他去参军，嘴里还喊着"打到贝尔格莱德去！"

她终于从警察总署里打听到了这位士兵就是帅克。因此弗·勃萨罕莫男爵夫人在女伴的陪同下，带上提着篮子的男仆，来到了霍朗泰涅的军医院看望帅克。

男爵夫人，怎么也搞不明白，帅克为什么会一个人躺在军事监狱开的军医院里。这究竟是怎么搞的？她将名片一递，军事监狱的大门就替她打开了。办公室的人对她都非常好。五分钟后，她已经知道她所要找的那位"好兵帅克"就躺在第三病房的十七号床上。不知所措的葛林斯坦伊医生亲自陪同男爵夫人前往探视帅克。

帅克在受完葛林斯坦伊医生所制定的通常一天该受的酷刑之后，正坐在自己的铺位上，被一群骨瘦如柴、饥饿不堪的假病号团团围着。他们到现在还没缴械投降，还在"严格控制饮食"的战场上和葛林斯坦伊医生进行着顽强的斗争。

如果有谁听到他们的谈话，一定以为自己是置身于厨师协会，或是在一个高级烹饪学校以及什么美食训练班里。

"即便那些次一点儿的油脂渣，也还是可以吃的，但必须是热乎乎的。"那个患"经久不愈胃炎"的人说，"炸油的时候，得先把油渣挤得干干的，然后再撒上点儿盐和胡椒面。我发誓，这样吃就连鹅油渣也都比不上它的。"

"别提鹅油渣了，"那位得"胃癌"的病号说，"那可是世界上最好吃的东西，油脂渣哪能和它相提并论呀！当然，必须用犹太人那样的方法，把它熬得金黄金黄的。他们习惯用一只肥鹅，连皮带脂撕下来炼油。"

"你知不知道，倘若熬出来的是猪油渣，那您的说法就错了，"紧挨着帅克的那一位说，"当然，我说的是必须用家禽的脂肪炼出来的油渣。所以叫家常油渣。既不是褐色，也不是金色，应该是介乎两者之间的颜色。这种油渣软硬适度，不能用牙咬，否则就是炸过头了。要能在舌头上化掉的，同时还不能使您感觉有油往下巴上流。"

"你们谁吃过马油渣吗？"大家明白这是谁的声音，但就在这时军士卫生员跑了进来说：

"你们都给我躺到床上去，不能乱动。有个男爵夫人要到这儿。你们都不允许把又脏又臭的脚从毯子下面露出来！"

弗·勃萨罕莫男爵夫人的出场非同寻常。她后面跟着一大队人马，就连医院的库管员也跟了进来。这会儿应该把他从后方油水充足的食槽边扔到前沿阵地的铁丝网下去喂榴霰弹。

库管员的脸色憔悴，葛林斯坦伊医生的脸色更白得没有血色。印有"将军遗孀"头衔的老男爵夫人的小小名片，以及与这个称呼有联系的所有东西：交情、庇护、控诉、调去前线等字眼儿都会在他们的眼前晃来晃去。

"这位就是您要找的帅克先生。"医生强装镇静地说，并将弗·勃萨罕莫男爵夫人领到帅克床前，"这人非常老实忠厚，颇有一股子忍劲儿。"

弗·勃萨罕莫男爵夫人在帅克床前的一张椅子上坐下，然后说：

"捷克兵是好兵，就算残疾依然很英勇，奥地利人十分喜欢捷克兵。"

她抚摸了一下帅克长满胡须的脸，接着说：

"我从报上看到了你的一切，我给您送来了好多吃的、嚼的、抽的、含着的。你是捷克兵，好样的兵。到这边来，约翰！"

叫约翰的这位男仆留着一脸钢针般的络腮胡子，看上去就像大盗巴宾斯基。他提着篮子走到床前，男爵夫人的女伴——一位满含泪水、身材纤细的夫人坐在帅克的床沿上，帮他收拾压在背下的草垫子，尽量想把所有患病的英雄服侍好。

此时，男爵夫人把礼物从篮子里依次拿了出来：十二只烤仔鸡，用玫瑰色绢纸包着，上面还扎了一根红黄丝带；两瓶贴有"愿上帝惩罚英国"商标的军用烈性甜酒，瓶子另一面还贴着弗朗茨·约瑟夫与威廉两人手拉手蹦蹦跳跳的标志。

然后，她又从篮子里拿出三瓶滋补身体的葡萄酒，两包香烟。她把礼品一件件慢慢地摆放在帅克床上的空着的地方。又放上了一本装帧精美、题名《君主生活逸事》的书，这是现在销量最大的官方报纸《捷克斯洛伐克共和国报》的功勋主编撰写的，仿佛他从这位老弗朗茨身上看到了自己的影子。后来，那床上又多了几块同样印有"愿上帝惩罚英国"商标的巧克力糖，反面是奥地利和德国皇帝两个人的画像，但包装纸上他们二人已不是手牵手而是相互倚坐着。男爵夫人还拿出一把很精美的、有着两行鬃毛的牙刷，上面印有"依靠共同的力量"的拉丁语题词，这样可以使每一位拥有这种牙刷的人都能想起奥地利来。还有一件在前沿阵地和战壕里都能够用得着的非常雅致的礼物——一套剪指甲的工具，盒子上印着榴霰弹在爆炸，一个戴钢盔的士兵端着刺刀向前冲，下面写着："为上帝，为陛下和祖国而战！"还有一包饼干，一面配有一首诗，上面倒没有任何图画，另一面印着捷克文的译文：

啊，奥地利，你是一座神圣的大厦，

展开你的旗帜

迎风飘扬吧！

啊，奥地利，你将永远屹立于世。

最后一份礼物是一盆洁白如玉的风信子。

当带来的所有礼物都被放到床上后，男爵夫人已激动得满脸热泪。那几个饥饿不堪的假病号已经馋得直流口水了。男爵夫人的女伴此时正扶着坐起来的帅克同样也流下了热泪。病房内显得像在教堂里一样的肃静。突然，帅克双手合十打破沉默说：

"天国的先生，我们的父亲啊，你的名字至尊至圣，你的乐土从天而降……抱歉，尊敬的夫人，我说错了，我要说的是：'天呀，我们在天之父，感谢您的慷慨，把这些礼物赐给我们，因为您的慷慨，您的仁慈，阿门！'"

帅克刚说完这些话，便立刻从床上迅速抓起一只烧鸡吃了起来，葛林斯坦伊医生很惊讶，用极其惊恐的眼光看着他。

"大家瞧瞧，这位可爱的士兵胃口多好啊！"老男爵夫人高兴地对葛林斯坦伊医生说道，"他的病已经好了，马上就能奔赴战场了。我真是太高兴了，这多么符合他的心愿啊！"

之后，她又挨个儿走到每个床分发香烟和夹心巧克力糖，转完一圈重又坐到帅克床边，抚摸着他的头发说："愿主保佑您。"随后便带着随从人员消失在门外了。

葛林斯坦伊医生到楼下送男爵夫人回去，帅克大方地把烧鸡分给了同室的病友。他们一个个狼吞虎咽，等到葛林斯坦伊医生回来时，每个人面前只留下一堆堆的骨头。这些骨头被啃得干干净净，活脱脱地像小鸡一出世就落入老鹰的利爪中，而被啃光的骨头简直像是遭太阳曝晒了好几个月似的。

军用甜酒和三瓶葡萄酒被喝得一滴不剩，一包包巧克力和饼干也全部被病号们消化在胃里，甚至有人喝了指甲油。这瓶东西是和剪指甲的用具放在一起的，同牙刷放在一起的牙膏也未幸免，被咬了一口。

葛林斯坦伊医生回来后又原形毕露，重新摆出他那副争强好斗的架势，作了一通长篇演说。男爵夫人的来访结束了，压在他心上的一块大石头终于落了下来。一堆堆被啃了个精光的骨头更加肯定了他的猜想，这些个装病逃避兵役的家伙全都无药可救。

"士兵们，"医生的演说开始了，"倘若你们还稍微有点儿脑子的话,你们就不该把男爵夫人带来的东西吃得这么干净,并且会暗暗对自己说:'要是我们把它吃得太干净,医生就会不相信我们身患重病了。'但是,你们刚才的种种行为恰恰证明你们都很健康。你们是想患胃炎吗?那你们可就错了!我警告你们,在你们的胃尚还没来得及消化这些东西之前,我就要把它洗得全没有了。让你们到死也不会忘记,以后还会对你们的孩子们讲述,你们曾经有一次是怎样吃掉了烧鸡等一系列好吃的食物,但这些食物又是如何在你们的胃里仅仅停留一会儿,就被人趁热抽了出来。如今你们现在一个接着一个地跟我来!好让你们别忘了,我和你们并不一样,你们全是蠢货,好歹我比你们所有人加起来还要机灵一点儿。我还得告诉你们:明天我还要请征兵军委会的人过来。你们睡在这里的时间很长了,根据你们刚才的行为,既然能在五分钟内把你们的胃塞得满满的,那就足以说明你们都是好好的。现在,正步走!"

轮到帅克时,葛林斯坦伊医生瞅着他,想起了刚才男爵夫人莫名其妙的来访,便问帅克道:"你认识这位男爵夫人吗?她是你什么人?"

"她是我的后妈,"帅克既从容又很自律地回答,"在我小的时候,她把我随便地一扔,现在又找到我了……"

葛林斯坦伊医生只随便地说了句:"回头再给帅克灌一次肠。"

夜幕降临,病房里笼罩着一片悲戚。几小时前大伙儿胃里还盛满各种美味佳肴,如今只剩下一杯淡茶和一片面包。

靠窗二十一号床位上的病友说:"喂,朋友们,大家相信吗？我说炸鸡要比烧鸡好吃些。"

有人嘟囔了一句："你想找打吗？"

大伙儿经历了这次很不成功的宴会之后，都感到身体十分虚弱无力，全都动弹不得，对这个话题也提不起兴趣了。

葛林斯坦伊医生昨天的承诺实现了。上午几位军委会的人来了军医院。

他们满脸十分恼怒，走过一张张床铺，大声喊道："把舌头伸出来！"

帅克把舌头伸得长长的，双眼眯成了一条细缝，样子瞧上去非常傻。

"报告首长，参谋长先生，我已经把舌头伸到极限了。"

帅克觉得，如果他不这么说，说不定这些委员们会怀疑他把舌头藏起了一半。

军委会全体成员却对帅克的态度各持己见。

虽然半数人认定帅克是智障，但有一些人却认定他是一个坏蛋，一个故意拿军队打仗的事当儿戏的恶棍。

"我们如果连你都斗不过，那确实是要遭报应呀！"军委会的主任冲着帅克怒吼道。

帅克望着全体委员，似孩子般幼稚。

一位军区参谋级的医生走到帅克面前，说："我倒想知道，你这只昏头昏脑的猪猡，现在还会有什么鬼主意！"

"报告首长，现在我没考虑任何事情。"

"浑蛋。"有个委员的佩刀碰得铿锵一响，并大声嚷道，"原来你什么都没想！你这头蠢驴，那你为什么不想点儿什么呢？"

"报告首长，因为军队的纪律不允许士兵们想问题，因此我什么都不想。当年我在九十一团服役时，我们的大尉首长总这样对我们说：'当兵的用不着想什么，你们的首长早已替你想好了。如果当兵的动起脑子想东西，那就不是士兵了，而是身上沾满泥土的臭老百姓一个。思想肯定不能……'"

"闭嘴！"军委会主任恶狠狠地打断了帅克的回话，"大家伙以前就知道你了。你以为我们真的相信你是个智障吗……你根本不是什么智障，帅克，你很鬼，你很奸猾，你是个流氓、无赖、地痞，你知道了吗？"

"报告首长，我知道了。"

"我刚才跟你说过了，叫你闭嘴，听见了吗？"

"报告首长，我听见了，我住口。"

"我的天哪，叫你闭嘴你倒是闭嘴呀！你应该清楚，我这是在给你训话，不允许你再废话！"

"报告首长，我知道了不允许我再说什么。"

这帮军官首长互相用眼神交流了以后，他们喊来了军士卫生员。"把这个家伙给我带到楼下办公室去，"那位军区参谋级的医生指着帅克对军士说，"让他听我们的发落。在警备司令部候审所里确定他不会再有这么多废话的。这家伙壮得像一头公牛，他还装病，想躲开兵役。他还造谣，拿他的上司开玩笑。他想到这里寻欢找乐，想弄出一场闹剧、一出段子！哼！等你进了候审所，他们就会让你知道：军队工作肯定不是闹着玩的！"

帅克由军士卫生员带往办公室，但经过院子时他还照样唱着歌儿：

> 我一向认为，
> 当兵真好玩。
> 玩个一两周，
> 就可把家还……

委员们继续在楼上病房里折磨着其他装病逃避兵役的人。七十个病号中仅有两个逃脱了此劫：一个是被手榴弹炸掉了一条腿的，另一个是真正患慢性胃膜炎的。

没听到"合格"的断语的只有这两位，其余的人，就连三位病入膏肓的肺结核病患者也被宣布为可以服兵役者。就在这时，这位军区参谋级的医生并不舍得放弃大作演讲的机会。

他的演讲由乱七八糟的骂人脏话拼凑而成，内容十分枯燥。全部征役者都被他说成是畜生、臭狗屎，他说只有在他们为陛下英勇作战时，方能回归人性，也仅有这样，他们现在的罪过才能够得到上帝的原谅。但他怀疑这些征役者能不能幡然悔悟，变为他们想象中的人。他甚至认为，这些人一个个全应被绞死才对。

有一位年轻的军医，他心地善良，请求这位军区参谋级的医生准许他发表看法。他的话语充满乐观、天真幼稚的精神，与他顶头上司的讲话截然不同。他操着一口流利的德语。

他慷慨陈词，说每一个离开医院将去打仗的人，全可称得上是一位胜利者和勇士。他深信，他们掌握了武器，无论是不是作战，全都能保持自己的荣誉。他们将是继拉德斯基和欧根·萨沃依斯基王子之后的荣耀的不可战胜的军事家，他们将用自己的热血滋润神圣帝国辽阔富饶的大地，并胜利地完成历史所赋予他们的光荣使命。他们将英勇无畏，悍不畏死，在本团那面被战火洗礼的军旗的带领下前进，再前进，向新的荣誉，新的胜利冲锋。

之后，那位军区参谋级的医生在过道里对这位天真幼稚的年轻军医说："先生，我敢向您保证并负责地说：您刚才所言不会起到任何作用。拉德斯基也好，或者是您的那位欧根·萨沃依斯基王子也好，都没有办法把这帮浑蛋培养和造就成一批战士。无论你是像天使般温柔，还是像魔鬼样凶狠地给他们讲话，效果都没什么不同。你要明白，坏蛋就是坏蛋。"

第九章　在候审所里

　　说起来很搞笑，候审所是那些不肯去前线打仗的人的最后一个避难所。有一位代课学校的数学教员，他应该在炮兵部队服役，可是他不肯去开炮，就用尽心思偷了上尉的手表，制造机会进了候审所，他这样做，是经过深思熟虑的。他对战争既无热情也不陶醉，开炮轰炸敌人，或者用榴霰弹和手榴弹炸死对面同自己一样不幸的可能也是数学代课教员的人，他想傻瓜才会这么做。

　　"我就是不乐意做一个因为自己的暴行而遭受别人痛恨的人。"他对自己这么说，于是他承认他偷了上尉的手表。刚开始，他们对他的神经系统做了检查，后来，当他自己供认偷表是为了发点儿财，这才被押到了候审所。这种因为偷盗诈骗案而被关进候审所的人太多太多了。这里什么人都有，还有一些发战争财的人，他们是那些不择手段地在后方和前线贪污士兵粮饷的各级军需官。还有一些所谓的小偷。其实，"小偷们"比送他们到这儿来的人还要老实很多。候审所里还关着一些犯了与军事有关的罪行的士兵，如违反军纪、企图煽动骚乱、潜逃等。另外，这里还有一批政治犯，他们当中百分之八十肯定是无罪的，但百分之九十九的人都被判了刑。

每个国家针对普遍的政治腐败，经济衰落与道德沦丧，全设有对群众实行专政的执法机构。以前武功的光荣与声誉必须依靠法庭、警察和收买告密的恶棍来加以维护。

在奥地利的所有军队里都豢养着一批告密者，他们活着就是专靠告发那些与他们同吃同住的伙伴为生。

给候审所提供材料的还有国家安全局的克利马、森朗沃科及其同伙们。军队书刊检查局还把一些通信者送到这里来，原因只是这部分人在前线和家里绝望的亲人通了信。警察们还把穷苦的农民也关了进来，因为他们在给前方作战的亲人写信时提到了军事法庭，还写了一些安慰亲人的话，向他们描述了儿子离家打仗的十二年中家庭的贫困状况。

在霍朗泰涅的候审所附近，有一条经过彼什弗罗佛通向打靶场的道路。一个戴着手铐的人，被一群荷枪实弹的队伍押送着，走在前面，一辆拉着简陋棺材的大车在队伍后面跟着。打靶场上响起了"举枪！瞄准射击！"的口令声。事后，人们听到了这样的通告：暴乱分子已被射杀。该犯应征入伍时，因为连长用马刀砍死了与他难舍难分、患难与共的妻子，他就引起了一场暴动。

候审所由三人把持控制着：军狱监狱长森朗沃科、连长列霍得和绰号"刽子手"的军士斯番。不知有多少人被他们折磨得死在单身牢房里啊！现在成立了共和国，列霍得连长可能还是连长。我希望他领养老金时，他在候审所里的服役时间也算在内。森朗沃科和克利马的服役年限应该从他们在国家安全局效力的时候算起。斯番已经退役，重操旧业，继续当他的泥瓦匠去了。他在共和国诞生后说不准还成了某爱国团体的成员呢。

军狱监狱长森朗沃科先生在共和国成立后成了小偷，如今被抓正在蹲监狱。这个可怜虫没能像其他许多军官首长那样在共和国里获得个荣耀的职位。

这些当然是后话，此时当牢狱监狱长森朗沃科一见到帅克，就会用责备的目光瞅着他，说：

"你既然和我们在一起了，那你的名声也就够臭的了。小子，我们要让你在这里过得美滋滋的，像对其他落在我们手里的家伙一样。但是，我们的手肯定不会像女人的手那么柔软无力。"

他还把自己那粗大的拳头伸到帅克的鼻子底下示威：

"你这个下流坯，来闻一闻！"

帅克果真闻了闻，然后冲着他发表了自己的一点儿看法：

"我的鼻子可不想碰着它，它的味道就像坟墓里散发出来的气味一样。"

军狱监狱长非常满意这句平和而沉着、理智的话。

"喂！"他用拳头捶了一下帅克的肚子说，"站直喽！你这兜里都装的什么？香烟可以随身带，钱就放在这儿吧，免得被别人偷了。没什么啊！确定没有？你千万别撒谎呀，撒谎可是要挨罚的。"

"把他关在什么地方？"军士斯番问。

"十六号房间。"监狱长做出决定说，"将他和那些只穿裤衩的人关在一起，你难道没看见列霍得连长先生在公文上签的'要严加看守'的命令吗？"

"就必须这样办，"监狱长掉头向帅克板着脸说，"下流坯就是下流坯，必须依照下流坯的办法处置。谁敢捣蛋，就把谁关进单人牢房去，再把他所有的肋骨打断，让他一点儿也不能动，一直让他躺到死去。我们有这样做的权力。斯番，你一定还清楚我们是怎样对付那个屠夫的。"

"哦，那个该死的家伙可让我们费了好大的劲儿啊，监狱长先生！"军士斯番若有所思地回答说，"那家伙身体壮如公牛。我站在他身上踩了足足有五分多钟，他的肋骨才咯嘣咯嘣地——断掉，他嘴里才淌出鲜血来。没想到事后他还活了十来天。确实是一个经得起摔打、折磨，很皮实的人。"

"你现在该明白了吧，下流坯，我们是如何整治那些捣蛋的家伙的？"监狱长森朗沃科结束他的训话说，"谁要是想偷着逃跑，那无疑是要自找苦吃。在我们这里，对逃兵也是这么惩罚的。上帝关心你，你这个臭小子，要是巡察组来检查，你千万别想打小报告！比如说，巡察组问：'在这里，您有什么看法、抱怨，你满意吗？'你这臭尸应该立即打个立正，行个军礼，报告说：'报告首长，我什么都没有，一点儿也不抱怨，对这里非常满意。'该怎么说，你这个草包，给我再说一遍！"

"报告首长，我什么都没有，一点儿也不抱怨，对这里非常满意。"帅克带着十分可爱的表情重复着，以至监狱长误以为他很坦率，很诚恳。

"行，那你现在就把衣服裤子全脱下来，只留一条裤衩，马上到十六号牢房去。"他这回语气显得很和气，没有带上以前的什么"无赖""臭狗屎""坏蛋"之类的脏话。

帅克在十六号牢房里看到了十九个只穿裤衩的人，他们的案卷上全部都标有"要严加看守"的字样。目前，对他们看管得特别严，以防他们逃掉。

倘若牢房里的这些人的裤衩全是干干净净的，窗户也未装铁栅栏的话，猛一看，您还认为自己是来到了某个浴室的更衣室呢。

军士斯番将帅克交给了牢房里"囚犯的头"，这名大汉敞开着衬衫，露出毛茸茸的胸脯。他将帅克的名字写在了小纸条上，贴在了墙上，然后对他说：

"明天咱们要去看戏，会被带到小教堂里去听神父布道。全部穿着裤衩的人，刚好都紧挨着讲坛站着。那个景象实在是太可笑了！"

和所有的牢房、监狱一样，候审所的囚犯也特别喜欢到地方的小教堂。他们也不是特别厌恶监狱教堂的强制性询问，只不过去这样的教堂能让他们与上帝进一步亲近，或是出于让他们能够多懂点儿道德的原因。

对候审所的囚犯们来说，他们相当喜欢做祈祷和听布道。这种时候还能暂时让他们摆脱掉候审所的那种百无聊赖的生活。但是，他们并没有因此更加亲近上帝，因为，在去教堂的路上、在走廊和院子里随时都有可能捡到香烟和雪茄烟的烟头。

一个丢在痰盂里或者地上满是灰尘的小烟头儿就证明忽视了上帝的存在。这个味道熏人的小东西一下子打败了上帝和拯救灵魂的期望。

其次,这种布道本来就是一种消遣,闹着玩的。再加上团队军营神父昂多·坎兹又是一位极其可爱的人。他的说教非常受人欢迎,十分能逗人发笑,能给候审所的无聊生活带来新的色彩。他将上帝那永恒、无尽的恩德讲得天花乱坠,娓娓动听,能使那些卑贱的囚犯,那些失掉了荣誉的人们振奋起精神。他站在讲坛上可以用令人很欢欣的话语咒骂,也能用雄壮的语气朗读"祈祷完毕,请走"这句话。他主持圣礼别出心裁,拿祈祷大典当玩笑,把它的顺序颠倒。如果他布道前多喝了几盅,他还会编造出新的祷文和祈祷曲来,那是一种前所未有的、由他独创和使用的祷告词。

有时候,他手里拿着圣杯、执杖或祈祷书,不小心摔倒,那样子简直滑稽到家了。每当这时,他便会大声斥责从囚犯中挑出来的助祭者,说他故意用腿把他绊倒,马上在圣餐保存器前宣布罚他去坐单号子或戴上手铐脚镣。

被罚的人还认为很好玩,很高兴,在他看来这也是闹剧的一部分,而他自己在闹剧中扮演着特别重要的角色,并且表演得很精彩。

昂多·坎兹是个犹太人,是军营神父中的杰出人物。对于他是犹太人这没什么可惊讶的。大主教科亨也是犹太人,而且与马哈尔还是好朋友哩。

军营神父昂多·坎兹还有一段经历,因而比更有名望的科亨大主教更加吸引人们的眼球。

他曾在一所商业学校读书，还作为志愿兵在军队里服役一年。他自认为对证券交易法和期票等业务都极为精通，但在一年之内便把他父亲的坎兹公司弄得不像样，最后彻底破产了。老坎兹不得不背着他和他合作的合伙人，与债主们偷偷地签订了一份善后补偿协议，随后就到北美去了。

就这样，昂多·坎兹毫不可惜地把坎兹公司分给了南北美洲，而他自己既没有产业可以继承，也无居所可以安身，只好应征从军去了。

而在这之前，他还做了一件十分高尚的事：他领了洗礼。他虔诚地请求基督保佑自己官运亨通。他把这一招当作与圣子耶稣之间的一笔买卖。

洗礼是在埃莫沃瑟修道院隆重举办的。奥昂贝神父亲自为他进行洗礼，场面十分宏大。昂多·坎兹服过役的那个团的一位虔诚的少校参加了他的洗礼仪式，还有霍朗泰涅贵族女子专科学校的一个老处女。他的教父是位脸比较宽、嘴较大的主教团代表。

他的军官考试合格了，于是昂多·坎兹，这位刚出壳的基督徒便留在军队里了。刚开始他的前途一片光明，甚至还有直接到参谋部的训练班深造的想法。

然而，有一天，他喝得酩酊大醉去了修道院，把他的马刀扔在那儿并换了一件教袍来穿。他曾荣幸地受到霍朗泰涅的大主教的接见，而后他进了神学院。在为他举行授予神职的礼仪前夕，他竟然在统领街后一座十分正派、规矩并配有女招待的房间里喝得酩酊大醉，并且就从这样一个寻欢作乐的地方独自跑去接受神职礼仪。这以后他就到他的团里寻找避风港了。当他被任命为所在团的军营神父之后，他便立即买了一匹马，经常骑着它在布拉格大街上溜达，还很踊跃地参加团里军官们的各种酒宴聚会。

在他住所的过道里，经常响起令他很不满意的教徒的咒骂声。他经常将街上的一些妓女带到住所里或是派自己的内勤兵把她们叫来。他嗜好赌博，大伙儿都察觉到他在打牌时非常不老实，可谁都也不去戳穿他在教袍大衣袖里藏了一张"爱司"。军官们都骂他是"圣父"。

他布道之前从来不做准备，与曾经在候审所布道的前任神父完全相反。这位前任固执地认为，通过神坛布道就可以使关在候审所里的士兵们有所悔悟重新做人。这位恪尽职守的神父虔诚地转着眼珠，对因犯们解释诸如必须改革有关娼妓问题的法律，必须改善和加强对未婚母亲的关怀的道理，以及如何应对私生子教育的问题。但他的布道从抽象到抽象，脱离现实，让听众觉得索然无味。

与之不同的是，候审所里的人们都盼着听昂多·坎兹军营神父的布道。

这一刻实在太奇妙了，当十六号牢房的候审客们只穿着裤衩走进教堂的时候。也仅能让他们穿着裤衩，不然要是穿了长裤就意味着他们当中可能有人会中途逃跑。这二十个穿着裤衩的纯洁天使被安排在离讲经柜很近的地方。有几个走运的，嘴里还叼着在路上捡来的香烟头，因为他们身上的裤衩没有衣兜，只好这样叼着。

他们的周围站满了候审所里其他的囚犯。这些囚犯非常高兴地看着站在讲经坛下面这二十名穿着裤衩的宝贝。军营神父登上讲经坛，脚后跟的马扎子铿然作响。

"立正！"他大声喊着口令，"我们来祈祷！你们跟着我念！喂，站在后排的，你，这个野猪，别用你那脏手擤鼻涕。要知道你是在主的神殿里，再这样我就叫人把你关起来。你们这帮赖皮，但愿你们没有把《我们的父亲》的主祷文给忘记了吧？好，让咱们一起来试试看！……喏，我就知道你们肯定是念不好的。你们才不管他什么《我们的父亲》不《我们的父亲》的！你们只需要来两片肉、一盘扁豆沙拉，吃得饱饱的，捧着肚子往草垫上一躺，抠抠鼻孔就满意了，根本不把天父放在心上，这难道不是你们做的吗？"

他从讲经坛上往下看了看这二十位穿裤衩的纯洁天使，他们跟在场其余的人一样，显得非常快乐。站在后排的人正在玩"相互猛弹臀部"的游戏。

"这确实不错，挺有意思的！"帅克小声对身边的一个人说，这个人是个嫌疑犯，听说他一斧子就把朋友的一只手的指头全部剁了下来。目的是让他的朋友可以离开军队，收费三克朗。

"你等着瞧吧，好戏还在后面呢！"那人答复说，"他今天没有少喝，他马上要啰唆起罪恶的荆棘之路了。"

果然，军营神父今天的兴致特别好。他经常不由自主地往讲经柜一边靠，险些失去平衡，跌了下来。

"唱首什么歌吧，小伙子们！"他向下面大声喊道，"要不，让我来教你们一首新歌？行，你们跟着我唱吧。"

我有个心上人，
她是我的至爱，
何止我一人追她呀，
她的情人有千千万，
我的这个心上人呀，
就是那圣母马利亚。

"看来你们一生也学不会，你们这群人渣，"神父接着说，"因此我主张把你们统统毙了。都听明白我的话了吗？我敢在这个神圣的地方断言：你们这群废物，上帝不畏惧你们，他有办法惩治你们的。你们全得变成大笨瓜，因为你们不肯亲近基督，心甘情愿地走罪恶的荆棘之路。"

"我刚才说过他快要发作了吗？瞧，来劲儿了不是！"帅克边上的那人很得意地对帅克说。

"那罪恶的荆棘之路呀，就是和那罪恶相搏斗的路。你们这些愚蠢废物，你们全他妈是一些浪子，你们宁肯在单身牢房里鬼混日子，也不肯回到天父身边来。但是，只要你们抬头往远处、往高处看，看看高高在上的苍天，你们就能够战胜罪恶，你们的灵魂就会得到安宁，你们这群下流的东西！喂，站在后排那个人别打呼噜行不行！你又不是一匹马，又不是被关在了马厩里，这可是天父的神圣殿堂呀。我要警告你们，我亲爱的人儿呀。行了！我刚才说到哪儿了？行，灵魂就会得到安宁，记住！你们这群畜生，你们是人，你们应该透过乌云看到未来，你们应该知道，世上万物都是过眼烟云，仅有神圣的上帝是永世长存的。难道不是这样吗？当然！我其实应该日日夜夜为你们祈祷，祈求仁慈的上帝，求他将他的灵魂贯穿到你们冰冷的心中，以他那圣洁的慈爱洗净你们的罪恶的灵魂，使你们永远属于他；祈求他永远爱你们，你们这群恶徒。但是你们做错了！我没有想把你们全带到天堂去的意思。"说到这儿，神父打了一个嗝，"没有那意思！"他又固执地重复了一遍，"我永远都不会给你们帮忙的。就算我做梦都不会理你们的事，因为你们是一群不能自拔的恶棍歹徒，在你们生命的过程里，天主的恩典根本无法引导你们，上帝的爱也没有办法感召你们，因为我们那至圣的天父绝对不会想到要去拯救你们这些歹徒。你们听见了没有？喂，就是你们这些穿裤衩坐在下面的！"

这二十名穿裤衩的人仰起头来，不约而同地回答说：

"报告首长，听见了。"

"只是听见了还不够，"神父又接着讲，"生命的道路充满坎坷，上帝的笑容也不能化解你们的愁苦，你们这群愚笨的贱货！因为上帝的赐予也是有限的。坐在后面的那头蠢驴，你不要咳嗽好不好？否则我把你关起来。你们这些坐在下面的，别认为这是在逛商店。上帝的仁慈、恩赐也是有限的。他恩赐正派人，绝不把恩赐给予人间的败类。这个社会是不能用法律和军事条令来将你们这些个败类改变过来的。这就是我要对你们说的。你们连个祷告都不会做，你们上教堂就是来寻快乐的，认为这儿是个戏园子或电影院什么的。我要把你们这些想法全部从脑子里赶出去，别以为我到这儿来是为给你们消遣解闷儿，让你们找乐的。我把你们全部关到单身牢房里去！我说到做到，你们这帮败类！你们就是在消耗我的时间，我知道我所做的努力都没用，其实，就是大元帅或者大主教来，你们也一样难改恶习，你们是不会亲近上帝的，但总有一天你们会感激我，你们会清楚我是为你们好的，想帮你们的。"

在二十名穿裤衩的人中突然响起了一声啼哭，那是帅克，他哭了。

神父放眼一瞧，帅克正站在那里用拳头擦着眼睛。旁边的人都高兴地欣赏着。

神父指着帅克接着说：

"你们大家都要学习这人。他在做什么呢？在哭泣。别哭，我告诉你，别哭了！你想改过自新吧，小伙子？对你来说这可是件难事啊！你现在痛哭流涕，可一回到那间小屋里，你仍然是一个浑蛋，所以你还得多想想上帝那无穷的恩惠和仁慈，多用脑子想一想，使你那罪恶的灵魂在世上能早日回归正道。今天，我们亲眼看见一个人感动得流了泪，他要把他的邪心修改过来。那其他的人呢？你们想要做什么呢？什么也不做？那边还有个人在嚼着，真像是反刍动物的爹妈把他养大的。那边还有一个在衬衣里捉虱子呢，而且是在主的神殿里。你们回到牢房里再捉，禁止在做祈祷的时候来干这种事。监狱长先生，你好像从来都是事不关己，不闻不问。要清楚，你们全是军人，不是什么混账老百姓。既然在教堂里，就得像个军人的样子，

102

真他妈的是一群浑蛋，你们都给我精神点儿，跟随上帝，别的事离开这里再做。你们这群流氓，我要你们在做祈祷时放老实些，不要像上次那样，后排一个人竟拿公家发的内衣去换面包，到做祈祷的时候拼命地下咽。"

神父走下讲经坛就进了圣器室，候审所监狱长跟随其后。不大一会儿，监狱长出来了，直接走向帅克，把他从二十名穿裤衩的人中间叫出来，领进了圣器室。

神父随意地坐在桌子上，一根烟在他手里卷着。

发现帅克进来，神父便说了：

"行，我要的就是你。我思考了半天，我觉着我明白了你的心，知道吗，小伙子？从我到教堂以来，这还是第一次有人在听我布道时流下了眼泪。"

他从桌上跳下来，拍了拍帅克的肩膀。他在一幅巨大而模糊的撒靳斯的圣·弗朗西斯像下喊道：

"你说，你这浑蛋，刚才你是不是为了开玩笑才装哭的？"

这时，好像撒靳斯的画像也带着疑问的神情凝视着帅克。另一幅画像上的殉道者似乎从另一个方位害怕地望着帅克。殉道者的胯部还留着被罗马兵丁的无名小卒锯过的痕迹。殉道者的神情淡然而平静，因为没有表现出殉道者所应显示的光辉，所以样子显得那么惊慌失措，好像在说："我肯定不干涉此事！那么诸位先生，你们到底要拿我如何呢？"

"报告神父先生，"帅克很严肃地说，他决心孤注一掷了，"我在万能的上帝和您——尊敬的神父面前坦白忏悔。您——站在天父国土上的庄重的父亲，我刚才的的确确是为了开个玩笑而装哭的。我寻思着您布道时刚好缺少一个改过自新的罪人，但这个罪人又是您在传教时努力找却没找到的，所以，我想帮您个忙，让您高兴高兴，让您感到世上还有几个诚实的人存在。同时，借这个玩笑，我也可以自娱自乐。"

神父看着帅克天真无邪的模样，认真思考了一番。一道阳光从圣·弗朗茨阴沉沉的像上掠过，也给对面墙上那位心神不定的殉道者的脸上添了一股温暖的气息。

"如此一说，我倒有点儿喜欢起你来了。"神父说着，重新坐到桌子上，"你是哪个团的？"他打起了嗝。

"报告神父先生，我算是九十一团，又不是九十一团的，我本来就不知道这究竟是怎么回事。"

"你怎么出现的？"神父问道，还是打着嗝。

此时从教堂里传来了管风琴的演奏声，演奏者是一位因为偷跑而被关了禁闭的教师，他演奏着极其伤感的宗教乐曲。但是，神父的嗝声比琴声还要高出半个音。

"报告神父先生，我的的确确不知道自己怎么会蹲在这儿，我对在此并不介意。我只是感觉自己命不好，我什么事都从好处着想，可到头来总是相反的结果，就像那幅挂像上的殉道者。"

神父扫了一眼挂像，笑了笑说：

"你还真的让我高兴。不过，我还得到有关人士那儿去核实一下你的案情。得了，我没时间和你贫嘴了。我还得把这场祈祷搞完。归队！解散！"

帅克回到讲坛底下那群穿裤衩的朋友当中，他们问他为什么神父把他一个人叫到圣器室，他特别干脆利落地回答说：

"他喝醉了。"

大家都认认真真地用毫不掩饰的赞赏表情望着军营神父新的表演——他主持的祈祷。其中一位竟然在祭坛下面打赌说，军营神父手里的圣饼盘子一定会掉下来。他以自己的那份面包同对方答应的两记耳光打赌，最后他赢了。

人们在教堂里认真地望着军营神父主持祈祷，但这并不代表着信徒们抱有神秘主义或真正的天主教徒们所怀有的那种虔诚之心。这场景就像在剧院里观赏一出情节曲折而又不了解剧情的戏时，十分焦急地想清楚它的结局一样。这位军营神父先生以很大的忘我精神在祭坛上给人们表演着，大家尽情享受着这场表演。

到场的听众们以浓厚的审美情趣观赏着神父反穿着的祭袍，并专心注视着祭坛上的一举一动。

火红色头发的助祭——一位教会的逃兵、二十八团的偷盗专家，他正努力地从脑袋里挖掘祈祷的全套手续、技巧和经文。他不仅是军营神父的助祭，还是他的提词人。因为军营神父已头脑混乱了，把大量的经文念得句不成句，文不成文。他以耶稣降临节的晨祷词替换平时的祈祷曲，对听众高声唱了起来，大家笑得七倒八歪，合不拢嘴。

他既没有嗓音，又缺少乐感。一张口，教堂的拱顶下就开始响起一阵粗一阵细的号叫声，和猪圈里发出来的声音简直一样。

"他今天喝得真是不少！"靠祭坛站着的人们心满意足地说，"看他那烂醉如泥的样子，一定是又在哪个女人们家里灌的。"

神父从祭坛上第三次诵起"祈祷完毕，请走！"声势浩荡，那声音就像印第安人在战场上的大喊，把窗户都震得不停地响。

接下来，军营神父看了眼圣杯，看看还剩没剩一点儿酒，随后他做出一个不耐烦的手势，对听众说：

"结束了，浑蛋们，你们赶紧滚吧。我早就看明白了，你们这帮流氓在教堂里、在至圣的天主面前，并没表现出应有的虔诚。你们在至高无上的主面前不知廉耻地大声说笑、咳嗽和大叫，甚至在我这位代表圣母马利亚、耶稣基督和天父的人前面把脚碰得吱吱作响。你们这群浑蛋！以后要再如此，我就给你们应得的惩罚，整得你们讲不出苦来。我要让你们清楚，不仅存在着我不久前讲到的天国地狱，还有一座人间地狱。你们就算逃得了前一座地狱，也逃不了后一座地狱！解散！"

自我感觉出色地表演完了之后，军营神父走到圣器室更换新衣，将荆条筐酒瓶里的圣酒倒进葡萄酒杯里喝了下去，随后由火红色头发的助祭把他扶上拴在院子里的马。但是，他忽地想起了帅克，便下了马，走到军事法审官菲尔涅什的办公室。

军事法审官菲尔涅什是一个社交很广的人、一个充满魅力的伴舞行家，还是一个道德败坏的家伙。他讨厌自己的工作，喜欢在纪念册上诌几句德文诗；他的诗句信手拈来，一贯是如此自信。他是军法处里最重要的人物，大量讯问笔录和乱七八糟的起诉书全汇集在他手里，所以他受到霍朗泰涅的军事法庭所有同人的尊敬。他经常把记载着起诉细节的公文弄丢，因此他只能另外胡编乱造。他经常张冠李戴，搞错人名，有时几乎丢失了诉讼案情的线索。没办法就又随便杜撰一些。他将逃兵当作盗窃犯来审，又把盗窃犯当作逃兵来判刑。他还无凭无据地伪造政治案件，简直信手拈来，给人编造各种各样的罪名，人们肯定想不到的一些罪名。他虚构侮辱陛下的罪名，编造起诉书，他经常把这些罪名和证据乱安在一些人的头上，因为这些人被控的原件早已经在杂乱无章的档案中丢掉了。

"您好，生活怎么样？"军营神父向他伸出一只手，说。

"还行，"法审官菲尔涅什回答道，"他们把我的档案弄得乱七八糟，如今只有鬼才搞得明白层次顺序。昨天，我把一个被指控为造反分子的材料整理得好好的送了上去，却被退了回来，说这不是个叛乱案，这个人仅仅是个偷军需食物的盗窃犯。除此之外，我又送上去了另一份。看他们退回来还会说什么，天知道。"

法审官啐了一口唾沫。

"您还总是去赌博吗？"军营神父问道。

"我将一切都输在牌上了。不久前，我们跟一个光头上校玩扑克，我一无所有。但是，我却认识了一个小丫头。您最近怎么样，圣父？"

"我需要一个内勤兵，"军营神父说，"以前我倒有一个文化底蕴极低的老会计，他可以说是天下第一大蠢猪。整天就会哼哼唧唧地做祷告，求主保佑他。所以，我派他和先遣营一起去了前线。听说这个营已被打得落花流水了。后来，又找来一个什么事都不干的家伙，这家伙就会蹲在酒馆里喝酒，还记在我的账上。这个浑蛋懒得叫人无法忍受。我没办法就把他也打发到先遣营去了。现在，我在布道的时候看到一个奇怪的家伙，他为了让我快乐，竟然号啕大哭起来。我倒需要一个这样的家伙。他叫帅克，关在十六号牢房。我想知道他的罪名，有什么办法能够把他弄出来。"

法审官在抽屉里找着关于帅克的公文，像以往一样没有找到答案。

"一定是在列霍得连长那里，"他找了好一会儿才说，"鬼知道，我的那些档案在哪儿呢。我保证是把它们送给列霍得了。我马上就给他挂电话。……喂，我是法审官菲尔涅什上尉。连长先生，请问，您那儿有没有一份叫什么帅克的公文？……什么？在我这儿？那就奇怪了……我从您那儿拿去的？真是奇怪……他是十六号牢房的……明白我知道，连长先生，是，十六号牢房归我管。但是，我想，帅克的案卷可能在您的办公室里躺着哪……怎么？我不应该对您这么讲话？东西不会在您的办公室里？喂！喂！——"

法审官菲尔涅什在桌旁坐下，面对审讯档案管理上的混乱情景特别不高兴。他和列霍得连长之间原本就有些冲突，而且互不相让。如果属列霍得管的案卷落到菲尔涅什手里，菲尔涅什就会将它顺手扔到一个什么人都找不到的地方；列霍得也用一样的手段回敬菲尔涅什的案卷。他们互相还把案卷里的一些附件弄丢。

直到时局转变后，帅克的案卷才从军事法庭档案室被找了出来，上面的批注为"该犯想要撕开假面具，公开站出来反对我们的国王本人，还有反对我们的国家"。帅克的案卷被乱放在了一个名叫约瑟夫·科乌德拉的卷宗夹里，封套外头画上了一个十字，下面标着"已办"字样，并写明了日期。

"这么说来，帅克的案卷就不在我这儿了，"法审官菲尔涅什说，"那我马上叫人把他带来，假如他什么也招不出来，就释放他，叫人把他送到您那儿去，接下来的手续您自己到团部去办吧。"

军营神父走后，菲尔涅什命令把帅克提来在门口等他。因为，他这时恰好接到警察总署的电话，说关于步兵曼克率纳尔的七二六七号起诉书必需材料的收据，办公厅一科已经收到，是由列霍得连长签收的。

帅克趁机观察了一下法审官的办公室。

他认为这间办公室环境不怎么样，特别是对墙上那些照片。这全部都是表现部队在加利西亚和塞尔维亚执行各种死刑的照片。一些所谓的美术照，或者是烧毁的茅屋，或者就是吊着死人的大树，还有一幅是在塞尔维亚拍摄的非常精致的照片，那是一家人被绞死的情景。一个小男孩和他的父母被吊死了；两名拿着刺刀的士兵看护着那棵吊着死者的大树；前面站着一位十分神气的军官，嘴里叼着烟卷；照片的另一角，靠后边，还能够看见一个炊事员正在做饭。

"帅克，你究竟是怎么了？"法审官菲尔涅什问道，顺手把电话记录单塞进卷宗里，"你犯了什么错？你是自首还是等着被揭发？我们不能一直如此下去呀，你别觉得你这是站在由愚蠢的文官进行审判的法庭面前。我们这儿是军事法庭，是'皇家王室军事法庭'，你假如不想得到一个严厉的、公正的判决，仅有的出路就是如实招供。"

法审官菲尔涅什在无被告材料的情况下，经常会使出这一绝招。实际上这一招并没有什么了不起之处，我们也不需要为这个感到惊讶，因为这种审讯会以无果而结束。

但是，菲尔涅什很是自以为是，在既没有报告的材料，也不清楚他犯的什么罪、因为什么而被关在候审所里的情况下，他仅需观察犯人的一举一动以及面部表情就能明白被关的差不多原因。

他对一些人的洞察力与理解力甚至到了高深莫测的地步，甚至能将一个盗窃犯审判为政治犯。有一个吉卜赛人由于偷了几打内衣，被关进了候审所，菲尔涅什审判他犯了政治罪行，说这人在一个小酒店里鼓动一些士兵组建以斯拉夫人的国王为首、由捷克和斯洛伐克王室的国土组成的一个独立的民族国家。

"我们这儿拥有明确的证据，"他对不幸的吉卜赛人说，"明确交代是你仅有的出路，你是在哪个酒店里讲的，哪个团的士兵是听众，这件事是什么时候发生的？"

倒霉的吉卜赛人只好胡乱编造日期、酒店名称和臆想出来的士兵的团队番号了。审完之后，他甚至从候审所逃走了。

"那你是不想明确交代啰？"菲尔涅什说，这时，帅克一言不发，像一座坟墓，"你究竟是犯了什么罪而被判刑到这儿来的？最起码你应该先告诉我，别等我来揭发你呀！我再劝你一遍，明确交代对你有益，我们办起来也省点儿力气，并且你的判罚也会判得轻些。在这一点上我们这儿同民事法庭是同样的。"

"报告首长，"帅克那善良的声音响起，"我好似一个弃儿被关在了候审所里。"

"这话怎么说？"

"报告首长，我可以用一个普通的例子讲明白这一点。一个人住在我家那条小街上，他有一个丝毫罪也没有的两岁小男孩，这个小男孩从维诺堡走到利布尼，在人行道上坐着，警察在那儿发现了他，将他送到了警察署，接下来，他们就把他关了起来。您看，小男孩什么罪也没有，但他竟然被关了起来。要是他会说话，他也会不知道该怎么回答如何被关在这儿的。我就是这种状况，也是一个拾来的孩子。"

法审官用凌厉的眼睛把帅克从头到脚看了一遍，弄不懂他。站在他面前的这个人身上有着一股潇洒和天真无邪的气质，弄得菲尔涅什气冲冲地在办公室里来回地走。假如不是他已经答应把帅克给神父，不知帅克会是个怎么样的结果。

法审官在桌旁停住了。

"你听着，"他对面部表情漠然的帅克说，"我要是再看到你，肯定给你点儿颜色看……带下去！"

帅克被再一次带回十六号牢房。菲尔涅什派人叫监狱长森朗沃科来。

"我们决定，"他简单地说，"将帅克交给坎兹神父先生处理。将他的释放证填好，派两个人把他送到军营神父那儿去就可以了。"

"上尉首长，途中要给他戴手铐脚镣吗？"

法审官用拳头在桌子上砸了一下。

"混账！我不是明确地告诉过你把他的释放证件写好吗？"

菲尔涅什在今天与列霍得连长、帅克打交道所积下的怨气，一下子瀑布般地发泄到监狱长头上了。他最后说：

"你现在该知道你是一个戴着王冠的笨蛋了吧！"这位监狱长从法审官那儿出来后，伸脚去踢正在被罚打扫过道的囚犯来撒气。

对于帅克嘛，监狱长想让他在候审所里最起码再多待上一个晚上，额外享受一点儿什么。

在候审所里度过的黑夜都令人难忘。

十六号牢房的隔壁是一个"单号子"——一个一点儿亮都没有的秘窟。那天晚上，就听到关在里面的一个士兵大哭大号。那人是由于犯了所谓的军规，被打断了肋骨。

号啕声结束后，从十六号牢房传出了掐虱子的声音，这些个虱子就在囚犯两个手指的指甲上逐个死去。

牢门上方的墙洞里装有一盏煤油灯，是用铁丝罩保护起来的。灯光昏暗，黑烟笼罩。煤油味掺和着经常不能洗澡的人体的汗味和马桶的粪便臭味。马桶在每次用过后，就要掀起一股新的使人作呕的臭气，再传到十六号牢房来。

糟糕至极的伙食使所有囚犯都得了消化不良症。特别的是人还得忍受平静的夜晚吹进来的冷风。人们只好互相逗乐以打发难熬的日子。

在过道里，能够听见哨兵们整齐的脚步声，牢门上的洞眼不时地被打开，看守从这儿向里面探望。

中间的一张床上响起了细小的说话声：

"我在打算越狱逃跑，被关到你们这儿来之前，开始是关在十二号牢房的。关在那儿的人罪行大多都较轻。有一次带来一个乡下人。那位可爱的人被关了十四天，原因是他留了几个士兵在他家过夜。开始以为他是在搞政治阴谋，后来弄清楚了他仅是想要赚几个小钱。他本应该和那些罪最轻的人关在一起，但那儿住满了人，所以他就和我们关在一起了。他从家里带来许多东西，家里人给他捎来的。于是他得到允许，独自吃饭，开小灶，能够吃得好一点儿。他们还许可抽烟。他有两块火腿，一大块烤面包，还有鸡蛋、黄油、香烟、烟草……哼，总之，所有人们想要的东西他都有。他将这些东西分放在两个背包里，一直带在身上。嗯，这家伙就怕别人吃他的东西。既然他不想让大家来共同享用，像别人得到食物时那样有福同享，那我们也只好开始央求他了。可小气鬼无论如何也不肯分一点儿给大家，说他要在这儿待上十四天，这里发的那点儿卷心菜和烤土豆会把他的肠胃弄坏。他说他如何把公家给他的那一份面包和饭菜让给我们，随我们去分着吃或轮着吃。我和你说，他这个人太有趣了，他无论如何也不愿意在那只马桶上方便，宁愿憋到第二天放风时到院子里的茅坑里去拉。他娇气得甚至手纸也要从家里拿。我们和他说，我们并不在乎他那点儿饭。我们就如此忍了一天，两天，三天。这小子就在我们面前大口大口吃他的火腿，又拿黄油抹面包，剥鸡蛋。总而言之，日子过得真的很好。他还抽香烟，可甚至一口也不给别人抽，说什么，如果让看守发现他给我们抽了一口烟，他就要倒霉。总而言之，我说了，我们憋了三天。到第四天夜里我们就对不起了。这家伙早上一醒来，哦，我还忘了和你们说，他每天早晨、中午和晚上吃饭之前，都要做好一会儿的祷告。这天早上他做完祷告，于是就到他的床板底下去拿那两个背包，啊，背包还在，可是瘪瘪的，像个干李子。他大声喊叫被盗了，说仅仅给他留了卷手纸。他思考了五分钟，说我们肯定是在同他开玩笑，把他的东西藏到什么地方去了。他还高兴地说：'我明白，你们在开玩笑，我知道你们会还给我的。你们干得真可以呀。'我们其中那个利布尼人给他出了一个办法：'嘿，这么着吧，你拿一条毯子蒙着整个脑袋，数到十，随后再去看看自己的两个背包。'他真的似一个乖巧听话的小孩子似的用毯子把头蒙起了来，数着'一、二、三、四……'利布尼人又说了：'不能数得如此快，要慢一点儿。'他只好又在毯子里面慢慢地数，数一下等半天：'一——二——三……'一直到十了，便从毯子下钻出来看他的背包。'我的天哪，'他开始大喊起来，'这不没变吗？依旧两个空东西呀！'你看他整个一个笨蛋，把我们都逗得哈哈大笑。利布尼人又说了：'你再试着数一次吧！'随便你信不信，那个傻子又数了一遍，等他看到那儿除了手纸之外依旧什么都没有时，他便开始拍打牢门嚷道：'我的东西被偷走了，他们把我的东西偷走了，帮帮我呀！开门哪！我的天，开门哪！'所有巡逻哨兵全部闻声赶来了，而且把监狱长和斯番军士也叫来了。可我们全都说他发疯了，说他从昨天一直吃到深夜，独自把所有东西全吃光了。他边哭边没完没了地说：'即使到哪儿去了怎么也会有些残渣碎片留下来的呀！'于是，

114

他们就帮他找那些残渣碎片，可什么也没有，你得看我们是些什么样的人呀，机灵得很：我们把吃不了的东西用一根线绳拴着送到三楼去了。那个傻子还在不停喊叫：'总该留点儿残渣碎片的痕迹吧！'他整整一天没吃东西，一直盯着，看有没有人吃东西或抽香烟。第二天开午饭的时候，他还不愿意吃发下来的份饭，但是到了晚上他对那些烤土豆和卷心菜也想吃了，但不像原来吃火腿、鸡蛋时那样先做祷告了。后来我们其中有一个人从外边弄到点儿最便宜的烟草，直到那时他才第一次开始和我们讲话，求我们给他抽一口烟。我们才不给他呢。"

"我还害怕你们会给他抽一口呢，"帅克插话说，"要是如此你就把整个故事都弄得让人不想听了。唯有小说里才有这样如此高尚、大度的人，如果在候审所里这样做，那简直是呆到家了。"

"你们没打他一顿？"有人问道。

"我也记不清了。"

然后，他们又就应不应该给他一顿揍的问题小声地讨论。最后，多数人认为确实可以。

这个故事渐渐地结束了。他们搔着虱子最多的腋下、胸口和肚皮，慢慢地熟睡了。为了不让煤油灯的光晃眼睛，他们用满是虱子的毯子蒙着脑袋进入了梦乡。

早上八点钟，帅克被叫到办公室里去了。

"去往办公室大门的左边有一只痰盂，许多烟头被扔在里面，"一个囚友对帅克说，"上到二楼你也许会碰到另一只痰盂。现在去，你也许可以捡到点儿什么，九点才打扫楼道。"

但是，帅克再也没有回到十六号牢房里来了。十九位穿裤衩的同屋在一起胡乱地想象着帅克的各种结局。

一个满脸雀斑、想象力相当活跃的靶场的卫兵宣布说，帅克以前开枪打死了他的连长先生，现在他将要被押赴到摩托车演习场去枪毙。

第十章　充当特等内勤兵

在两名背着上了刺刀的枪的士兵的光荣押送下，帅克开始了他的奥德赛。他被他们送到军营神父那里去。

这两个押送兵恰好互补短长，一个又高又瘦，一个又矬又胖，傻大个儿瘸着右腿；矬个子拐着左腿。他们在战前就全部被免除兵役了。

他们庄严地沿着便道向前走着，偶尔斜着眼轻蔑地瞅瞅走在他们中间、见人就行礼的帅克。他的便服还有他在应征时戴的那顶军帽，全部在候审所的贮藏室里给弄没了。在释放他之前，他们给了他一套旧军装。军装的旧主人是个大胖子，比帅克高出一个头。

裤腿肥得能够容得下三个帅克。裤腰高出他的胸口，全身净是皱褶。袖筒都是补丁的上衣全是油污，脏兮兮的。帅克穿着摇来晃去，就像一个穿着长袍的稻草人。那条肥大的裤子使他特别像马戏团的小丑，他们在候审所里为他弄来的那顶大得不能再大的军帽盖住了他的耳朵。他的这身打扮引得全街行人非常惊奇。

帅克也用自己那甜甜的微笑和温柔善良的目光回应街上行人的微笑。

他们就这样地向神父住处——卡林走去。

又矮又胖的那位首先和帅克交谈起来。此时，他们刚好走在小城广场下面的拱廊里。

"你从什么地方到这里的？"胖子问道。

"从布拉格。"

"你认为会从我们手里逃掉吧？"

高个儿也参加到交谈中来了。有一种现象很奇怪：大凡胖子，多数是些慈善心肠的乐观主义者，而瘦傻大个儿恰恰相反，多数是些怀疑主义者。

因此这位瘦高个儿对胖子说："他一定会跑的，假如有机会。"

"有那个必要吗？"矬胖子说，"从候审所里出来那不就等同于进到自由之乡了吗？况且我这儿还有封公函呢。"

"到神父那儿去带着公函做什么？"瘦傻大个儿问。

"这我就不清楚了。"

"看看你，不清楚你就不要说嘛。"

他们一声不响走过查理大桥。上了查理大道，那个矬胖子又开口对帅克说：

"你明白我们押你去军营神父那里去的原因吗？"

"去忏悔，"帅克张口答道，"明天他们将要送我上绞刑架。一向这样，人们管这个叫作刑前的精神安慰。"

"他们为什么要把你弄……"瘦子谨慎地问道。这时，那个胖子也以怜悯的目光看着帅克。

他们以前都是曾经有家人的农村手艺人。

"我不清楚，"帅克回答说，脸上带着和蔼可亲的微笑，"我一点儿也不明白，我想是命该如此吧！"

"这也许是生来的祸，"矮胖子以专家的口气同情地说，"在我们耶塞纳村，在跟普鲁士交战期间，他们也如此绞死过一个人。他们来找他，什么也没说，就在约瑟夫村把他吊死了。"

"我感觉，"瘦子怀疑地说，"肯定会有理由的，绝不会没理由被绞死的，总得说出个理由来呀。"

"不打仗的时候，"帅克插话说，"也许还可以讲出个理由来，可是一旦打起仗来，一个人的命就不值钱了。或者战死在沙场，或者被吊死在家乡！反正横竖一样，怎么都是个死。"

"喂，你该不是个什么政治犯吧？"瘦子问道。从他询问的语气能够听出，他对帅克开始有些同情了。

"我当政治犯那是屈才哩。"帅克笑了笑说。

"你该不是个民族社会党分子吧？"此时，矮胖子也开始小心谨慎起来，也参加了问话。"这不关我的事，"他说，"瞧，肯定是这些刺刀惹的祸，旁边很多人都在看着咱们，咱们要不要在哪个没人的地方将它们卸下来。你不会跑掉吧？你如果跑了，那我们可就崩溃了，你说对吧，托尼克？"他转身对瘦子说，瘦子小声地说：

"我们可以将刺刀卸下来。他毕竟是咱们自己人呀。"

他们已不再疑神疑鬼了，对帅克充满怜悯。因此，他们找了个方便的门洞拔下刺刀来。矮胖子还答应让帅克走在他的旁边。

"你肯定想抽支烟了吧？"他说，"也不清楚……"他本来想说："也不清楚他们让不让你在上绞架之前抽支烟。"但他没说，他认为在当时的那种场合，那么说也许不合适。

他们三人全抽上了烟。押送帅克的人开始向他说起他们在赫拉德茨地区的家庭、妻子、孩子、一小块土地和唯一的一头耕牛。

"我想喝水了。"帅克说。

瘦子和矬胖子互相看了一下。

"我们可以找个地方去喝它一杯，"矬胖子感到瘦子会赞成的，"必须要找一个没人注意的地方呀。"

"就去蒙面人酒馆吧，"帅克提议说，"你们能够将枪放在厨房里。塞拉波纳老板是雄鹰体育协会的会员，没必要畏惧他。"

"那里还有小提琴和手风琴的演奏，"帅克接着说，"去那儿的人一点儿不坏——妓女和一些不肯去真正阔气、大讲排场地方的人。"

瘦子和矬胖子互相看了一下。瘦子说："那咱们就去那儿吧，到卡林还远着呢！"

途中，帅克给他们讲着各种趣事逸闻，高高兴兴地走进了蒙面人酒馆。他们一进门首先将枪支藏到厨房里，随后走进酒吧。那里，小提琴和手风琴正在表演着一支流行曲子："在庞克拉茨的小山冈上，林荫道旁柳树成行……"

一位姑娘正坐在一个梳着光溜溜的小分头的年轻人的大腿上，那青年因生活毫无规则而显得衰老憔悴。她以自己那嘶哑的音调唱着："我以前有位订了婚的姑娘，有人从我这儿把她抱走。"

　　一个喝醉了的鱼贩子在一张桌子边睡着了，眯了没一会儿就醒来了。他敲着桌子嘟囔了一声："这不可以！"又接着睡去。在一块大镜子下面的弹子台边还坐着三个姑娘，她们对着一名列车员大叫道："请我们喝杯苦艾酒吧，年轻的先生！"琴师旁边坐着的两个人不停地在为一个叫梅什娜的姑娘昨天夜间巡逻队抓去的事争吵个不停。一个硬说他亲眼看见她是被抓走的，另一个却说她是跟一个大兵到瓦尔西旅馆去休息了。

　　挨着门的地方，一个士兵坐在几个人群里，正在给他们说起他自己在塞尔维亚受伤的状况，他的胳膊上绑着绷带，口袋里装满了他们送给他的香烟。他说他真的不可以继续喝了。人群中，有个秃顶老头儿没完没了地劝他喝："您放开了喝吧，我们的战士，谁清楚咱们还能不能再聚啊，我让他们给你表演点儿什么，你喜欢《孩子成孤儿曲》吗？"

　　这曲子是秃头老头最爱听的。确实没过多大工夫，小提琴和手风琴就演奏出那使人心酸的调子来了。老头热泪盈眶，且用发颤的声音唱道："等他长大了，他就去问他妈妈，他就去问他妈妈……"

　　隔壁那桌有人发话了："喂，别唱了，收起那调儿，还有你们的那个孤儿一起走吧！"

　　对面那张桌子有人偏与他反着干，大声唱道："别了，唉，别了！我的心呀，已经碎了……"

那伙人扯着脖子唱着《孩子成孤儿曲》，嗓子都唱哑了。"菲拉坦！"有人喊那个伤兵，"不要和他们玩，快坐到我们这边来吧！也给我们递点儿烟卷来。你会跟我们玩得快乐的，傻小子！"

帅克和押送他的人特别有兴趣地望着这一切。帅克想起战前他老是光顾这里时的情景。那时，多列森尼尔警官到这儿来进行搜查，妓女们特别怕他，创作了一首意思相反的歌曲，有一次她们的合唱队还表演了这首歌：

> 多列森尼尔先生在场时乱哄哄，
> 梅什娜呀唱得入醉乡。
> 哪怕他多列森尼尔呀，
> 她仍是那样醉醺醺。

正唱着，多列森尼尔带着人马进了酒店，他带着一脸凶煞、毫不留情的神情。随后的状况很像围捕一群鹪鸪似的，帅克那次也被围在当中。多列森尼尔警官想要查帅克的身份证，帅克却向多列森尼尔提问："这次行动是警察总署赞同的吗？"帅克还想起了一位诗人，这位诗人经常就坐在这块大镜子底下，在"蒙面人"那不变的歌声和琴声中写一些短小的诗歌，递给妓女们去朗读。

可是，押送帅克的人却没有如此回忆，对他们来说这都是特别好玩的事。他们开始爱上了这里。最先对来到这里感到高兴的是矮胖子，因为像他这一类的人除了怀有乐观主义的精神，多数还信奉伊壁鸠鲁派的享乐主义；瘦子稍微犹豫迟疑了一会儿，他的怀疑情绪就一点儿不存在了，那股严肃谨慎情绪也被抛至脑后了。

"我也跳他一场舞去。"他在喝干第五杯啤酒，发现一对对舞伴跳着波尔卡的时候说。

矮胖子已经完全陶醉在享乐之中了。他的旁边坐着一位谈吐粗俗的姑娘，矮胖子却两眼发光。

帅克品着酒。瘦子跳完了舞，就把舞伴带到桌边来。紧接着这两位押送兵又是唱又是跳，疯狂地喝着酒，而且还轻轻地乱拍乱打着他们的舞伴。在这一片爱情廉价、烟雾弥漫和酒气熏天的气氛中，他们全部沉浸在一句古老的口头禅"在我们身后，任随它洪水去泛滥"所描述的景色中。

下午，一个士兵走过来说，只花五克朗他就能够让他们的血管中毒。他说他随身就带着注射器，能够把灯油打到他们的腿上或手上，这可以让他们起码躺上两个月。假如他们在伤口上一直地涂唾沫，还能够躺上六个月，如此也许就能完全免除兵役了。

瘦子已经全部失去了平衡，没有了理智，竟然让那士兵到厕所里去给他腿上注射了一针灯油。

天变暗了的时候，帅克提议还是上路去军营神父处。那个矮胖子这时说话开始有些不清楚，他劝帅克再待一会儿。那瘦子高兴地赞成，还说可以让神父等一等嘛。可是帅克对蒙面人酒馆早已没多大兴趣了，他威胁说，假如他们还不走，他就先走了。

他们这才同意动身，不过帅克不得不应允他们再在路上找个地方休息一下。因此，他们又进了孚拉林茨街的一家小咖啡馆，在那里矮胖子将自己的一只银壳表卖掉了，好再次开心痛快地玩一下。

出了门，帅克挽着他俩的胳膊走，途中把帅克累坏了，因为他们的腿不听使唤，不断跌跤，嘴里还不停地说找个地方再高兴地玩玩。矮胖子几乎把那封致神父的公函给弄没了，帅克只好自己拿在手里。

每次对面过来个什么军官或者带有官衔的人，帅克总得告诉他们注意。帅克耗了浑身力气，最后终于把他们送到国王街军营神父的住处。他还得自己给他们把刺刀插到枪上，还得偶尔用力捅捅他们的肋骨，使他们好好地押着他，而非他在押着他们。

二楼的一扇门上贴着一张名片："军营神父昂多·坎兹"。一个士兵给他们开了门，能够听到里面杂乱的人声和铿然的碰杯声。

"我们——报告——随——军营——神父先生——"瘦子一面吃力地用德语说，一面向那个开门的士兵敬礼，"我们——带来——一份函件——和——一个人。"

"进来吧，"那士兵说，"你们在哪里喝得这么烂醉？军营神父先生也……"那士兵啐了口唾沫。

士兵拿着函件走了。他们在前厅等了好长时间门才打开。军营神父在里面不是走出来，而是飞奔出来。他仅仅穿了一件马甲，手里夹着一支雪茄。

"哦，你在这儿一段时间了。"他对帅克说，"是他们将你带来的？喂……你带火柴了吗？"

"报告军营神父先生，我没有。"

"嘻，你为什么会没有火柴呢？每一个士兵都应该随身带着火柴，方便点个烟什么的，不带火柴的士兵，就是……就是什么来着的？"

"报告首长，就是一个没带火柴的人。"帅克答应说。

"很好，就是一个没带火柴的人，就不能给人点个火、抽个烟的，这是一。接下来再说二：你的脚臭吗，帅克？"

"报告首长，不臭。"

"第二项就如此了。接下来再说三：俄国的酒你喝吗？"

"报告首长，我不喝白酒，只喝朗姆酒。"

"太好了！你看看那个大兵。他是我从费尔德胡贝尔上尉那儿借来为今天使唤的。原来是他的内勤兵。这家伙一点儿酒也不喝，是个戒——戒——戒酒主义者，如此的人很应该去先遣队。因——因为我不要像他这样人，这样的人没法要。他不是内勤兵，是一头母牛，这头母牛就仅会喝白水，就像一头阉牛那样哞哞地叫。"

"你是个戒酒主义者，"他回过头来对那位士兵这样说，"你也不——不明白害臊，蠢猪、笨瓜，你真该挨他两耳光。"

此时，军营神父把注意力转到两个押送帅克的人的身上。那两个士兵努力想站直，但脚下总是晃晃悠悠的，想依靠来复枪支撑也不行。

"你——你们醉——醉了，"军营神父说，"办差时饮醉了，那必须让人把你们关——关起来。帅克，由你把他们的枪卸掉，把他们带到厨房里去，你将他们看管起来，一直到巡逻队把他们带走为止。我立刻打电——电话到兵营去。"

如此，拿破仑的那句名言"战局瞬息万变"，在这里得到证实了。

那天早上，这两个人还拿着上了刺刀的枪押送帅克，以预防他半路逃跑，随后是帅克带着他们走，结果却是帅克拿枪把他们两个看管起来了。

开始，他们还没感觉到这个变化，一直到他们坐在厨房里，当帅克拿着上了刺刀的枪站在门口时，他们才知道事情发生了很大的变化。

"唉，我还真想喝点儿什么。"乐观主义的矬胖子叹了一口气说。而那个瘦子又犯起了疑心病。他说，这所有的一切都是一种卑鄙无耻的出卖。还大声责怪帅克，怪后者让他们落到了这个结果。他觉得帅克很会装傻，告诉他们说他明天就要上绞架，可如今发现了吧，什么忏悔了，绞架了，本来没那回事，都是闹着玩的。

帅克没说话，在门口来回地走着。

"我们考虑着！"瘦子大声道。

帅克听完那全部的责怪之后，最终说道：

"如今你们起码清楚了一点啊，军事工作不是什么好事。我在尽自己的职责。我和你们一样落到这种结果，可就像俗话所说：'幸运女神正向我微笑。'"

"我真想喝点儿什么？"乐观主义者绝望地接着说。

瘦子站起来，不利索地走向门边。"你送我们回家去吧，"他对帅克说，"嘻，朋友，别胡闹了！"

"不可以！"帅克答道，"我必须要看管你们。如今我可不认识你们。"

军营神父突然在门口出现："我——我无论如何也打不通兵营的电话。你们就回去吧！可要记——记住，工作时可不许——许再喝——饮酒了。齐步走！"

为了对神父公道起见，我们在这里应该补上一点：他并没打电话给兵营，因为他那里压根儿就没有电话，他仅仅是对着灯柱说了几句。

做了军营神父昂多·坎兹的内勤兵已经足足三天了，在这段时间里，帅克仅仅见过军营神父一次。第三天，海尔米赫上尉的一个内勤兵来叫帅克，去接军营神父。

途中，那个内勤兵和帅克说，军营神父跟上尉吵架了，还砸坏了东西，此时此刻是醉得昏倒了，无论如何也不肯回家。

海尔米赫上尉同样醉了，将军营神父赶到过道去，他就在门边就地睡着了。

帅克到了后，叫醒了军营神父。军营神父絮叨了几句，当他醒来时，帅克就对他敬了个军礼说："报告军营神父先生，我来了。"

"你到这儿——干什么来了？"

"报告，军营神父先生，接您回去！"

"你来接我的——接我——那——那接我去哪里去呀？"

"接您回家，神父先生！"

"为什么要回家去，我——我——这不是在自己的家里吗？"

"报告军营神父先生，您现在是坐在别人家的过道上。"

"那我是——如何——到这儿——来的？"

"报告，您是来拜访的。"

"我不——不是来——来拜访的。是你弄——弄——弄错了。"

帅克将军营神父扶起来，搀着他靠着墙。军营神父站都站不稳，紧紧靠着他说："你要将我摔倒了！"

"我快要摔倒了！"他又说了一遍，一阵傻笑。帅克努力把军营神父抵着墙扶了起来，军营神父就在这种新的姿态下睡着了。

帅克将他叫醒了。"您要做什么呀？"军营神父嚷着，并努力打算蹭着墙根儿坐到地上，但一点儿用也没有，"究竟是谁啊你？"

"报告，"帅克答应道，同时把军营神父扶回墙边站着，"我是您的内勤兵呀，军营神父先生。"

"我没有内勤兵，"军营神父吃力地说着，想要再次倒在帅克的身上，"我也不是什么军营神父。"

"我是一头猪，"仅有醉鬼才会说真话，"你松手，我不认识你，先生。"

两人撕扯了一段时间，最终还是帅克赢了。他顺势将军营神父拉下楼，到了门厅，军营神父让帅克别把他往街上拽。"先生，我不认识您，"他一边同帅克撕扯，一边说，"您知道昂多·坎兹吗？那就是我。"

"我去过大主教的官邸，"他大声嚷着靠住门框，"梵蒂冈也很看重我，您听清楚了吗？"

现在，帅克也不"报告"了，说话生硬起来。

"我和你说，你放开手吧，否则的话，我就痛扁你一顿。现在我们就回家去，可别说话了。"

军营神父将门框放开了，然而又抓住了帅克："我们现在去什么地方逛逛去吧。可千万别到舒希妓院去，我欠了那儿的钱。"

帅克推搡并用力地把他拉出了门厅，沿着人行道往家拽。

"那个人是你什么人呀？"街上看热闹的一个人问道。

"他是我哥哥，"帅克答道，"他放假来看我，一开心就喝多了点儿，因为他之前觉得我已经死了。"

军营神父唱着一支鬼才能听清楚的轻歌剧曲调，当他听到帅克刚刚讲的最后几个字时，于是挺直了身子向围观的人说："如果你们当中有谁死了，在三日内向军团指挥部报告，我好为你们的尸体祈福。"

接下来，军营神父又不吱声了，老是要栽到人行道上去，帅克挽住他往回拽。他向前伸着脑袋，两只脚却拖在后面，就似乎是一只折了腰的猪在那儿晃悠着，嘴里还絮叨着："愿主与你们同在，也和你们的心灵同在，希望主和你们同在。"

来到出租马车的地方，帅克挽着军营神父倚墙坐下，便回来同马车夫们讲价格。

一个马车夫声明，他很清楚这位先生，已经给他赶过一回了，再也不想赶第二回了。

"他吐了我一车，"他说，"还不给车钱。我赶了两个多小时的车才找到他的住处，我去找过他三次，整整一个星期，才付给我五克朗。"

费了好一会儿的口舌，其中一个马车夫同意拉他们。

帅克转过身来，发现军营神父又睡着了，他头上戴的硬顶黑礼帽也被人取下来拿走了。

帅克叫醒军营神父，由马车夫协助把他塞进了车厢。军营神父在里面一直神情恍惚，把帅克当成七十五步兵团的伊斯坦上校，反复嘟囔说："别生气，朋友，我要是喊你教名，我就是一头猪！"

有一会儿的工夫，马车和地面的碰撞声好像把他震清醒了。他坐直了身子开始唱几句谁都不明白的歌曲。也许是他瞎编的：

当他在我的腿上坐着，

我想起了我的金色年代。

那时我们一起住在，一起住在，

麦克林纳的多玛日利采。

可是随后他又不清醒了，转过头来对帅克眯缝着眼问道："您今天好吗，亲爱的夫人？"

"您到哪里去避暑了？"稍顿了一会儿他又说，眼前的所有事物他都看得很不清楚，接着他又问，"您儿子都如此的大了？"说罢，使手指着帅克。

"坐下！"当军营神父打算爬到车夫座位上去时，帅克大声叫道，"你不要觉得我没办法让你老实点儿！"

军营神父马上静了下来。他用一双猪似的眼睛从车厢窗口向外凝视，奇怪地看着周围的一切，也不明白究竟是怎么回事。

他彻底晕了，面朝帅克凄凉地说："夫人，让我去解决一件急事吧！"说罢就要去解裤子。

"立即给我把裤子扣好！你这下流坯！"帅克对他大叫道，"所有马车夫都认识你的。你之前吐过一次了，有过前科，现在还打算来这个。不要老是如此，总是欠着别人的。"

军营神父用手护着脸，又开始哼唱起歌来。"谁都不来喜欢我呀……"然而，他才唱了一句又停下了，张口说道，"冒犯了亲爱的朋友，您是个大蠢猪，我想唱什么就唱什么。"

他打算用口哨来吹个什么曲子，然而又没吹起来，却从嘴唇里打出一大串"P"声，把马车夫也吓得停了车。

帅克命令后，他才接着赶车前行。军营神父想将烟嘴点起来。

"点不着它，"他将一盒火柴划光了之后郁闷地说，"都是您捣鬼，我点一回您就吹一回。"

但是，他马上又转入另外的话题了，于是开始大笑起来。

"太有意思了，电车上就仅有咱们俩。你说是不是，同事先生？"说着又去摸自己的口袋。

"我将票给丢了！"他叫道，"我一定找到这张票呀，停车！"

接下来又做了一个没办法的手势说："那就开吧……"

接下来，他又絮叨起来："一般的情况下……没错，所有都正常……在任何情况下……您弄错了……在三楼上？那仅是个借口。这与我无关，而是和您有关系，亲爱的夫人……埋单！……我喝过一杯黑咖啡……"

在这种迷糊的状态下，他又来到了餐馆，并和与他争夺靠窗户座位的一个人遐想地争吵着。接下来，他又把马车当成火车，把身子探出窗外，用捷克语和德语朝街上大叫道："宁布尔克到了，换车！"

帅克还得费力拖他回到自己身边。军营神父忘记了火车的事，开始学起各种动物的叫声来。装公鸡叫，装了很长时间，从马车里传出的喔喔啼叫声，清澈而响亮。

有段时间他高兴得把持不住自己，一个劲儿地想跳出马车去，咒骂一切行人，说别人都是些流氓。接下来，他从马车上扔出去一块小手绢，大叫停车，说是丢了行李。然后又讲述"布杰约维采有一名军鼓手——结了婚——一年后就死了"。他一下子又大笑起来，问："这个段子有意思吗？"

在整个这段时间里，帅克把军营神父的各种行为表现都毫不客气地制止住了。

例如，他一想跳下马车或是弄坏座位等，帅克就朝他的肋骨使劲儿揍上几下，对此军营神父已毫无知觉，习惯了。

还有一次他打算造反，他想跳马车，他说再也不往前去了，说他明白马车不是到布杰约维采，而是到波德英克里去的。不大一会儿的工夫，帅克就将他的造反完全镇压下去了。他强迫他回到刚才的位置上，并看管着他，不允许他睡觉。"不许睡了，你这畜生，打算把人累死！"这是帅克现在说出的最温和的一句话。

突然，军营神父想起了一阵愁思，哭了起来，问帅克有没有母亲。

"我呢，上帝啊，在这世上没有亲人啊，"他冲着马车外大叫道，"你们就收养我吧！"

"你就不要给我丢脸了，"帅克警告他说，"别啰唆了，否则大家就都会觉得你喝多了。"

"我什么也没喝呀，伙计，"军营神父答道，"我一点儿也不迷糊。"

突然，他直起身来，行了个军礼，说："报告，上校先生，我喝醉了。"

"我是一个猪狗不如的人。"满怀着失望的心情，他诚心地把这句话重复了十遍。

然后，他转过头连续地哀求帅克说："您就把我从汽车里扔出去吧，怎么要带我乘车呀？"

他又坐下来絮叨着："月亮周围有一个圆环，您相信灵魂不朽吗，连长先生？马可以升天堂吗？"

他开始笑了起来，但是不大一会儿又感觉没意思了，漠然地看着帅克说："请问，先生，我似乎在哪儿见过您。您去过维也纳吧？假如没记错的话，您似乎是神学院来的。"

一会儿的工夫，他又背诵起一些拉丁文诗句来让自己高兴："原来有个黄金时代，那时没有法审官。"

"停车吧，"他说，"您还是把我扔出去吧。为什么不把我推出去啊？我不会摔着的。"

"我要让鼻子先着地。"他用坚定的语气说。

"先生，"接着他恳求说，"亲爱的朋友，赏我一耳光吧！"

"要一个还是几个？"帅克问，"两个耳光。——好吧，这就开始？"

军营神父高声地数着挨耳光的数目，愉快得一脸笑容。

"太痛快了，"他说，"这对胃有好处，能协助消化，您再给我嘴巴来一下！"

"太感谢了！"在帅克马上满足了他的请求之后，他喊道，"我心满意足了。此刻请求您，撕开我的坎肩吧。"

他提出了各种各样非常奇怪的请求：求帅克打断他的腿将他掐死一会儿，剪他的指甲，拔他的门牙。

他显示出一种急于想做殉道者的冲动，请求割下他的脑袋来，装进口袋，扔到伏尔塔瓦河去。

"最好有金星环绕着我的脑袋，"他满是兴趣地说，"十颗金星就可以了。"

接下来，他又说到了赛马，随后他又谈到芭蕾舞上面，但没说多长时间，又问帅克。

"您会跳恰达什舞吗？会跳熊舞吗？是这样来……"

他愉快地扭动起来，居然倒在了帅克身上。帅克打了他几拳，将他放倒在座位上。

"我想要点儿什么，"军营神父大叫道，"而我自己都不清楚是什么。您清楚我要什么吗？"说着，不由自主地，他的脑袋向下一奄拉。

"我要什么，那和我一点儿关系也没有，"他严肃地说，"这也不关您的事，先生。我不认识您，您为什么那样看着我？您会击剑吗？"

有那么一瞬间他变得狂暴起来，想要从座位上把帅克推下去。

帅克不费力气地把军营神父制伏之后，神父就问他："今天是星期一还是星期五？"

他还奇怪地问现在是十二月还是六月。他还真有水平，会对你提出很奇怪的问题，例如，您结婚了吗？您喜欢吃戈尔刚左拉奶酪吗？你们家里有过臭虫吗？您的狗有没有患有犬瘟热？您过得还可以吗？

他的话越来越多，特别健谈，说他买的马靴、鞭子，还有马鞍，到现在还没付钱呢；说他几年前得过淋病，是用高锰酸钾医好的。

"不能再想其他的了，"他说着打了一个嗝，"您会怕麻烦，但是，请您告诉我，哼，哼，我该如何，哼，因此您一定谅解我。"

"所谓热水瓶，"他又接着说，把之前说的话都忘了，"是一种能够让饮料及食品保持其原有温度的容器。喂，同事先生，您认为哪种游戏公道些，桥牌还是二十一点？"

"的确，我在哪里见过你，"他叫了起来，还想要去拥抱帅克，用他那流着口涎的嘴唇去亲他，"我们经常一起去上学。"

"你这个家伙！"他一边温柔地说，一边抚摸着自己的脚，

"从我们分手以后，你长大了！我碰到你太高兴了，它解除了我的所有痛苦。"

接着，他诗意大发，彻底沉浸在诗一样的心情中，开始大谈特谈如何才可能沐浴在快乐的面庞和温暖的心的阳光下。

他跪下来，开始祈祷："圣母马利亚，希望您健康快乐，笑容满面。"

马车终于到达了他的住宅门前，帅克费了好大的力气才把他抬出马车来。

"我们还没到哩！"他叫着，"你们救救我呀，他们要绑架我，可我还要继续向前走呀。"恰如人们把煮熟了的蜗牛肉努力向外拽一样，他被从马车上拖了下来。有时好像真要把他掰成两半似的，因为他的两只脚和座位绞在一起了。

就在这样的情形下，他依旧还在大声笑着，说他骗了他们："你们真要将我扯断了才甘心啊，各位先生。"

最终，他被拽入了门厅，上了楼梯到了自己的房间。紧接着就如同只口袋似的被扔在了沙发上。他声明，他一定不付出租来的钱，因为不是他租的，他们整整花了一刻钟向他说明他坐的是马车。

即使如此，他依旧不愿意付钱，不承认自己坐了马车。

"你们想糊弄我，"军营神父说，特别向帅克和马车夫挤了挤眼，"我们一路都是步行来的。"

一下子，他又特别慷慨大方地把他的钱夹子扔给了马车夫："你全部拿去吧！我可以付钱。多少都没问题，我不稀罕这几个小钱。"

其实明确地说，他的确不稀罕这三十六个克朗。因为，他钱包里就只有这点儿小钱。马车夫有幸搜查了军营神父的全身上下一遍，还说着想扇他的耳光。

"那你就来打我一下吧，"军营神父回答说，"你感觉我顶不住吗？我能受得了你五下。"

马车夫取走了在军营神父的坎肩口袋里搜到的一枚五克朗的硬币，一路责怪自己倒霉，命不好，耽搁了很多时间，还少给了车钱。

军营神父此刻丝毫睡意也没有了，因为他不停地在设计着各种新的计划。他很多事都想做：弹钢琴，练跳舞，炸鱼吃，等等。

他又答应要把自己根本就没有的妹妹嫁给帅克。他还吩咐人把他放到床上去。最后继续说，他希望被别人认可他是一个与一头猪的价值等同的人。说着说着，他终于睡着了。

早晨，当帅克走进军营神父的房间时，看到他正躺在沙发上冥思苦想绞尽脑汁：怎么可能发生如此的事呢？居然有人用一种特别的方法把他全身淋得湿透，以至于两只裤腿全都吸在皮沙发上了。

"报告神父先生，"帅克说，"昨晚您……"

他几句话就让军营神父明白了，说是他错以为自己淋湿了。神父头脑混沌，情绪低落。

"我忘记了是如何起床跑到沙发上的。"他说。

"您根本就没睡。我们刚回来就将您扶上沙发，再也没换过地方。"

"我做了什么吗？我都做了哪些事？我难道是喝醉了？"

"醉得没有知觉，"帅克回答，"报告军营神父先生，您还耍了一阵痉挛性的酒疯。我认为您最好还是擦洗擦洗，换下衣服，这样会舒坦些。"

"我觉得我似乎被揍了一顿，"军营神父埋怨道，"后来我口渴得要死。我昨天没跟谁打架吧？"

"还不至于到那个地步，军营神父先生。至于您的口渴嘛，那是因为昨天您喝多了，这口渴可很难治。我认识一个木匠，他在一九一〇年的除夕，有生以来第一次喝醉了。第二天早晨，他口渴得厉害，感到很难受，就去买了条青鱼，又喝了很多酒。日日如此，一直喝了四年。谁都对他无可奈何，因为每个周六他就去买一条青鱼，吃上一个星期。就像九十一团的一位老军士说的，这是一种恶性循环。"

军营神父现在筋疲力尽，情绪低落。此刻谁要是听他讲话，一定会认为他常去听亚历山大·巴切克博士的演说——"让我们向酒魔发起一场拼死的战争吧，这魔鬼正毒害着我们最优秀的男儿。"或者熟读他写的《一百朵道德的火花》。

事实上，他还稍微做了一些改动。"如果，"他说，"一个人喝的是一种高贵的饮料，如南亚的甜酒、意大利的樱桃酒、法国的白兰地酒，那便什么事也没有了。而昨天我喝的却是最糟糕的松子酒。我自己也纳闷，我为什么会大口大口地喝呢？其实味道很不好。要是黑樱桃酒也许会好些。人们仿造出各种式样的次品来，就像白开水一样地来喝它。我喝的这种松子酒不仅味道不好，颜色也不好看，喝了呛嗓子。如果来点儿纯正的也好，跟我上次在摩拉维亚喝的那种一样。但是这次喝的松子酒却是用一种木酒精和油熬出来的。你看，还让我老打嗝。"

"白酒是毒物，"他不容置疑地说，"一定要是原汁原味的原装货，而非犹太人从厂子里用冷却法生产的那一种。真正的白酒和朗姆酒一样，可好的朗姆酒太少了。"

"如果我现在有点儿真正的樱桃白兰地酒就好了，"他叹了口气，"它对我的胃有好处。在布鲁斯卡的施纳布尔连长先生那儿有这种白兰地。"

接着他开始在口袋内找钱包了。

"好家伙，我一共就只有三十六个克朗了。不然把这沙发卖掉得了？"他思考了一下，"你说呢？有人要买这沙发吗？当然我可以告诉房东把它借给别人了，或者是被人给偷了。不，沙发还得留着。那我派你到施纳布尔连长先生那儿去，向他借一百克朗，他前天打牌赢了钱。要是你在那儿借不到钱，就到维尔索维采兵营去找马勒尔上尉。如果那儿还借不到，那就去霍朗泰涅找菲舍尔连长。你就和他说我要付马料钱，可这笔钱又让我喝掉了。如果连那儿也借不来，我们只能将钢琴当掉，顾不了那么多了。我每处都给你写一个字条带着，不要让他们把你搪塞住。你就说我已经没钱了。你想怎么说都行吧，可千万不要空手回来，不然我就送你到前线去。你问一下施纳布尔连长，他的樱桃白兰地酒是在哪儿买的，帮我买两瓶。"

帅克把事情办得很不错。他天真诚实的样子让他去找的几个人全都相信他说的是实话。

帅克认为对施纳布尔连长、菲舍尔连长、马勒尔上尉说军营神父付不起马料钱是不合情理的。他想，不如说军营神父给不起私生子的补助了，那样最容易获取同情。于是，他在每个人那里都弄到了钱。

当他带着三百克朗胜利回来时，军营神父很是意外。

"我一会儿就搞定了，"帅克说，"这样我们明天甚至后天就不必在钱的问题上操心了。事情，就是我得在施纳布尔连长面前下跪，那人太坏了，但是，我一跟他说要付私生子补助……"

"私生子补助？"军营神父吓了一跳，又说了一遍。

"对呀！私生子补助，就是付给女人的钱。军营神父先生，您不是说，让我随便编吗？我当时实在想不到其他的什么理由来了。我们老家有个鞋匠，同时要给五个女人付私生子补助费，弄得特别狼狈。他也靠借钱过日子，谁都知道他过得不好。对了，他们还问，那姑娘长得如何，我说长得很漂亮，说她还不到十五岁，他们还和我要了她的住址。"

"你可把事情办砸了，帅克！"神父叹了一口气，在房里走来走去。

"这实在太丢人了！"他边说边抓脑袋，"我头痛死了！"

"我就将我们街上一个聋老太婆的地址写给了他们，"帅克解释说，"我想把事情办得稳妥些，因为命令不能违抗呀！我要想个理由，不能让他们把我搪塞住。现在，外边门厅里有人等着搬那架钢琴，是我找来的，好让他们把它抬到当铺里去。军营神父先生，搬走这架钢琴是一件好事，既腾出了地方，又换到不少的钱。如此一来，咱们就能过上几天吃喝不愁的清

140

净好日子了。假如房东要是问起咱们搬钢琴做什么，就说断了几根钢丝弦，把它送到乐器厂去修理。我也跟门房老太太说过了，以免她看到把钢琴搬上卡车就大呼小叫。沙发我也找到买主了，是我认识的一个旧家具商。他下午来。现在一只皮沙发很值钱哩。"

"你还做什么了，帅克？"军营神父问，仍旧托着脑袋，看上去很沮丧。

"报告军营神父先生，您吩咐买两瓶施纳布尔连长买的那种樱桃白兰地酒，我买了五瓶，好留着每天都有喝的呀。要不要趁当铺还没打烊，让他们将钢琴搬走呢？"

军营神父无奈地挥了一下手。一转眼，钢琴已经被他们搬上货车运走了。

帅克从当铺回来时，看到军营神父坐在一只开了塞子的樱桃白兰地酒瓶面前，正因为中午吃的肉排没炸透而大发脾气。

他又喝得烂醉。他向帅克发誓，说他从明天开始要重新做人，开始新生活，因为饮酒精一类的烈性酒是俗不可耐的唯物主义，人需要一种精神生活。

他这种富有哲理性的言论说了有半个小时。就在他打开第三瓶酒时，旧家具商来了。军营神父把沙发几乎白送给了他。他让家具商别急着走，他想和那个人谈谈，但那人很不给面子，说是还要去买一只床头柜。

"可惜呀，我没这东西，"军营神父不好意思地说，"不过一个人不可能什么都面面俱到啊。"

旧家具商离开后，军营神父和帅克又说了一些贴心话，做了一次友好的消遣，边谈边喝着另外一瓶酒。谈到了一些军营神父个人对女人和扑克所持的看法。

帅克和军营神父边喝边聊了好久，直到天黑，他们的友好谈话还在继续。

但是到了晚上，军营神父又变回到前一天的样子，把帅克当成另外一个人，并对他说："不，绝不，您不可以离开，您还记得辎重队那个棕色头发的见习军官吗？"

这支田园牧歌般的插曲一直持续到帅克对军营神父说："你真烦！此刻你给我爬上床好好地睡觉去，知道吗？"

"好吧，亲爱的，我现在就爬上去睡，我为什么不爬上床去呢！"他嘟囔着，"你还记得不？我们一起在五班待过，我还帮你做过希腊文的练习题呢！你在兹布拉斯拉夫有栋别墅，能够坐着汽艇游伏尔塔瓦河，你知道伏尔塔瓦是什么吗？"

帅克强迫他脱了鞋子和衣服，军营神父一边脱一边对着一个陌生人抗议。"各位，你们看哪，"他对着柜子和一盆无花果树说，"我的这帮亲戚对我凶得不能再凶了！"

"我不想认他们了！"上床时，他突然用不可置疑的口气说，"就算天地都与我作对，我也不认他们……"

屋子里回荡着军营神父的震耳的鼾声。

这段时间，帅克还挤点儿时间去了一趟他的老用人的住宅处，只看到了麦劳太太的表妹。她向帅克哭诉说，麦劳太太就在她用轮椅把帅克推去入伍的那一天也被逮捕了。军事法庭还审讯了她。因为找不到任何能够将她问罪的证据，所以就把她送到斯坦霍夫集中营去了。她还从那儿寄来一张明信片。

帅克捧起家里这份珍贵的遗物读道：

亲爱的安宁卡：

　　我们在这儿过得很不错，大家都健康。躺在我隔壁床上的女人长了雀斑，这儿也有得天花的。除此之外，其他一切都还正常。我们的食物不太好，有时捡些土豆来做汤喝。我听说我家先生帅克已经去世了，请你打听一下他葬在哪里。战争结束后我们好去给他上个坟、填个土什么的。我还忘了告诉你，阁楼黑洞洞的角上有一个匣子，里面有一条小狗，一只崽子。它可能几个星期没有吃东西了。所以，我想要喂它也来不及了，小狗可能真的没命了。

信上横盖着一个玫瑰红色的戳子，上面批注："此函业经帝国及皇家斯坦霍夫集中营检验"。

"那只小狗真的早死了，"麦劳太太的表妹哭泣地说，"您也认不出来您以前住过的这间屋子了，那是因为我找了一些女裁缝住到这里来了，她们把这里装扮得像个小客厅。墙上都是时装图片，窗台上也摆满了鲜花。"

麦劳太太的表妹看起来很激动，难以平静下来。

她一直在那里哭诉着，甚或表现出些担忧顾虑，害怕帅克是从军队里逃出来的，想来连累她，给她带来厄运。因此她就改变了态度，如同在跟一个声名狼藉的冒险家谈话。

"这玩笑开得太好了，"帅克说，"让我很开心。格兰伊茜瓦太太，我要让他们相信我是大费周章，很不容易才逃出来的，我还得干掉十五个警卫和军士。您不要告诉其他人……"

当帅克走出那间不肯收留他的房子时说：

"格兰伊茜瓦太太，我还有几条领带和背心在洗衣房里，请您帮我拿出来。等我从军队复员回来可以有件衣服换。还请您注意，别动我的衣服。另外，请帮我向那些睡在我床上的小姐们问好。"

然后，帅克又来到溢满杯酒馆看了一下。贝雷瑞斯太太一看到他，就说不会为他倒酒喝的，她也以为他可能是偷着逃跑出来的。

"我的男人，"她开始旧事重提，"他是那么谨慎的人，却平白无故地蹲在大牢里，好可怜啊。有些人却从军队里逃跑出来，如今自在快活，到处闲逛。上星期他们还来搜捕过您呢！"

"事实上，我们比您还要小心，"她结束自己的话说，"可我们依旧倒了大霉。不是所有人都像您那么好运啊！"

说话时，有一位年长的来自史密茨霍夫的钳工走到帅克跟前说："不好意思，先生，我有话对您说，请在门外等我一下。"

他在街上和帅克交谈了一阵。他是从老板娘贝雷瑞斯太太那里了解到帅克是逃出来的。

他告诉帅克，他有一个儿子也从军队逃回来了，现在藏在贾塞纳他奶奶那里。

帅克向他说明自己不是逃出来的，可他无论如何也听不进去，硬塞给帅克十克朗。

"这是给您救急用的，"说着他就把帅克拽到酒馆的一个角落里，"我很清楚您，您不用怕我。"

帅克回去的时候已是很晚了，但是军营神父没回来。

直到第二天凌晨军营神父才回来，把帅克叫醒说："明天咱们必须去给野战军做祷告。你去煮点儿掺有朗姆酒的黑咖啡，如果加点儿掺水的烈性格罗格就更好了。"

第十一章　陪军营神父去战场做祈祷

所有屠杀、灭绝人类的前期工作，都是假借上帝的名义来进行的。

在古代，把战俘的头颅砍下之前，腓尼基人总要进行庄严的祈祷仪式，这就像几千年来一代又一代士兵在去往战场，用火与剑去消灭自己的敌人的行为一样。

几内亚与波利尼西亚岛屿上的一些食人者在吃掉他们的俘虏和没用的人，如传教士、旅行者、各种贸易公司的经纪人或是普通猎奇者之前，首先要祭祀自己信奉的各种神灵，举行各种宗教仪式。因为，那时还没有教袍、祭服这一类文明的东西，于是就在臀部周围扎一些禽鸟鲜艳的羽毛，作为装饰。

中世纪神圣的宗教裁判所烧死它的罪犯之前，也要进行最庄严的忏悔仪式。每当进行处决时也都有神父登场表演，虐待囚犯。例如：在普鲁士，是由牧师带可怜的囚犯到斧头下；在奥地利则由天主教神父领到绞架旁；在法国是领到断头台下；在美国，则由神父领到电椅上；在西班牙，是领到一把电椅上，那上面装有一个精致的窒息器；而在历史悠久的俄国，则由一个大胡子的神父来给革命者举行礼仪，等等。

各个地方在处决囚犯时都要拿出耶稣受难的十字架，似乎在说："仅仅砍掉你的头，或把你绞死、勒死，或往你身上加十五个千伏的电压而已，想一想十字架上的人，这点儿苦也没什么大不了的。"

世界大战这场大杀戮依旧也不缺少神父们的一些祈祷。一切军队里的军营神父都要做祷告，为给他们饭碗的一方祈求胜利。

处死参加兵变的叛乱者时，神父在场；处决捷克军团的成员时，他们依旧在场。

这种情形如今丝毫也没改变，被称为"虏者"的海盗沃依捷赫就原本一手执剑，一手拿十字架，屠杀波罗的海沿岸的斯拉夫人。

全欧洲，人们就如同牲口似的，被大量地赶进屠宰场，驱赶他们的除了一帮屠夫——皇帝、国王、总统和权势显赫的将领之外，还有持各种信仰的传教士，为他们祈福，发出虚伪的誓言，什么在地上、在天上、在海上，我们无处不在，等等。

战地祈祷大多有两次：一次是在军队去往前线的时候，一次是抵达了前线，在爬出战壕要去屠杀、流血之前。我记得有一次正在举行这种战地祈祷时，一架敌机恰恰把一颗炸弹投在了讲经柜上，将做祈祷的神父炸得粉身碎骨，仅仅剩下几片被染了血的破布。

随后，他被报纸当成偶像来宣传报道，与此同时，我们的飞机也为对方的神父制造了一样的光荣下场。

一夜之间，临时插在神父坟头的十字架上，出现了下面一段墓志铭：

原本是我们的灾难，却让你遭遇。你原来答应我们，朋友啊，你一定能升上天堂。欣逢祈祷大典，谁知道祸从天降，眼下仅有你那几片染血的布，长久地埋葬在这个土堆下。

帅克做的格罗格酒特别好喝，比老水手们酿的都要好。这种酒十八世纪的海盗们尝了也会非常满足的。

昂多·坎兹军营神父特别高兴。"你煮这么一手好喝的酒是在哪儿学来的？"他问道。

"那是以前我在外流浪的时候，"帅克回答说，"在不来梅跟一个放荡不羁的水手学的。他说，格罗格酒一定要浓到让你喝了它之后，就算落入海中也可以游过整个海峡。如果喝的仅仅是几杯淡淡的酒，你就会像狗崽子似的沉入海底。"

"帅克，喝上这种烈性的好酒，那我们这次的战地祈祷肯定会做得很圆满，"军营神父说，"我想在临走之前说几句话。做一次战地祈祷并不是开玩笑的，不像在候审所里做祈祷，或者为那些浑蛋随便布道那样。在做战地祈祷时，一个人一定要全神贯注，机智灵活。战地祈祷用的讲经柜我们已经准备好了，那是一个能折叠起来的袖珍讲经柜。"

"我的上帝！帅克，"他用手抓住脑袋，"我们真是些蠢牛！你看到我把这个能够折叠的战地讲经柜塞到哪里去了吗？没错，塞到我们早已卖掉的沙发里了！"

"坏了，军营神父先生！"帅克说，"虽然我认得那位旧家具商，但前天我只看到了他的老婆。听她说他本人因为偷了个什么柜子被关起来了。我们那张沙发现在转到了维尔索维采一名教师手里。缺了这个战地讲经柜可不行。最好咱们将这点儿酒喝完就去找它。"

"我们还真的仅仅差这个讲经柜了，"军营神父郁闷地说，"在演习场上全部都准备就绪了，木匠已经搭起了一个讲坛在那儿。布雷诺夫修道院借给圣体匣。原本我认为自己有一只圣杯，可是那东西在哪儿……"

他思索了一会儿说："就认为它丢了吧，咱们可以将七十五团的魏廷格上尉那只体育奖杯借来用一下。那是很久以前他代表体育爱好者俱乐部赛跑获得的奖品。他以前是一名优秀的赛跑运动员，从维也纳到莫德令的四十公里马拉松赛跑他只用了一小时四十八分钟。他一直跟我们吹嘘这件事哩。昨天我跟他说妥了。我真是个蠢货，非得拖到最后一刻才想得起来。我怎么不在卖之前检查一下沙发呢？我真是没用！"

他在格罗格酒的作用下，开始痛骂自己，用各种俗气的语言来数落自己，不清楚自己到底是个什么东西。

"咱们还是去将那个战地讲经柜找回来吧！"帅克建议道，"天都亮了。我还要穿上制服，再喝一杯格罗格酒。"

他们终于开始了。在路上，军营神父和帅克说他昨天在玩上帝赐福牌时赢了好多好多的钱，极有可能把钢琴换回来。

这事就和异教徒答应要献上什么祭品一样。

旧家具商的睡眼蒙眬的老婆告诉了他们沙发的新主人——维尔索维采的教师的住址。军营神父表现得潇洒大方,对她又是拧脸蛋儿,又是搔下巴颏儿。

由于军营神父要换换新鲜空气,想些另外的事情,他们一起走到了维尔索维采。

到了韦昂什威茨的这位教师、一个虔诚的老教徒的家,他们不禁吓了一跳。原来,这位老先生在沙发里发现了战地讲经柜以后,以为是上帝的一种安排,就把它送给了维尔索维采区教堂的圣器室,还在它背面写上:"教师戈拉西克于一九一四年夏献与上帝,赞美我们神圣的主。"此时,他只穿了一条内裤,显得窘困、迷惑,不知所措。

自从他买到这张沙发后,他总觉得那里面有一个声音在说:"你去看一下沙发缝隙里有什么东西。"他还说他曾梦见了一位天使直接号令他:"翻开沙发的夹缝!"于是,他照着做了。

他说当他看到那个带有壁龛的、画得很精巧的三面折叠的精巧讲经柜时,立刻跪倒在沙发前,虔诚地祷告了很久,赞美着上帝,并将这看作是上帝的旨意,让他用来点缀维尔索维采区教堂的。

"不要跟我们说这些了,"军营神父说,"您必须把这种不属于自己的东西上交给警察局,而不应该送到什么天杀的圣器室去。"

"为这一奇迹,"帅克接着说,"您也许要倒大霉。您买的是沙发,而不是属于军队财产的讲经柜。所谓的上帝旨意也许会让他们付出非常大的代价！根本就不应该往天使上靠。有一个人也曾在地里挖出个什么圣杯来，是一个圣物盗窃犯从教堂偷了来，放到那儿的，后来他忘记了这件事。挖出圣杯的那人也把这事儿看作是上帝的旨意。他倒没把圣杯拿去熔化掉，而是带着它去找神父先生，想把它献给教堂。神父先生以为他一定是因为自己偷了圣物受到良心的谴责才送来的，于是把他带到村长那儿。村长又将他转交给宪兵队。他就这样无辜地被定为圣物盗窃犯。他想为自己辩护，他也不停地絮叨什么奇迹，他也提到了所谓的天使，甚至将圣母马利亚也扯了进去，结果一点儿用也没有，他被判了十年徒刑。您最好尽快和我们一起去找这里的教区神父，把公家的财产拿回来还给我们。战地讲经柜可不是一只什么小猫、小狗或者短袜子，你想送谁都可以。"

老教师不停地颤抖，穿衣服时牙齿还在颤抖："我可真的没什么坏想法！我只是想用上帝的恩赐来点缀一下我们维尔索维采的这座穷教堂。"

"这是滥用军事物资！这是很明显的事，"帅克干脆、严厉地打断了他的话，"天哪！哪有这样的上帝恩赐？！霍捷博日有个叫比沃卡的，有一次不知为什么将人家的一头牛连同套子一起牵到自己的手上了，也说是来自上帝的恩赐。"

那可怜的老头儿吓坏了，他不再解释，只想着快些穿好衣服去把事情给办了。

维尔索维采教区的神父还在睡梦中，被杂乱声音吵醒后就开始数落人。稀里糊涂地认为有人叫他去为哪个死者举行临终涂油礼。

"就算举行临终涂油礼也要先让人睡个好觉嘛，"他埋怨着，极不情愿地穿着衣服，"人家睡得正甜，还要被那些死去的人打扰，最后还要为几个手续费去磨嘴皮子。"

就这样，他们在前厅见面了。他，作为上帝在维尔索维采居民和天主教徒中间的代表，而另外一方则是上帝在人间的军事机关里的代表。

总之，这就是军民双方之间的纠纷。

教区神父始终认为不应该将战地讲经柜放在沙发里，而军营神父则声明，正因为这样，那就更不该把它从沙发里取出来送到只有老百姓才去的教堂的圣器室。

帅克也站出来帮腔说，一个"穷"教堂要靠占军事机关的便宜来发财是件非常简单的事，而这"穷"是打了引号的。

最后，他们共同来到教堂圣器室，教区神父拿出了战地讲经柜，记事簿上写道：

> 兹收到偶尔流失到维尔索维采教堂之战地讲经柜一件。

> 军营神父　昂多·坎兹

这件贵重、有名的战地讲经柜是维也纳的莫里兹·马勒尔——一家犹太人开的公司做的。他们专门生产各种像念珠、圣像之类的祈祷和宗教仪式所需用品。

三面折叠而成的讲经柜上面贴着很厚的一层假的金箔，使得讲经柜就如同所有圣殿一样，金碧辉煌。

152

想象力差的人很难分辨出那三块板上画的东西有什么特殊意义。毋庸置疑，它就是个讲经柜，但这个讲经柜连住在赞比亚的多神教徒、布里亚特族和蒙古的巫师们都能够使用。

讲经柜的颜色鲜艳亮丽，好像用来测试铁路员工是否为红绿色盲者的彩色板。

仅有一个突出人像的。那是个浑身赤裸的男人，头上现出光环，周身发青，如同一只已经腐烂发臭的鹅的屁股。

谁也没对他做什么。他的两边各站着一个有翅膀的天使形象。但是，每个看到他们的人都会觉得，这位裸男被身边的形象吓得大喊大叫。因为那对天使看起来跟童话中的妖怪很像，好像是某种介于带翅膀的野猫和《启示录》中的怪物之间的一种东西。

讲经柜另一面画有一个表现三位一体的圣像。那是只鸽子。但是，画家把它画得活像是国种的大白鸡，只为显示他的技艺很差。而天父却被画得像一部惊险暴力影片中的西部荒原上的盗贼。天父之子被画成了一个年轻快乐的男子，肚脐下那突起的部分被游泳裤似的东西遮蔽起来。总的来说给人的印象像是一个杰出的运动员。好像手握网球拍子那般潇洒自如地捧着十字架。

从远处看，一切都融合在一起，给人感觉像是一列火车正要进站。

根本弄不懂那第三幅画究竟表现的是什么。

士兵们在看祈祷时总要为抢猜画谜而争吵，有人甚至认为这就是一幅萨扎瓦河畔的风景画。画下却写着："圣母马利亚，耶稣之母，宽恕我们吧！"

帅克将到手的战地讲经柜利索地放进马车，随后自己跟赶车的坐在前厢，而军营神父一个人舒坦地坐在车厢里，两只脚放在象征三位一体的讲经柜上面。

帅克和马车夫谈论着关于战争的事情。

马车夫属造反派，他一直在炫耀奥地利军队武力的问题，比如"在塞尔维亚，他们要让你们好看"等。马车来到关口时，一个官员询问车里装有什么。

帅克回答说：

"三位一体的讲经柜、圣母马利亚以及军营神父。"

这时，各步兵连的新兵在演习场上早就等得不耐烦了，他们已经等了很长时间。因为帅克和军营神父他们先得到魏廷格上尉那里去借运动奖杯，接着还得到布雷诺夫修道院去借圣体匣、圣饼盒和其他做祈祷的物器，包括一瓶进圣餐用的酒。可见做一场战地祈祷并不是件简单事。

"我们做这种事总是不认真，草率了事。"帅克对马车夫说。

他说对了。因为在他们到了演习场，走近讲台，木头架子旁边放了张桌子，桌子口上面放上战地讲经柜之后，才发现军营神父忘记带辅祭来。

以前一直由团部派一名固定的步兵来担任这个职务，然而这人想办法去当了接话员，后来就上前线去了。

"这没关系，军营神父先生，"帅克说，"那个差使我能够做。"

"你知道怎么做吗？"

"我以前倒没做过，"帅克回答说，"不过可以试下。打起仗来人人都在做着以前连做梦也不会梦到的事。我想，不就是在您讲完'上帝降福于你们'这句经文之后，我加上一句'与你们的灵魂同在'嘛！之后的事，我想那就更容易了，就像一只猫儿围着一碗烫稀饭那样绕着您走一遍。最后，给您洗手，把酒从杯里倒出来……"

"好吧，"军营神父说，"可是你不要替我倒水，最好你马上给我往第二只杯子里也倒上酒。总之，我随时都会告诉你的，你该走右边还是左边。我轻轻地打一声口哨，那就是右边；两声，就是左边。祷文的事你也不用发愁。其他的都很简单，你心里不紧张害怕吧？"

"我没有什么值得紧张的，神父先生，就算当辅祭这类的事我也不在乎。"

事情很顺利地过去了。

军营神父的话说得很简洁：

"士兵们！今天我们在这儿聚会，目的是让你们在奔赴战场之前将自己的心交给上帝，求他赐给咱们胜利，保佑咱们平平安安的。我就不耽误你们的时间了，祝你们一路顺风！"

"稍息！"站在左边的老上校喊道。

战地祈祷之所以被称作是"战地的"，是因为它和战场上的军事战术有着同样的规则。在漫长的战争中，战地祈祷也通常被拖得冗长的。而在现代化的战略战术中，军队的行动要求迅速敏捷，战地祈祷也应该是不同于以往的简洁的。

这场祈祷刚好只用了几分钟。挨近讲经柜站着的士兵们都很奇怪，军营神父在做祷告时为什么打口哨。

帅克把暗号的内涵把握得十分准确，他一会儿走到祭台的右边，一会儿又转到左边，嘴里只是不停地念着"与你们的灵魂同在"。

虽然给人感觉好像一个印第安人在绕着一块祭石跳舞，但整个仪式给人的印象还好。它驱除了尘土飞扬的演习场上的沉闷气氛，也驱散了演习场后面那片李子树林里的一排茅坑所散发出来的臭气，虽说这股臭气同时代替了哥特式教堂里那神秘的醇香味。

所有人都在那里天南海北地胡扯。军官们围着上校讲段子。一切进行得十分顺利。士兵队伍里四处都能听到这句话："给我来一口吧！"

一缕缕烟草散发出的一片片蓝色的云朵，犹如讲经柜上的烟雾，从各个连队直冲青天。当他们见到上校点燃了烟卷，大家也都抽起来了。

后来，只听到一声"跪下祈祷"，一瞬间烟尘四起，由穿灰色制服的士兵组成的方阵立刻朝着银杯屈膝跪倒。

银杯里倒满了酒，军营神父摆弄着那酒，用台下士兵们私下交谈的一句话来形容就是"被军营神父一饮而尽了"。

这种表演又重复了一遍，之后又是一声"跪下祈祷"。最后，乐队奏起了《主佑我等》的曲子，野战军的士兵们列队离开。

"把那些东西都收到一起，"军营神父手指着讲经柜对帅克说，"我们好把它们归还原主！"

接着，他们又同马车夫一起回去了。除了那瓶做祈祷用的酒以外，其他器物都原原本本、老老实实地归还了。

他们到家以后，先吩咐那倒霉的马车夫到司令部去领这趟长途生意的工钱。帅克问军营神父："请问神父先生，辅祭和主祭人一定要属于同一个教派吗？"

"那是一定的，"军营神父回答说，"不然的话祈祷就不灵验了。"

"那么，神父先生，刚才可犯了大错了。"帅克说，"我不属于任何教派。你说我怎么就这样不走运呢？"

军营神父看了下帅克，沉默一会儿，接着拍拍他的肩膀说："瓶子里还有一些圣餐用的酒，喝掉它吧，就算你入了教，就是教会的人了！"

第十二章　部队宗教言论与信仰

帅克已经好几天没看到那位培养了无数军人灵魂的人了。军营神父把时间花在了吃喝玩乐上。他几乎不回家，而且总是油污满身，脏兮兮的，好像一只沿着屋顶跳来跳去叫春的黑头猫。

假如有一天回了家，而且头脑还算清醒的话，在睡觉以前，他都要和帅克谈一会儿他那些崇高的目标、那些热情以及那些理想。有时，他也会说到一些诗歌，还会引用几句海涅的诗。

帅克还同他到战壕里去做过一次战地祈祷。那次，因为办事人的粗心，居然多请来了一位军营神父。这位神父曾经当过神学教员，是一位坚信上帝的人。当看见在举行宗教礼仪时，帅克居然从随身带着的野战军用壶里给自己的同行坎兹敬了一口白兰地酒，他惊呆了。

"这是名牌，很不错，"昂多·坎兹说，"您喝够了就请回吧。我自己可以应付这场面。今天我有点儿头痛，需要在广阔的蓝天下来做这场祈祷。"

那位信奉上帝的军营神父摇着头离开了。和以前一样，坎兹非常出色地完成了自己的任务。

这次他把圣酒换成了葡萄汽酒，布道也拖了很长时间，而且每隔两句话还添加了"诸如此类"和"毋庸讳言"的词句。

"士兵们，你们今天就要奔赴前线，诸如此类。此刻就请你们把自己的心交给上帝，诸如此类，毋庸讳言。你们不知道在你身上将会发生什么。毋庸讳言，诸如此类。"

讲经柜上一直传来"诸如此类"和"毋庸讳言"的话语，掺杂着上帝、一切虔诚者和圣事的等名词。

在热情洋溢、慷慨激昂的说教中，军营神父居然把萨夫伊欧根亲王提升为圣人，说他将会保护在河上架桥的工兵。

这场战地祈祷大体来说还算可以，没有招致更多的反感，而且愉悦有趣。工兵们都很尽兴。

在回家的路上，电车售票员不让帅克和神父将折叠式的战地讲经柜放到车上。

"你信不信我用这圣物砸你的脑袋！"帅克对售票员说。

终于到家后，他们发现圣餐匣找不到了。

"没什么，"帅克说，"最早的天主教徒做祈祷时也没用它。假如我们说丢了圣餐匣，那位捡到它的人就会来讨要赏钱；假如丢的是钱，那估计就找不到一个老实的拾金不昧者了，尽管这种人确实存在。在我们布杰维采的团队里有个士兵，是一头诚实的蠢牛。有一次他在街上拾到六百克朗，交到了警察局。各报铺天盖地将他的事迹大肆宣扬，将他作为一个拾金不昧者来大加赞扬，结果反而丢尽了脸面，谁都不愿理睬他。人们都说他：'你是一个笨蛋，为什么会做出这样的蠢事来啊。你身上只要还存有少许血性、尊严的话，你终生都会为这件事感到难过。'在那以前，还有个姑娘跟他交往，后来也跟他拜拜了。他回老家去探亲，朋友们还把他从小酒店里撵了出去，不让他听音乐。他一天天消瘦下去，脑子里总装着这件事，最后卧轨自杀了。还有一次，有个裁缝在我们街上捡到了一只金戒指。大伙儿提醒他别上交给警察局，可他就是不听。警察们非常亲切地接待了他，说是已经有人报案：丢了一只镶钻的金戒指。但他们看了戒指上的那块石头后，对裁缝说：'先生，这可是块玻璃而非钻石啊！把这颗钻石换走了？这样老实的拾物者我们见得多了！'后来才查明，的确有一个人真的丢了一枚假钻石的金戒指。然而，那裁缝却还是蹲了三天的班房，因为他一气之下对警察有所不敬。他按规定得了百分之十的赏金，也就是一克朗二十赫勒，因为这破玩意儿本身只值十二克朗。裁缝立即将这笔合理合法的赏金砸向失主的脸上，失主控告他侮辱人格尊严，裁缝因此又反挨罚了十克朗。后来，他走到哪里就说到哪里，说每个捡到财物又老实报案的人都应打二十五大鞭，还要当众把他打得个鼻青脸肿，让人人都能牢记并照着办。我想，没有人会把那圣餐匣还回来的，何况圣餐匣背后盖有团部的大印，谁也不愿跟军队有任何瓜葛，把它扔到水里都比惹出祸来强。昨天我在花满香酒店跟一个五六十岁的乡下人聊天，他到新帕卡盖特曼区公所去问他们为什么没收了他的四轮马车，却被赶出了区公所。在回家的路上他瞧见了一列辎重车队正好停在广场上。有个年轻小伙子请求他替自己照看一会儿马，说他是给军队送军需食物的。可小伙子却再也没有出现。当这车队要继续前进时，这位五六十岁的乡下人只好跟着他们一直往前走。车队到了匈牙利，他也照样求人在车队旁等他一会儿，他这才得救脱险，否则还得跟着去塞尔维亚。一路上他都害怕极了。从此，他再也不愿同任何有关军队的事物沾边了。"

晚上，有人到军营神父家来串门，就是早晨那位也想为工兵们做战地祈祷的笃信上帝的军营神父。可以说，他是一个宗教的盲信者，恨不得每个人都信奉上帝。早在任神学教员的时候，他就靠敲后脑勺来强化孩子们的宗教感。各种杂志上，不时地刊登以《残暴的神学教员》或者《专敲后脑勺的神学教员》等为题的文章来评论他。他坚信藤条制度是促进孩子们掌握教理知识的最好帮手。

他的一只脚有点儿瘸，这是一个被他打过后脑勺的学生的家长找他算账的结果。那个学生的后脑勺挨了他三拳，只因为对三位一体表示了一点儿怀疑：第一拳为圣父，第二拳为圣子，第三拳为圣灵。

今天，他来找他的同僚坎兹，是要引同僚上正道。他的话发自肺腑，开头是这样说的："真令我吃惊，您这儿竟没挂耶稣受难的十字架。您在哪儿念祷文？您房间里的墙上没有一张圣像，净挂了些什么呀？"

坎兹微微一笑说："这是《苏珊娜沐浴图》，下面那张裸体女人是我的一个朋友。右边是一张日本画，画的是一个日本老武士和艺伎。确实，太独特了，是不是？帅克，你给我把祷告书拿来，翻到第三页。书在厨房里。"

帅克倒是上厨房去了，可是从那里接连传来三下开酒瓶塞子的声音。

当桌上出现了三瓶酒的时候，笃信上帝的神父大为惊慌。

"这是做祈祷用的淡葡萄酒，我的同事，"坎兹说，"非常好的品种，酸味白葡萄酒，味道跟摩泽尔产的差不多。"

"我不会喝的，"那位神父固执地说，"我是真心诚意想来跟您聊聊的。"

"您的嗓子眼儿会发干的，我的同事，"坎兹说，"您先喝一点儿，我再洗耳恭听。我是个很宽容大度的人，听得进各种意见。"

信奉上帝的神父呷了一小口，顿时眼睛就睁大了起来。

"真他妈的好喝，不是吗？我的同事！"

这位宗教的盲信者严厉地说："我发现您说话总爱带个脏字儿。"

"习惯了，"坎兹回答说，"有时我甚至发现自己犯了渎神罪。帅克，倒酒给神父先生。我跟您说实话吧，我还常说'天杀的！'这类脏话。我想，等您也像我一样在军队里混久了，您也会这样的，这并不难。在宗教方面，我们不是也会说'天国、上帝、十字架、庄严圣洁'这一套吗？听起来不是很悦耳动听，很在行，一下就能使我们混得熟起来吗？喝吧，我的同事！"

这位昔日的神学教员机械地抿了口酒。显然，他想说点儿什么而又难以启齿。他在搜索词论。

"我的同事，"坎兹接着说，"抬起头来，别那么愁眉苦脸地坐着，好像再过五分钟他们就要来送您上绞刑架似的。我听人说起过您，说您有一次把星期五误当成星期四了，于是就到餐馆里去吃了一块猪排，后来您跑到厕所去，将一个手指伸进喉咙里，好让它吐出来，您以为上帝会因此惩罚您。我可不怕在大斋期吃肉，也不怕地狱。对不起！您继续喝！感觉好点儿了吗？或许您是一位紧跟时代步伐的人，您对地狱有什么看法？你是否认为地狱里已经把普通的硫黄锅改成了蒸汽锅，也就是高压锅来煎熬不幸的罪人，而罪人都被涂上了人造奶油，穿在电动铁叉上烤人肉串吧！百万年后，会有一种修公路的打夯机从人身上轧过去，把他们碾成粉末；牙医会用一种特殊的器械把罪人的牙齿拔得咯咯直响，用留声机唱片刻录他们的哭叫声，然后送到天堂，供正人君子们欣赏。在天堂里，是用喷雾器喷香水的，交响乐队不停地演奏勃拉姆斯的乐曲，直到人们宁可下地狱，到炼狱里去受苦受难，也不愿再听下去；天使们的臂部都装上了飞机用的螺旋桨，以免自己的翅膀受累。您继续喝，我的同事！帅克，给他倒白兰地。我感觉他好像不行了。"

那位神父清醒过来后，轻声地说："宗教是一种理智的思考。谁不相信三位一体的存在……"

"帅克，"坎兹打断他的话说，"再给神父先生倒杯白兰地，让他清醒过来。你跟他讲点儿什么吧，帅克。"

"报告军营神父先生，在弗拉西姆，有个修道院的教长，"帅克说，"当他的女管家带着一个小男孩和钱跑掉之后，他又雇用了一个新的女仆。这位教长年岁也不小了，却研究起圣奥古斯丁来。众所周知，圣奥古斯丁在教会里算是一位圣父了。

这位修道院的教长从一本书上看到，谁要是相信地球另一面住着人的话，谁就得遭到诅咒，于是他叫来自己的女仆对她说：'你听着，有一次你对我说过，你的儿子是个钳工，到澳大利亚去了，也就是说他生活在地球的另一面；可是圣奥古斯丁有令，要是有人相信地球另一面有人居住，那他就得遭到诅咒。'尊敬的先生，'女仆对他说，'可是，我儿子一直从澳大利亚给我寄信和钱。'这是魔鬼的伎俩！'修道院教长坚定地说，'据圣奥古斯丁的学说，澳大利亚根本不存在。这是魔鬼引你上了歧途。'星期日那天，他在教堂里当众把她臭骂了一顿，并叫喊着澳大利亚不存在。人们没办法只好把他送进了精神病医院。好在那儿不缺像他这一号的人。在圣厄休拉修道院里有一瓶圣母马利亚用来喂耶稣的牛奶；在贝内绍夫孤儿院里他们给孤儿们运来了法国卢尔德城的圣水，孤儿们喝了之后，满地拉稀。"

信奉上帝的神父头昏昏沉沉的，新喝下去的白兰地产生了效果，使他精神又提起来了。

他眯着眼问坎兹："难道您不相信圣母马利亚是童贞女受胎？您不相信保存在庙宇里的施洗约翰的大拇指是真的？您到底信不信上帝？您要是不相信，那您怎么又成了军营神父呢？"

"我的同事，"坎兹亲切地拍了一下他的后背说，"只要国家认为有必要，当士兵们在去打仗送死之前给他们来点儿上帝的祝福，那么，军营神父就是一个钱挣得多，又不太费神的美差了。对我来说，这比在演习场上东跑西颠地操练要好得多。想当初，我代表着一个根本不存在的人物，并且由我自己来扮演上帝的角色。要是我不想宽恕某人的罪恶，就是给我下跪我也不饶他的。不过，这种人他妈的近来已经很少了。"

"我热爱上帝，"笃信上帝的军营神父说，已经开始打嗝了，"非常爱他。请您给我一点儿葡萄酒吧。我敬重上帝！"他又接着说："我非常敬重和热爱他，对谁也不像对他那样敬重。"

他重重地捶着桌子，捶得桌子上的瓶子都跳了起来："上帝具有一种非同寻常的至高无上的品格。他光明正大，诚实正直。他像太阳一样，光芒四射，谁也别妄想动摇我这个信念。我也尊重信徒圣约瑟夫，我敬重所有的虔者，就连圣·塞拉皮翁也在内，尽管他的名字不怎么好听。"

"他应申请改名。"帅克插了一句。

"我还喜欢圣女卢德米拉以及虔者圣·伯纳德，"昔日的神学教员接着说，"他在圣哥达尔达救了许多朝圣者。他脖子上总挂着一瓶白兰地，去搜救被大雪覆盖的行人。"

他们的兴致又转到别的方面了。那位神父已是语无伦次了："我敬重所有的小动物，十二月二十八日是它们的节日，我恨希律王。——母鸡睡觉的时候，您肯定掏不出新下的蛋。"

他开怀大笑，接着唱道："啊，神圣的上帝！神圣的，有力的。"

但是，他马上又停了下来，站起来，转向坎兹，尖锐地问道：

"您不相信八月十五日是圣母马利亚升天节？"

他们的玩兴达到最高潮，于是又添了几瓶酒，偶尔还传来坎兹的声音："您说，说您不信上帝，否则您甭想喝酒。"

感觉似乎最早的一批天主教徒遭受迫害的时代又回来了。昔日的神学教员唱起了一首古罗马竞技场的烈士之歌，并大声吼道："我信上帝，我不会不承认他！我自己也留了很多葡萄酒，我可以派人去取。"

最后，他们把他按到床上。在他熟睡之前，他还举起右臂发誓说："我信圣父、圣子和圣灵。给我拿祈祷书来。"

帅克顺手塞了本床头柜上的书到他的手里，于是这位信奉上帝的神父就抱着薄伽丘的《十日谈》熟睡了。

第十三章　一场临终涂油礼

军营神父昂多·坎兹心事重重地坐在那里，研读军营里刚刚送来的一份通告：有关为军人举行涂油礼的各项规定。

还有一份通知，要他明天去查理广场的军医院为重伤员举行涂油礼。

"你看看，帅克，"神父喊道，"真烦人！好像全布拉格就只我一个军营神父似的，为什么不派那个上次在这儿睡觉的那位信奉上帝的神父呢？让我们到查理广场去搞涂油礼。我早已经忘光了怎么弄这玩意儿了。"

"那咱们就去买一本教义问答集来看看，神父先生。那上面会写得很清楚。"帅克说。

书买来后，神父翻了翻说："瞧！这涂油礼还只能由神父来执行，而且还只能用授予过圣职的主教供给的油。你瞧，帅克，光你自己一个人还不能行涂油礼。你来念念，这个涂油礼到底该怎么个弄法。"

帅克念道："做法如下：神父将在病人的每一个感官上涂

上油，同时念祷文：'上帝将通过这种圣洁的涂油礼和他那至善的仁慈饶恕你，饶恕你由于视觉、听觉、嗅觉、味觉、触觉和行走所犯下的一切罪行。'"

神父说道："那我们还得去弄点儿授予过圣职的主教供给的油来。你拿十克朗去买一小瓶，军需处肯定不会有的。"

帅克动身去了。说实话，找这种油要比鲍日娜·聂姆曹娃的童话里写的找活水还要难。

他去了几家杂货店，当刚一开口说"劳驾，我要一瓶授予过圣职的主教供给的油"时，不是引起人们一阵哄笑，就是吓得人家躲进柜台后面去了。这时，帅克总是一脸严肃。

当帅克来到一家药房，提出同样要求时，老板对伙计说："道享先生，去给他倒一及耳三号大麻油。"

伙计用纸把瓶子包好，以一个老生意人的口气对帅克说："这可是一等品，假如您希望来些刷子、油漆、干性油的话，请光顾这里，我们一定竭诚为您服务。"

这时，神父正捧着书，重温那些他曾在神学院学过却忘得一干二净的内容。

后来，传令兵带来一封公函，说是明天的涂油礼"军队宗教教育女贵族协会"将出席。

这个协会由一批神经质的老太婆组成，她们在各个医院里向士兵散发圣人符和描写为皇帝而死去的天主教士兵的故事集。这个协会被神父叫作"一群败类"。

"我们终于有了油喽，"当帅克从波拉克公司回来后，他就是这般庄严地宣称的，"三号大麻油。一等品，足够给整个团的人施涂油礼了。这是一家殷实的公司，那儿还卖油漆、干性油和小刷子。我们还缺一个小铃铛。"

"要买小铃铛干吗，帅克？"

"我们必须一路走一路摇，好让人们向我们脱帽致敬呀！神父先生，要知道，我们是追随圣父并带着三号大麻油行进的，以前都是这么做的。神父先生，要是您同意的话，我立马就去把它弄来。"

神父点头同意了，半小时后帅克就将铃铛弄来了。

在军医院里，有两个人盼望着举行涂油礼：老少校和当过银行职员的预备役军官，他们都是在喀尔巴阡山作战时腹部中弹的。他俩床对床躺着。预备役军官的上级曾向往过这种涂油礼，因此，他认为，一个濒临死亡的人能得到圣人给自己举行的涂油礼，那是自己的光荣。作为一名属下，不让人家也给自己行涂油礼，那不就是不遵守隶属关系了？敬仰上帝的老少校很机敏，他认为只要相信祈祷就能痊愈。可这两个人都在要举行涂油礼的头一天夜里死了。当第二天早晨，军营神父带着帅克赶到时，这两位军人都蒙上了床单躺在床上，他们就像被什么东西窒息而死的。

"我们准备得很有气派，神父先生，可如今却被他俩给毁了啊！"当办公室有人来通知他们，说这两个人已经不需要什么了的时候，帅克生气了。

那倒是真的，他们弄得很有气派：坐在马车上，帅克摇着铃铛，神父提着用餐巾包着的那瓶油，还一本正经地给脱帽行礼的过往行人祈神赐福。

其实，向他们脱帽敬礼的人并不多，尽管帅克一个劲儿地摇铃，希望它洪亮的铃声招来更多的过往行人。

军营神父到办公室结算涂油礼的费用，向军医院会计报账说：军事当局应该付给他一百五十克朗的路费和圣油费。

为此，军医院院长和军营神父发生了一场争吵。神父几次用拳头捶着桌子说："院长先生，您怎么能认为，行涂油礼是不用报销的？就是派个轻骑兵团的军官到养马场去领马，也得付给他出差费嘛。那两名伤员没等来行涂油礼，我真的感到很遗憾，否则您还得多花五十克朗。"

帅克拿着那瓶圣油在楼下警卫室里等着神父，士兵们对那瓶油极感兴趣。

有人认为拿这种油去擦枪和刺刀那是很不错的。

这时，神父在楼上办公室里碰到一位"军队宗教教育女贵族协会"的会员，一个老妖婆。她一早就在军医院里四处转悠散发她的那些圣人符。伤病员们全都将它们扔进了痰盂。

她不仅四处走，还不断地絮叨着自己那些没有意义的话，说什么要诚心诚意地反省自己的罪过，要坚决地改邪归正，这样死后就可以得到亲爱的上帝对他们的永恒的拯救等一些空话。

她和神父说话的时候，还愤怒不已："这场战争不但没有让士兵们变得高尚起来，反而让他们成了一群野兽。"楼下的伤病员们对她做鬼脸，说她是"假慈悲"。

她还大谈对士兵进行宗教教育的构想，有许多诸如此类的蠢话，很明显她是要拽住神父。但是神父根本不吃她那一套，他说道：

"咱们回家去，帅克！"他朝警卫室喊道。在回家的路上，他们没有再摆那些架子了。

"下次再举行涂油礼，谁愿意去谁去，"神父说，"一个人为了每一个人都能获得拯救的灵魂，还得去跟一些人在钱的问题上争吵不休。这些干会计工作的人真糟糕，全是些浑蛋。"

当看到帅克手里拿着的那瓶"圣油"时，他皱了一下眉头说："帅克，我们用这瓶油来擦擦你我的皮鞋，好吗？"

"我想试着用它来擦下门上的锁，"帅克接着说，"每当您半夜回家开门时，门总是吱呀吱呀地叫。"

于是，这场涂油礼还没有开始就结束了。

第十四章　又当了上尉的内勤兵

帅克的好日子没过多久，悲惨的命运就把他和军营神父之间的友好关系割断了。假如说，之前，神父的为人还让他觉得可亲的话，那么，现在他的所有行为已经把他可亲的面罩揭去了。

军营神父将帅克卖给了卢卡斯上尉，或者更确定地说，是在打牌时把他输给了上尉，就像过去俄国卖农奴那样。事情的发生完全出乎意料。一天，卢卡斯上尉家宴请宾客，宾客满座，玩起了"二十一点"来。

军营神父又将钱输光了，最后他说："拿我的内勤兵当作赌注，您能够借给我多少钱？他可是个大白痴，不过也是一个极其有趣的活宝，很特别。这可谓是难得的东西，我敢打赌您可从没见过这样一个内勤兵。"

"好吧，我借给你一百克朗。"卢卡斯上尉建议说，"假如后天你不能还这笔钱，那件宝贝就是我的了。我现在的内勤兵糟透了，是个古里古怪的人。每天抱怨不停，总是不断地写

172

家信，此外，还见什么拿什么。我以前痛打过他一顿，但一点儿都不起作用。我只要一碰见他，就敲他的脑袋，但也没有用。我把他的门牙敲掉了几颗，还是没用，这家伙已经无可救药了。"

"好的，就这么说定了，"军营神父无所谓地说，"后天，还不上你一百克朗，帅克就是你的了。"

他将一百克朗也输光了，失落地回家了。他清楚地知道，在有限的期限之内他绝对凑不够那一百克朗，事实上卑鄙无耻的他已经把帅克卖掉了。

"我真笨，要是起先我说两百克朗就好了。"他有点儿懊悔。在电车上，他突然有了自责、伤感之情。

"这件事我干得真不对，"他一边沉思着，一边按着自家的门铃，"我如何面对那双傻到家的善良的眼睛呢？"

"亲爱的帅克，"他进门就说，"今天发生了一件很不寻常的事情。我的牌运晦气到了家。我把所有的钱都押上了，因为我手中握有个爱司，然后又来了个十。庄家手中开头仅有个小伙子（J），后来他也凑成了（二十一点）。后来，我还抓了几次爱司和十，但是不知为什么，最终我的点数老是和庄家的点数一样。因此，所有的钱都流到庄家那儿了。"

他想了一会儿，说："玩到最后，我将你也给输掉了。我把你当抵押品，借了一百克朗，假如后天我还不上钱，你就归卢卡斯上尉，不再属于我了。我实在很不好意思……"

"我这儿有一百克朗，"帅克说，"我能够借给您。"

"快给我，"军营神父突然精神起来，"我马上就给卢卡斯送去。我实在不想跟你分开。"

卢卡斯看见军营神父回来，很吃惊。

"我来还你那笔钱了，"军营神父说，神气十足地看了下周围，"把牌拿来，咱们再押它一注。"

"给我压上，"轮到军营神父时，他嚷了一声，"唉，只差一点，"他说，"我多出一点来。"

"那就再押，"赌到第二轮时他又说，"押——不看牌？"

"二十点算赢。"庄家说。

"我总共十九点，"军营神父神情沮丧地说，不一会儿就把帅克为了赎身而借给他的一百克朗中的最后四十克朗也输给了庄家。

在回家的路上，军营神父肯定这下是真的完了，再没有什么能够挽救帅克的了，他是一定要去服侍卢卡斯上尉了。

帅克为他开了门后，他对帅克说："一切都只是徒劳，白费力，帅克，没有人能违抗他自己的命运，我把你和你的一百克朗都输掉了。我已经尽力了，然而我违抗不了命运，把你送到了卢卡斯上尉的魔爪里，我们该分别了。"

"一定是庄家钱下得大赢了您呢，"帅克非常平静地问道，"还是人家总抢着先下注赢了您的？牌不好一定不行，但有时牌太好了那就更坏。在茨德拉兹生活着一个叫维沃达的洋铁匠，他常去百年咖啡馆后面那个小店去玩纸牌。有一次，鬼使神差似的，他忽然地说了一句：'我们来玩二十一点，每次压五克朗怎么样？'于是就玩了起来。他坐庄。大伙儿全输了，然后赌注增到了十克朗。老维沃达想让别人也赢一把，于是他就念

174

叨着'小牌、坏牌'，但就是不来。庄家大赢，赌注涨到一百克朗了。谁都拿不出如此多的钱来押，他急得要命。除了那一句'小牌、坏牌我家来'，别的都不说了。有一位扫烟囱的师傅输急了，跑回家去拿钱。回头一看，赌注已涨过一百五十克朗了，他狠心下了一注。维沃达不想再赢了，说宁愿一下涨到三十，只要不赢就行，可事不随心，他又抓到了两个爱司，他装得无所谓的样子，故意说：'十六点就赢牌。'但那位扫烟囱的师傅总共的牌加起来才十五点。这能说不是倒霉吗？老维沃达脸色苍白，难过极了。周围的人开始咒骂，并互相抱怨起来。其实，他是一个诚实可信、守规守矩的牌友，可他们非说他要花样，说他曾经有一次因为玩假牌还被狠揍了一顿。现在作赌注的克朗已越堆越高，已经高达五百克朗了。小店老板手痒了。他手上正好有一笔要去啤酒厂买啤酒的钱。于是，他坐了下来，他先押了两百，眯着眼睛，并且朝着幸运的这一方坐着说，庄家有多少钱他就押多少钱。他还说：'我们把牌都亮出来！'老维沃达真希望自己输啊。一开牌，亮了一个'七'，他下注了。此时，小店老板的脸上露出了微笑，因为他有二十一点了。第二轮发到老维沃达那儿又是个'七'，他也要了。'现在再来个爱司或者别的！'小店老板声音尖锐地说，'我用我的脑袋保证，维沃达先生，这次您肯定输了。'全屋鸦雀无声，维沃达把牌这么一转，第三个七点出现了。小店老板面如白纸，这是他最后的一笔钱了。他走进了厨房。不久，给他当过学徒的一个孩子跑来，要我们赶快去帮他的老板先生把绳子割断，说他在窗户把手上上吊了。我们立刻过去，把他救了过来。大家还想继续赌。大家都输得身无分文，全都堆在了在那里一直说'小牌、坏牌我家来！'的维沃达这位庄家面前了。他的确想超过二十一点好输掉，但是他必须把每张牌亮在桌上，所以，无法作假，希望故意输掉呀。他的好运让所有人惊呆了。此时，他们开始拿自己的债券来赌。几个小时后，老维沃达面前的钱已经成千上万了。扫烟囱的师傅欠庄家一百五十多万；茨德拉兹的送炭人欠庄家大约一百万；百年咖啡馆的门房欠八十万；一位医学院学生欠两百多万克朗。仅仅小纸片上的零头欠款加起来就有三十五万克朗之多。老维沃达用尽所有办法，如老是去上厕所，让别人替他抓牌，可再次回来，人们告诉他，他又赢了，又是二十一点。他们换了一副新牌还是没有用。如果是维沃达得了十五点，那别人一共只得十四点。大伙儿都气鼓鼓地看着他。有位铺石工骂得最狠，无论什么情形下，他都只押八克朗。他公开声明，像维沃达这号人就不应该活在世上，应该踢他、撵走他，将他像淹狗崽子一样淹死。您根本没有办法想象老维沃达的那种绝望。最终，他想出了一个办法。'我去一下厕所，'他和扫烟囱的说，'您就替我抓牌吧，师傅！'他帽子也没戴就跑上街去，直接去了米斯利柯夫街去报警，报告说那个小店里有人在赌博。巡警们让他先走，他们随后就到。当他一回到那里就听说，他不在这儿的这段时间里，那位医学院的学生输了一万多，门房输了三万多，他们已经写了五十万克朗的借据了，放在抽头钱的盘子里。不久，一伙警察来了。铺石工喊道：'快逃命去吧！'然而已经来不及了。警察没收了庄家的赌金，将所有人都押到警察局去了。

176

因为拒捕，茨德拉兹的送炭人是被装入囚车里押走的。庄家有五亿多的债券和一千五百克朗的现金。'实在是开了眼界，'当警长看到这笔数目惊人的巨款时说，'这比蒙特卡洛酒馆厉害多了嘛！'包括老维沃达在内，大家都被关到第二天早晨。维沃达作为报案人被释放了，按照法律规定，他获得了三分之一的庄钱作为酬金，大约是一亿六千万，他高兴得好像发了疯一样，一大清早就跑遍了整个布拉格去为自己订购能装这笔巨款的保险柜。这才是常言道的'牌运亨通'哩！"

然后，帅克去煮格罗格酒。半夜时，帅克服侍军营神父上床睡觉的时候，神父流下了眼泪，痛哭着说："我出卖了你，朋友，我没有良心地把你给卖了。你骂我、打我一顿吧！我都能接受。我把你扔给人家，让他任意使唤，我不敢正视你。你捶我、咬我吧，把我撕碎了吧！我不会得到什么好下场的。你知道我是什么吗？"

他把满是泪水的脸埋在枕头里低声说着："我是个没有品德的下贱坏。"然后，他就像被抛进水里一样发出咕噜声，熟睡过去。

第二天清晨，军营神父躲开着帅克的眼光出去了，直到深夜才带着一个胖胖的步兵回来。

"帅克，"他说，仍然躲闪着帅克的目光，"告诉他东西都放在哪里，好让他找得到，教教他怎么煮格罗格酒。明儿一清早你就要到卢卡斯上尉那儿去报到了。"

帅克教着那个新来的人煮格罗格酒。两人融洽地过了一夜。到了早上，胖子步兵刚一起床，就哼起一些杂七杂八的民歌小调之类的东西，瞎唱一气："小溪绕着霍多夫流啊，我那亲爱的在那边儿卖着黑啤酒啊，山呀，山呀，你是高又高啊，少女们走在公路上呀，农夫耕作在白山上呀……"

"我很放心，"帅克说，"你这么有才能，一定可以在这儿待下去的。"

接着，第二天上午，卢卡斯上尉第一次见到了好兵帅克那张朴实、憨厚的面容。帅克向他报告说：

"报告上尉首长，我就是军营神父赌博输了的那个帅克。"

军官们使用内勤兵的制度存在很久了，就好像马其顿的亚历山大大帝就用过马弁。而且，在封建制度下是由骑士出身的雇佣兵来担任的。堂吉诃德的桑丘·潘沙算什么人？我很奇怪，实在饿急眼了？假如我们可以找出这么一本书的话，那我们就能够在书中读到一段阿玛维拉公爵的事。他在托莱多围城时，饿得难受，就将自己的内勤兵吃掉了。公爵本人在自己的回忆录中也描写过这件事，而且还说他的马弁的肉十分鲜嫩，也还柔韧，那口味嘛，是介于雏鸡肉与小毛驴肉之间。

在古老的萨乌波人写的一本谈军事艺术的书中，我们也能够找到规定内勤兵的一些条款。在古代，马弁之类的人员必须信奉宗教，虔诚、道德、诚实、谦恭、刚毅、勇敢、正直、勤劳……总之，一定要成为他人的模范。如今，这种典范的实质内容已被很大程度地改变了。现代派的那种"兵仆"既不虔诚又不道德，不诚实，谎话连篇，欺瞒自己的主子，甚至可以把自己首长的生活变成真正的地狱。他们运用各种阴谋诡计来让主人的生活变得痛苦难堪。在新一代的马弁中，很少可以找出那种富于牺牲精神如同阿玛维拉的公爵善良的费尔南多那样的，可以让自己的主人不放盐地就将自己吃掉。如今的事实是，各级首长们在跟自己的那些现代的传令兵做拼死斗争时，要想尽办法来维护自己的权威。这也算得上是恐怖统治的一种方式吧。一九一二年，在格拉茨，一位连长一脚就踢死了自己的内勤兵。但是，他当时就被释放了，那是因为他一共才做过两次这样的事。按照这些首长们的高见，内勤兵的命是一钱不值的。他们仅是一种东西，他们的角色是玩偶，奴隶，是什么都要干的女仆。在这种情况下，奴隶变得狡诈、诡计多端，那就不奇怪了。这种人在我们这个星球上的境遇也许只能与旧时那些被人打后脑勺，用酷刑，以培养其自觉性的学徒差不多。

但是也有例外，那就是当内勤兵高升为军官主子的宠儿的时候。这样一来，对于全连甚至全营就是灾难。低于他主子军衔的人都得尽力贿赂他，他决定着你请假是否可以被批下来。

宠儿们在战争年代常常获得很多不同的银质奖章，用来彰显他们的刚毅勇敢行为。

例如，有个内勤兵获得了一枚大银质奖章，缘由是他擅长将偷来的鹅烤得香脆美味；另一个得了一枚小银质奖章，是因为他用他老家经常邮寄的美味佳肴的包裹让他的主子在那最饥饿的年代也吃得大腹便便，难以行走。

而他的主子说出该为他发奖章的理由是：

"在战场上英勇奋战，将个人生死置之度外，在敌军强大炮火的攻击下，一直护卫自己的首长。"

其实，他那时正在后方某个地方掏鸡窝。战争改变了内勤兵和主子的关系，士兵最恨内勤兵。当五名士兵才分到一听军需食物时，一个内勤兵常常一个人一听。他的行军壶里装的是朗姆酒或白兰地，每天不是吃着巧克力，就是啃军官们吃的甜面包干，抽自己主子的香烟，吃朗姆酒或白兰地烹煮的美味佳肴，还穿着十分体面的衣衫。

军官的内勤兵和军官的传令兵的关系最好。内勤兵能够把桌上大量残羹剩饭和他所能享受到的其他所有优待都留给传令兵。再加一名司务长，这就组成了一个三人小组。这个三人小组与军官生活在一起，关系亲厚，所以一切的军事行动和作战计划他们都了如指掌。

如果班长与连长的内勤兵的关系比较亲密，那么他那个班的消息就比别的班灵通多了。

当这位内勤兵说"我们将在两点三十五分撤退"，那奥地利士兵就分毫不差地准在两点三十五分开始与敌方脱离接触。

军官的内勤兵与战地炊事班的关系也是很密切的，他最愿意在行军锅边转悠，就像是在饭馆里盯着摆在自己面前的菜谱点菜。

"给我做份儿烧排骨，"他对炊事兵说，"昨天你给了一根牛尾，再给我汤里放几片猪肝吧，你知道，我是不吃脾脏之类的东西的。"

而内勤兵又是最胆小的丑角。当敌机轰炸阵地时，他吓得心脏都掉到裤裆里去了。这时，他带着自己及主子的行李躲藏到最安全的掩体里，用毯子包住自己的脑袋，让手榴弹找不到他。这时，他什么都不指望，一心盼望他的主子能中弹受伤，那他就可以和他一块儿回到安全的后方。

他那长期经验培养出来的惶恐的样子还带有一点儿故弄玄虚。"我认为，他们似乎要拆电话了。"他一本正经地向班里的人传话。当他完全能够这样说"已经拆完了"的时候，那他感觉就是幸福的人了。

他最喜欢撤退。只有在这时，他才能够忘记手榴弹和榴霰弹在头上的呼啸声，不知疲惫地扛着行李往参谋部跑，因那儿停留着辎重车队。他喜欢奥地利军队的辎重车，愿意坐这种车撤退。就是在最坏的状况下，他也能乘坐到双轮救护车。如果他只能徒步行军，就没有精神，好像换了个人。遇上这种情况，那就对不起了，他只背自己的财物上路，将自己主子的行李丢在战壕里。

如果首长为了不当俘虏而逃跑，那他就愿意留在那儿，把自己主子的行李也一起带上。这么一来，他日夜期盼的这份财物就是自己的了。

我曾经见到过一个被俘的内勤兵，他和别的一些人一起从杜卜诺步行到基辅附近的达尔尼卡去。除了自己的行囊之外，他还带着自己主子的行囊：五个大小不一的手提箱、两床被子和一个枕头以及头上顶着的那些行李。他还抱怨哥萨克人偷走了他两口箱子。

我永远都记得这个人，带着这么沉重的一大堆东西，费力地穿越整个乌克兰。他就如同一辆活的运输车。我真无法想象，他怎么能带着这么些东西跋涉数百公里，一直到塔什干，目不转睛地看守着这些东西，直到最后在战俘营里患了斑疹伤寒，趴在自己的行李堆上死去。

如今，内勤兵已布满我们整个共和国，四处散发自己的英雄事迹，吹嘘他们攻打过索卡尔、杜卜诺、尼什和皮亚韦，简直都成了拿破仑。"我已经跟我们的上校说了，让他给参谋部去个电话，可以开始行动了。"

他们大多数是些反动分子，士兵们恨死他们了。有些人还喜欢打个小报告，当看见有人被绑走时，他们总是感到非常快乐。

他们已经演变成了一个特殊的阶层，他们的利己主义已到了无可救药的地步。

卢卡斯上尉是根基不稳的奥地利王国现役军官中的一个典型人物。士官学校将他训练成一种两栖动物。在众目睽睽之下，他嘴里说的是德国话，笔下写的也是德文，可他读的却是捷克文的书。每当他给一批纯正的捷克籍的一年制志愿兵军校学生讲课时，就用一种亲昵的口气对他们说："我跟你们一样是捷克人，但不需要让人家知道这一点，知道了也没什么。"

他将捷克国籍看成一种秘密组织，自己离它越远越好。

除此以外，他人倒还好：不惧怕自己的上司，操练时对士兵也算很关照。他要求的只是在板棚里找一个舒适住处。他还经常从微薄的薪俸中拿出点儿钱来给自己的士兵们买桶啤酒什么的。

他喜欢士兵们行军时高唱着进行曲。无论是出操还是收操，士兵们都一定要唱歌。他也走在旁边，同他们一起高唱：

当夜深人静，

燕麦从口袋中倒出，

砰砰啪啪声响彻夜空。

士兵们非常喜欢他，因为他是一个很公正的人，不常虐待别人。

士兵们都怕他。只要一个月的时间，他就能将最凶悍的士兵训练成一只温驯的羔羊。

他常大喊大叫，但从不骂人，每句话都要字斟句酌。"你看，"他说，"我实在不想处罚你，小伙子，可是我没办法啊，因为一支军队的战斗力和勇猛取决于纪律性。纪律性不强的军队就如同随风飘动的芦苇。如果你风纪不严，衣帽不全、缺扣子、少带子的，那就能看出你并不记得自己对军队应承担的义务。看得出来，你不明白你被关了禁闭的原因。昨天检阅时，仅因你衬衫上少了一颗扣子，就这么一件不值一提的小事，在老百姓眼中那压根儿就是微不足道的小事，但在军队里就得把你关起来。你已经亲眼看到这种不注重形象的现象在军队里是要受到惩罚的。为什么呢？因为这不只是你少了一颗扣子的问题，而关键是要让你养成军容整齐、井井有条的习惯。今天你不情愿把扣子缝上，开始懒散起来，明天你就会认为擦枪是件很困难的事，那么后天你就有可能把刺刀忘记在某个小酒店里。最后，站岗时也会呼噜呼噜熟睡了。因为，你已从丢失一颗小扣子开始，过上了一种懒汉式的生活。道理就是这么简单。小伙子，我为什么要处罚你，就是为了避免你以后因为失职违章而导致的更为严厉的处罚。我罚你五天的禁闭，希望你在喝水吃面包之时也认真反省一下。处分不是报复，只是一种让受罚者改过自新的教育手段。"

照说，卢卡斯早该晋升为大尉了。虽然他在民族问题上非常谨小慎微，但也没有用，因为他对上司太直接，公事公办，从不会阿谀奉承那一套。

这是捷克南部农民所特有的一种性格，他出生在南方密林与鱼池之间的一个村子里。

假如说他对待士兵还算公道，从不折磨他们的话，那要源于他性格中所具有的一种特殊性。他也憎恨以前的一些内勤兵，他一向认为是自己倒霉，才会不幸遇上了一些最可憎、最无耻的内勤兵。

他抽他们的嘴巴，敲他们的脑袋；他也曾想办法用规劝或实际行动去教育他们，但他最终没拿他们当一般士兵看待。这样徒劳地，他和他们斗了好多年，内勤兵是一个接一个地换，终究他只得叹气说："又给我派来了一头下贱的畜生。"他把自己的内勤兵看作比较低级的动物。

他特别喜欢动物。他有一只哈尔兹金丝雀、一只安哥拉猫和一条看马的狗。他那些内勤兵，对待他的这些心爱的动物和他对待做了坏事的内勤兵的态度是一样的，非常不好。

他们用饥饿折磨金丝雀；有个内勤兵居然打瞎了安哥拉猫的一只眼睛；只要遇见看马狗，他们就棒打它。最后，这个可怜的畜生被帅克之前的一名内勤兵送到庞克拉茨的一位剥兽皮的人那儿给杀了。因为这事，他花了十克朗，但他丝毫也不认为可惜。事后他只简单地向上尉报告一声说，狗在散步时跑丢了。第二天，这名内勤兵就和连队一起到练兵场操练了。

帅克刚到卢卡斯这儿报到上班，上尉就把他带进房里对他说："军营神父坎兹先生将你推荐给我，我希望你不要丢他的脸。我已经用过很多内勤兵，可都不能让我满意。我要提醒你，我是一个十分严格的人，对所有的卑鄙勾当和撒谎行为我都要严厉惩罚。我希望你对我永远诚实，忠心地执行我的所有命令。例如我说：'跳火坑！'你就算不愿意也得给我跳。你看哪儿呢？"

帅克正十分有兴趣地望着挂有金丝雀的笼子。这时，他那对善良的眼睛马上转过来看着上尉，亲切和缓地答道："报告，上尉首长，那儿有只哈尔兹金丝雀。"

帅克这样打断了上尉那绵延不绝的训话之后，仍然目不转睛地望着上尉，眼睛直勾勾地，还按军人姿势站得笔直。

上尉原本想教训他几句，可是看到帅克脸上那天真无邪的表情，就只说了一句："军营神父先生说，你是天下第一号的白痴，我看他这话非常正确。"

"报告上尉首长，军营神父先生确实没有说错。在我还是现役军人的时候，就因为白痴而给遣散了，我智力欠缺那是有名的。那时，团里因为这个原因被遣散的有两个：一个是我，还有一个是冯·高尼兹连长先生。说到这个人呀，我要向您报告：他走在街上时，左手的一个指头总是掏着左鼻孔，右手的一个指头掏着右鼻孔。他带我们去操练时，我们就要像接受首长检阅一样地排着队，然后他说：'士兵们，嗯，你们要记得，

185

嗯，今天是礼拜三。嗯，因为明天是礼拜四，嗯。’”

卢卡斯上尉什么都没说，只抖了抖肩膀。

他在房门到窗子之间来回转悠，围着帅克走了一圈，又走了回去。帅克的两眼一直盯着他，也就来回做着"向右看齐""向左看齐"的动作，脸上的表情还是那样的可爱，以至上尉垂下双眼，望着地毯说了些与帅克所谈的傻连长一点儿关系也没有的话："切记，我这儿什么都要有条理，干干净净，不可以和我说假话。我热爱诚实，痛恨谎言。我处罚起撒谎的人来是毫不留情的。你听明白了吗？"

"报告上尉首长，我听清楚了。一个人最不能做的就是撒谎。谁要是说话前后不一致，那他准是在撒谎。在贝尔希姆夫乡的后面有一个小村子，那儿住了一个叫莫列考的教员，他正追求守林人史勃利的女儿。史勃利已经警告过他，如果他和他的女儿到林子里来幽会，那他就用猎枪钢丝刷上的钢丝，蘸上盐水，捅进他的屁股里去。教员也转告守林人说，这是不可能发生的事。而有一次当他在等他的情人时，却被守林人遇到了。守林人本想给教员点儿颜色瞧瞧，可是，教员却说是来采花的，之后又说是来抓甲虫做标本的，越说越离谱。最后，他却发誓赌咒，说是来放置捕野兔的套索的，还说当时是怎样的害怕。那位可爱的守林人气坏了，把他逮了起来，押送到警察队，他被带上法庭，差点儿蹲了监狱。他要是开始就讲真话，最多也不过是挨几下扎。我的观点是，坦白、直率最好。就是干错了事，也应该去承认：'报告首长，我干了这个，干了那个。'说到诚实，那总是一种美德，一个人为人忠诚老实，就可以走得很远很远，就跟竞走比赛一样。而你一起先就捣鬼，居然小跑起来，那就要被罚下场了。这事我表兄就做过。诚实的人到处受到敬重、尊崇，自己也高兴，每时每刻都会感觉自己像个新生儿，当每天上床睡觉时，他可以说'今天我依然是诚实的'。"

当帅克继续大发言辞的时候，卢卡斯上尉始终坐在圈椅里，看着帅克的靴子，心里想着："我的天哪，我可能也常常这么唠叨地讲些废话吧，只是讲话的方式不一样罢了。"

但是，为了维护自己的尊严，等帅克说完以后他才说：

"现在跟了我，你必须常常擦干净你的靴子，穿好军服，扣好你所有的扣子，军人一定要有个军人的样子，不是老百姓里的那些个瘪三、无赖。我有一种非常奇特的感觉，似乎你们这些人就没有军人的风度。在我用过的所有内勤兵中，只有一个还有那么少许军人威武的气势，可他最终偷了我的一套礼服，卖给了犹太人。"

休息了一下，他向帅克嘱咐了他该做的所有事情，特别强调了诚实可靠的重要性，以及永远不许谈论上尉这里的事。

"女士们经常来这儿，"他补了一句，"我如果早上不值班，可能某一位就在我这儿过夜了。遇到这种情况，我不按铃就不许把咖啡送到我们床边来，你明白吗？"

"报告上尉首长，我十分明白。如果我突然闯到您床跟前，也许会吓着那位女士的。记得有一次，我带一位小姐回了家，正当我俩玩得高兴时，我的老女仆就把咖啡送到我们床头来了。结果女仆大吃一惊，咖啡洒了我一后背，还说了一声：'上帝赐福！'您放心，我知道，当有位女士在这儿过夜时，我知道我该干什么，不该干什么。"

"那就行了，帅克，我们对待女士们必须很礼貌，要有个尺度。"上尉说到这儿，情绪也随之高涨热烈起来，因为这个话题是他在空闲时间中最感兴趣的了。

女人们是上尉公馆里的灵魂。她们为他构建起了一个安乐窝。她们当中的许多人还用各种小装饰品装饰了他的住宅。

一个咖啡馆的老板娘在他这儿整整住了两个星期，直到她丈夫来接她回去为止。她给上尉绣了一块非常美丽迷人的台布，并且在上尉所有的内衣上都绣上了他姓名的字母缩写。如果不是她丈夫到来，破坏了她这牧歌般的生活，她可能会绣完那幅壁毯的。

另一位在住了三周之后被双亲接走了。女士想将他的卧室装饰成贵妇人的私室。她到处摆放一些小玩意儿、小花瓶，还在他的床头贴了一张守护天使的像。

在他卧室和餐厅的每个角落都能够发现一只女性的手在这儿活动过的痕迹。这只手也伸进了厨房，那儿可以看到各式的烹调用具，那是一位爱上了他的女厂长送给他的名贵礼物。除了随身带来用于切各种蔬菜的器具外，还有面包搅碎机、肝泥搅拌机、锅、铁盘、平底锅、搅拌棒，还有很多叫不出名字的东西。

一周之后她就离开他走了，原因是她不能忍受这一事实：上尉有另外大约二十个情妇，并且她们都在这位高尚的雄性动物的制服上留下了自己的精湛手艺。

卢卡斯上尉有着十分广泛的社交，还与她们有书信来往。

他有一本相册，里面都是些女友的玉照。他还收藏了各种纪念品，因为最近两年来他对拜物教十分有兴趣。他拥有几条样式不同的女人的吊袜带，四条很诱人的女人的绣花裤衩，三件柔软透明、样式很考究的女式短衬衫和几条纱巾，还有一件妇女的紧身马甲和几双长筒丝袜。

"我今天值班，"他说，"大概要深夜才回家，你就小心地照看着，把房间收拾得干净整洁一些。你的前任就是因为不尽职，今天就叫他急行军赶赴前线去了。"

然后，他又吩咐了一番怎样照管好金丝雀、安哥拉猫的事才离开。到门口了还不忘嘱咐几句关于诚实和整洁之类的话。

等他一走，帅克就将屋里的东西都收拾妥当。等卢卡斯上尉半夜回来时，帅克向他报告说：

"报告上尉首长，所有的都收拾妥当，就出了一点点小麻烦：猫闯了祸，您的金丝雀被它吃了。"

"什么？"上尉大声怒吼道。

"报告上尉首长，是这样的：我知道猫一直不喜欢金丝雀，总是欺负它们，因此，我想让它们在一起熟识熟识，亲近亲近，如果这凶狠的畜生敢要横，我就狠狠地捧它一顿，让它永远记住要善待金丝雀，因为我是最喜欢动物的了。在我们老家那儿有个卖帽子的，他的猫曾吃过三只金丝雀，可他最后把猫训练到不仅不吃金丝雀了，还允许它站到自己身上去。所以，我也想来尝试一下，我就把金丝雀从笼子里放了出来，把它给猫闻一闻，可是它，这狡诈的东西，还没等我反应过来，就一下将金丝雀的脑袋给咬了下来。我真想不到它动作那么敏捷。上尉首长，要是一只普通的麻雀，我也就不说了，但这是一只漂亮的金丝雀，还是一只哈尔兹金丝雀呀！您根本不知道这只猫有多馋，连身子带羽毛全吞下去了，边吃还边发出咿咿呀呀的声音，很是开心。听说猫是没有什么音乐素养的，金丝雀要唱歌时，它还嫌烦，因为这畜生原本就听不懂。我教训了那猫一顿，可是我对天发誓，我没有碰它一下，我想还是等着您回来做决定吧，看看怎么惩罚这个无赖。"

帅克一面这样叙述着，一面傻傻地望着上尉。本想狠狠教训他一顿的上尉，这时反而走开了，坐到椅子上问道：

"听着，帅克，难道你真是天下第一的白痴吗？"

"报告上尉首长，"帅克认真地回答说，"是！——我从小就不走运，我老是想一心一意地把事情办好，但最后总是天不遂人愿，弄得自己和大家都不舒服。我诚心诚意想要它俩认识一下，达到彼此相互了解的目的。这畜生可好，把金丝雀给吃了，什么都没有成，这能怪我吗？几年前，在什杜巴尔特兄弟的家里，一只猫将他们家养的八哥给吃了，说是因为八哥嘲笑了它，对它咪咪叫来着。猫可不大容易被弄死，上尉首长，如果您要我把它弄死，那我只有用门把它夹死，要不就弄不死它。"

他满脸带着天真与和蔼可亲的微笑对上尉谈论各种处罚猫的办法来。如果让动物保护协会的人听了他的一些办法，一定会气出个精神病的。

帅克说得头头是道，很在行，使得卢卡斯上尉忘记了生气，还问他道：

"你对动物有感情吗？你喜欢它们吗？你会管理动物吗？"

"我最爱的是狗，"帅克说，"你如果会贩卖的话，那是一件很划算的买卖。但是，我弄不了，因为我这人太老实了，虽然这样，但还是有人来找我的麻烦，埋怨我卖给他们的是将要死掉的病狗，而不是健壮的纯种狗。去哪里找那么多纯种的健康狗呢。他们还都想拿到狗的血统证明书，没办法，我只能去印一些。把一只在砖窑生的杂种狗描述成一只从巴伐利亚纯种狗繁殖研究所来的珍贵货。人们一听，认为自己很幸运，为家里能有一条如此纯种的狗而开心得不得了。比如说，我把一条佛苏维司狗说成是一只达克斯狗介绍给他们，他们只是好奇一只德国珍贵的狗毛怎么这么长，腿又那么直。事实上，所有的狗市都是骗人的。上尉首长，如果您听见比较大的一些狗市里的那些狗贩子是如何在血统书上欺骗他们的顾客，那您一定会很吃惊的。确实，真正的纯种狗太少见了。说不定它的哪位嫡亲就跟一条或几条杂种狗厮混过，甚至有时还有好几个父亲，那生下来的小东西就会像它们那些个杂种先辈了。可能长出了像这只狗的耳朵，那只狗的尾巴和胡子，颚骨是第三只狗的，瘸腿是第四只的，腰身大小像第五只。假如一条狗有着那么一打父亲的话，那么，上尉首长，您就能够想象了，它会长成个什么样子。有一次，我买了一条巴拉邦的狗，就因为它的父亲太多而长成了一个丑八怪，连狗都不喜欢它。我是看它挺可怜的才买下来的。它成天愁眉苦脸地蜷在墙角处，我只好将它当成看马狗卖掉。为了让它染上一身椒盐色，我费了很大力气。

后来，它就跟着自己的主人到了摩拉维亚，从那时起我就再也没有见到过它。"

上尉开始对他的话题产生了很浓的兴趣，于是帅克也就可以接着畅谈下去。

"女士们能够自己染发，狗就不一样了，得由贩狗的人给它们染。如果你想把一只毛都发灰了的老狗当成一只刚满一周岁的小狗崽卖掉，或许你甚至想要把一条当了爷爷的狗当作九个月的小狗卖掉的话，那你就需要用化开的雷银，把狗染得黝黑黝黑的，就像刚出窝似的；你如果想叫它更像点儿，你就要像喂马一样喂它点儿砷，之后就跟磨锈刀一样用砂纸擦净它的牙齿。在卖之前，还须给它喝一点儿李子酒，让这条狗有点儿醉意，不久它就会晕头晕脑的，然后就会欢蹦乱跳起来，汪汪叫着，要多快活有多快活，就如同喝醉了酒的人一样，见了谁都很热情，像老朋友似的。还有一个关键之处，上尉首长，这时，得跟顾主瞎扯，一直说到他晕乎乎为止。假如有人想跟你买一只捕鼠狗，但家里只有一只猎狗的话，那你就得把这个人说服，使他改变主意，不要捕鼠狗，一定要从你这儿把那只猎犬买下带走；又比方说，你家里只有捕鼠狗，人家却要一条凶恶的德国斗狗来看门，那你就能够哄弄他，最后叫他不想买斗狗，却把一条小捕鼠狗揣在口袋里带走了。我干这一行的时候，有一次来了一位女士，说她的鹦鹉飞到前面花园，让几个正在扮印第安人玩的小孩子抓住了，拔掉了它尾巴上的所有羽毛，插在自己的头上扮成警察。那只鹦鹉没了尾巴以后，竟羞得生了病。兽医给它开了点儿药粉，送它去了天堂。她现在想再买一只鹦鹉，要一只听话的，不要那种什么都不会干，只会骂街的野鸟。可我手上没有鹦鹉，也不知到哪里去找呀。但是，我家里却有一条脾气很差的斗狗，并且两只眼睛都快要瞎了。您知道吗？我只能与这位女士从下午四点一直扯到晚上七点，才让她不再坚持买鹦鹉，而将我的这条瞎眼斗狗买回去。这比控制外交局势还要费力。在她离开时，我对她说：'这次那些个小孩就休想扯它的尾巴啰。'此后，我就再也没有见过这位女士。原因是这只斗狗见人就咬，弄得这位女士只好从布拉格搬走了。上尉首长，这下您相信了吗？弄到一只货真价实的动物可是件不容易的事啊！"

"我也十分喜欢狗，"上尉说，"我的一些在前线打仗的朋友还带着狗。他们给我来信说，假如在这战乱时刻，在你身边有这么一条忠实的狗陪伴，那日子就比较好过了。看来你对各种的狗都挺有研究的。我要是有了一条狗，我希望你可以很好地照料它。按照你的看法，哪种狗最好？我的意思是这条狗就是我的一个伴侣。我以前有过一只看马狗，可我不知道……"

"依我看，上尉首长，看马狗是一种十分可爱的狗，却也不是所有的人都喜欢。因为，它毛很硬，胡子也很硬，非常像一个刚放出来的因犯。它长相丑得可爱，也很机敏。相比之下这种圣伯拉狗有多愚蠢啊！看马狗确实比猎狗还要机灵。我就知道一条……"

上尉看了下表，打断了帅克还在继续的话题。

"哦，已经很晚了，我得去睡觉了。明天还是我值班，你明天一整天都到外面去，为我找一条看马狗。"

上尉睡觉去了，帅克躺在厨房的沙发上翻阅着上尉从兵营里带回来的报纸。

"看，还挺有意思的，"帅克浏览着当天的新闻要目，自言自语着，"苏丹国王授予威廉皇帝一枚战功章，可我混到现在，还没有一枚小银章。"

他突然想起了些什么，立刻跳起身来："我差点儿忘……"

帅克走进上尉的卧室，上尉睡得正香。帅克叫醒他说：

"报告上尉首长，您还没给我下达如何惩罚那只猫的指令呢！"

上尉迷迷糊糊地翻了个身，迷迷糊糊地说道："关它三天禁闭。"然后他又睡了。

帅克轻手轻脚地出了卧室，从沙发底下拖出那只可怜的猫，对它说："关你三天禁闭，解散！"

接着，那只安哥拉猫又爬回沙发底下去了。

在小城区附近的城堡石阶上有一家很小的啤酒馆。这一天，在昏暗的灯光下，一个士兵，一个老百姓，坐在酒馆后排的座位上。他俩坐在一起，神秘地交谈着，看上去有些像威尼斯的两个阴谋家。

"每天八点钟，"那个老百姓对士兵细语道，"女仆带着它经过哈夫利切克广场到公园里去。谁也不敢摸那畜生，它非常凶狠，还爱咬人。"

他又往士兵那边挨了挨，对着他的耳朵说：

"它都不吃香肠。"

"油炸的呢？"士兵问道。

"不吃。"

他俩同时吐了一口唾沫。

"那这畜生究竟吃什么呢？"

"谁知道！这些狗被惯养着，捧得活像个大主教。"

士兵与老百姓碰了碰杯，老百姓继续低声说："有一次，我从克拉莫夫卡狗市弄到手的一条黑狮子狗也是不肯吃香肠，我跟了它三天，实在忍不住了，就径直去问那位领着狗散步的太太：究竟喂的是什么呀，这条狗长得这样好？那位太太十分开心，她告诉我说它非常喜欢吃肉排。我就给那条狗买了块炸牛排。我以为这样就可以了。可是你看，这牲口嫌牛排小，连看都不看一下。"

"看来，除了猪肉，其他肉它是不想吃的，我只好又去买了块猪排。我让它闻了闻，接着拿着猪排往前跑，它就跟在我后面追。那位太太直喊：'彼杰科！彼杰科！'可它根本不听她的！它为追赶猪排一直追到一个拐角处。我在那儿给它的脖颈套上了一条链子，第二天就把它关到克拉莫夫卡狗市去了。它脖子底下以前有一小撮白毛，被染成了黑色后，谁也辨认不出来了。但是，肯吃炸马肉香肠的这种狗非常多。你还是去问问她那只狗最喜欢吃什么吧。你是个军人，外形又这么好，她可能会告诉你。我以前问过她，可她凶凶地看了看我说：'这与你有什么关系？'她长得并不那么美，像只猴子，我想她是愿意与军人交谈的。"

"那确实是一只纯种的看马狗吗？我那上尉不想要其他种类的狗。"

"像漂亮的小伙子，很棒的看马狗，椒盐色的，货真价实的纯种货，如同你叫帅克，我叫勃勒罕尼克那样真实。我先得搞明白它到底爱吃什么，才给它吃什么，之后把它给你弄来。"

两位朋友又一次碰杯。帅克入伍前的贩狗生意，就是由勃勒罕尼克给他提供狗的来源的。可以，说他是这门行当的专家了。听说他从剥死畜皮的商人那儿私下买下了一些有毛病的狗，然后再去别的地方卖掉。他甚至有一次得了狂犬病，在维也纳的巴斯德狂犬病研究所住了一段时间，就好像住在自个儿家里一样。现在他认为有责任不计酬劳地帮帅克这位士兵的忙。他对整个布拉格及周边地区的狗都很熟悉，他说话如此轻声细语，不希望让啤酒馆的老板有所发现，因为半年前他就是从这家小酒馆将一只达克斯小狗揣在大衣里带走的。他用婴儿用的奶瓶喂它牛奶。这愚蠢的狗崽子明显把他当成了妈妈而很听话地一声不吭地待在他的大衣里。

原则上，他只偷纯种狗，他可以为法庭做鉴识人。他向全部的狗市和一些私人提供货源。他如果走在街上，那些之前他偷过的狗会对他发出生气的叫声。他如果在橱窗前站着，经常会有一条怀恨在心的狗在他背后抬起一条腿来，朝他裤子上撒泡尿。

第二天早晨八点，好兵帅克在哈夫利切克广场靠近公园的拐角处散步。他在等那位牵着看马狗的女仆。终于来了，一只毛发蓬松、有着蓝黑色眼睛的胡子狗从他身旁跑过。和所有解过大小便的狗一样，它快快活活地追赶着在街头啄食马粪当早饭吃的麻雀。

一位把发辫盘在头上的老姑娘在看管着这只狗。她对狗打着呼哨，手里转动着牵狗的链子和一条精致的短柄皮鞭。她从帅克身旁走过。

　　帅克与她交谈起来。

　　"请问小姐，到济之科夫如何走？"

　　她停了下来，看了他一眼。帅克那副善良的面孔让她相信这名士兵真是要去济之科夫的。她脸部的表情也变得温和起来，高兴地指给他如何去济之科夫。

　　"我是不久前才调来布拉格的，"帅克说，"我是从乡下来的，不是本地人，您呢？"

　　"我是沃德南尼人。"

　　"我们离得不远，"帅克回答说，"我是普罗蒂温人。"

　　帅克在一次军事演习中学习的一点儿捷克南部的地理知识派上了用场。一种家乡的亲切感温暖着老姑娘的心。

　　"那您认识普罗蒂温集市广场上开肉铺的贝哈尔吗？"

　　"我怎么能不认得他！那是我哥哥。我们老家的街坊邻居都夸奖他，"帅克说，"他为人热心，肯帮人的忙，卖的肉货真价实。"

　　"那您就是伊林斯家的人啰？"这位老姑娘问，开始喜欢起这位偶遇的士兵了。

　　"当然啰！"

　　"您是哪一位伊林斯的儿子？是住在普罗蒂温区克尔奇的那一位还是在拉齐策的那一位？"

　　"拉齐策的那一位。"

"他还以卖啤酒为生吗？"

"是的，还卖。"

"他有六十好几了吧？"

"到今年开春他整六十八了，"帅克十分自然地答道，"他现在养了一条狗，生活得很好。这条狗陪伴着他。就跟这儿追赶麻雀的那条狗一样，是一条漂亮的狗，十分好看的狗。"

"那是我们家的狗，"他的这位新交上的女朋友向他解释说，"我在上校先生家干活儿。您可认得上校先生？"

"认识。那是一位十分优秀的知识分子。我们布杰约维采也有这样一位上校。"

"我们先生很厉害。近来听说我们在塞尔维亚打输了，他非常生气地回家来，把厨房里所有的盘盘罐罐都砸了个粉碎，还想炒了我。"

"原来那狗是您家的呀，"帅克打断她的话说，"遗憾的是，我伺候的上尉首长什么狗都不喜欢。然而，我却挺喜欢狗的。"他想了一会儿突然说："每条狗的口味都不一样。"

"我们的沃卡瑟非常挑食的，有一阵子什么肉都不吃，现在却吃了。"

"那它最喜欢吃什么呢？"

"肝，煮熟了的肝。"

"是猪肝还是牛肝？"

"那倒不怎么挑。"帅克的女老乡微笑着说。

他们就这样溜达着。那条已经拴上链子的看马狗也参与了进来。它对帅克非常亲热，还想隔着嘴套去拉帅克的裤腿，不断地往他身上蹦跳。可突然间，它似乎是看出了帅克的意思，停止了蹦跳，茫然地走开，并斜眼瞄着帅克，似乎是说："原来你对我不怀好意，是不是？"

这位女仆还对帅克说，她每晚六点总牵着狗来这儿散步，还说布拉格的男人她一个也不相信。有一次她在报上登了个征婚启事，一个锁匠来应征，打算和她结婚，却骗走了她八百克朗，说是要拿去开发一种什么新产品，然后就消失了。她说还是乡下人比较诚实可靠。她要是嫁人的话，就一定得嫁给乡下人，可要等战争结束后再说。这时候结婚简直太愚蠢了，因为这些女人必然守寡。

帅克给了她很大的安慰，并保证说他六点也准来。之后他就走了，立即去向他的朋友勃勒罕尼克汇报去了。

"那么，我就喂它点儿牛肝，"勃勒罕尼克决定了，"我以前用这种肝从维德拉厂主那儿捉到过一条圣伯纳狗，那确实是一只非常忠实的好狗。别担心，明天我准会顺利地把它弄来。"

他十分守信用。下午，帅克刚清理完屋子就听见门外有狗叫声。勃勒罕尼克牵着一条性子很拗的看马狗进屋来了。这只狗的毛竖得直起来，凶悍地睁着眼睛，那眼神是那么的乖戾，如同一只关在笼中的饿虎，死死盯着笼子前面站着的来动物园观光的看客。它龇着牙齿，嗷嗷叫着，好像在说："我要把你们撕裂，把你们吃掉！"

他们把狗拴在厨房的桌边，勃勒罕尼克开始讲他弄狗的过程。

"我拿着用纸包住的熟肝，故意在它面前晃动，它立刻闻出了味道向我身上蹦来，我肯定不能给它吃，接着朝前走。它紧跟在我后面，我走到公园那边就拐进了布雷托夫斯街，此时我才喂了它第一块肝。它狼吞虎咽地吃了，然后又一直跟着我，害怕我不见了。直到进入伊恩德里斯卡大街时我又喂给它第二块。等它吃饱了，我就动手了，给它套上了绳索，牵着它经瓦茨拉夫大街转到维诺堡，直到韦昂什威茨。一路上它不停地折腾、瞎胡闹。在横跨电车道时，它竟然躺下不走了，还自杀呢。我还随身带来了一张空白的血统证明书，那是我在伏舍纸店买的。你会伪造血统证明书的，对吧，帅克？"

"这还需要你亲自填写。你就写它是从莱比锡的斐·宾洛狗市来的，父亲是阿尔尼姆·冯·卡勒斯堡，母亲是艾玛·冯·特劳顿斯朵尔夫。父亲一方与谢格弗瑞特·冯·布森陀有血缘关系。它的父亲在一九一二年在柏林看马狗比赛上得过头奖，母亲获得过纽伦堡纯种狗协会的金奖。你看它的年龄写多少比较好？"

"看它的牙齿差不多两岁的样子。"

"那就写上一岁半吧。"

"它的毛剪得不好，帅克，你瞧它的耳朵。"

"这简单，等它跟咱们混熟了再给它剪也来得及嘛，此时动手它会大闹一场的。"

这条偷来的狗凶悍地怒吼着，喘着，扭动着，直至精力用尽，舌头耷拉在外头躺在那儿，任凭命运的摆布。

它渐渐地安静了下来，只是不时还可怜地嚎叫着。

帅克把勃勒罕尼克留下来的一块熟肝放在它面前，它连碰都不碰一下，只是用鄙视的目光瞟了一眼，然后盯着他们二人，好像在说："我已经上过一次当了，你们自己留着吧。"

它带着一种听天由命的神情躺在那儿，假装睡觉。突然，它像是想起了什么似的，用后腿站了起来，用前爪向他们求情，表示屈服。

如此感人的场面帅克却一点儿反应也没有。

"趴下！"他对那不幸的动物嚷道。那狗又趴下了，苦苦地嚎叫着。

"血统证明书上我可以给它填个怎样的名字？"勃勒罕尼克问道，"它以前叫个什么沃卡瑟，就填个很像的名字，它很快就能听懂的。"

"那就叫它'麦克斯'吧！你看，勃勒罕尼克，它的耳朵竖起来了。站起来，麦克斯！"

这只连家带名字都失去了的可怜的看马狗站起身来，等待下一次的命令。

"放开它吧，"帅克决定说，"我倒要看看它要怎么样。"

当它被放开后，第一个动作就是冲向门口，对着门把手短促地叫了三声，显然是想让这些坏人发发慈悲放它出去。当它发现到他们根本没有让它出去的意思的时候，就在门边撒了一泡尿。它以为这下就会被赶出去的，如同小时候一样，他们就是这样来惩罚它的，上校按照军队里"要利索"的要求来训练它。

帅克不仅没让它出去，还说："它真滑头，和耶稣会分子一样。"并用皮带抽了它一下，还把它的鼻子浸泡在尿坑里，以至于它连嘴唇都来不及舔。

面对这样的凌辱，它嚎叫了一阵子，继续在厨房里跑来跑去，绝望地嗅着自己的脚印，突然又改变了主意，走到桌子边，把仅有的那一小块熟肝吃掉，然后就在壁炉旁边躺下，昏昏睡去，结束了它的这一冒险历程。

"你花费了多少？"勃勒罕尼克临走时帅克问他。

"算了吧，帅克，"勃勒罕尼克温和地说，"为了老朋友，我什么都可以做，特别是你又入了伍。好吧，再见了，小伙子，你可千万不要把它带到哈夫利切克广场去，以免引起麻烦。要是你还需要什么狗，打声招呼就行了，我在什么地方出没，你知道得一清二楚。"

帅克让麦克斯好好地睡了个大觉，他到肉铺去买了半斤肝，煮熟了，等麦克斯醒来后，就想给它一块热乎乎的肝闻闻。

麦克斯睡醒后，舔了舔自己，伸了伸懒腰，嗅了嗅那块肝，一口就吃了下去。之后它又走到门边，又试了试门把手，想将它打开。

"麦克斯，"帅克叫它，"过来！"

那狗小心地走了过去。帅克将它抱到膝上，抚摸着它，麦克斯第一次向他友好地摇了摇那剪剩下的一截尾巴，轻轻地挠了挠帅克的手，然后紧紧地用爪子把它抓住，很机灵地望着帅克，似乎是说："事情已经是这样了，我知道，我输了。"

帅克继续抚摸着它，用一种很温和的声音告诉它：

"从前有一只小狗，名叫沃卡瑟，生活在一个上校家里。一天，女仆带着它溜达，有位先生就把沃卡瑟偷走了。沃卡瑟被送到部队里的一个上尉那儿，给它取名麦克斯。麦克斯，把前爪伸出来！瞧，你这个畜生，假如你乖乖的话，听话的话，那我们就会成为好朋友。不然，部队里严明的纪律会让你吃不了兜着走。"

麦克斯从帅克膝上蹦下来，围着帅克欢快地扑腾着。傍晚，上尉从兵营回来时，帅克和麦克斯已经成了好朋友了。

帅克一面看着麦克斯，一面在心里产生了一种富于哲理性的想法："回头瞧瞧我们自己的四周吧，实际上每个士兵也全部是从各自的家里被偷来的。"

卢卡斯上尉见到麦克斯后简直是非常吃惊，麦克斯一见到了身挎腰刀的人也格外快活。

上尉问狗是从哪儿来的，花了多少钱，帅克若无其事地回答说，是一个刚刚应征入伍的朋友送的。

"太好了，帅克，"上尉一面说，一面逗着麦克斯，"为了奖励你弄到狗的功劳，我下月一号发给你五十克朗。"

"我无法承受，上尉首长。"

"帅克，"上尉严肃地说，"你来给我做事的第一天，我就和你讲过，你一定要听从我的每一句话。我说要给你五十克朗，那你就必须得收下，拿去好好挥霍一通。帅克，你打算拿这五十克朗干些什么呢？"

"报告上尉首长，服从您的命令去挥霍它一通。"

"帅克，如果万一我忘记给你这五十克朗，你一定要提醒我，为了这只狗，我该给你五十克朗，听懂了吗？这狗有跳蚤吗？先给它洗个澡，梳梳毛。明天我值班，而后天我就可以带它出去散步了。"

当帅克给麦克斯洗澡的时候，那位上校——它原来的主人正在家里暴跳如雷，他威胁说如果抓到了偷狗的人，一定把他送去军事法庭，把他枪毙，把他绞死，关他个二十年，将他剁成碎块儿。

"让魔鬼把你这个浑蛋抓走。"上校在屋子里歇斯底里得连窗户都抖动了，"你这浑蛋，我一定要你下地狱不可。"

一场灾难正在帅克和卢卡斯上尉头上酝酿着。

第十五章　大祸临头

　　弗里德里希·克劳斯上校的确是一个名副其实的大蠢猪，他还有个贵族的称号，叫什么冯·齐勒古特。事实上，齐勒古特就是萨尔茨堡周围的一个村庄的名字。早在十八世纪，他的祖辈在那里靠抢劫发了家。克劳斯上校每说到一些普通事物时，总要不时地提出非常容易的名词来质问他的听众是不是理解。比如，"瞧，这是窗子，是的，是窗子，可各位，你们知道什么叫窗子吗？道路，那就是夹在两道沟之间的路，也可以叫公路。是的，可各位，你们知道什么是沟吗？沟就是由众人挖出来的一条凹而深的渠道。是的，沟是用铁锹挖出来的，那你们知道铁锹又是什么吗？"

　　在大家眼里，他对于解释有一种狂热症。细说起来那就是摇头晃脑，就像发明家讲述自己的发明创造那样说个没完。

　　"这书本嘛，各位，就是把整张纸裁成四开、上面印了字的纸张汇集一起，装订黏合而成的。各种书的大小开本也是不同的。是的，各位，知道是什么黏胶吗？黏胶也就是胶。"

他真的太蠢了。军官们都离他远远的以免听他唠叨什么人行道即是人步行之道，不同于车行之道；或者人行道是沿着房子之正面所筑的高出车行道路面的一长条石路；而房子之正面就是我们从街上或人行道上所见到的那一面。在人行道上我们是看不见房子的后面的，这一点我们只要走到车行道上去就可以得到验证。

他还兴致盎然地想给人们做现场表演，差点儿没被车子轧死。他蠢到家了。他常常将军官们拉住，不停地要跟他们谈诸如油煎蛋饼、大肠、温度表、油炸馅饼、窗子和邮票之类没有意思的琐事。

让人难以置信的是这般蠢货竟能步步高升，受到权贵人物，比如军长、将军之类的提携、庇护，虽然他在军事上表现出的是彻底的无能。

在演练时，他常常带着他那个团干出一系列让人哭笑不得的事来：他永远不能准时到达指定的地点，却领着一团人以纵队形朝敌方的机枪点挺进。几年前，一次皇家军队在捷克南部演习，他们全团都迷路了，后来却在摩拉维亚出现了。当整个演习结束了，士兵们都已经在营房里躺下休息了的时候，他却还在那边瞎走了好几天。就算如此，他也没事，照样仕途得意。

因为他与军长、将军以及旧奥地利另一些蠢得可以的军官的交情，使他获得了各式各样的头衔和奖章，这些奖励又使他感到无比的荣耀与自豪，甚至让他认为自己是全世界最优秀的军人，是战略理论乃至一切军事科学的理论家。

团队检阅时，他总喜欢和士兵们聊同一个问题：

"为什么我军使用的枪叫曼利舍尔枪？"

为此，他在团里有了一个"曼利舍尔蠢材"的称号。他有非常强的报复心，经常打击讨厌他的一些下级军官。假如他们中有人申请结婚，他就在申请书上写个不好的介绍转交上去。

其实，他是一个一无是处的傻大个儿。早在年轻时，他就因此被他的竞争者切掉了一半的左耳朵。

要是就他的智商进行一些测试分析的话，那我们将肯定地认为：他并不比那位众所周知、声名狼藉而又长着一张畜生嘴巴的蠢货——汉堡公民弗朗茨·约瑟夫高多少。

他的谈吐十分恶俗，用词也很天真可笑。有一次在军官餐厅举行的宴会上，话题是席勒，可我们这位克劳斯·冯·齐勒古特上校却发表了一通与席勒无关的谈话："各位，我要告诉你们，我昨天见着了一架由火车头来拉动的蒸汽犁。请想一下，先生们，用火车头来拉动，并且还不是一台，是两台。我看见远处冒着烟，于是走到近前去看一看，原来，这边有台火车头，那边还有一台。先生们，你们说这是不是很奇怪？要用两台来拉，似乎一台还不够用似的。"

他稍等了一会儿，然后又简短地说了几句："我昨天还看见一辆汽车的汽油用完了，它只好停下来。事后，人们还在那儿胡扯一通什么惯性呀。先生们，车子开不动了呀，抛锚了呀，不动了呀，是因为它没汽油了嘛。难道你们不认为很可笑吗？"

他虽愚蠢，但很虔诚。他房间里放置了一个家用讲经柜，他还常去圣伊格内修斯教堂忏悔和领圣餐。他将基督教与关于日耳曼霸权主义的梦想混为一谈。自从战争爆发以来，他常常祈祷着德奥军队的胜利。他认为上帝应该帮助战胜国去掠夺别国的领土和财富。

每当他在报上读到又俘虏了敌军时，他就十分生气。

他常说："为什么要俘虏他们呢？都杀掉算了，要不留情面，让他们的尸体堆成墙。把塞尔维亚的老百姓全部活活烧死，见到小孩就用刺刀捅死！"

他的这种想法和德国诗人维罗特可以说是不谋而合，那家伙在战争期间发表了一首诗，要德国本着铁石心肠去憎恨和杀戮千百万"法国魔鬼"：

让人们的尸骨堆积成山，

让焚烧肉体的火焰直冲云天……

卢卡斯上尉在一年制志愿兵军校上完课后，就牵着麦克斯要出去散步。

"请让我提醒您，上尉首长，"帅克无微不至地说，"您得小心这只狗，别让它跑掉了。您如果把它的绳索松了，它就会逃跑的。我还得提醒您别带它经过哈夫利切克广场，那儿的马利扬斯基·奥布拉斯老铺子里的一个屠夫养了一只恶犬，十分喜欢咬人、咬狗，只要一出现生狗，它就很嫉妒担心那只狗会吃掉它那儿的什么东西。它跟圣哈什塔教堂行乞的那个乞丐一样霸道。"

麦克斯蹦蹦跳跳地，高兴极了，它蹿到上尉的脚跟，把皮链跟上尉的那柄腰刀缠在一起了，就要被带出去散步，它显得特别兴奋。

他们走了。卢卡斯上尉牵着狗去了壕沟街。他要到首长街拐角处去同一位约好了的太太碰面。一路走着他脑子里还思考着公事：明天给那些志愿兵讲些什么；为什么高度一定要依据海拔来测量；如何去确定一座山的高度。如根据海平面来确定一座山从山底到山顶的简单的高度。真是的，陆军部为什么要把这些个杂七杂八的东西编进教材里来哟，炮兵学学还可以。再说，还有总参谋部的地图，假如敌人抢了"三一二"高地，那就没时间想为什么这座山的高度要根据海拔来测量，也没时间测量这山到底有多高。只要一查地图不就全部解决了嘛。

快到首长街时，一声严厉的"站住"打断了他的深思。

同时，那只狗也拼命地想要挣断套在它身上的皮链兴奋地叫着想扑向喊"站住"的那个人。

站在上尉面前的正是克劳斯·冯·齐勒古特上校。卢卡斯上尉行了一个军礼，对上校抱歉说自己一时疏忽，没有瞧见他。

克劳斯上校在军官中一直以绝不饶恕有违军纪的人而闻名。

他把行军礼看成是关系到战争的成败，建立整个军队权威的基础。

"作为一名军人一定要将自己的整个灵魂注入军礼上。"这是他常说一句话。他还说，军礼含有一种妙不可言的军事神秘主义。

他特别强调，凡向上级敬礼的每一个军人一定要依据条例规定的细节，准确而严格地行军礼。

只要是从他身边走过的军人，从步兵到中校他都要严格审察，对于那些行礼马马虎虎，如同随便说声"你好"似的用手在帽檐碰那么一下的士兵，他会将他们亲自送到兵营里去受惩罚。

"没有看见"这话对他来说什么意义也没有。

"一个军人，"他常说，"应该每时每刻在人群中寻找自己的上司，什么都不想，就一心想着怎么履行军纪中为自己规定的一切职责。即使在战场上倒下，临死之时，也应该行个军礼，凡是借口不行礼或者随便行个礼的人，在我看来就是一种违纪行为。"

"上尉先生，"克劳斯上校以一种威胁的口气说，"下级见了上级要行礼，这一规矩我相信还没废除，这是第一；第二，从什么时候起，军官先生们养成了牵着偷来的狗满大街闲逛的习惯？没错，我说的是偷来的狗，一只属于他人的狗，就是偷来的狗。"

"这条狗……上校首长？"卢卡斯上尉刚张嘴。

"它是我的，上尉先生！"上校野蛮地打断了他的话，"它是我的沃卡瑟。"

这只叫沃卡瑟或麦克斯的狗认出了原来的主人后，完全抛弃了它的新主人，蹦蹦跳跳地扑向了上校，高兴得与一个热恋中的高中毕业生从他意中人那儿得到了首肯与理解一样。

"牵着偷来的狗闲逛，上尉先生，这有伤军官的颜面，你不知道吗？一名军官必须在买狗之前先确定这只狗是否会引起严重后果。"上校一边抚摸着沃卡瑟——麦克斯，一边继续咆哮，而这只沃卡瑟——麦克斯也反目对上尉龇牙咧嘴、嗷嗷地叫着，似乎是对上校说："将他带走，严厉地处罚他！"

"上尉先生，"上校继续说，"骑一匹偷来的马，你认为正确吗？你难道没看见我在《波希米亚报》和《布拉格日报》上登载的丢失一只看马狗的启事吗？你居然不读上级登的启事？"

上校感到十分生气。

"真是的，这些年轻军官成什么样了，没有一点儿纪律观念。上校登出启事，上尉居然不读。"

卢卡斯上尉一边眼睛望着上校的络腮胡，那使他想到了猩猩，一边心里却想着："哼，这老不死的家伙，我要在他下巴颏上打两拳那才解恨呢。"

"你来这边。"上校说道。接着两人并肩走着，进行了一段很友好的谈话。

"到了前线，上尉先生，千万不要再做这种事啰。在后方牵着偷来的狗溜达也一定不好受吧！确实也是，带着属于你的上级的狗出来遛逛，并且是在每日里都有成百位军官在战场上牺牲的时候，竟然不看启事。我的寻狗启事也许登上一百年、两百年、三百年也不会有人看的。"

上校大声擤了一下鼻子，这是他非常气愤的表现，接着他说："你可以接着散你的步去。"他没好气地用鞭子抽了一下自己的军大衣下摆，掉头走了。

卢卡斯上尉刚走过另一人行道，又听到一声"站住"！上校这次拦住的是一个不走运的预备役士兵。那士兵因为正想念自己老家的母亲想得出神而没有看到他。

上校亲自将他带到兵营去受罚，一路上还大骂他是一头笨驴。

"我要如何来惩治帅克那家伙呢？"上尉思考着，"我打烂他的嘴巴，这还不解恨。就是把他撕成碎片也太便宜了这个痞子、浑蛋。"此时，他已经把和那位太太约会的事忘得一干二净了，气冲冲地直奔家去。

"我要把他杀了，那个兔崽子！"他一边说一边登上了电车。

这时的帅克正和从兵营里来的传令兵谈得正高兴。那个士兵送来了几份需上尉签字的文件，现在正在那儿等着。

帅克请他喝咖啡，两人一块儿谈论着奥地利一定会战败之类的事。

他们引经据典，很谈得来，用了一大堆格言。他俩所说的话要是让人知道，他们的每一个字眼儿都可以以卖国罪论处，两人都得被绞死。

"陛下先生变得愚笨了，"帅克声明，"他一直就不聪明，这一仗打得他更加呆傻了。"

"他压根儿就是个白痴，"那个传令兵很肯定地说，"笨得像个木头人。他也许根本不知道在打仗，也许人们不好意思告诉他。如果有姓在宣战书上看到他的签字，那也许是一种欺骗行为。准是在他头脑不清醒的时候印出来的，他已经没脑子了！"

"他已经彻底没用了，"帅克以行家的口气补充说，"大小便失禁，连吃饭都像小孩一样需要人喂。前些时候听酒馆的人说，他有两个奶妈，每天里要给陛下先生吃三次奶。"

"唉，到了这个地步，"兵营里来的士兵叹了口气，"快不要让咱们再遭难了，但愿奥地利有朝一日获得安宁。"

他俩就这样继续高谈阔论着，最终帅克对奥地利大发牢骚："这样的专制王朝，根本就不该存在于世上。"然后又给自己这句箴言似的话语补了一句："只要我一奔赴战场，它就会灭亡。"

说到战争，兵营里来的传令兵提到他今天在布拉格听到的消息，说已经能在纳霍特听到炮声了，俄国沙皇就快攻打克拉科城了。

然后两人又谈到如何把他们的粮食运去德国，而德国的士兵们有烟抽、有巧克力吃。

随后又谈到了古代战争，帅克还认真地说，把装满粪便的坛坛罐罐扔到被围困的城堡中去，在一派臭气冲天中作战同样是件很恶心的事。他还在一本书上读到过：有一座城堡被困长达三年，这期间，敌军什么事都不干，每天就把这种装满屎尿的罐子往被围困的城堡里扔，耍他们寻开心。

假如他们的谈话没被卢卡斯上尉的回来所打断，他们还会津津乐道地发表一些较有意义的高谈阔论的。

上尉凶狠地瞪了帅克一眼，在文件上签了字，把传令兵赶走了以后就吩咐帅克跟他到房间去。

上尉的两眼里冒着火，坐在椅子上，盯着帅克，想着这场"屠杀"该如何开始。

"我先给他几个嘴巴子，"上尉寻思着，"之后打烂他的鼻子，再扯下耳朵来。完了以后，再揍他的那儿。"

但是，出现在他面前的却是帅克那双温柔、坦然的眼睛。帅克还打破这暴风雨前的平静说："报告上尉首长，您的猫死了。它把一盒鞋油吃掉了，结果就死掉了。我已经把它扔到旁边那个地窖里去了。想再找一个那么听话、那么漂亮的安哥拉猫可不是件简单的事。"

"我拿他怎么办呢？"上尉脑子里蹦出这么个问题，"我的上帝啊，你看这幅白痴的表情！"

帅克那双纯真、温柔而又坦然无忧的眼睛里继续闪耀出一种温存和美好的光，露出一抹坦然的神情，如同一切都很稳，似乎什么都没发生过，而且即使发生过什么事，现在也已经风平浪静了。

卢卡斯上尉跳了起来，可是他没有按他原来所设想的那样去打帅克，而仅在帅克的鼻子底下挥动拳头，咆哮道："帅克，那只狗是你偷的，是不是？"

"报告上尉首长，关于这件事，我压根儿不知道。上尉首长，您听我解释一下：下午您牵着麦克斯去散步了，我怎么偷它呢？您没把它带回来，我还觉着纳闷呢，我马上想到一定是出了什么事。这就是人们常说的'有问题'。焦街有位叫古勒什的做提包的师傅，他就不敢牵着狗出门去散步，以免它丢失。他一般都是将狗放在酒馆里，但依旧让人偷了，或者给人借去不还了……"

"你这个畜生，帅克，猪猡，你给我闭嘴！你如果不是一个彻底的流氓，就是一只地道的笨骆驼、双料的大智障。你真是够厉害的了，我可告诉你，你不要在我面前耍这套把戏了。你从哪里弄来的这条狗？如何弄来的？你知道这是我们上校的狗吗？很不巧，我们今天遇到了，他把它带走了。你知道吗？这是天底下最丢脸的事，你知道吗？给我说实话，你有没有偷？"

"报告上尉首长，我没偷。"

"那你知道这只狗是偷来的吗？"

"是的，报告上尉首长，我知道是偷来的。"

"天哪！帅克！我的老天爷呀！我杀了你！你这个浑蛋！你这个下流坯！你这头阉牛、臭尸！你这不开窍的笨瓜！你难道真是个大白痴吗？"

"是的，报告上尉首长，真是个大白痴。"

"你为什么给我弄一条偷来的狗呢？你为什么把那害人的畜生弄到我家里来呢？"

"为了让您高兴，上尉首长。"

帅克那温和、善良的眼睛直盯着上尉的脸，上尉晕在椅子上，叹了口气说："天哪，我造了什么孽，上帝为何安排这么个畜生来惩治我呀？！"

上尉一言不发，安静地坐在椅子上，他感到连扇帅克一记耳光的力气也没有了，别说卷一支烟的力气了。他面无表情地派帅克去买来《波希米亚报》和《布拉格日报》，给他念上校的"寻狗启事"。

帅克把报纸买来后，翻开登有启事那一页，放在面前。他满面红光，并以极快活的口吻报告说："上尉首长，上校首长把他那只丢失的看马狗描绘得可神气了，读起来真过瘾。他还出一百克朗奖赏把狗交来的人呢。赏钱够多的，通常只出五十克朗就可以了。科希勒有个叫博日捷赫的人就以此为生。他总是先把别人的狗偷走，之后到报上去找寻狗启事的广告。随后，他再把狗送回去。有一次他偷到一只非常漂亮的黑狮子狗，由于失主未登启事，他就自己去报上登了个拾狗启事，花了五克朗的广告费，终于有位先生来认领，说这狗正是他丢的。本来他以为找也是白找，因为他早已不相信还有所谓的老实人，可如今他却遇到了老实人，这使他特别高兴。还说，他原则上反对奖赏这方面的老实人，可他依然把自己的一本有关在室内和花园里怎样养花的书赠给了他留作纪念。我们那可爱的博日捷赫一下把将黑狮子狗的两条后腿提了起来，狠狠地砸那位先生的头，生气地说他再也不会在报上登什么广告了。既然丢狗的人都不登寻狗启事，那我为什么多此一举呢？还不如把它卖到狗市里去好了。"

"你给我睡觉去，帅克！"上尉命令道，"你这傻劲儿会延续到明天早上的。"说完上尉自己也去睡了。夜里，上尉梦见了帅克又将一位王位继承人的马偷来给了他。检阅的时候不走运的卢卡斯上尉正好骑着那匹马走在连队的前面，又被王位继承人认出来了。

天已亮了，上尉感到他好像是挨了一整夜的揍，一直做噩梦，这使他心神不宁。不久，他又熟睡了，进入另一个噩梦中，之后一阵敲门声把他吵醒了。门口出现了帅克那张和善的脸庞，问什么时候叫他起床。

上尉在床上叹息着说："滚，你这畜生，这简直太恐怖了！"

当他起床后，帅克就为他送来了早餐，上尉又惊讶地听见帅克问道："报告上尉首长，我用不用再为您物色一条小狗？"

"帅克，你知道吗？我倒十分有兴趣把你送到战地法庭去，"上尉深深地叹了口气说，"可法审官们也很有可能释放你的，因为他们这一辈子也不可能见过一头你这样的出奇大蠢猪。你去照一照镜子吧，难道你就不为自己的傻相难过？你是我所见过的最蠢的蠢货。喏，你给我说实话，你喜欢你自己吗？"

"报告上尉首长，不喜欢，我从镜子里看到我的脑袋像个松果或橄榄球似的。但这张镜子磨得不太好。从前在斯坦内克的一家中国人开的店里有一面哈哈镜，所有人在里面的形象都令人恶心。嘴巴这样扯着，脑袋如同个大脸盆，肚子如同一个饮醉了的神父一样。总而言之，就是一个丑八怪。一天，总督先生从那儿路过，朝镜子里看了一下自己，立刻要求他们将这面镜子给换掉。"

上尉转过身去又长叹了一口气，觉得还是让帅克先去准备牛奶咖啡更好些。

帅克在厨房里一面瞎忙活着，一面乱唱着：

> 投弹手行进入布拉格城门，
> 军刀闪闪发光，
> 美丽的姑娘们泪流不止……

不久，从厨房里又传出了歌声：

我们这些军人就是国家的主人，

美丽的小姐都爱我们。

我们领了钱，

到哪儿都过得甜……

"你的确过得很甜蜜，你这王八蛋。"上尉心里这么想着，吐了一口唾沫。

帅克的脑袋突然又在门口出现了："报告上尉首长，兵营派传令兵来通知您，让您立刻去见上校首长。"

他很温心地又补了一句："或许跟那只狗有关系。"

"我已经知道了。"上尉没等站在前厅的传令兵开口就说道。

他非常沮丧地说完就走了，走时还狠狠地甩了帅克一眼。

这传令不同以往，凶多吉少。上尉进到了上校的办公室，见他紧锁双眉坐在沙发上。

"两年前，上尉先生，"上校说，"您申请调到布杰约维采九十一团去。您可知道，布杰约维采现在在哪里吗？在伏尔塔瓦河边上，对的，就是在伏尔塔瓦河边上，还有一条奥赫热河或是其他什么河流经那里。城市还不小，准确地说，城市十分舒适美好。假如我没有弄错的话，沿着河边还有一道堤坝，您知道堤坝是什么吗？就是拦在水面上的一堵墙。对。不过，这些都没关系，我们在那一带演练过。"

218

上校沉思了一会儿，然后看着他的墨水瓶，话题突然转变："您可把我那只狗宠坏了，它现在什么也不吃。看，墨水瓶里有一只苍蝇。奇怪，大冬天的，苍蝇会落到墨水瓶里，这都是杂乱无章造成的。"

"你有话快说吧，你这个老不死的！"上尉在心里嘀咕着。

上校站起身来，在办公室里走来走去。

"我思考再三，上尉先生，我不知该怎样教训您，为了让这类事情不再发生。我记起来了，您曾申请过要调到九十一团去，而最高指挥部前不久通知我们说，九十一团很缺军官，因为原有的军官大都被塞尔维亚人杀死了。我以人格向您保证，三内天您就能够调去布杰约维采九十一团了。那儿正在筹建先遣营。您不用谢我，这样的军官军队很需要，他们……"

现在，他不知道下面该说什么，于是就看了看表，接着说："十点半了，我要用最快的时间赶去团里听汇报。"

一场愉悦的谈话就这样结束了。上尉走出办公室，轻松地舒了一口气。然后他便转到志愿兵军校去告诉大家，说他一两天之内就要奔赴前线了，所以想要在纵演乐胡同举行一个告别晚会。

到家了，他别有用心地问帅克："帅克，你知道什么是先遣营吗？"

"报告上尉首长，先遣营就是派去前线去的营，就像先遣连就是派去前线去的连一样。我们用简称已经习惯了。"

"那么，帅克，"上尉非常严肃地说，"你既然习惯了这么个简称，那么，我向你宣布：你将和我一起跟先遣营走。但是上了战场后，你就别想再像在这里一样耍弄你那套愚蠢的把戏。听了这消息你高兴吗？"

"报告上尉首长，我非常高兴，"帅克回答说，"如果咱俩能一起为效忠陛下和皇室在战场上牺牲，那该是多么光荣而伟大的壮举啊……"

第一卷《后方的勤务兵》后记

生活并不是培养一个人举止得体、彬彬有礼的学校。每个人都按其自身的特点来说话。礼宾专家古特博士和溢满杯酒馆老板贝雷瑞斯两人的谈吐绝对不同。而这本小说并不是为沙龙中那些个谦谦君子提供的辅导材料，并不是为贵族社交界编写的一种社交指南。它就是特定时代的一幅历史画卷。

假如一定要使用一些"强有力的词句"才能真正做到很恰当地表达实际时，那我是肯定会大用特用的。抄袭温文尔雅的词句，以及使用省略号的方式都是最愚蠢的口是心非，这些词句在议会里难道不是泛滥成灾了吗？

俗话说，受过良好教育的人一定会成为开卷有益者。只有那些思想低落、愚不可及的猪猡、下流坯才会对这种自然的现象说三道四。他们紧抱腐朽、伪劣的道德观不放，不看整体内容只是对个别词句挑毛拣刺。

很多年前，我读到过一篇有关一部中篇小说的评论文章。评论者为作者在书中的一句"他擤了一下鼻涕，而后又摸了摸鼻子"愤怒不已。说文学本应该为人们带来美的感受，还应具有高尚的思想感情，可这样的描写却与这一宗旨相去甚远。

这只是一个小小的实例，但说明了在光天化日之下依旧存在着这样的恶棍。

只要是对"强有力的词句"感到大惊小怪的人都是些懦夫、胆小鬼，因为他们对真实的生活一直存有一种惊异的感觉，而这种懦弱的人正是给文化和道德极大危害的人。他们最喜欢把同胞培养成一群多愁善感的凡夫俗子、虔者阿洛伊斯型的虚伪文化的意淫者。修士埃乌斯塔赫在自己的书中写道，当虔者阿洛伊斯听到一个男子在街上的吵闹声中放了一个屁时，他居然痛哭不已，唯有祷告才使他的心宽慰起来。

这种人在公众场合总是表现得万分激奋，仍然怀着极大的兴趣，走遍各个公厕，去欣赏涂写在那墙上的一些淫秽词语。

我在自己的作品中使用了若干"强有力的词句"，仅是顺便证实一下人们在实际生活中的言行举止罢了。

我们不能要求酒馆老板贝雷瑞斯像劳多娃夫人、古斯博士、奥尔加·法斯特罗娃夫人或者其他许多致力于将整个捷克斯洛伐克共和国变成一个装有嵌木地板的大沙龙的人一样说话那么文雅。他们穿着燕尾服、戴着白手套，说起话来咬文嚼字、温文尔雅，一派沙龙式的典雅高贵。可是，在这道德的外衣下却是一条条沉溺于最卑劣、最反常的骄奢淫逸生活中的沙龙猛兽。

借这个机会，我愿向诸先生汇报，酒店老板贝雷瑞斯应该还在人世。他在监狱里煎熬过了战争岁月。他与发生费朗茨·约瑟夫陛下画像那令人惊讶的事件时相比，一点儿也没变。

当他读到我的书中对他的描写时，他还来拜访过我，而且一下子就买了第一版的二十几本分送给自己的亲朋好友，以至于让该书的销售量大增。

他为我在书中写到他，并把他写成人所共知的莽汉而感到十分高兴。

"这样的话，谁也不要想改变我的模样了，"他对我说，"我这一辈子是个粗人，有什么说什么。以后我还坚持这样的谈吐。我绝不会因为某头蠢牛说三道四就将我自己的嘴巴捂住。如今我成了名人了！"

他的自信心的确增强了。几句"强有力的词句"让他名声大震。他已心满意足了。假如我在书中真实而准确地再现了他的谈吐，却又不停地提醒他不要这样、那样说话，那一定会使这个老好人有受侮辱的感觉。

他的一些未加修饰的语言，朴素而真挚地表达了捷克人对阿谀、媚俗的反感，虽然他本人对此并没有深刻的意识。这种对陛下和文雅语言的不尊敬已渗透在他的血液中了。

昂多·坎兹也还活着。这个军营神父确有其人。政变后，他放弃了一切，退出了教会，现在在捷克当一家青铜和染料厂的代理人。他给我写了一封很长的信，威胁我说要狠揍我一顿，因为有一家德文报纸把真实描写他的那几章翻译了出来。之后我去拜访他，结果很不错。已是午夜两点了，他已经不能再站起来了，但还在那里布道，一直说："我是昂多·坎兹，军营神父，唉，你们这些个石膏脑袋。"

如旧奥地利已过世的密探班德塔史瑞得这样的人，在今天的共和国里还有很多。人们在议论些什么，这是他们最为关心的。

　　我不知道我的这本书是否可以实现我的初衷。有一次，我听到我周围的一个人骂另一个人："你蠢得跟帅克一样！"这正好违背了我的初衷。可是，如果"帅克"一词竟将为咒骂语言花环添上一朵新的骂人之花的话，那我对丰富捷克语言这一殊荣也只能感到欣慰了。

第二卷　在前线的帅克

第一章　爱惹麻烦的帅克

在布拉格行往布杰约维采的快车的二等车厢的一个单间里，有三位旅客：一位是卢卡斯上尉；坐在他对面的是一位老先生，头发都掉了；还有一位就是帅克，老实憨厚的他站在走廊的门边，洗耳恭听着卢卡斯上尉的又一顿臭骂。卢卡斯也不管是否有秃头先生这位老百姓在场，一路上对帅克百般斥责，骂出他是畜生和类似这样的一大堆污言秽语。

而实际上就因为屁大的一点儿小事：帅克负责照看的包裹在数量上出了点儿问题。

"小偷偷了我们的一只箱子！"上尉教训帅克说，"说得可真轻巧，你以为向我打声招呼，就可以了事了，你这个浑球！"

"报告上尉首长，"帅克小声地回答，"箱子的确是被人拉走了。车站里总会有很多骗子、扒手在闲逛游荡。他们中有一个肯定是看中了您的那只箱子。当我去向您报告我们的包裹完好无损时，那小子趁机下了手。他也只能在对他有利的那一刹那把我们的箱子拿去。这种人非常善于利用机会。两年前，在西北站

227

就有人把一位太太的幼儿车连同睡在小被窝里的女孩儿一起偷走了。他们好像还把这事做得挺光明磊落似的，将小女孩送到我们的街道派出所，谎报她被遗弃到车站的过道上。紧接着，报上刊登了这件事，那可怜的太太被骂成自私无情的母亲。"

帅克还申辩说："火车站本来就是小偷聚集的地方，他们无处不在，今后还会这样，否则就不成其为火车站了。"

"帅克，我确信你不会有好果子吃的。"上尉说，"我一直没搞明白，你是在装傻呢，还是生下来就是一个弱智。那只箱子里面装了些什么？"

"也没什么重要的东西，上尉首长，"帅克回答道，两眼直盯着坐在上尉对面的秃头先生，这人自始至终没抬起过头，一直在看他的《新自由报》，"箱子里只装了从寝室中摘下来的一面镜子，从过厅里拆下来的铁质衣架。说实话，我们事实上是毫无损失，因为镜子和衣架都是房东的嘛。"

虽然看见上尉做了一个不耐烦的动作，帅克还是滔滔不绝地接着叙述："报告上尉首长，我原本没想到箱子会被偷走。而镜子和衣架，我已和房东约定了，我们从战场归来后就还给他。反正在敌人的领土上有的是镜子和衣架，所以房东和我们都不会有损失的。一旦我们攻下了那座城市……"

"闭嘴，帅克！"上尉那恐怖的一声打断了他的叙述，"总有一天我会把你送上战地法庭的。你认真地琢磨琢磨，你是不是天下第一号傻瓜。别人活一千年，也比不上你在几个礼拜内干的蠢事多。我相信，你自己也会意识到这一点的。"

"报告上尉首长，我意识到了。大家公认我有敏锐的洞察能力，只不过总是晚一步到来，总是得倒霉事发生后方才醒悟。我就像经常去的小酒店的内卡参基人纳赫莱巴一样倒霉。他总想做点儿好事，下决心从星期六起开始一种新的生活，可是到了第二天又总是说：'朋友们，早晨我发现，我又睡在硬板上了。'他总会碰上倒霉事，比方说，他原本想老老实实地回家去，然而结果是，他不是在哪儿弄倒了一排篱笆，就是把赶车人的马卸了套，或者是把巡警帽子上的公鸡毛扯下来擦拭他烟斗中的烟油。他简直无可救药了。最不幸的是，他家世世代代都背着这股倒霉运。有一回他爷爷出去流浪……"

"别再胡说八道来烦我了，帅克！"

"报告上尉首长，这是千真万确的事。他爷爷出去流浪……"

"帅克！"上尉发火了，"我再次命令你，什么废话都别再跟我说了，我一点儿都不想听下去。等我们到了布杰约维采，我再来跟你算账。你知道吗，帅克？我要把你抓起来。"

"我不知道，上尉首长，"帅克心平气和地说，"您还从来没跟我说过。"

上尉无奈地咬了咬牙，叹了口气，从大衣兜里掏出一份《波希米亚报》，开始读起前线巨大胜利以及德国"E"型潜艇在地中海取得非凡战果的新闻来。正当他读到一则关于德国如何运用投掷一种连续爆炸三次的特种炸弹来摧毁一座城市的新发明时，听见帅克问那位秃头先生：

"请问，先生，您是斯拉维亚保险公司的副经理普尔克拉贝克先生吗？"

见秃头先生没理睬他，帅克便对上尉说：

"报告上尉首长，报纸上说一般人脑袋上有六万到七万根头发，许多例子证明，黑头发长得总要稀疏一些。"

帅克继续肆无忌惮地说："后来有位医生在斯彼利科咖啡馆里解释说，大人在孩子出生后的第六个星期如果心灵上受到刺激就会掉头发。"

正当此刻，一件可怕的事情发生了，秃头先生朝着帅克蹦过去，怒吼道："滚开，你这头肮脏的猪猡！"他一脚把帅克踢到过道后，又重回到车厢里来，向上尉介绍了自己的身份，这让上尉大吃一惊。

显然帅克搞错了。这位秃头先生并不是什么斯拉维亚保险公司的代表，也不是姓普尔克拉贝克，而是陆军少将冯·史瓦兹堡。少将这次穿便服来视察几处的防务，他不事先通知，是打算要突访布杰约维采的。

他可是世界上最令人害怕的一位视察将军了。他如果发现哪儿的事情不大对头，就会跟当地的司令官进行这么一段对话：

"您有手枪吗？"——"有。"——"很好！我要是处在您的位置，就知道现在该用这支枪来做什么了。因为，我在此看到的是猪圈而不是兵营！"

果真如此，在他走后，他视察过的地方，还真有人开枪自杀。这时少将冯·史瓦兹堡就会心满意足地说："这才配得上军人的称号！"

看上去他很是不悦，那是因为他视察过的地方有人管理，为什么还会出现问题。此外，他有一种把军官派到环境最为恶劣的地方去的癖好。可能只因为一点儿鸡毛蒜皮的小事，一名军官就得被迫告别自己的驻防军，而被发配到黑山边境或哈利奇一处最肮脏的角落里的糟糕到极点的驻防军去。

"上尉先生，"他问，"您在哪儿就读的军官学校？"

"在布拉格。"

"既然您进过军官学校，难道还不明白一个军官应该为他的下属所做的事承担责任的道理？您可真行！除此之外，您跟自己的内勤兵很是谈得来，关系好得就像两个无话不说的知心好友嘛。不用您问他，他就谈天说地的，这已经很不像话了。甚至，您还纵容他羞辱您的上级，这就更不合规矩了！我将按照这事实来做出结论。您怎么称呼，上尉先生？"

"卢卡斯！"

"哪个团的？"

"我曾经是……"

"我没问您曾经在哪儿，我只关心现在。"

"在九十一步兵团，少将首长，他们把我调往……"

"他们调动您了？调动得对嘛。尽快地跟随九十一团到前线去走走，对您是有帮助的。"

"前线是肯定要去的了，少将首长。"

这时，少将开始了他的长篇大论，说他留意到了，近些年来，军官同他们的下级说话不注重言谈举止。他认定这会纵容民主思想的蔓延，是一种危险的信号。他觉得，士兵必须心存一种敬畏感，站在自己的上司面前，必定会浑身上下打哆嗦，惧怕上级。军官必须跟士兵保持十步的距离，不容许士兵有自己的想法，绝对不能让他们具有独立思考的能力。近些年来的状况却与此相距千里，所以导致发生了许多悲剧性的失误。以前，士兵就像老鼠怕猫似的惧怕军官，可现在……

少将做了一个无奈的手势："现在大多数军官把他们的士兵彻底地宠坏了。我要说的就是这些。"

少将又拿起报纸，津津有味地看起来。卢卡斯上尉脸色惨白得如同一张白纸，他去过道跟帅克算账去了。

帅克正在窗口旁站着。他此时的神情是那么愉悦、心满意足，像个吃饱了奶正准备美美睡去的刚满月的婴儿。

上尉停住了脚，招手让帅克进了一间空着的车厢。他紧跟其后走了进去，把门关上。

"帅克，"他一本正经地说，"这回我可要史无前例地抽你两个大嘴巴了！你干吗要去招惹那位秃头先生啊？你不知道吗？他可是冯·史瓦兹堡少将呀！"

"报告上尉首长，"帅克脸上一副崇拜者的神情，"我一辈子就没有想过要惹谁，我根本就不晓得他是什么少将。他的确跟斯拉维亚保险公司的代表普尔克拉贝克先生长得一模一样。那位副经理经常去我们那儿的酒馆喝酒。有一次，当他喝醉趴在桌边睡着了的时候，一位喜欢恶作剧的人用铅笔在他的秃头上写道：'谨送上保险章程三号丙类，请借助本公司人寿保险为府上女儿积攒嫁妆与子女之供养费。'众人皆知，发生这类事，人们总是逃之夭夭，可就剩下我这个倒霉鬼留在了那里。之后，他醒来了，朝镜子这么一照，那还不火冒三丈？认为是我给他弄的，也要抽我两个大嘴巴。"

帅克稍带责备口气说出来的那个"也"字是那样的柔和动人，上尉情不自禁地把准备抽他嘴巴的手放了下来。

接着，帅克说道："这位先生也用不着为那么一点儿错误生这么一大顿气呀。他的确应该跟正常人一样拥有六万到七万根头发，就像报上一篇文章中所说的一个正常人应该拥有的头发数量一样。从小长到大，我就从来没想到过竟然还有秃头少将这种人存在，这就是人们通常所说的'悲剧性的误会'。这种误会谁都有可能经历过。当一个人说了什么，另一个人就驴唇不对马嘴地接上去，这是经常有的事。几年以前，有个叫西菲奥的裁缝向我们讲过这么一件事：他从自己工作的地方施泰尔马克到布拉格，途经莱奥本，身上还带了一只在马里博尔买的大火腿。他坐在火车上，心想旅客中只有他一人是捷克人。车到圣莫里茨时，他开始切火腿。坐在他对面的一位乘客开始用艳羡的目光投向那只大火腿，口水都流了出来。西菲奥裁缝看到后，就扯开嗓门自言自语道：'你想来饱餐一顿吧，不知羞耻的家伙！'那位先生竟然用捷克语回答道：'那当然啰！我是想来饱餐一顿的，如果你愿意赏赐的话。'于是在火车到达布杰约维采之前，他们俩一块儿把那只大火腿享用完了。这位先生叫沃依捷赫·罗斯。"

卢卡斯上尉又瞧了一眼帅克，然后就走出了那个车厢，回到原先的座位上去了。不一会儿，帅克那张天真的面庞又出现在了门口。

"报告上尉首长，我们还有五分钟就到达普蒂姆了。火车在那儿停五分钟。您想吃点儿什么吗？好多好多年前，那儿受欢迎的是……"

上尉烦躁得跳了起来，在过道里对帅克吼道："我再次提醒你，你越少出现在我面前，我就越高兴。我要是压根儿就看不见你，那才叫交了好运。请你一定要相信我，我关心的就只有这个。你应该在我视线里消失，你这畜生，你这蠢猪！"

"报告上尉首长，我一定听从您的吩咐！"

帅克敬了礼，用军步来了个向后转，走到过道的尽头去了。他在角落里的一个乘务员座位上坐下，和一位列车员攀谈起来："打扰，我可以请教您一个问题吗？"

列车员显然对聊天兴趣不大，只是木然地、呆呆地点了点头。

"有一个人，他叫赫弗迈，常来我家做客，"帅克的话匣子打开了，"他始终觉得，这些个警报器一向不灵。换句话说，就是你即使扳了这个把手，它也不管用。说实话，我对这类玩意儿向来就不感兴趣。话虽如此，但今天我既然在这里见到了这套警报器的装置，就特别好奇，万一有一天急需用它的时候，我该怎么来摆弄它呢？"

帅克站起身来，随着列车员走到标注有"危险可扳"字样的刹车器跟前。

列车员认为自己有义务向帅克介绍一下这紧急制动机械设备的用法："他告诉你要扳动这个把手，这一点他算说对了。可他说扳了也不灵，那他是在胡说八道。只要一扳这把手，火车保准停，因为刹车器是跟列车所有车皮和车头连在一起的。警铃开关闸必须是灵的。"

正说话间，两人的手都放在了刹车器的把手上，可是见鬼的事情就发生了：把手被扳了下来，于是列车就停了。

究竟是谁扳动了把手，发出刹车信号，他俩各持己见。

帅克坚持说，他不会干这种事，他又不是一个淘气的小孩子。

"我自己也感到纳闷，"帅克还真心实意地对一位乘务员说，"火车怎么会突然一下子就停了下来呢？它不是走得好好的吗，怎么突然间就停了呢？我比你还着急呢！"

这时，有那么一位表情很严肃的先生站在列车员一边，他坚持说，他听到的是那个当兵的先提到制动刹车器来的。

可帅克对此坚决否认，他竭尽全力地强调自己是绝对老实的人，列车误了点对他一点儿好处都没有，因为他是要到前线去打仗的人。

"站长会给你解释清楚的，"乘务员说，"但你得为这件事付二十克朗。"

这时，乘客们纷纷从车厢里跑或拥出来，列车长吹着口哨，一位太太神情慌张地拎着旅行包跨过铁轨跑向田野。

"这确实值二十克朗，"帅克意味深长地说，神情泰然自若，"这价钱还是很合情合理的。有一回，陛下出访济之科夫，一个叫菲拉坦·史诺尔的人在车道上拦住了陛下的马车，跪在他面前。后来，负责这个地段的一名警官流着眼泪训斥这位史诺尔先生，说他不该在自己所管辖的这个地段跪下来，应该到克劳斯警长辖区内的下一条街去面觐陛下。后来，这位史诺尔先生被关了起来。"

帅克向四周扫了一下，看见列车长也加入到听众的队伍里了。

"那我们还是继续开车吧，"帅克说，"列车晚点可不是好事。在太平年月，晚就晚了，无所谓；可如今是在打仗，谁都知道，每列火车运的都是军人，少将、上尉、内勤兵。这种时候，每耽误一分钟，都会造成不好收拾的局面。拿破仑在滑铁卢就是因为晚到了五分钟，结果皇帝就变成了臭大粪。"

此时，卢卡斯上尉也挤到听众中来了。他脸色铁青，除了挤出一声"帅克"来，再也没说什么。

帅克向他敬了礼，解释道："报告首长，他们诬陷我，说是我让列车停下来的。铁路公司在他们的紧急刹车器上装了一种奇怪的铅封。绝对不能靠近它，否则就要晦气，他们想要敲诈您二十克朗，就像他们对我所做的一样。"

列车长挤出人群发去了信号，于是火车又启动了。

听众都回到车厢里的座位上，卢卡斯上尉也一声不吭地坐下了。

只剩下帅克、乘务员和铁路职员在过道上。乘务员拿出记事本来，记下了整个事件的经过。铁路职员敌视着帅克，帅克却若无其事地问道："您在铁路上干了很长时间了吧？"

因为铁路职员没有搭理他，帅克又接着说，他认识一个叫什么姆里切克·弗朗蒂谢克的，是布拉格附近乌赫里内维斯人，他有一次也扳了紧急刹车器，结果被吓坏了，说不出话来。大概过了两个礼拜，他去霍斯提瓦的一个园丁温涅卡家串门，他跟人家打了一架，人家为打他，抽断了一根鞭子之后，他这才恢复了说话的功能。帅克接着补上一句："这件事发生在一九一二年五月。"

铁路职员打开了厕所门，走进去，随手把门关上了。

目前，只剩下乘务员和帅克，乘务员开始算计着要帅克的二十克朗罚款，强迫他给，他要是不给，就把他带到普蒂姆车站的站长那里，让站长去处理。

"那很好，"帅克说，"我很喜欢跟受过教育的人聊天，见识一下普蒂姆站的站长，我感到非常荣幸。"

帅克从外衣口袋里掏出烟斗，吸着烟，烟斗散发出军用烟草那股刺鼻的烟味，接着说："几年前，在斯维塔瓦站的一位站长叫瓦格奈尔，他特别会折磨自己的属下，处处为难他们，尤其是对一个叫热戈威昂坦的扳道夫那简直'关怀备至'，让这个可怜虫很绝望，只好跳河自杀了。但是，他在跳河之前给站长留了这么一张字条，说是晚上就要来找他算账。我还真的没跟您说谎话，他还真的这么干了。晚上这位可爱的站长先生就坐在电报机跟前时，铃响了，他接到了一份电报：'你好吗，无赖？热戈威昂坦。'怪事整整持续了一个星期，站长无奈向各条线路发出了如下公务电报，作为对鬼怪的答复：'饶了我吧，热戈威昂坦！'深夜里电报机又响了，传来这样的回答：'到桥边信号灯处去上吊，热戈威昂坦。'于是，站长先生按他的吩咐去做了。后来，为了这件事，逮捕了他上一站的报务员。看看，有多少莫名其妙的怪事发生啊！"

列车抵达普蒂姆车站，帅克根本不理乘务员，就自己下了火车。下车之前，他礼貌地向卢卡斯上尉报告说："报告首长，他们要带我去见站长先生。"

卢卡斯上尉没有回应。如今一切对他来说都不重要了，只有一个念头在他脑海里闪过，帅克也好，他对面的秃头少将也罢，全都给我走开。自己终于可以安安稳稳地坐着了。他计划到了布杰约维采就下车去兵营报到，然后跟随某个先遣连奔赴前线。当然有可能在前线牺牲，不过这样也好，就能摆脱掉这个充满帅克这种怪物的糟透了的世界。

列车开动后，卢卡斯上尉向窗外望去，只见帅克站在月台上，正全神贯注、一脸严肃地同站长聊天。一群人把帅克围了起来，其中，有几个从制服上就能断定出是铁路员工。

卢卡斯上尉叹了一口气，但这绝不是类似于同情的一声叹息，而是当他瞧见帅克留在了月台上，心中感到一阵轻松，甚至连对面坐着的秃头少将他都感到不再像让人毛骨悚然的魔鬼了。

列车早就已轰鸣着驶向布杰约维采去了。但在普蒂姆车站的月台上，围观帅克的人群却一点儿也没减少。

帅克解释自己是无辜的，围观的人群都相信他，正像有位太太所说的："他们又在教训一个小战士了。"

大伙儿都附和着，还有位先生转身对站长说，他愿意替帅克付那二十克朗的罚款，因为他相信这个大兵是无辜的。

"你们大伙儿看看他吧。"他指着帅克那张天真无邪的面孔说。而帅克则转向人群喊道："乡亲父老，我是无辜的呀！"

接着，一名警察队长从人群中拉出一个人，并抓住了他，说："你不要想逃脱责任，我一定要让你看看欺骗民众，胡扯什么'咱们要是都这样来对待士兵，谁也别指望他会为奥地利打赢这场战争的'会有怎么样的结局。"

这位不幸的公民一再心惊胆战地保证，是老城门街上的一个屠宰师傅的意思。

此时，那位相信帅克是无辜的好心人在罚款办公室已经替帅克交了钱，然后又把帅克带到一家三星级的饭馆里，请他喝啤酒。当他知道帅克的全部证件（包括他的军人乘车证）都忘在了卢卡斯上尉那儿时，爽快地送给帅克五克朗去买车票和零花。

临走时，他还亲切地对帅克说："大兵啊，你记住了，要是你被俄国俘虏了，一定替我向兹多伊布诺夫城的斯拉德克·切曼问好。我的名字你已经记住了。机灵点儿！别长期在前线。"

"您放心，"帅克说，"免费旅游，多好的事呀！"

帅克独自一人坐在了桌旁，安静地喝着那值得钦佩的好心人送的五克朗啤酒。有的人在月台上没有听见帅克和站长的那番对话，只是远远地看到一群人在围观。于是流言四起，说抓了一个在车站上拍照的情报人员；而另一位太太则强调说，根本不是什么情报人员，她听说的是一名骑兵在女厕所附近打了一名军官，原因是那军官总是跟踪他的情人。

战争时期，有时人的神经质可以荒谬地胡猜，警察队对月台进行了管制：把月台上的人群都赶走了。此时，帅克仍然在桌旁悄无声息地喝着自己的酒，但心里却惦记着他的首长——上尉先生。他想：如果上尉到了布杰约维采时，在整个列车上找不到自己的内勤兵，他会怎么办呢？

客车到站之前，三星级酒馆站满了士兵和老百姓。有各民族不同兵种的士兵。战争的残酷让他们住进了普蒂姆军医院，现在他们治好伤要重返前线，继续遭受伤病、残疾等苦难的折磨，最后好弄个简陋的木十字架，插在自己的坟头上。过几年后，在东哈利奇那忧伤而荒凉的坟头上十字架上，在暴风雨洗礼之下，还将飘动着那顶有些生锈的、有着皇帝徽号的、褪了色的奥地利军帽。指不定什么时候也许会有哪只忧伤的、衰老的乌鸦落在十字架上的帽子上，想起许多年前的丰盛大餐：那时候，这里常有人尸马肉令它胃口大开，当年就是蹲在这顶帽子下，品尝着最精致的美味——人的双眼。

在一大批候补士兵中将要有一位重返前线。他在军医院动完手术后出院，穿着一身满是血迹、肮脏的军装，在帅克面前坐下。他身材矮小，很忧郁。他把小包裹放在了桌上，拿出一个非常破旧的钱包来点钱。

然后，他看了一眼帅克，问道："你是匈牙利人吗？"

"朋友，我是捷克人，"帅克回答说，"想不想喝口酒？"

"朋友，我听不懂。"

"朋友，没关系，放开了喝吧，"帅克说，然后把自己的一杯啤酒推到这位满脸忧伤的战士面前，"尽情喝吧！"

这位士兵理解帅克的意思，马上把酒喝了下去，感激地说："非常感谢。"随后又数起了钱包里的钱，然后叹了一口气。帅克明白了这位匈牙利人还想喝啤酒，但是没有钱了，帅克就马上又要了一杯给他，匈牙利人又把这杯啤酒一饮而尽。非常感谢，这位匈牙利人很想对帅克说说心里话，用手比画着指着自己受伤的那只手，同时用一句通用的语言说道："砰！啪！干！"

帅克非常同情地向他点了点头。矮个儿伤兵用左手比着离地半米左右高的地方，伸出了三个手指头，意思是说他家里有三个孩子。

"没饭吃，没饭吃。"他连声说道，说他家里吃不上饭。他一边说一边流泪。他就用那破烂的军大衣袖子擦了擦泪水。军大衣的袖子上有一个被子弹打穿的窟窿，这是他为匈牙利国王而受伤的标记。

帅克手里那五克朗就这样花了个精光。他已经去不了布杰约维采了，这没什么好奇怪的。他自己喝啤酒和给这位匈牙利伤兵买啤酒喝花去了很多钱，已经没钱买车票了。

开往布杰约维采的客车又开走了一列，而帅克仍纹丝不动地坐在桌旁听匈牙利人跟他说："砰！啪！干！我的三个孩子没吃的，祝你健康！"

匈牙利人说最后一句话时，和帅克碰了碰杯。

"喝个痛快吧，匈牙利朋友，"帅克对他说，"痛痛快快地喝吧，但你们对我们不一定会这么好……"

邻桌的另一名士兵说，他们二十八团开到塞格德时，一群匈牙利人在大街上羞辱他们，让他们把手举起来。

确有其事。很明显，这个士兵感觉为此受到了莫大羞辱。其实，没必要大惊小怪的，这种事情在捷克士兵中已见怪不怪了。甚至后来，当匈牙利人对这场为了他们的国王的利益而进行的战斗也失去兴趣时，他们会同样举起手来做出投降的姿势。

后来，那个士兵也凑到帅克这一桌来了，讲起他们在塞格德是如何教训匈牙利人的，他们把匈牙利人从好几个酒馆赶了出去。然后，他感叹地说，匈牙利人看起来很擅长打架。有一次，他们踢了他一脚，结果迫不得已把他送往后方医院进行治疗。

如今他归队了，他的连长肯定要让他关禁闭，他也没有机会教训这个匈牙利士兵了，一报还一报，以雪一脚之恨，真该让这家伙体会一下，以此来维护全国军人的声名。

"你的证件呢，你的证件呢？"士官巡逻队队长用德语和不流畅的捷克语检查帅克的证件，后面还跟着四名士兵，他们背着枪并上好了刺刀，"我看你一直坐在这里，你一个劲儿喝！还不马上走！"

"我现在没有证件，亲爱的！"帅克回答说，"我的证件被九十一团的卢卡斯上尉首长带走了，我被抛弃在这个火车站上了。"

"米拉切克，他说的是什么意思？"士官转过头去问他身后的一名老预备役兵。那人给他的士官随便翻译一句，慢悠悠地说：

"这'米拉切克'嘛就是'士官先生'的意思。"

然后，士官对帅克说："无论每个士兵是否有证件，没有证件那都得被关起来的。把这只疯狗给我送到军事运输总部去。"

帅克被带到了总部。守卫室里有一小队人马，长相都跟老预备役兵差不多的模样。这个老预备役兵不是别人，正是那个冤家——巧妙地把"米拉切克"译成德语的那位。

守卫室总被一些石版画所装饰。当时，军政总部总将这类画寄到士兵常去的各机关、各军事学校和各兵营。

迎接好兵帅克到来的这幅画：皇家二十一团的排长弗郎基谢克·哈梅尔和小副官保罗哈特与巴赫曼耶鼓励士兵坚持战斗的画面。另还有一幅画——《第五骠骑兵团的排长扬·丹科在侦察敌军各炮兵连的驻地》。

"英勇无畏全军楷模"这条标语还挂在图画的右下角。

形形色色的德国军营记者想象出了各种稀奇古怪的模样来，把他们制作成各种各样的标语传单。腐朽、愚蠢的奥地利企图用这些东西来鼓励那些从来就不看这些传单标语的士兵的士气。每当这些"英勇无畏全军楷模"被写成标语给他们寄到前线时，他们就用它们来卷烟或派作别的用场，希望不负所编制的"勇气的可贵榜样"的精神与价值。

士官出去找某个军官去了，帅克抓住时机读完了一份传单：

运输兵约瑟夫·帕昂

卫生兵们将重伤员搬运在隐蔽峡谷里已经准备好的车辆上，装满一车重伤员之后，马上驶往包扎所。俄国人发现了他们，开始向那里投手榴弹。皇家第三连运输中队运输兵约瑟夫·帕昂的马中弹死亡了。帕昂哭着说："白马啊，你好可怜呀！你就这么走了呀！"与此同时，他本人也中弹了，但他一定要卸下自己那匹马，将那辆三匹畜生拉的车辆拖至安全地带隐藏起来，又回去卸那匹死马身上的马具。俄国人的枪击不断。"疯子们，开枪吧，打死我也不把马具留给你们。"他边骂边卸，最后终于把马具卸下拖回了车队。由于他很长时间没有归队，所以卫生兵们向他仔细询问原因。"我就是不想扔掉马具，它几乎是新的！扔了太可惜了。这种马具我们已经不多了。"这位勇敢的士兵到了医院是这样重申的，这时他才说自己也受伤了。然后，他的大尉在他胸前挂了一枚银质奖章，来表彰他的英勇精神。

帅克读完了传单，士官仍然没有回来。然后，他对守卫室的那些预备役士兵说："这真是一位英勇无畏的楷模。如果都像他这样，我们部队里应该都是新的马具了！我还记得原先在布拉格的时候，《布拉格官方新闻报》报道过一个更伟大的故事。讲的是约瑟夫·沃扬博士的事迹：他是一年制志愿兵，停驻在哈利奇的第七猎骑兵营。激战中他很不幸，先是被一颗子弹击中了脑袋，人们马上要带他去包扎，他却大喊这点儿小伤没有事，用不着包扎，说完就又冲了上去。然后他的脚踝又被炸断了，人们又要把他抬走，而他拄个拐棍，一瘸一拐地又冲进了战场，用拐棍去抵挡敌人。子弹像长了眼一样，炸掉了他拄着拐棍的这只手，他竟然换了一只拐杖，嘴里还吼叫着：老子饶不了你们！最后他被手榴弹炸死了。如果他不死，谁知道他还会怎样战斗呢。如果他没有被炸飞，应该会奖励给他一枚银质奖章的，以表彰他的勇敢。最后，他的脑袋被炸得掉在地上打滚儿时，嘴里还在嚷着：'只要我还有一口气，我也要战斗到底。'"

"这都是报纸为了宣传，"一个士兵说，"这类编辑很快就会为这种胡说八道而感到羞耻。"

预备役兵吐了一口唾沫说："我老家，有位从维也纳来的编辑，德国人，曾当过中尉。他非常不爱说捷克话，后来把他分到都是捷克人的先遣连，这家伙马上就会说捷克话了。"

门口出现了士官，他露出一副恶狠狠的面孔并大声吼起来：

"我刚离开三分钟，就听到你们说的净是什么'捷克话和捷克人'。"

他指着帅克，一边往外走，一边对预备役队的副官说："中尉回来后，立刻把这个满身虱子的无赖带给中尉。"

"这位中尉先生百分之百又到站上的那位女话务员那儿幸福去了，"士官走了之后副官说，"中尉已经纠缠这位女话务员两个多星期了，中尉每次从电报局出来时都非常生气，并且说'这婊子不愿跟我睡觉'。"

这次也不例外，你看中尉刚一回来，就听见他往桌上摔书的声音。

"老弟，你现在必须到中尉房间一趟，"一个下士非常同情地对帅克说，"有很多人在等他办事，老兵新兵的事都必须经他办理。"

下士把帅克领到办公室，桌上有凌乱的纸张，桌后面对着年轻的中尉，看上去中尉脾气很坏。

看见下士把帅克带到办公室门中，中尉看见了他们便"啊哈"了一声。下士马上喊报告："报告首长，这就是我们在火车站抓到的那个没有证件的无赖。"

中尉点了点头，从表情上看，好像早就知道会有一天抓住这个没有证件的帅克似的。帅克的外表就像这类人，要求这种人带证件出来，怎么可能呢？这时，帅克看着中尉，好像刚从外星球来的似的，满脸困惑，怎么竟然有人要什么证件呢？

中尉想了一会儿，然后打量了一下帅克，看该跟他说些什么，问些什么。

他最终追问道：

"你在火车站干什么？"

"报告首长，我要去布杰约维采，在这里等火车，到九十一团去，我是九十一团卢卡斯上尉的内勤兵，我和他走散了。无奈你的手下把我领到站长那儿去交罚款，怀疑我要扳动火车紧急刹车。"

"你可把我弄糊涂了，"中尉吼道，"你能不能给我把事情说顺畅些、精练些，别东一句西一句的！"

"报告首长，我和卢卡斯首长都坐上了那趟该把我们运送到我军九十一步兵团去的快车，从上车那一刻起，我们就遭了霉运：最初是丢了只箱子，后来是我搞错了，来了个什么少将首长，头顶光秃秃的……"

"我的天哪！"中尉大大地叹了口气。

"报告首长，我必须全给抖出来，就像从旧裤子里抖棉絮似的，好让您搞明白事件的全部经过，对它有个明确的理解，就像已去世的伯德尔利克皮匠训斥他儿子时常说的那句话：要脱裤子，得先解皮带！"

中尉气得上气不接下气的，帅克却一点儿都不理睬：

"我不知怎么得罪了秃头少将首长，使他不愉快，卢卡斯上尉就把我这个内勤兵赶到过道里去了。在过道里，他们就诬陷我干了那件——就是我先前对您说过的那件事。在这件事没有彻底弄清楚的情况下，我就被抛弃在了月台上。火车驶动了，上尉首长带着他的所有物品还有我的所有证件走了，我呢，就像个孤儿一样傻乎乎地站在这儿发呆，什么都没有。"

帅克这么温柔、动情地说着，中尉终于听明白了这个表面看来像个笨蛋的小伙子叙述的事情应该是可信的。

快车驶走之后，中尉马上把驶往布杰约维采发车时间一一告诉帅克，问他为什么不赶这些车。

"报告，中尉首长，"帅克回答说，脸带着灿烂的笑容，"我在等候下一班火车时，坐在桌边多喝了两杯酒，就又出了点儿问题。"

"没见过这么笨的，"中尉思考着，"这人能认错倒不错。我见过很多人，他们是毫不知错，可眼前这一位却镇定自若地说：'我一杯接着一杯地喝啤酒，耽误了一趟趟的火车。'"

中尉把自己所有的想法总结为一句话，对帅克说："你这家伙是个绝对的落后蜕化分子。你知道'蜕化'是什么意思吗？"

"报告首长，在我们家的战场街和卡德幸街拐弯处上也有一个蜕化了的人。他父亲是一位波兰的伯爵，母亲是个接生婆，他本人整天扫大街。然而，他要求在酒馆里的人喊他伯爵。"

中尉最终想还是把这件事解决为好，于是，果断地说："听我说，你这个笨蛋，你马上到售票处买一张票，给我立即滚到布杰约维采去。要是再让我在这儿看见你，我就把你当逃兵处置，走人！"

帅克竟然没有动，手还是举到帽檐上敬着礼，中尉于是大声喊道："你给我滚出去！听见没有，走人！贝隆尼坎，你把这头笨猪领到售票处，给他买张到布杰约维采去的票。"

过了一会儿，贝隆尼坎小副又回到办公室。后面，帅克那张和蔼可亲的面孔正从半开着的门缝往里偷看。

"你们又怎么了？"

"报告中尉首长，"贝隆尼坎小副一脸神秘兮兮地小声说，"他没钱买票，我也没有钱。站上人不同意他免费搭乘火车，他连证件也没有。"

中尉没思索就想出了一个妙办法来解决这个难办的问题。

"让他走着去吧，"中尉说道，"谁让他耽误了，这回让他们团关他的禁闭。活该！"

"我也没有办法啊，朋友，"贝隆尼坎从办公室出来时对帅克说，"您得走到布杰约维采去，老弟。我们守卫室里有剩余的面包，你带在路上吃吧！"

三十分钟后，他们请帅克喝了杯黑咖啡，送了些面包，还送给他一点儿军用烟丝带到团里用。大约三十分钟之后，帅克便在夜幕中离开了普蒂姆，暮色中，他的歌声十分响亮。

他唱的是一首老的军歌：

　　我们正向伊洛蒙涅什前进，

信不信由你吧……

真是见鬼了，好兵帅克应该向南朝着布杰约维采前进，而他却向正西走去。

他轻重不稳地踏在积雪的公路上，冒着严寒，全身用军大衣裹得严丝合缝，真好像拿破仑进攻莫斯科的大军碰壁返回时的最后一名近卫军军人，唯一不同的是帅克却在轻松快乐地歌唱着：

我优哉游哉来散步
在绿色的树丛中……

树林里大雪覆盖，夜色漆黑静悄悄，帅克悠扬的歌声，惹得周围村落的狗吠叫了起来。

帅克唱累了，就一屁股坐在一堆沙子上，点着他的烟斗，休息一会儿，又慷慨激昂地开始了向布杰约维采的远征。

第二章　远征的帅克

古代名将色诺芬凭借聪明才智踏遍了小亚细亚和许多谁也不知道的地方；古代的哥特人没有地理知识，竟然也进行了远征。所谓远征，就是大踏步地往前走，穿过荒凉的地方，四周都是时时刻刻想谋夺你性命的敌人。谁要有一个像色诺芬那样的聪慧脑袋，那就能在行军中制造出真正的事情来。

恺撒大帝率领的罗马军团也没有使用地图引导就打到了遥远的北国，接着又向加莱海进发。有一次，他们说要走另外一条路返回罗马，以便可以见到更多世面，最终他们确实回到了家。此后就有了"条条道路通罗马"的名句。

那么，同样的真理，条条道路也会通往布杰约维采，对于这一点，好兵帅克是绝对深信不疑的。所以，当看到眼前不是布杰约维采地域，而是米莱夫斯村落时，帅克仍然是不停地向前走，因为走过米莱夫斯，这个好兵终有一天会到达布杰约维采的。

走呀走，帅克走到米莱夫斯村西面的科威索沃。当他把所

有在行军时学会的军歌挨个儿唱过一遍后，在到达科威索沃村
前就必须再来一遍了：

> 当我们要去远征，
> 姑娘们就一片哭声……

帅克碰到了一位从教堂回家的老大娘，她从科威索沃朝伏
拉什方向径直往西走。老大娘向帅克打了个基督徒的招呼："中
午睡得好吗，当兵的？你要去哪儿？"

"大妈，我要去布杰约维采寻找我的兵营去，"帅克回答
说，"我去那儿打仗。"

"但是你走错了，当兵的，"老大娘惊奇地说，"你现在
这个方向是去伏拉什，到不了布杰约维采呀。你往前走，往克
拉托维方向走。"

"我想，"帅克恭维地答道，"从伏拉什能走到布杰约维
采。的确，这个弯儿拐得大了些，尤其是我要着急赶回营里去。
我是要按时到达的，希望别出什么差错才好。"

"我们这儿有个叫托尼切克·马辛库的，也是个淘气鬼，
他本想到比尔森去参加预备役队的，"老大娘叹了一口气，"他
是我侄女的亲戚。他找部队去了，但一个星期之后，警察到家
来找他，说他没有到队里去报到。又过了一个星期，他穿着一
身便服回来了，说是部队同意他回来度假。村长马上报告了警
察队，随后警察就把他抓走了。他走后从前线来过一封信，说
是受了伤，废了一条腿。"

老大娘满脸同情地看着帅克说道："当兵的，你到前面矮树林那儿等我，我给你搞点儿土豆汤来，暖和暖和身子。从这里你可以望见我们的小木屋，就在矮树林后面偏右一点儿。你千万别走伏拉什村，这个村里警察特别多，穿过矮树林子就能到莫奥切。戚若沃的警察也很厉害，专门抓逃兵。你径直走过树林，先到霍拉日乔维采旁的塞德莱茨去。那地方有个警察心肠特别好，他一般都会放每个人离开村子。你身上携有什么证件之类的东西吗？"

"没有，大妈。"

"如果没有你就别从那条路走了，那你到拉多米什尔去。最好选择晚上经过那里，晚上那里的警察都会待在小饭馆里。弗洛利扬涅克雕像后面的那条街上有一间房子，墙根儿涂着蓝颜色，你去打探一个叫麦利哈列克的大爷，他是我兄弟。你代我向他问个好，他会马上告诉你到布杰约维采去的路。"

在矮树林里，帅克等候了老大娘半个多小时。贫困潦倒的老大娘给煮了土豆汤，还装在一个罐子里带来了。怕土豆汤凉了，她还用了一块垫子包裹着小罐。帅克喝完土豆汤，身子暖和了许多。然后，老大娘又掏出了一个布包，里面有一大块面包和一块咸肉，大妈把布包塞进帅克的衣袋里，在胸前画十字为他祷告，并告诉他，她有两个孙子在布杰约维采。

然后，她又一次详细地给帅克陈述必须经过和绕过的村庄的名字。最后，她又从上衣兜里拿出一个克朗，给帅克，让他到莫奥切去买点儿酒在路上喝，因为还有特别长的一段路才能到拉多米什尔。

帅克虽然是按老大娘的指引从戚若沃向东往拉多米什尔走去，可心里却想着无论从世界上哪一个方向应该都能走到布杰约维采的。

　　从莫奥切这段路开始，有一个拉手风琴的流浪艺人跟帅克结伴而行。为了打发拉多米什尔这一大段路程，帅克到小酒馆去买白酒备着路上喝，在酒馆里帅克碰到了这位流浪艺人。

　　这位拉手风琴的流浪艺人错把帅克当成了逃兵，然后他就给帅克想策略让帅克和他一起去霍拉日乔维采，说他有个女儿嫁到了那里，女婿也是个逃兵。这位莫奥切来的手风琴手纯粹是在胡说八道。

　　"我女儿把她丈夫藏在牲口圈里都已经两个月了，"他劝告帅克说，"让我女儿把你也藏在那里，可以一直藏到战争结束。你们两个人待在一起就不觉寂寞了。"

　　然而，帅克委婉谢绝了他的一片好意。他竟然翻脸了，他左拐走进了地里，而且威吓帅克，说他要到戚若沃村的警察队去举报帅克。

　　傍晚，帅克在拉多米什尔的弗洛利扬涅克雕像后面的街上寻到了麦利哈列克大爷。向他转达了他在伏拉什的老姐姐的问候，这位大爷却反应寻常。

　　他一定要看帅克的证件。这是一个很死板的老人，他一遍一遍地谈着皮塞克地区常有强盗、小偷、流氓出现的事。

　　"部队里的逃兵，不愿在部队里服役，走到哪里就偷到哪里，就这样跑来跑去。"他故意冲着帅克说，"这些逃兵都会装出一副可怜无辜的样子。"

"听着，忠言逆耳，良药苦口嘛，"帅克从椅子上站起来，大爷便又补述了一句，"要是一个人心里没什么问题，那他就会坐下来，把证件拿出来给我看看。如果他没有证件的话……"

"好吧，那就拜拜了，老大爷。"

"再见！下次还会来个更愚蠢的家伙。"

帅克摸黑走出了老大爷的家，而老大爷还唠叨了好一阵子："要是到布杰约维采去找部队，他不可能从普蒂姆来呀！这个无赖鬼却先去霍拉日乔维采，再到皮塞克。这人是有病，还是在做环球旅行呢？"

帅克走了一个晚上，直到到了普蒂姆才在地里发现一个干草堆。他扒开草堆，听到不远处浮动的声音："你是哪个团的？如今要到哪里去？"

"九十一团的，要到布杰约维采。"

"什么？你为什么要去那儿？"

"我的上尉在那儿。"

听笑声，原来这一片不止一个人，原来是三个人在笑。笑声一停，帅克马上问他们是哪个团的。他们其中的两个人是三十五团的，另一个是炮兵团的，他们仨都是从布杰约维采来的。

两个三十五团的士兵是四周前从先遣连逃跑的；另一个则是从一开始战争动员时就溜了，他本人是普蒂姆村本地人，草堆就是他家的，他晚上不得不睡在草堆里。昨天他在树林里看见了他俩，于是就带他们到自己的草堆来了。

他们三人都祷告战争在一两个月内就能结束。他们想象俄军已经打到布达佩斯，已经向摩拉维亚逼近了。普蒂姆村到处都流传着这种说法。天还没亮，那位炮兵的妈妈就送来了早饭。两个三十五团的士兵打算逃到斯特拉科尼采去，因为在他们当中有一个的姑妈在那里。那姑妈在苏希采山后有一个熟人，这个熟人开了个锯木场，这个锯木场是很好的隐蔽之处。

"喂，如果你愿意的话，你这个九十一团的，"他们对帅克说，"希望你也和我们一块儿去，不要去找那个上尉了。"

"事情可不是那么容易的。"帅克回答说，随后他钻进了深深的草堆。

清晨帅克醒来，发现三位都已离开这儿了，那位炮兵还在帅克的脚边留下了一块面包，为了让他在路上吃。

帅克穿过树林，在什泰科诺碰到了一个年老的流浪汉，这个流浪汉像欢迎自己的多年老友似的请帅克喝了一口酒。

"赶快换掉你这身衣服吧！"他对帅克说，"也许你这身军服他妈的会让你倒霉的。现在遍地是警察，你穿着这身衣服没有任何好处。现在警察倒不刁难老百姓了，他们专门找逃兵的麻烦。"

"专门找逃兵的麻烦。"流浪汉又坚定地重复了一句。这让帅克想好，肯定不向流浪汉说九十一团的事，任他随便怎么想，为何去打破一位好心的老人家的梦想呢？

"你打算到哪儿去呀？"流浪汉过了一会儿又问了一句。这时他俩都把烟斗点着，慢慢地经过村庄。

"去布杰约维采。"

"我的上帝！"流浪汉立刻喊叫起来，"如果你到那里，他们会立即把你抓起来，连逃跑的机会都不会给你。你必须有一套非常非常脏的行头，还要假装是一个残废才行。"

"不过，没事，我们一块儿到斯特拉科尼采、沃里恩和杜卜去，总是会找到一身衣服的！斯特拉科尼采那里的人很笨，但他们开诚布公，那地方的习惯是白天晚上都不关门。现在正是冬天，你随便去老乡家串串门，他们都会送你一身行头的。你还缺什么？鞋子有的，现就缺一件外套穿了。军大衣是旧的吗？"

"是的。"

"军大衣可以留着，在农村也有人穿这个。你现在要找一条裤子和一件夹克。等我们有了行头，就可以把旧的裤子和上衣卖给住在维得利耶尼的犹太人海尔曼。他负责收购公家的东西，再沿村贩卖。"

"今天我们就到斯特拉科尼采去，"他顺便聊开了他的行动计划，"你走四个小时就能见到史瓦尔琴堡老羊圈，那里住着一个我的熟人，老羊倌，一位首长爷。我们可以在他家过夜，早上起来再到斯特拉科尼采去，在那里找套行头给你。"

在羊圈里，帅克认识了这位热情好客的首长爷，他还记得他的爷爷给他讲的关于法国军队的故事。老羊倌大约比老流浪汉还大二十岁，因此老羊倌像对帅克一样也管老流浪汉叫小伙子。

"小伙子们，可不是吗？"当他们围坐在煮着带皮土豆的火炉旁，首长爷说了起来，"那爷爷年轻时和你一样，也偷着跑了出来，在维得利耶尼就被抓住了，屁股被打开花了。那还算是轻饶了他啊。维列什家的儿子，普罗蒂温旁边的拉日茨鱼塘的看守人，他爷爷当兵时也逃跑了，在皮塞克村挨了一梭子子弹。他在皮塞克的垒墙上被枪毙之前，还尝过一通打乱棍的刑法，六百棍，他疼痛难忍真希望早点儿死去，好尽早脱离那不堪忍受的痛苦。——你是什么时候偷跑掉的？"他上下打量着帅克，问道。

"发布命令之后，要将我们送到兵营里去的时候我就跑了。"帅克回答说，他心里明白：他穿了一身军服，因此那老羊倌认准他是逃兵的想法是不会改变的。

"那你是翻墙逃跑的啰？"老羊倌非常好奇地问，明显心里想象着他自己爷爷翻墙逃出兵营时的情形。

"毫无办法了，首长爷。"

"管得很严，哨兵是不是还开枪了？"

"开了，首长爷。"

"那你计划到哪儿去呢？"

"他简直是疯了，"流浪汉接过话题替帅克回答说，"他一定要去布杰约维采。这位年轻人看不明白事，你这是自己往火坑里跳，明白吗？我来帮他想点儿策略。首先，咱们要帮他搞来一套老百姓的衣服，有了这套衣服就好办了；待到明年开春他就可以找个农户去干点儿农活。今年干活儿的一定很少了，又会闹饥荒。据说要把所有流浪汉都送往田间干活儿。我认为还是主动去为好。田里太缺干活儿的了，人们都会被压迫得很厉害。"

"那你认为，"老羊倌问，"今年这个仗是打不完了？小伙子，你说得完全正确！原来的仗打起来都是没完没了的。最早是拿破仑战争，后来是我听别人说的瑞典战争和七年战争，个个都得服役。上帝都不忍心再看了，那些人奢侈到了非常严重的程度，连羊肉他们都不爱吃了。也就是说，小伙子们，他们吃腻了！以前还有人悄悄找到我，想跟我买绵羊肉吃，但是这几年，他们吃的都是猪肉、家禽，无论吃什么都要抹上点儿黄油和荤油。上帝早晚会惩罚他们这种骄奢气的，等到跟拿破仑的部队一样煮野菜吃的时候，他们才会彻底明白过来。甚至，我们那些首长也都看不好一切了：史瓦尔琴堡老公爵非常喜欢坐马车兜风；小公爵，这流鼻涕的小子只知道坐在放黑烟污染空气的汽车里，早晚有一天上帝会把这汽油涂到他嘴上的。"

煮土豆的水开了。过了好一会儿后，老羊倌用全知全能的口吻说道："我们的皇帝老儿肯定打不赢这场战争，因为他根本不愿意打；斯特拉科尼采的一位教书先生说的，这场仗打不赢的另一原因是陛下不愿意加冕。常言道：谁想嘴上抹蜜，就给他涂上吧。这个老浑蛋，曾经答应了加冕，就该说到做到呀。"

"可能，"流浪汉补充上一句，"他现在正在想策略弥补。"

"小伙子，这时候了，谁还想他这个问题呢，"老羊倌气急败坏地说，"我们乡亲们在斯科奇采聚会时，你有空儿到现场去瞧瞧吧，每个人都有亲人在军队里服兵役，你听听他们都说些什么吧。有人说，打完这场仗，人民会自由，皇家宫廷没有了，当然也没有皇帝本人了，国家没收公爵们的庄园。由于人们说了这些话，警察们就来人把克夏尼科抓走了，说他是在挑拨离间。喏，今天的警察可真有权呀！"

"警察一直就是这样，毫无避讳，"流浪汉说，"记得在克拉德诺曾经有一个叫洛塔奥的警察大队长，一时脑子里有点儿想法，养起了警犬。这种警犬带有狼性。经过一段时间训练后，警犬就能嗅出不同的东西了。后来，克拉德诺区的这位警察大队长招了一批训练这种警犬的驯犬师。他们还特地给这些警犬盖了一座小屋子，那些狗在那里过着跟伯爵一样舒服的日子。这位警察大队长突然想出坏主意，想到了我们，拿我们这些可怜的流浪汉当作驯狗的工具。于是他就下令，让警察在克拉德诺区着力搜捕流浪汉，把抓到的人亲自送到他手里。有一次我逃离拉妮，打算钻进一座树林深处，但那没有什么用处！还没走进树林，我就被抓住了，我被转交给大队长。我的老伙计们啊，你们不会想到，警察大队长是如何用我驯狗的！最初他把我交给所有的狗闻了一下，然后让我往一架云梯上爬，等我马上到云梯顶时，他们就放出一条恶犬跟在我后面爬梯子。这畜生，把我从梯子上拉下来，趴在我面前，对我恶狠狠地呼噜着，朝着我的脸张开大嘴。过后，他们牵走这条狗，要我隐藏起来，说随便藏到哪里都行。我来到奇卡谷地的树林，躲进了一个深谷。三十分钟后，两条狼狗嗅过来，把我扑倒在地，一条狗咬住我的脖子，一条狗跑回克拉德诺报信。过了一个小时，大队长带着警察来了。他把狗喊走，还给了我五克朗试验费，允许我在克拉德诺地区要两天饭。我怎么敢呢？我火速逃到贝洛乌斯科区，再也不敢在克拉德诺区出现。所有流浪汉见了这位警察大队长都跑得远远的，因为抓到谁谁就得来做驯狗的试验品。大队长非常喜欢这些狗，据他手下的人说，他出来巡察，无论在哪里发现了狼狗，他都会立刻停止巡察，快活得整日里跟那里的头头无休止地饮酒。"

此时，老羊倌倒掉煮土豆的水，又给碗里放了点儿酸羊奶。随后，流浪汉想起警察的态度说："有个警察分队长住在利普尼采镇一座城堡下面，但我这个傻乎乎的善良人却以为，警察队总是设在显眼的地方的，像广场或其他类似的地方，绝不会设在不显眼的地方。我以往都是在城市的角落行乞，却极少抬头看看招牌什么的。我一般是一家挨着一家地要饭，到了一座两层楼的小楼处，我推开了门同样说道：'做件好事，可怜可怜我这要饭的吧。'当我抬头一看，老天呀，我的两条腿都快吓软了，这儿怎么是警察分队呀！只见墙上挂着枪，桌上放着耶稣受难十字架，柜子上摆着文件，陛下的画像正从桌子上方注视着我。还没等我开口说话，分队长快速冲到我跟前，举起手来扇了我一记耳光。我从他门口的木梯子上滚了下来。从这以后，我再也没敢在克日利采出现过。这就是警察的态度啊！"

吃完饭没过一刻钟，他们便躺在这间温暖的小屋的条凳上进入了梦乡。

半夜里，帅克静静爬起来穿上衣服溜了出去。月亮正从东方升起，给他壮了胆，他就依赖月光往东走去，一路上还喃喃自语："我就不信我到不了布杰约维采！"

离开树林，帅克见到右面有座城市，他便向北边一点儿转了过去，随后又向南，又看见了一座城市。他非常小心地沿着草地绕开它，待他来到普罗蒂温的雪山坡时，阳光已照在他的身上了。

"继续前进!"好兵帅克喃喃道,"责任在召唤,我一定要赶到布杰约维采。"

但是,很不巧,帅克在离开普罗蒂温后却向北往皮塞克走了,而他应该往南朝布杰约维采走。

马上到中午了,帅克看见前面有个村子。他一面思考一面走下小山坡:"看来总这么闷着头地向前走是要走错的,我得打探一下怎样才能走到布杰约维采。"

这时,他走进村子抬头一看,村头第一座房子附近的柱子上写着普蒂姆村,他有点儿傻眼了。

"我的天!"帅克叹了口气说,"奇怪,我又回到了这个普蒂姆来了,我不是还在这儿的草堆里睡过一夜吗?"

但是,当一个像一只在网上隐藏很久的蜘蛛似的警察从池塘后面一座挂着老母鸡的白房子里走出来的时候,他毫不惊讶。

警察直接走到帅克前面,开口问他:"去哪儿啊?"

"到布杰约维采找我的部队去。"

警察讽刺着大笑:"先生明明是从布杰约维采那里来的嘛!你早就把布杰约维采忘在脑后啰!"说完便不听解释,把帅克带到警察分队去了。

普蒂姆的警察分队长历来行动迅速、果断,这一点远近闻名。他从没有过大声辱骂、恐吓被拘留和被逮捕的人,而是经常巧妙地采用一种自称是交相讯问法,最后是让没罪者自己承认有罪。

队里有两个警察帮助他实施这种讯问。一到交相讯问时所有警察都笑容满面。

"犯罪侦查学要依靠灵感和亲和力，"警察分队长经常这样来指点自己的下属，"对他人大声喊叫是没有任何意义的。要态度温和地对待罪犯、嫌疑犯。同时要记住，一定要让他们迷失在湖水般的提问中。"

"我们由衷地欢迎你，当兵的，"警察分队长说，"请坐，别紧张，一路辛苦了吧。现在请你告诉我们，你要去哪里，好吗？"

帅克耐心地把到布杰约维采去找自己的部队的话详述了一遍。

"那你可能已经走错路了，"分队长面带微笑地说，"实际上你正在向布杰约维采的相反方向走，现在我可以很简单地向你说明。你头顶上挂有一张捷克地图。你仔细看一看，当兵的，从我们这里往南是普罗蒂温，再往南是胡波卡，再往南就是布杰约维采了。现在明白了吗？你是从布杰约维采来的，而不是到布杰约维采去。"

分队长和气地看着帅克，但帅克却以冷静而坚决的口气回答说："我最终一定要走到布杰约维采的。"回答这话时比伽利略当初说"它终究是在转动的"还要坚定得多，原因是伽利略当年是在狂怒下说的。

"我告诉你，当兵的，"分队长仍然继续友善地对帅克说，"我真心奉劝你，耗到最后你会明白，'越否认招供就越困难'。"

"您这话说得太对了，"帅克说，"越否认招供就越困难，反之是越不容易招供就越否认。"

"这当然对了，当兵的，你马上就明白了。现在，请你老实交代，你是从哪儿走过来，走向你的那个布杰约维采去的。我故意点出'你的那个'，是因为根据你的走法，还有个什么布杰约维采在普蒂姆的北部，但那个地方是任何一幅地图上都没有标注的。"

"我是从塔博尔出发的。"

"在塔博尔你是干什么的呢？"

"等候驶到布杰约维采去的火车。"

"你怎么没有坐上驶往布杰约维采去的火车呢？"

"因为我没有车票。"

"如果你是个军人，他们怎么不发给你一张不用花钱的车票呢？"

"因为我没带我的证件在身边。"

"这就对了！"警察分队长"神采奕奕"地对另一个警察说，"他并不像他装的那么傻，他现在开始被绕进去了，脑子已经迷糊了。"

分队长似乎根本没有听到最后一句有关证件的回答似的，又问了一遍：

"那你是要到哪里去呢？既然你是从普蒂姆动身的。"

"到布杰约维采去。"

分队长的脸变了，他的目光转移到了地图上。

"那你是否可以在地图指给我们看看，你是怎么走到你的那个布杰约维采去的？"

"我忘记了，只记得我这是第二次走到普蒂姆。"

警察们互相交换了一下眼色，分队长继续讯问道："按照你的说法你是待在普蒂姆车站上的，你衣服口袋里有些什么，能不能掏出来让我们看看？"

　　他们将帅克从头到脚地搜了一遍，除了一只烟斗和一盒火柴外，什么也没搜到。分队长问帅克："告诉我，你衣袋里怎么会空空如也？"

　　"因为我用不上它们。"

　　"哎呀，我的老天爷！"分队长叹了一口气，"跟你这类人说话真够受的！你方才说你这是第二次到普蒂姆了，那你当时在这里都干什么？"

　　"我经过普蒂姆到布杰约维采去。"

　　"你看你胡说八道到哪里去了。你自己说，你要去布杰约维采，但是，现在事实证明，你确实是从布杰约维采来的。"

　　"很明显，我可能是绕了一个大弯子。"

　　分队长又与全体警察含有深意地交换了一下眼色："你说的意思是你一直在我们区打转啰，是吗？你在普蒂姆车站等了很长时间吧？"

　　"一直等到开往布杰约维采的末班火车驶出去。"

　　"在车站上你做了什么事情？"

　　"跟其他军人说说话。"

　　分队长随后又和他的下属们交换了一个眼色。

　　"你跟军人们谈了些什么呢，向他们问了一些什么样的问题呢？"

　　"我问他们是哪个团的，去哪儿。"

"很好。你有没有问他们团里有多少人，团里都有什么编制？"

"我没问，这些我早已了如指掌了。"

"是吧，你对我们部队的情况都一清二楚啰？"

"是的，分队长首长。"

分队长又沾沾自喜地迅速地看了一下自己的部下，亮出了他最后的一张王牌。

"你懂俄文吗？"

"不懂。"

分队长向小副点头示意，当他俩来到另外一个房间后，为这次胜利沾沾自喜的分队长一面握着手，一面坚定地重申："他说不会俄文！你听见了吗？真是一条够聪明的狐狸！他什么都肯承认，可一到关键时刻，他就耍赖了。明天，我们就把他转送到皮塞克县警察大队大队长先生那里去。犯罪侦查学依靠灵感与亲和力。你看见我是怎么在我那滔滔不绝的讯问之中将他搞糊涂的吧！怎么也没有想到他居然是这类人！表面上看是笨蛋一个，对这类人我们就应该需要比他更狡猾些。好吧，我去起草个报告，你把他妥善安排一下。"

于是，这位分队长从下午一直到晚上都微笑地写着他的报告，报告中的每一处都带着"有间谍嫌疑"的字眼儿。

他越往下写事情好像就越清楚。在这份报告的结尾处，他用了官方经常使用的蹩脚的德语："该敌方军官当于当天押交皮塞克县警察司令部，谨此呈报。"他看着自己的大作笑了笑，然后将小副喊来："这位敌方军官吃饭了没有？"

"执行您的指示，首长，只有在十二点以前被带来并受审的人才供给午饭。"

"这可是个与以往不同的例外情况，"分队长扬扬自得地说，"这是个敌方比较高级的军官，是参谋部的。你要知道，俄国人根本不会派一个下士来打探军情。你马上派人到黑头猫酒馆弄顿午饭给他吃。假如没有现成的，就要求他们立即现做。之后再让他们沏茶、放点儿朗姆酒，做好后把东西送到这里来。不跟他们说是为谁准备的。一定不能和其他任何人说起我们这里有个敌方军官，这是军事机密。此时他在干什么？"

"他此时坐在警卫室，很想抽烟。看上去他很满足，就像坐在自己家里似的。他还说：'你们这里真暖和，火炉不漏气！我待在你们这里挺满意的。你们的炉子如果漏气的话，就得把烟囱通一通。这得下午通，一定不要在太阳正对着烟囱的时候通。'"

"他真是个狡猾的家伙，"分队长以高兴的声音说，"他假装潇洒，但是，他心里明白，他就要被处决了。这种人怎不叫人敬佩呢！尽管他是我们的敌人，但这种人抱着必死的信念，我不知道我们是否具有这种精神。我们可能会妥协、放弃，而他却一点儿都不在意地坐在那里还说什么'你们这里真暖和，你们这里的火炉漏不漏气'。小副先生，这才是真正有气魄的人。这种人具有钢铁般的意志，勇敢但又充满激情。唉，如果我们奥地利具有这种精神……最好不去管这些事为好。虽然我们这里也有雄心壮志的人。人们都知道《民族政策报》报道过炮兵上尉贝尔格爬到一棵高大的松树上设立观察点的事迹。我军都后撤了，可他却毫无办法从树上下来，下来就会被俘，所以他一直待在树上等待我军回来将敌军打跑，他整整等了十四天呀！那是在树上的十四天啊！为了不被饿死，他只能用树枝杈和松针作为食物。终于等到我们的军队反攻时，他耗尽所有力气，再也在树上待不住了，最后从树上掉下来摔死了。后来，他被授予金质奖章，以表彰他的英勇无畏。"

分队长还慷慨激昂地补充了一句："这是一种伟大的英雄行为，这是一种牺牲精神，小副先生！——你看，我们又扯远了。马上去把午饭给他办好，然后把他带到我这里来。"

小副把帅克带来了，分队长热情地对帅克点了点头，并表示让他坐下，问他家中是否有父母。

"没有。"

分队长随即感觉到这样更好，这样也就没人为这个倒霉的人悲伤哭泣了。他望着帅克那张平和的脸庞，突然和善地拍了拍帅克的肩膀，说：

"你喜欢捷克这个国家吗？"

"到处都让我喜欢，"帅克回答说，"一路上我曾经遇到过很多好人。"

分队长点了点头："我们这里的人民相当好，非常招人喜爱。只是有点儿小偷小摸、大声吵闹，这也算不上什么问题。我在这里工作十五年了，据我所知，这里一年只发生四分之三起谋杀案。"

"您的意思是一个没有完成的谋杀案？"帅克问道。

"不，不是那个意思，我只是说十五年中我们只受理了十一起凶杀案：其中，五起是谋财害命；其余六起是一般凶杀案，仅此而已。"

分队长考虑了一会儿，就发挥起他的那种讯问法来了："您想到布杰约维采去干什么？"

"到九十一团去当兵。"

分队长立即让帅克回警卫室去，趁他还没有忘记帅克的供词，随后在将要送呈送皮塞克县警察大队的那份报告上添了一句："此犯操纯熟之捷克语，正在去往布杰约维采，打算潜入我九十一步兵团。"

分队长兴高采烈地搓着手，为自己收集了非常丰富的资料以及采取对他的讯问方法问出了这么多详细情节来，而感到喜出望外。他想到了自己的前任，比尔格分队长，这个人与被拘留者没有审讯，没有交流，只会往县法院送人，最多写上一句简短的话："据警察小副所述，该拘留者因流氓与乞讨案而被逮捕。"这算什么审讯！？

分队长再次望着自己写的报告，扬扬自得地笑了笑，从书桌的文件架拿出布拉格警察总部颁发的一份照例印着"绝密"字样的文件，又看了一遍：

兹严令各区警察分队对各所管辖区内所有过往之行人必须严加盘查，此为当务之急。自我军从东哈利奇转移后，数支俄军趁机越过喀尔巴阡山侵入我帝国腹地的很多重要据点，使战线延伸于我帝国西部。据此新形势，战线之变化无常，更有利于俄国间谍频繁潜入我帝国之领地，尤以加利西亚和摩拉维亚为甚。据密报，大量俄国间谍已潜伏我捷克地区。现已查明，其中有来自俄国之捷克人多名，他们曾在俄国高等军事学校接受过严格训练，擅长捷克语，非常危险。因彼等足以在捷克广大居民中散布叛国谣传，估计此刻早已散布。兹训令各警察分队，凡遇来历不明者，概予扣留。警备部、军事据点及军列通过之各车站一带，尤应严加巡查。对被扣留者应立刻加审讯，并呈报上级机关审理。此令。

警察分队长菲勒得克再次得意地笑了笑，将绝密文件照旧放回标有"密令"的文件架上去。

文件架上还有其他的很多密令，所有这些文件均是由内政部和掌管警察机构的国防部共同撰稿的。

最差劲儿的要算那份在当地居民中寻找和收买举报者的指令。最后，连他自己都认为，如果想在这个所有老百姓都非常顽固不化的地方寻找到一个举报者来，那真是强人所难。此刻他突然想起了一个绰号叫"跳吧巴宾卡"的傻羊倌。他确实傻得要命，无论何时只要有人说"跳吧巴宾卡"，他便跳一下。他的确是被社会、人们忘记了的一批人中的一个不幸者、残疾人，只靠给村里放牲口为生，一年只能挣得那么几个小钱来维持最简单的生活。

分队长派人把他带了来，对他说："巴宾卡，你知道谁是'遛弯老头'吗？"

"咩……"

"别喊。你记住了,人们一直这样尊称皇帝陛下的。你清楚,皇帝陛下是何许人?"

"就是……皇——帝。"

"太好了,巴宾卡!你一定听好了,如果你听到有人闲得没事,走东家串西家,骂皇帝是畜生之类的坏话时,你要立刻向我报告,你还可以领到二十克朗硬币。如果听见有人说我们打不赢这场战争,那你立刻到我这里来,明白吗?告诉我是谁说的,这样你又可得到二十克朗硬币。如果我听到你维护别人,那你就要有麻烦了。我会把你逮起来,押送到皮塞克去。现在你可以跳一下!"然后,巴宾卡跳了跳,分队长赏赐给了他两克朗硬币。此时此刻,分队长又给县警察大队打报告,说他已探寻到了一名举报者。

第二天,牧师来找分队长,一脸神秘地告诉分队长,说他今天一大早见到了村里的羊倌"跳吧巴宾卡",羊倌对他说:"先生,警察分队长先生昨日对我说,皇帝是个畜生,我们这场仗打不赢,咩……跳!"

分队长对牧师做了一番谈话之后,立即命令手下把羊倌逮起来。之后,羊倌在霍朗泰涅以叛国罪被判处十二年徒刑。他被指控带有极其危险的叛国阴谋,迷惑大众,侮辱陛下以及其他各种各样的罪名。

"跳吧巴宾卡"在法庭与在牧场以及乡亲们中一样,对别人所提的问题都回以羊的咩咩声。宣判时,他也叫了一声"咩……跳!"然后跳走了。因此,他以藐视法律被罪加一等:

住单号牢房，睡硬板床，外面加了三道岗哨。

然而，警察分队长又失去了情报员，可他伪造了一个。他对自己假造的情报员很得意，还给这位假造的情报员起了个名字。他把这个名字层层上报后，每月就能多拿五十克朗的奖金。这些钱他都拿到黑头猫酒馆里喝酒去了。喝了十杯之后，他突然感到惭愧，啤酒在嘴里也变得发苦。他听到坐在旁边的顾客一个劲儿地说："今天我们的分队长先生有点儿沮丧，好像有不如意的事。"他站起身就往家走。等他走后，顾客又说："我们的分队长为什么闷闷不乐，是不是我们的人又在塞尔维亚的哪个地方惹了什么麻烦。"

分队长回到家里又自己臆造了一张调查表：居民的情绪状态：一级甲等。

最近，分队长已经夜夜无眠了。他随时等待被视察或调查。晚上睡觉他梦见了人们把他带到绞刑架前，把他处以绞刑，国防部长站在绞刑架下亲自审判他："分队长 X、Y、Z 字第 1789678 号 23792 的通令的复文在哪里？"

看看我现在吧！他似乎觉得警察分队的每个角落里都回荡着老猎人的一句祝福语："祝你打猎成功！"菲勒得克警察分队长深信县警察大队长会拍着他的肩膀说："恭喜！恭喜！分队长先生。"

此时此刻，分队长在心里想象出一幅更加绚烂无比的蓝图来。他官迷心窍，满脑子装的都是勋章呀，升迁呀，还有上级对他办案才能的高度褒扬和此后的官运亨通，等等。

他叫来小副，问道："那份午饭送去了吗？"

"送去了熏肉、酸白菜和馒头片。汤卖完了，他喝了一杯茶，还想再要一杯。"

"那就给他喝呀！"分队长宽容地回答，"等他喝完茶把他带到我这里来。"

半小时后，当小副把酒足饭饱而且仍然带着得意扬扬表情的帅克带来时，分队长问道："吃得怎么样，满意吗？"

"还可以，分队长首长。如果酸白菜能再多些就更好了。我原谅你们，也不怪你们，事先你们也不知道我会来嘛！熏肉熏得很透，我敢保证，肯定是用家猪熏的。那杯掺有朗姆酒的茶喝下去可真叫个爽。"

分队长看着帅克，随后开始问道："在俄国喝茶的人不少，对吧？俄国也有朗姆酒吗？"

"朗姆酒遍布世界，分队长首长。"

"在我这里你不可能蒙混过关，"分队长在心里想着，"你早应该意识到你都说了些什么！"然后，他弯腰对帅克很和气地问道："俄国姑娘有漂亮的吗？"

"漂亮姑娘遍布世界，分队长首长！"

"嘿，好小子，"分队长又想，"你现在还想糊弄过去，不可能！"他便像用四十二公分口径的臼炮发射炮弹一样发问了。

"你找九十一团所为何事？"

"我想随团去前线打仗。"

分队长得意地盯着帅克，心想："我知道！那里是去俄国的捷径。"

"这个主意真不赖，是个好主意。"分队长高兴地说，同时仔细看看帅克听到此话时的表情变化。

然而，他从帅克的眼神里看到的是异乎寻常的镇定。

"这小子连眼睫毛都不眨一眨，"分队长大吃一惊，思考着，"他们经过军事训练的人就是这样坚强！如果我处在他的那个境地，假如谁要这么审问我，我的腿肯定会发软……

"明儿一早，我们就送你到皮塞克去，"他用极其自然的口气向他解释说，"你说已经到过皮塞克，你是哪一年去的？"

"是一九一〇年在帝国军事演习的时候。"

分队长听见他这番回答后笑得更开心，更忘形了。他认为这种独特的审讯方法的成效已经远远出乎自己的预料了。

"你是从始至终都在进行演习吗？"

"是的，我是以一个步兵的身份参加的，分队长首长。"帅克仍然不动声色看着分队长。这时，分队长心里乐开了花，立即要把这些新材料添进呈文里去。然后，他把小副叫来让他带走帅克，自己去改写呈文："该犯拟打入我九十一步兵团，为了立刻转至前线，找机会跑到俄国。该犯深知我方戒备森严，只有这样才能返抵俄国。该犯与九十一步兵团之关系一定非比寻常，经卑职几经审讯，得知该犯早在一九一〇年就曾以步兵身份参加帝国军队在皮塞克附近举行的整个军事演习。由此证明，该犯对间谍工作一定经过了严格训练。附：获取上述罪证，皆依赖于本人独创的交相讯问法。"

这时，小副来到门口说："分队长首长，他申请上厕所。"

"上刺刀！"分队长马上又改为，"你把他带到我这里来。"

"你是想上厕所？"分队长亲切地问帅克，"别无他意吧？"他的眼睛死死盯着帅克的脸。

"没有其他意思，我只想大便，分队长首长。"帅克回答说。

"希望你说的是真的，"分队长一面话中有话地重复了这句话，一面拿上值班用的左轮手枪，"好，我陪你去！"

"这种手枪是非常优秀的左轮手枪，"他在陪帅克去大便的路上一边走一边对帅克解释，"可连发七颗，七发七中。"

走到院子前面时，他把小副叫过来，悄悄嘱咐他："端上上了刺刀的枪，他进厕所里后，你站在厕所后面，以防他从粪堆后面挖洞溜掉。"

厕所是一间小木屋改装的，下面挖了个粪坑。

这是个老旧厕所，估计使用了几十年了。这时，帅克正蹲在里面，他一只手死死拉住门上的绳子。小副正从帅克的屁股后面紧盯着帅克，防备他从厕所挖洞逃跑。

这时，警察分队长一直瞪大了老鹰般的眼睛死盯着厕所的正门。他正寻思着，如果帅克打算逃跑，先打他的哪条腿好呢。

但是，此刻厕所门却缓缓地开了。一身轻松的帅克从厕所里走了出来，对分队长说：

"我上厕所没用太多时间吧？没耽误你们的事吧？"

"不长，不长！"分队长回答，心中暗暗想着，"人家多么仪表非凡，温文尔雅，虽然他非常清楚等待他的是什么，但直到最后一刻竟然能做到轻松自如。我们的人处于他的境地能做到这一点吗？"

分队长挨着帅克坐在警卫室一个叫勒菲的警察的空床上。

勒菲今天轮班，到附近各村落巡视去了，要等到明天早晨才能回来。实际上，勒菲警察这时正闲坐在普罗蒂温的骏马酒馆里和鞋匠师傅们玩纸牌，等到玩牌休息时，再宣传一下奥地利必胜之类的话。

分队长点着烟斗，他让帅克也装了一袋烟。小副一个劲儿地向火炉里加柴，这时的警察分队温暖无比，舒适无比，寒冬就要到来，天已经黑了，这时狂侃多好呀！

大家都沉默。分队长自己思忖着，后来转过头来对小副说："按照我的看法，把间谍绞死是不好的。假如说，一个人很敬业，愿意为了他自己的祖国做出奉献，他应该得到一种比绞刑更不受罪的处刑，例如，开枪击毙。你怎么认为呢，小副先生？"

"我也认为应该把他枪毙，而不是绞死。"小副表示，"如果，上级把我们派出去，命令我们：'你们必须调查出俄国人的机枪连里有多少挺机枪。'我们同样也会脱下军装立即出发的。如果我被抓住了而且被绞死了，就好像干了坏事似的，那岂不是太没有价值了吗？"

小副站起来情绪激昂地吼道："我要求用被枪毙的方式结束我的生命，并按军礼下葬。"

"这里面还有个问题，"帅克插嘴道，"如果那家伙非常狡猾，他们什么证据也抓不到呢？"

"真的吗？"分队长强调，"如果他们和他一样的聪明，并且他们实行了独创的一套办法，那他们一定会抓到。你一定会看见这一切的。"

"你会看见这一切的，"分队长用非常柔和的口气重复了一遍，脸上堆满了温和的微笑，"谁想在我们这里糊弄我，不可能。对吗，小副先生？"

小副点点头，表示赞同，附和他说："有的人早就知道必输无疑，却假装镇静。这也没什么，越是假装若无其事，就越是容易露出狐狸尾巴。"

"他们已经尝过我的厉害了。小副先生！"

分队长自豪地说："镇静不过是表面现象，故作镇静可以说是犯罪的证据。"分队长结束了进一步阐述他的理论，突然问小副，"晚上我们吃什么呀？"

"分队长首长，您今晚不去饭馆吃吗？"

这时，分队长意识到有个新问题一定要马上解决。

如果囚犯趁他晚上不在时逃走了怎么办？小副这人虽然可靠且小心，但曾经有一次两个流浪汉就从他手中溜掉了。事实上，是他故意放走的，原来是他不愿押着他们在冰天雪地里徒步到皮塞克去，所以在拉齐策附近就把他们放跑了，只佯装朝天放了一枪。

"咱们请那老太太买点儿晚饭送来吧。让她带只罐子装啤酒，"分队长用这种办法解决了新难题，"让那老太太走走路也好。"

一直伺候他们的巴茨勒奥坎老太太为他们跑了许多路。

吃过晚饭后，从警察分队到黑头猫饭馆之间的这条路上还间或有着活动。这段路上，留下的老太太那双特号靴子来回行走的痕迹就可以证实。分队长已经感受到了和在饭馆一样的优质服务，尽管没有亲自去黑头猫饭馆就餐。

巴茨勒奥坎老太太最后一次到饭馆，传达分队长的指示——他要瓶白酒。当老板再也憋不住了，便好奇地问："来什么贵宾了？"

巴茨勒奥坎老太太回答说："一个可疑人。临出门时，我看到他们两个人正搂着那可疑人的脖子。分队长先生一边抚摸着他的头，一边对他说：'你是我可爱的斯拉夫小宝贝，你是我可亲的小间谍！'"

后来，到了后半夜，小副身着军装，在自己那张行军床上直挺挺地睡着了，睡得非常香。

坐在帅克对面的分队长把那瓶白酒喝得一滴不剩。他用胳膊搂住帅克的脖子，连胡子上都沾满了白酒，满脸通红，流着眼泪，嘴里一个劲儿地嘟囔着："告诉我，俄国有这么可口的白酒吗？说呀，说了才会让我踏踏实实地睡呀。男子汉大丈夫要实话实说！"

"确实没有这么好的白酒。"

分队长立刻倒在了帅克身上。

"你终于承认了，我非常高兴。早在受讯问时你就应该说实话。其实，你很清楚你犯罪了，何不干脆承认？"

他站了起来。手拿着空酒瓶子东倒西歪地走进了自己的屋子，可嘴里仍然嘟囔着："我如果没出——出那——那点儿意外，一切都——都——都会是另——另一个样子。"

他在穿着军装倒在床上之前，从写字台上拿出呈文来，打算添上下面一段话：

"根据第五十六条，该犯承认，俄国之白酒……"纸上被一摊墨水污染了，他舔掉墨水之后，傻笑了一声，倒在床上睡死了过去。

快要天亮时，对面床上躺着的警察小副鼾声如雷，同时夹杂着尖细的鼻音，把帅克吵醒了。帅克起身晃了晃小副，自己又继续睡了。此刻，公鸡打鸣，太阳冉冉升起，巴茨勒奥坎老太太，因为昨天晚上的忙碌也睡过了头，这时才起来生火。她看到大门敞开着，一个个全都睡得沉沉的，警卫室的油灯还冒着烟。巴茨勒奥坎老太太喊了一声，把小副和帅克都从床上拽了起来，她对小副说："你真不害臊，衣服不脱就睡觉，跟禽兽没分别。"然后，转过身来又训斥帅克说，当着女人，你必须把你裤裆的那个纽扣给我扣好。

然后，她催促睡眼蒙眬的小副去将分队长叫醒，说这样睡下去像什么话。

"你算是栽到好人的手里了，"在小副去叫分队长起床的时候，老太太对帅克说，"一个比一个喝得多。见了酒连命都不要了。欠了我三年的工钱也不给，只要一要欠款，分队长就说：'闭嘴，老太太，你要再催欠款我们就把你关起来，我们早就弄清楚了，你儿子是个偷猎犯，还偷财主家的劈柴。'我在他们这里都受了三年多的罪了。"老太太长长地叹了一大口气，接着嘟囔道："特别要小心那个分队长，他笑里藏刀，可是一个最大的大坏蛋。总看人不顺眼。"

如何把分队长叫醒是件很难办的事。小副使劲儿地叫醒他时，天已经大亮了。

分队长终于醒了，向四下望了望，揉了揉眼睛，突然想起昨天发生的事来。一个可怕的想法闪现在他的脑子里，他惊慌地看着小副问道："他跑了？"

"没跑，这人挺老实的。"

小副开始在屋里踱来踱去，从窗子向外看了看，又来回走了起来，从桌上撕下一小块报纸，用两个指头把它揉成个小纸团。看样子他心里有事。

分队长迷惑地看着他，之后，他很想弄明白小副在想些什么，就说："小副先生，你在想什么？有困难我会帮助你的。还是我昨天泄露什么了吗？"

小副嗔怪地看了看他一眼："分队长首长，您还记得您昨晚喝酒后都说了些什么吗？您跟他说了很多不该说的话！"

他贴在分队长的耳边小声说："您对他说，所有捷克人和俄国人都是斯拉夫血统；您说尼古拉·尼古拉耶维奇下星期就要到普雷洛夫了；您说奥地利坚守不住了；您让帅克下次受审时对一切都否认，从五跳到九，乱说一气；您还让他一直拖到哥萨克人来解放他为止；还说帝国很快就要灭亡，跟胡斯战争一样，农民们会高举起镰刀到维也纳去；您说皇帝老儿是个病痨子，很快就会一命呜呼了；您还说威廉二世是坏蛋；您还说以后会捎点儿钱送到牢里，让他生活得好一些。还有好多类似的话……"

小副从分队长身边走开时还补充说："你说的这些话我都记得一清二楚，一开始我没喝多少，后来我也扛不住了，之后就啥都忘记了。"

分队长凶狠地瞪了小副一眼。

"但我记得，"他宣称说，"你说了，与俄国人相比，我们简直太渺小了，你还当着老太太的面狂呼'俄国万岁！'"

小副这时神情紧张地在屋里来回走着。

"你像病了似的，"分队长说，"然后你就横倒在床上，打起呼噜睡着了。"

小副在窗前停下来。他敲着玻璃提醒道："分队长首长，您在我们那位老太太面前也没有封好自己的嘴啊。我记得您对她说：'记住，老太太！每位皇帝和国王都只关心自己的口袋，所以才有战争，连老普罗哈兹卡（皇帝弗朗茨·约瑟夫的捷克语绰号）这老家伙也包括在内。他们都不敢让他独自去大便，害怕他把整个申布伦宫弄脏了。'"

"我竟然会说这种话？"

"对，分队长首长！您说完这些话后乱叫：'老太太，你帮我用指头往我喉咙里捅一捅吧！'然后，便跑到院子里呕吐去了。"

"你说的那些话也够胡扯的，"分队长打断他的话说，"您竟然能提出这种谬论，让尼古拉·尼古拉耶维奇来当捷克国王？"

"我真的一点儿都记不得了。"小副非常胆战心惊地回答。

"你是想不起来了！你喝多了如同一摊烂泥，眯着一双猪眼睛。你当时想出去，但是却把炉门看成大门，还朝壁炉上爬呢。"

两人都不说话了。最后还是分队长打破了长久的沉默说："我常教导你，这烈性酒是害人精，绝对不能喝，你非要喝。

如果那家伙跑了怎么办？我们拿什么交差？老天爷呀，我快疯了！"

"你听我说，小副先生！"分队长接着说，"在这种情况下他没逃跑，这更证明他是一个极度危险又狡猾的家伙。等把他送到县域审问他时，他肯定会告状，我们这儿的大门整宿不关，警察全都喝得酩酊大醉，假如他确实有罪，他想逃跑一千次也逃成了。但是，县里的警察很难相信这号人的话。况且，那时我们还可以以职务起誓，说这都是那家伙杜撰的一派谎言，如此这般，就是皇帝老儿也不能帮上他什么忙，只能是罪加一等而已。在他的问题上，这点儿小事起不了什么作用的。——要是我的头不这么痛就好了！"

沉静无语。不一会儿分队长下令："把咱们的那位老太太叫来。"

"你听清楚，老太太，"分队长对巴茨勒奥坎老太太说，非常严厉地看着她的脸，"你到什么地方找个耶稣受难像来。"

分队长冲着巴茨勒奥坎那困惑不已的目光吼叫起来："马上去！愣什么神儿？赶快找来！"

分队长从一张小桌里找出两支上面还存有封过公文的火漆印痕的蜡烛。等到巴茨勒奥坎老太太最后跌跌撞撞地把耶稣受难像找来后，分队长将十字架摆到桌子边上的两支蜡烛的中间，他把蜡烛点燃，满脸严肃地说："坐下，老太太。"

担惊受怕的巴茨勒奥坎老太太神志恍惚地看着分队长、蜡烛和钉在十字架上的耶稣受难像，几乎是跌在沙发椅上。她吓得不知所措，很明显，她的双手和双膝都在发抖。

分队长煞有介事地围着她走了一圈，到了第二圈时在她面前停下来严肃地说："老太太，昨天你是重大事件的见证人，但是，你那榆木脑袋根本不明白这些事。那个当兵的是间谍、是特务。清楚吗，老太太？"

　　"我的上帝呀！"巴茨勒奥坎老太太大声尖叫起来，"圣母马利亚啊！"

　　"别抖，老太太！我们非常想从他口里打听出一些消息来，就需要编各式各样的话。你听见了我们说的那些不可思议的话了吗？"

　　"对不起，我听到了。"巴茨勒奥坎老太太颤抖着回答说。

　　"老太太，这些话都是要引诱他，让他信任我们才说的。真没想到，我们这一招还真奏效，我们取得了很多证据，他告诉了我们好多消息。"

　　分队长稍停了一下，弹掉烧完的烛芯，随后用眼睛严厉地瞪着巴茨勒奥坎老太太，接着严厉地说："老太太，你是当事人，听到了这些秘密。这些秘密都是国家机密，你与任何人都一定不要说，即使你临终时也坚决不要说，要不然你会死得很难看。"

　　"耶稣，马利亚呀！"巴茨勒奥坎老太太唉声叹气，"我太不幸了，我怎么掉进这个火坑里了！"

　　"不要埋怨了！老太太，起来，站在十字架跟前去，举起右手，伸出两个手指头对天起誓。你跟着我，我说一句，你也说一句。"

　　巴茨勒奥坎老太太走到桌前，嘴里还嘀咕着："我怎么掉进了这个火坑呀，圣母马利亚！"

巴茨勒奥坎老太太感觉到十字架上耶稣受难的那张脸正在审讯着自己，蜡烛燃烧出浓浓的烟，这情景像到了地狱里一样恐怖。她被吓得魂飞魄散，四肢一直在不停地颤抖。

她高高举起两个指头。警察分队长严肃地、声音洪亮地带领着她念："我向万能的主，还有您分队长先生，起誓，我在这里的所见所闻，至死不往外泄露，即使受到刑讯，坚决不说出只言片语。求主保佑我。"

"老太太，你要吻一下十字架！"在老太太抽泣着发了誓，虔诚地画完十字之后，分队长严厉地命令说：

"好了，现在你可以把十字架还回去了。跟他们说我在审讯时用了一下。"

痛苦不堪的巴茨勒奥坎老太太踮着脚尖抱着耶稣受难像走出了房间。只见她，一边走，一边总是回头看警察分队处，好像要证明一下自己不是在梦中，而是刚刚发生的真事。她确实遇到了自己一生中最恐怖的事。

此时此刻，分队长又在重新编辑、抄写他那篇呈文，昨天晚上在那上面泼的一摊墨水，让他这么一舔，纸上好像抹上了一层果酱。

现在已全部整理完善了，但又想起还得问问帅克一件事。他下令将帅克带进房间，问道：

"你会拍照吗？"

"会。"

"可你怎么没有随身携带照相机呢？"

"我没有照相机。"帅克非常直接地回答。

"如果你有的话，就肯定会拍的，对吗？"分队长问道。

"如果有，可就不妙了。"帅克一边简单地回答说，一边平和地看着分队长写满了疑问的脸。此时，分队长的头疼得越来越严重了，他只能想出一个问题："火车站好不好拍？"

"火车站最容易拍了，"帅克答道，"因为火车站是固定不动的，你用不着对它说'做个高兴的表情'。"

这时，分队长又可以为他的呈文增添一点儿素材："关于呈文第 2172 号，请准卑职补充如下……"

分队长开始不着边际地写道："经卑职反复讯问，该犯供称：彼工照相，其非常喜拍取车站景物。卑职虽没有在他身上搜到照相机，但预测：彼怕人发现，已将其藏匿他处，而没有随身携带。彼供之：如携带照相机，一定会拍，足见卑职之预测并非臆断。"

分队长因为昨日喝的那通酒，现在头还昏沉沉的。对于拍照一事在他的呈文里是越写逻辑越乱。他接着又写道："据供，彼人没有拍取车站景物以及其他国防建筑，是因为他没有随身携带照相机。故而卑职认为：若该人随身携带照相机，一定会拍摄。相信该照相机彼已隐匿他处，故卑职没能在他身上搜出照片，仅由于彼未携带相机而已。"

"写得很好了。"分队长说罢，在呈文上签了个字。

他对自己的呈文很是满意，并很自得地念给小副听。

"这文件写得很漂亮吧，"他对小副说，"呈文必须这样写，所有细节都要揉进去。老弟，对一个间谍进行审讯可不是很容易的，关键是还得撰写出一篇好的呈文来，送给上级领导，他们看了才会大加褒扬。该把他带来了吧。"

"此刻，小副先生必须把你送到皮塞克警察大队去了，"他郑重其事地对帅克宣布，"按规定必须给你戴上手铐的，但我认为你是个正直的人，这次手铐就不给你戴了。估计在半路上你不会逃跑的。"

分队长明显是被帅克那温顺的表情所感动了，继续说道："而且希望你别恨我，别想得很恶劣。小副先生，把他带走，呈文在这里。"

"我们再见了，"帅克很柔和地说，"分队长首长，非常感谢您对我的关照，以后我一定给您写信。假如以后我路过这里，我肯定会来看望您的。"

帅克和小副上了公路。路人看到他俩这样亲密地交谈着，都以为他们是老朋友，一起结伴进城，也许是一起去教堂。

"我无论如何没想到，"帅克说，"去布杰约维采的路这样坎坷。这让我想到了科比西里城的一个叫霍万岁的屠夫身上发生的一件事。有一次，他在夜里来到莫兰的帕拉茨基纪念像那儿，他围着它不停地走，一直走到了黎明。他认为一直沿着一堵墙前进，可那堵墙好像没有个终点。他陷入了绝境，到了清晨，他已是没力气了，就喊了一声'救命啊'，警察马上赶到了。他问警察去科比西里怎么走，又说他沿着这堵墙走了五个小时，可一直没找到墙的尽头。警察把他带走并关进了监狱，而他把牢房里的一切物品都砸了个粉碎。"

小副听了沉默着，心想："你不就是想让我听你的那个布杰约维采的瞎话吗？少糊弄我。"

他们从鱼塘边走过，帅克兴味十足地问小副这里偷鱼的人多不多。

"这儿的人都偷鱼，"小副答道，"他们曾经打算过把前任分队长扔到水里去。棱堡上的鱼塘负责人用钢矛刺扎他们的屁股，但是没用：他们在裤裆里垫了块洋铁片来应付。"

小副谈了很多现在社会进步的话题，说现在的人是什么馊主意都想得出来，一个骗一个。他还表达了他的想法，说现在这种社会状况需要打仗，理由是除一些好人，一些流氓、无赖也会被消灭。

"世界上的人无疑是太多了，"他郑重其事地说，"人口众多，到处有很多人。"

他们马上就要到一家客店了。

"今天的风真大，"小副说，"我想，咱们喝他个一口半口的不会出错吧。你别对任何人说我是押送你到皮塞克去的。这是国家机密。"

这时，小副的脑子里呈现出了关于嫌疑分子以及囚犯与各警察分队职责之规定："阻断他们与他人之联系，在押解路上，严禁囚犯与周围的人交谈。"

"坚决不能让你暴露自己的身份，"小副又说，"你是做什么的，谁也管不着。你不得引起人们的害怕。"

"恐慌在战争年代是最为恐怖的事，"他接着说，"谁要是随便说点儿什么，都会闹得人心惶惶。懂吗？"

"我绝不引起人们的恐慌。"帅克一言九鼎，当客店老板跟他们闲聊时，帅克说，"这里的这位兄弟说，我们要一点钟到皮塞克。"

"您的那位兄弟是休假吗？"老板好奇地问。小副连眼睛都不眨一下，生硬地回答说："今天他就期满了。"

"瞧，我们不是很巧妙地把他应付过去了吗？"当老板走后，小副这样断言，他还对帅克说，"绝不能手忙脚乱，要明白，现在是战争时期。"

小副在来客店之前，觉得喝几杯酒是没关系的，可他也太高估自己了。由于他没想好这几杯的分量，等喝完第十二杯后，他突然宣布：三点之前，县警察大队长正在吃午饭，早到了也没用。而且，已经开始下大雪了。假如下午四点赶到皮塞克，时间来得及，即使六点钟到时间也都很宽裕。由今天天气来看，到底要摸黑走了。所以，这时走也行，晚一点儿走也行，结果都一样，都会到皮塞克。

"我们能有这个暖和的地方，简直是太幸福啰。"他断言，"遇到这种糟糕天气，战壕里的那些小伙子比起我们围炉而坐的人来说，该是多难受呀。"

古典华美的玻璃砖大壁炉散发着热气。小副认定：像哈利奇这地方的人经常说的那样，这种外部的热气是能够利用各种甜酒或烈性酒产生的内部热量来补充的。

店老板在风雪咆哮声中，细细地品尝着他的酒店拥有的八种名酒，来消除客店的冷清。

小副却千方百计地劝说老板别落在他们的后面，他一面喝酒，一面埋怨老板喝得不多。这是明显的造谣嘛。老板已经喝得腿脚发软，东摇西晃，但嘴里一直喊着坚持要玩"费布尔"牌，以至于说昨夜听见东方传来炮声。小副冲着他打了一个响嗝说道："你——你别在——在这——这里制——制造谣言！这——这方面我——我们接到了命令。"

其后，他一遍又一遍地说明，命令就是各种新的指令的总称。此时，他已泄露了好几项密令的内容了。老板已经醉得说不出话了。他唯一能说出的话是：靠命令是打不赢这场战争的。

小副与帅克动身去皮塞克时，天色已晚。狂风暴雪，漆黑一片。小副不停地嘟囔："顺着你的鼻子照直往前走吧，走到皮塞克就行。"

当他唠叨第三遍时，声音已不是从平路上而是从某个低洼处传来了。原来，他从山坡上跌了下去。呼啸的风传来了他的喊声："我跌倒了！逃跑了！"

小副像是变成了一只顽强的蚂蚁，滚下去，之后又勇敢地爬了上来。

他这样在斜坡处翻滚了五次。当最后爬到帅克跟前时，他困惑不已，沮丧地说："我认为我永远把你抛弃了。"

"别担心，小副首长，"帅克说，"我建议把咱俩拴在一起吧，这样谁也丢不了谁。您有手铐吗？"

"每个警察都得随身携带,这是干我们这一行的工具啊！"

"那咱们就铐在一起吧。"帅克催促着。

小副娴熟地将手铐的一端扣在帅克的左腕上，将另一端扣在自己的右腕上。现在两人就像一对连体婴孩，亲密无间地连在一起了，深一脚浅一脚地前进在大路上。小副拽着帅克走过一堆石头，他跌了一跤，也将帅克拖倒在地上。如此一来，手铐把他俩的手腕都磨破了。最后，小副宣布说他实在受不了了，建议把铐子松开，可是他费了很大力气也没有解下拴在帅克和自己手腕上的手铐。小副无奈说："看来咱俩今生今世都要铐在一起了！"

"愿主保佑！"帅克马上说道。他们又继续那艰难的路程。

小副沮丧极了。他们跋山涉水，历尽艰辛，深夜到了县警察大队驻地的走廊上，小副却忧郁地对帅克说："前途未卜。谁让咱俩铐在一起呢！"

果然情况很糟，县警察副大队请来了大队长凯尼格。

大队长第一句话就是："哈一口气闻闻！"

"现在我全明白了。"大队长凭着他敏锐而富有经验的嗅觉准确地弄清了事情始末，"朗姆酒、白兰地、柠檬威士忌、山梨酒、核桃酒、樱桃酒、香子兰酒、波兰白酒。"

"副大队长先生，"他转身对他的属下说，"你看看，这哪里像个警察的样子？你们要以此为戒啊。像这般乱来，是该受军事法庭审判的。怎么能用手铐把自己与囚犯扣在一起，竟然烂醉如泥，跟畜生似的爬到这里！把他们的手铐解开！"

"怎么回事？"大队长转身问正在用那只没有扣上手铐的手给他敬礼的小副。

"报告大队长首长，我送来了一份呈文。"

"明天就有一份指挥你的呈文的，"大队长直截了当地说，"副大队长先生，关起这两人，明天一早提审。你把普蒂姆来的那份呈文审阅一遍，之后拿到我房间来。"

大队长把普蒂姆警察分队长写的这份帅克罪行的呈文浏览了一下。他的副大队长马捷依卡正站在他眼前，心里骂着大队长和那些呈文，因为在奥塔河畔那边的一群人正等着他打牌呢。

"想起几天前我向你说过，马捷依卡，"大队长说，"我有生遇到的最蠢的要属普罗蒂温的分队长了。但看了这份呈文，普蒂姆的分队长甚至比他还要蠢。让一个醉鬼，把自己和'那个人'拴在一起，像两只狗似的爬到这里来的小副押解来的那个士兵怎么可能是间谍，也就是个一般的逃兵。呈文里写满废话，就是三岁的小孩都会清楚。我猜测那家伙一定是喝多了。"

"立刻把那士兵带来，"他命令道，又把从普蒂姆来的呈文翻阅了一遍，说，"我生平还没遇到过这种蠢事。更有甚者，竟然让小副这样的傻瓜送来这么一个嫌疑犯。一定要让这些家伙尝尝我的厉害，我一定会给他们点儿颜色看看。如果一天我不恐吓他们三次，他们就认为我好欺负。"

当上头提醒分队长们注意间谍就有可能在他们管辖之地区隐匿时，警察分队长们便开始大张旗鼓地搜捕奸细。如果战争继续战斗下去，警察分队一定会变成一座座大的精神病医院了。他让办公室打个电话给普蒂姆警察分队，叫那个分队长明天到皮塞克来。分队长在呈文一开头就写下的那个所谓"重大案件"在大队长的脑子里根本就不存在。

"你是开小差离开了那个团？"大队长这样直截了当地审问帅克的。

"我不是开小差。"

大队长端详着帅克，但见帅克那张平静安详的脸上竟然非常轻松和无忧无虑，让大队长换了个问法："你是怎样搞到这套制服的？"

"我当兵入伍时部队发的，"帅克带着安详的微笑回答说，"我是九十一团的士兵，我不是从部队偷着跑出来的，事实正好相反。"

帅克这样强调"正好相反"这个词，使大队长脸上扫过了一丝带讥讽意味的怜悯、惊愕之情，问道："那到底是怎么个'正好相反'？"

"这简单极了，"帅克解释说，"我是投奔我的团去的，我正在到处找部队，不是从那里逃出来的，我的愿望就是马上赶上我的团队，可我却感觉离布杰约维采越来越远了。我非常着急，我想大家都在那里等着我呀。普蒂姆的警察分队长把路线指给我看了，布杰约维采是在南边，可是后来他却催促我往北走。"

大队长做了个手势，意思是"那家伙还干过比打发人往北走还要糟糕得更多的事情呢"。

"这么说来，你是找不到你的团队了，是吗？"他说，"而且你是想找到它的，对吗？"

帅克把概况都完完整整地向大队长做了说明，帅克兴致十足地描绘着他跟命运的搏斗以及他曾经怎样千辛万苦、竭尽全力地去找在布杰约维采的九十一团，但是，他的所有努力又是怎样地白费力气，并且付诸东流了。

大队长经过考虑，就总结出了这样的结论：这个人想找自己的部队，可是途中却想出了这一系列的循环旅行，这也是人类堕落的预兆。他向办公室打字员口授了一封公函，函中省去了所有公函的套话：布杰约维采九十一团团部公鉴：

> 随函送来贵团步兵约瑟夫·帅克一名，我皮塞克县属普蒂姆警察分队据该步兵的行动，曾以潜逃犯嫌疑将其逮捕。彼称现正前往自己的团队。彼人身材矮胖，五官端正，瞳为蓝色，无其他显著特征。随函附上附件 D1 号，系我大队为彼代付之伙食费，请转呈国防部并望开具接收彼之收据一张。另奉附件 C1 号，系彼被逮捕时随身所带之官方唯一物件的清单，亦请开具收据一张，为荷！

帅克一身轻松地完成了从皮塞克到布杰约维采的一段火车旅程。护送他的是一个新来的年轻警察，一路上片刻不离地紧盯着他，担心他会逃跑。

路上他们谈论着一些话题，很快他们到了兵营。

卢卡斯上尉已在营里值班两天了。他坐在值班室的办公桌前，怎么也想不到会有人把帅克和押解公函一并带到他面前。

"报告，上尉首长，我回来了。"帅克一面说道，一面像模像样地敬礼。

那时，克契坦卡军士一直在场。后来，他这样对人描述：卢卡斯上尉见到帅克后就跳了起来，抱着自己的脑袋，头向后倒在了克契坦卡身上。经抢救苏醒过来之后，帅克还一直在那里敬军礼，并反复说："报告上尉首长，我回来了。"卢卡斯上尉脸白得跟纸一样，他用抖动的手拿起笔来在关于帅克的公函上签了字，然后责令大家都走开。他对押送警察说，他要自己单独和帅克在办公室里聊聊。

这样，帅克结束了这场布杰约维采的远征。毫无疑问，如果能多给帅克一些行动自由，他一定能自己走到布杰约维采的。如果拘留帅克的部门鼓吹是他们把帅克运送到服役地点的话，简直是大错特错了。正好相反，是帅克那坚强的、坚韧不拔的精神战胜了他们人为制造的重重阻挠。

帅克和卢卡斯上尉两个人互相仔细地打量着对方。

上尉用非常可怜、绝望的神情瞧着帅克，但帅克却温柔多情地看着上尉，好像上尉是他失而复得的情人一样。

办公室安静得像座肃穆的教堂，连走廊上有人来回走动的声音都能听到，据听到的声音推测，那是一个刻苦的一年制志愿兵，因感冒而留在营里没出操。从他的嗓音里听得出来，他用鼻音吟诵着他已熟记的制度，例如，皇室成员巡视要塞时怎样接待之类的军队规定。后来的背诵很清晰地从门外传了进来："一旦皇室在要塞周围出现，所有碉堡和要塞须马上鸣炮致敬，指挥官则手持指挥刀骑马上前接驾，再赶上前去带路。"

"别在这儿背！"上尉向着走廊大喊一声，"你给我滚得远远的。你如果是发烧难受，那就先回屋里去躺着！"

刻苦用功的一年制志愿兵慢慢走远了，从走廊的远处还传来他那带鼻音的吟诵声，像柔和的回声一般："司令官敬礼。与此同时，继续鸣放排炮。这样重复三次，皇室成员就从车上

293

下来。"

上尉和帅克还是互相无语相视，卢卡斯上尉用嘲笑的口气讥讽道："热烈欢迎你到布杰约维采来，帅克！不管怎样，你有麻烦了。他们已经开了一张扣留你的拘票。明天你就会被关到团部禁闭室去的。我也懒得对你发脾气了，我无法忍受了，我的耐心都快破碎了。我怎么和你这样一个傻瓜在一起过了那么久……"

上尉开始在屋里来回走着："不行，这太可怕了！我真奇怪我怎么不把你给毙了。毙了你又有什么大不了？什么事都没有。我自己也能解脱了，你知道吗？"

"报告上尉首长，我完全知道。"

"你看，别再跟我玩那一套愚蠢透顶的把戏了。帅克，要不我真的会毙了你！必须马上好好给你治一治了。你疯过了头，无休无止，这回该你倒霉了！"

卢卡斯上尉搓着双手说："帅克，这次你可真完蛋了！"他回到自己的桌前，在一小块纸上写了几行字，叫来办公室门前的几个哨兵，命令他们拿着便条，把帅克带到监狱长那里。

他们带走了帅克，穿过兵营的广场，上尉毫不收敛他的愉快心情，望着监狱长打开挂有"团禁闭室"黑底黄字牌子的门，看着帅克进了那扇门里。过了一会儿，监狱长自己一人从里面出来了。

"感谢上帝，"上尉一边这样想着一边大声喊道，"他终于到了那边了。"

此刻，斯劳特上校正与其他军官们坐在饭馆里，兴致勃勃地听从塞尔维亚回来的一条腿受伤的克莱契曼上尉神侃，侃他从参谋部观察到的向塞尔维亚阵地发动战争的情形。

斯劳特上校还带着和蔼的笑容，倾听了坐在他对面的森彼勒大尉手舞足蹈像同谁吵架似的东拉西扯乱说一气，谁也没听懂他说的到底是什么意思。

坐在斯劳特旁边的一位年轻军官，为了能让上校听得清楚自己的高见，还要让自己给对方留下军人坚毅刚烈的良好印象，便扯着嗓门对他旁边的人说："应该把那些痨病鬼送到前方去，这对他们有好处。再说，损失点儿废物总比失去身体健康强。"

上校微微笑着，但是他却眉头一皱，转过头来向温采奥少校说："我很不明白，怎么卢卡斯上尉总是不和我们在一起？自从他到差后，一直没跟咱们一道玩过。"

"他在作诗呢，"察冈那大尉讽刺道，"他刚到这里时，在剧院里碰到了工程师史瑞特夫人，而且对她非常着迷。"

上校脸色沉闷地看着前方说："听说他会演唱'滑稽小曲'。"

"他在士官学校里时唱滑稽歌曲非常好听，逗得我们哈哈大笑，"察冈那大尉回答说，"他说的段子，听起来还真有趣。但是为什么他不和我们在一起，我也不明白。"

上校忧伤地摇了摇头："现在军官之间不像当年有那种情谊了。我还记得，以前每一个军官都想逗大家开心。曾经有一次，一个叫达克尔的上尉脱得浑身光溜溜，躺在地板上，把一条鲱鱼的尾巴塞在自己的屁股缝里，给我们扮演美人鱼公主玩。另一个叫希斯拉奥的中尉会扇耳朵，学马叫，学猫叫，还有学花蜂叫。

斯劳特上校甜蜜地沉醉在这段回忆中，笑了。他一边令人讨厌地舔嘴咂舌，在圈椅里摇来晃去，一边接着说道："但现在呢？没有乐子了，甚至连滑稽歌手都不出头了。现在，一些年轻的、级别低的军官喝起酒来丝毫没有大丈夫风度，可以说就是不会喝酒。喝不到十二点，五个军官就醉得一塌糊涂，醉倒在桌子底下去了。当年，我们一喝就喝他个两天两夜，并且是越喝越明白，即使我们是啤酒、葡萄酒和烈性甜酒轮流着喝。现在，这些人已经没有真正的军人气魄、尚武精神了。谁知道这是什么原因。一开口没一点儿伶俐劲儿，全是些又臭又长的瞎扯淡。如果不信，你听听坐在桌子那头的人是如何评论美国的吧！"

此时此刻，桌子的另一头有一个人正在义正词严地说着："美国不能参战。美国人跟英国人正在闹矛盾。美国还没有参战的打算。"

斯劳特上校叹了一口气："这是预备役军官们的胡扯淡。真是让人厌烦透了。这种人昨天还是某个银行里的小职员，也许是某个小铺子里的伙计，包装商品，卖香烟、香料、糖果和皮鞋油，也许在某个学校里跟小孩们讲着饿狼出林的故事，今天就自以为可以和正规军官平起平坐了，没有自知之明，到处都想插一手，什么都要管。但是，像卢卡斯上尉这样的正规的上尉军官偏偏又不到我们这里来。"

斯劳特上校非常失望地回家了。清晨睡醒后，他的情绪非常糟糕，因为他在床上读报时，在《前线战报》新闻一栏中好几次读到这样一句话："我军已转移至预先准备好之阵地。这是奥军的光荣时刻，它同在沙巴茨的那些日子完全一样。"

上午十点钟，斯劳特上校收拾心情来对帅克执行所谓"末日审判"。他站立在帅克面前，注意看着他。此时，帅克那张宽阔、挂着微笑的脸颊集中体现了他的性格，而且从大军帽底下露出来两只大耳朵。他给别人的整体印象是一个很安详和不可能犯罪的人。他用眼睛问："请问，我做错了什么事吗？"

上校向团部文书简单地问了一句来总结他的观察："是个智障吧？"

此时，上校看到那张善良的脸上的嘴笑开了。

"报告，上校首长，是个智障。"帅克替文书做了回答。

斯劳特上校对副官摆头示意，让他出去。之后，他又把团部文书叫来，一起查找帅克的资料。

"哈！"斯劳特上校说，"原来就是卢卡斯上尉的那个内勤兵，就是他报告上讲到的在普蒂姆失踪了的那一个。我认为，军官先生们都应该管制好自己的内勤兵。卢卡斯上尉先生竟然给自己选了这么个臭名昭著的蠢货当内勤兵，现在是吃不了兜着走。反正他也没有任务，时间非常多。你们见过他跟我们玩过吗？我的意思是，他有足够的时间来管好他的这个内勤兵。"

斯劳特上校走近帅克，望着他那张平易近人的脸说："蠢货，在禁闭室里蹲三天吧，三天后回到卢卡斯上尉那里去报到。"

现在，卢卡斯上尉也觉得非常欣慰，因为他有机会亲耳听到上校对他讲话："上尉先生，由于你的内勤兵在普蒂姆车站失踪了，大约在一个星期前，在你到达团队时，你曾经申请要一名内勤兵，现在，鉴于你的内勤兵已经回来……”

"可是上校首长……"卢卡斯上尉恳求道。

"我已经决定了，"上校重申道，"关他三天禁闭，然后仍然把他派回给你……"

卢卡斯上尉被这一决定打倒了，跌跌撞撞地从上校办公室走了出来。

第三章　总遇到不幸

过了三天，第九十一团转移到莱塔河畔布鲁克城——杰勒季拉赖达城。

关了三天的禁闭，帅克再有三个钟头便可以出来了。正是这时，他和一年制志愿兵一起被押解到了总禁闭室，之后又被押往火车站。

列车进站了。布杰约维采的居民都集中在站台上欢送士兵。虽然这不是一个正式的欢送礼仪，可车站前面的广场上仍然有黑漆漆一片等候军队到来的人群。

这时，帅克的一切注意力都集中在夹道欢送的人群身上了。

帅克认为他可以喝一声彩，然后他向人群挥动制帽，还喊了一声："你们好！"这声问好响应强烈，群众非常响亮地欢呼："你们好！"

欢呼声转化成了一场彻底的示威活动。车站对面的旅店窗口里，有的妇女也挥动起了手帕，高喊"万岁！""你好！"路旁人群中德语和捷克语的喝彩声掺杂在一起。有个热血青年还趁机大喊"打倒塞尔维亚人！"但是，他被人们绊倒了，还被拥挤的人群踩了几下。

就在这时，头戴黑色硬帽的第七骑兵师的军营神父朗希那突然出现了。

神父来这儿的原因非常简单。朗希那神父，这位让全体军官、食堂觉得畏惧的人物、贪吃的食客和酒鬼，是昨天来到布杰约维采的，似乎巧合地参加了马上转移的团队军官们的小型酒会。他以一当十，风卷残云，在有几分迷糊的情况下摸到了军官食堂去，在炊事班那里好言好语地讹到了点儿残羹冷炙。饱尝了盘子里的肉汁和馒头片，狼吞虎咽地连肉带骨头吃了个够后，还带走了储藏室里一些朗姆酒，喝得直打嗝。然后，回到饯别酒会上来，又喝了个畅快淋漓。他在这方面很是经验十足。第七骑兵师的军官们常为他垫钱。次日清晨，他突然想起团队的第一批军列就要启动了，他必须去维持一下秩序。然后，他沿着夹道的人群绕了一圈，来到了车站，卖力施展起他的热情来，搞得团队主管军列的军官们都躲藏在站长室里不出来见他。

乐队指挥正要指挥演奏《主佑我等》的时候，他到达车站。他一把夺去乐队指挥的指挥棒嚷道："停！还早。等我打了招呼再演奏。我等一会儿来。"他走到车站上，跟在押送队后面，大喊一声"停！"叫住他们了。

"你们这是去哪里？"他对押送小副严声喝道，这突如其来的问话让这位小副不知如何回答。

帅克替小副蛮和气地回答道："要把我们送到布鲁克去，

神父先生。您完全可以和我们同行，假如您愿意的话。"

"那我也去！"朗希那神父说，然后他转过身来，对押送兵大声叫喊，"谁说我不能去？前进，大步走！"

神父进到囚犯车厢后就躺在了座位上。心地善良的帅克还脱下自己的军大衣，给神父当枕头。

朗希那神父惬意地躺在座位上伸了伸懒腰，就开始唠叨起来："朋友们，这个蘑菇焖肉嘛，这个蘑菇可得多放些。要先用小洋葱把蘑菇煨熟，之后再放上点儿桂皮和洋葱……"

"您已经放过一回葱了。"一年制志愿兵插嘴。小副用失望的神情凶恶地瞪了一下一年制志愿兵，他认为，神父尽管喝醉了，可他仍然是自己的上级呀。

小副处于了尴尬的境地。

"是的，"帅克说，"神父先生的话是百分百正确的：葱放得越多越好吃。帕科梅瑞采有个酿啤酒的，他在啤酒里都放葱，原因是葱能让人口渴。葱的用途广泛,炸葱还能治酒刺……"

这时，朗希那神父梦呓般嘶哑着嗓子说："全在于作料，看你放些什么作料，放多少。辣椒不能多放，胡椒不能多放……"

他说话的声音越来越慢、越来越小："蘑菇不能放得太……柠檬也不要放得太……太多的……作料……太多的……豆蔻……"

他慢慢睡着了，不出声儿了，可是不一会儿打起鼾来，也许是从鼻子里发出尖细的呼哨声。

小副目不转睛地望着他。其他的押送兵坐在自己的条凳上抿着嘴偷偷暗笑。

"他一时不会醒来的，"过了一会儿，帅克预言道，"他醉得不省人事了。"

"反正都一样，"当小副小心翼翼地示意帅克住嘴时，帅克继续接着说，"没有什么办法能使他醒过来。他按照规定喝醉了。但他才是个尉官。军营里的所有神父，无论头衔高低，酒量都大得惊人。我给坎兹神父当过内勤兵，他喝起酒来和喝水一样。眼前这位和坎兹神父比起来还相差千里呢！有一次，我们把圣饼盒都送到当铺里去换酒喝了。假如有人肯借钱给他的话，估计他连上帝都会拿去当的。"

帅克来到神父跟前，帮他翻了个身，让他的脸着朝椅子背，之后以行家的口吻说："他会一直睡到布鲁克。"说完这话，帅克转身回到自己座位上。可怜的小副失望地看着他坐下，之后说："我认为我们应该去报告一下吧。"

"我认为你还是不要去，"一年制志愿兵说，"您是押送队的头儿，您不能丢下我们不管。而且，按规定，您也不能派任何一个押送兵去送报告，除非您能找到代替他的人。看看，这事儿就是很难办。您要是鸣枪通知人来，那也不行。这里又没发生有必要让您开枪的事。再说，按规定，除了被押送者和押送人员，囚犯车厢里不能有别的人，严禁外人入内呀。您如果想弥补自己的过错，可以在列车行驶中悄悄将神父从车上推下去，可这样也行不通，因为这里有证人亲眼看见您是违反规定把他放进车厢里来的。小副先生，看来您要因此受到撤职处分了。"

小副慌张地辩解说他并没有把神父放进来，是他自己进来的。再说，军营神父毕竟是上级呀。

"这里只有您是上级。"一年制志愿兵重申。帅克接着补充说："就是总统本人要进来，您也不能允许呀！就如同有个新兵站岗时，来了一个检察官站在他面前，让他跑一趟腿为他买盒香烟，新兵问了一下要买什么牌子的。新兵可能就要为这事坐牢的。"

小副战战兢兢地反驳说："帅克，是你先和神父说，他可以和我们一起走。"

"我是可以这样做的，小副先生，"帅克回答说，"因为我是傻子，可是没有谁会相信您也是个傻子吧！"

"您在部队里超期服役多年了吧？"一年制志愿兵随口问了小副一句。

"都已经三年了，如今该升军曹了。"

"您现在别幻想了！"一年制志愿兵很是尖酸刻薄地说，"您会被撤职的，您别忘了我的这句话。"

"最后也都一样，"帅克说，"当军曹的或当小兵的，最后都是一死。不过话又说回来，听说被撤职的人都要被送到前线去。"

这时，神父身体动了一下。

"他在打呼噜，"帅克看到他一切正常时宣布说，"他可能又梦见自己痛饮了一通。我担心他在这里会拉裤子。坎兹神父一喝醉就睡得人事不知。有一次给你拉……"

帅克把他亲历的关于坎兹神父的事讲解了一些，他讲得生动形象还非常有趣，以至于连列车启动大家都没有感觉到。

"真奇怪，"一年制志愿兵对小副说，"为什么没见到检察官上我们这里来呢？按规定，在车站上的时候您就该把我们车上发生的事情报告给列车指挥官，不该把工夫耗费在一个喝醉了的军营神父身上。"

可怜的小副执拗地一声不吭，两眼望着窗外向后嗖嗖掠过的一根根电线杆子。

"我心里一直在想，我们没把我们车上的情况向任何人报告，"爱挖苦人的一年制志愿兵接着说，"到了下一站，某个检察官到我们车厢来，我会心惊肉跳，仿佛我们都是……"

"吉卜赛人，"帅克插话说，"四处漂流的人，好像我们见不得神圣的阳光。到哪里都不敢露面，恐怕人家会来抓我们似的。"

此时，神父从长椅上掉了下来，在地上继续睡去。小副木木地看了神父一眼，在大家一言不发的情况下，他只好自己把神父拉回到长椅上。小副已经威严尽失，没有人帮他一把，后来他有气无力地说："你们怎么也该帮我一把呀！"这时候，被押送的士兵们只是看了他一眼，身体却不动。

"您该让他躺在原地打呼噜才对，"帅克说，"我就是那样对付我的那位神父的。有时我就让他睡在厕所里，还有时睡在我的衣柜里。他也经常睡在人家的洗衣槽里。天知道他还在别的什么鬼地方睡过啊！"

军列马上进站，很快就会来人来检查了。火车停了下来。

"瞧！"一年制志愿兵眼睛直盯小副说，"检察官来了……"

检察官走进了车厢。

军列指挥官由莫里森博士担任，而他是参谋部指派的预备役军官。

当预备役军官的不时会碰上这种倒霉的差使。莫里森博士把这差使弄得乱七八糟。尽管入伍前他在七年制理科中学当过数学老师，但是却少算了一节车厢。除此之外，他在前一站领到了花名册，但是他怎么也不能将册上的人数跟在布杰约维采上车的官兵数目相对应。他按名册一个个核对时，竟鬼使神差地多出了两个野战炊事班来；当他统计马匹时，不知怎么又多出来了许多。他急得好像热锅上的蚂蚁。在军官名单中又少了两个预备役军官。他已经头痛欲裂，因为设在前面车厢里的团部办公室里的一架打字机竟不翼而飞了。他竟然服了三包阿司匹林药粉，此时正在眉头紧锁地检查这趟军列。

他带着随行人员走进了囚犯车厢，看了看名册，之后听了倒霉的小副的报告：他押送囚犯两名，外加押送队员若干名。军列指挥官按照名册核对了数字，又瞄了瞄四周。

"这是你带的什么人？"他指着神父严肃地问道。此时，神父正趴着睡觉，正把他的屁股放肆地冲着检查人员。

"报告中尉首长，"小副战战兢兢地说，"这……这个……"

"什么'这个'？"莫里森博士不悦地说，"有什么话尽管讲！"

"报告中尉首长，"帅克替小副回答道，"趴着睡的不是别人，正是喝醉了酒的神父先生。他是自个儿钻到我们车厢里来的。因为他是上级，我们不敢把他赶出去，恐怕冒犯尊长。

他也许把囚犯车厢当成军官车厢了。"

莫里森博士叹了一口气，翻阅了自己手上的名册。上面列出要去布鲁克的神父。他神经兮兮地眨了眨眼睛，上一站囚车里多出来几匹马，这一站又多出来一个神父。

没有办法，他先让小副将神父翻个身，以便确认他到底是谁。

小副使了很大劲儿才把神父翻了个身。这时，神父醒了，看到一名军官站在他面前，便说道："喂，你好，弗雷迪，有什么事？晚饭准备好了吗？"随后又闭上眼睛脸朝里睡去。

莫里森博士马上认出了这正是第一天在军官食堂里又吃又喝还吐了一地的那个馋鬼，他微微地叹了一口气。

"这件事，"他对押送小副说，"你必须向上报告。"

此刻，神父也清醒了，连同他那全部的风采和尊严。他醒过来的那副神态活像总是那么快乐的拉伯雷笔下的巨人馋鬼卡冈都亚清晨醒来的样子。

神父在椅子上一直没完没了地放屁、打嗝，冲着四周打雷般地打哈欠，最后终于坐了起来，惊讶地问道：

"天哪，我这是在哪里呀？"

小副见神父先生醒来了，便阿谀地回答说：

"报告神父首长，您这是坐在囚犯车厢。"

顷刻间，神父满脸惊讶。他不动声色地坐在那里，回忆着。他想也是徒劳的，前天晚上发生的事情和这时他在装有铁栅栏窗子的列车车厢里一觉醒来发生的事情，两种情景，简直没法联系。

306

然后，他问那个站在他面前的谄媚十足的小副说："你奉谁的命令把我当作……"

"报告神父首长，没有奉任何人的命令。"

神父站起身来，开始在椅子之间来回走着，自言自语着："真不明白。"

后来又坐下来，问道："火车这是开往哪里呀？"

"报告神父首长，开往布鲁克。"

"咱们怎么去布鲁克呀？"

"报告神父首长，整个九十一团都要转移到那里去。"

神父又开始竭尽全力回想事情的经过：他是如何上了这节车厢、怎么阴差阳错在押送之下跟九十一团一道开到布鲁克去。

然后他从烂醉如泥中清醒过来，认出了一年制志愿兵来。于是转向他问道：

"或许你应该向我说清楚，虽然你是个知识分子。别跟我打马虎眼，我是如何到你们这节车厢来的？"

"很高兴为您效劳。"一年制志愿兵和颜悦色地说，"其实事情很简单，清晨在车站上车的时候，由于那时您已经喝多了，您自己上了我们这节车厢。"

小副严肃地瞪了一年制志愿兵一眼。

"您自己跑到了我们这节车厢，"一年制志愿兵继续说，"这是真的。您在椅子上一躺，然后这位帅克就把他的军大衣垫在了您的头下。列车停在上一站接受检查时，您已经被中尉首长发现了，您呀，请允许我这么称呼吧，您就被列入在车上被找到的军官的名册里，我们的这位小副还会因为您吃官司呢。"

"我知道了，我知道了，"神父叹气说，"等到了下一站，我要搬到军官车厢去。你知不知道，午饭是否开了？"

"火车到维也纳才开午饭，神父首长。"小副回答说。

"是你把军大衣垫在我的头下的？"神父对帅克说，"非常感谢您！"

"不用谢，"帅克回答说，"这是士兵应该做的事。谁如果看见自己首长的头底下什么也没垫，况且还喝醉了酒，都会那么做的；任何一个士兵哪怕那位首长已经喝得人事不知，也应该敬重他的首长。我侍候神父是有一手的，原来我给坎兹神父当过内勤兵。军营神父都是些热情善良的快活人。"

前一天的狂饮，让神父迸发出一种民主友善的精神，他拿出一根香烟递给了帅克说："抽吧！"

"听说你还会因为我去吃官司，是吗？"神父对小副说，"我担保你没事，你一点儿也不要担心。"

"至于你，"他又对帅克说，"我要把你留在我身边，我一定要让你像躺在鸭绒被子里一样过得舒舒服服的。"

他突发善心，他答应要请一年制志愿兵吃巧克力，请押送兵的弟兄们喝朗姆酒，还许愿把小副调到附属骑兵第七师师部摄影队去，而且还要解放这里所有的人，让他们过上好日子，他今生都不会忘记这些人的。

"我不希望你们任何人以后怨恨我，觉得我很坏，"他说，"我有许多朋友，你们和我在一起是不会倒霉的，我的印象是你们都很好，你们都是些上帝喜欢的正派人。如果你们犯了错误，你们都会为自己的行为赎罪。我看出来了，你们都很乐意，还心甘情愿地接受上帝赐予你们的惩罚。"

"你又是被谁因为什么而被惩罚的呢？"他转身向帅克。

"神父，上帝赐予我的惩罚，"帅克很虔诚地回答说，"上帝通过团队的人惩罚我，就因为客观原因我到达团队的时间晚了。"

"上帝是最仁慈最公正的，"神父严肃地说，"他明白他该罚谁，因为他就是通过这种方法来昭示他的远见和万能。你这位一年制志愿兵又是因为做错了什么事而坐在这里呢？"

"因为，"一年制志愿兵回答说，"仁慈的上帝赐予了我风湿症，我就自命非凡起来。等到惩罚解除后，我可以回到炊事班去干活儿。"

"上帝的力量无穷，"神父一听到"炊事班"三个字，精神为之一振，"正直的人在炊事班里干活儿前途无量。应该把有营养知识的人分到炊事班里去配菜，因为菜做得好坏，主要不在烧和煮，而是要怀着一种爱心，必须专心致志地把各种原料调配合理地放在一起。比方说调味汁吧，有知识的人用洋葱做调味汁时，肯定是各种素菜都用一点儿，放在黄油里焖，之后加香料、胡椒，再加一点儿新鲜的调味品，略微搁点儿韭菜花、姜、桂皮。但是一个普通的、没有营养知识的厨师就只会把洋葱煮一煮，之后浇上点儿黑乎乎的肉汤，放在炒热的面粉里勾一下芡。就对付完事了。真渴望能看到你在军官食堂里做事情。一个人在别的职业或生活里没有学问也可以活下去，但是在厨房里就大相径庭了。昨天晚上，军官俱乐部给我们做了马德拉酒黄焖腰花。我敢说能做出这道美味腰花的厨师，百分百是个念过书的人。假如他有什么过错的话，也祈求上帝宽恕他的所有过错。那个军官食堂里也的确有一位从斯库特茨来的教员。我在第六十四预备团的军官食堂也吃过一回马德拉酒黄焖腰花，但他们做得像普通饭馆里一样，撒了不少的胡椒面，还往里面放小茴香。你猜烧这菜的人战前是什么职业，是给一个大庄园里喂牲畜的！"

"列车到达维也纳之前，我想睡一觉，"神父说，"等车到了维也纳，你们再把我叫醒。"

"你，"他转过身来对帅克说，"你到咱们的军官食堂去，帮我拿副刀叉，要一份午饭来。对他们说，这是朗希那神父要的。你告诉他们，要个双份。如果有馒头片，你就别挑了，划不来。之后到厨房里给我弄瓶葡萄酒，带个饭盒去，让他们给你倒点儿朗姆酒。"

神父在兜里摸了个遍。

"你听我说，"他对小副说，"我没带零钱，请给我一个盾……好，给你带上。你叫什么名字？"

"帅克。"

"太好了，帅克，这个盾给你带在路上花。小副先生，你再借给我一个盾吧。你瞧，帅克，要是你把事情办好了，第二个盾也是你的。啊，还有，你还要从他们那里给我搞点儿香烟和雪茄来；要是发巧克力的话，你就给我来两份；如果发军需食物，你一定要熏舌头或者鹅肝；如果发瑞士干酪，你一定不能要靠边的；匈牙利香肠也如此，一定不能要两头的，最好要正中间的那一段，柔软而富有弹性。"

神父在长椅上伸了个懒腰，没过多久就睡着了。

"我想，"在神父的鼾声中，一年制志愿兵对小副说，"你对我们捡来的孩子非常满意吧？他真是少见的小奶娃。"

"就像人们平时说的那样，"帅克说，"断了奶的小奶娃，小副先生，他已经学会自己抱着奶瓶喝了。"

到了维也纳，在牲口车厢里的士兵露出似乎要上绞架一般的无助神情望向窗外。妇女们迎上前来，给他们发送蜜糖饼，饼上面用糖汁写了如下的话语："胜利与复仇！""让上帝惩罚英国吧！""奥地利人有祖国。为祖国而生、为祖国而战。"

马上各连接到命令，去车站后边的野战炊事班领自己的食物。

军官食堂也设在那里，帅克照朗希那神父吩咐前往该处领取食物了。一年制志愿兵只能留在车上等着开饭，因为两个押送兵去替整个囚犯车厢领配给了。

帅克完美地完成了神父交代的任务。就在他越过铁轨的时候，看到了卢卡斯上尉正沿着铁轨闲晃，等着领军官食堂配给他的食物。

由于他临时同卡斯拉奥上尉共用一个内勤兵，因而他目前的处境很差。其实，那个内勤兵只服侍他的首长，而对卢卡斯上尉基本上报以不理不睬的态度。

"帅克，你给谁领的这些东西呀？"可怜的上尉问道。此时帅克正把很多用军大衣包着的从军官食堂里骗来的东西放在地上。

帅克突然呆住了，但马上就明白过来了。他说话时，面部表情高兴而又镇静：

"报告上尉首长，这是给您的呀，可是我一时没找到您的座位。况且，我如果到您那里去，也许列车指挥官会找我麻烦，他是个笨蛋。"

卢卡斯上尉非常怀疑地看着帅克，但帅克却高高兴兴地接着说："上尉首长，那家伙确定是一个笨蛋，他来检查列车时，我立即报告他说，到十一点我就关满三天禁闭了，属于牲口车厢的人，或应该去您那里，可他却很无理地训了我一顿，不让我去找您，说这样这一路上我就可以不再让您丢脸。"

帅克装出一副崇拜者的姿态来：

"似乎我真给您丢过脸似的，上尉首长。"

卢卡斯上尉叹了一口气。

帅克接着说，"我从来没有给您丢过什么脸，要是说发生过不愉快的事，那真是凑巧，是'上帝的意思'，就像佩尔赫里莫夫的瓦尼切克老头第三十六次坐牢时说的那样。我一直没有成心惹过事，上尉首长，我一般希望想做点儿好的、漂亮的事。如果我俩什么好处都没得到，倒招来一大堆麻烦和困难的话，那这些能怪我吗？"

"你就别哭了，帅克。"卢卡斯上尉轻声细语地说，说话时，他们马上就走到军官车厢了，"我会想尽办法让你重新回到我身边。"

"报告上尉首长，我不哭了。只要一想到在这次战争中，在这个世界上，我们两个无缘无故就如此命途坎坷，我就伤心得很。我心想，我生来就办事细微谨慎，老天也太残忍冷酷了一点儿。"

"冷静点儿，帅克！"

"报告上尉首长，现在为了遵守下级服从上级的规则，否则我没有办法冷静下来的，不过根据您的指示，我必须彻底平静下来了。"

"现在，帅克，你可以跳到这个车厢里面来吧！"

"是的，我正往里面跳哩，上尉首长。"

布鲁克的军营笼罩在一片寂静的夜色下。士兵们在营房里冻得直打战，但军官营房都由于炉火太旺热得敞开了窗子。

莱塔河畔的布鲁克城，皇家的肉类军需食物厂灯火辉煌。军需食物厂连夜加班加点，将不同的碎骨烂肉加工成军需食物。大风将腐烂的臭气熏天的腱子、蹄子、爪子和骨头汤的气味吹到营区这边来了。

莱塔河畔的布鲁克城灯火辉煌，莱塔河对岸的内莱塔尼亚和外莱塔尼亚也是灯火灿烂。在匈牙利与奥地利的这两座城市，吉卜赛人的管弦乐队在演奏。咖啡店和饭店的窗口散发出耀眼的火光。处处流露着灯红酒绿，歌舞升平。当地的富豪和官吏都带他们的夫人和成年的女儿到咖啡店和饭馆里去，这莱塔河畔的布鲁克和季拉赖达就是声色犬马的大妓院。

这天晚上，卢卡斯出去看戏了，然而，帅克就在一座军官的营房里等着他回来。门开了，卢卡斯上尉走了进来。从他头上反戴着的小帽可以知道上尉的心情非常棒。

卢卡斯上尉对着帅克说："过来吧，我有话要说。你不必那么拘束地敬着礼。坐下吧，帅克，先给你约定，别客气，说

‘是，报告上尉首长’什么的。先别说话，仔细听我说。你清楚季拉赖达城的索普朗大街在哪个位置吗？你可别跟我来那套‘报告上尉首长，我不知道’。你要是不知道，就直接说‘不知道’好了。你拿张纸来记一下：索普朗大街十六号，那座房子的底层有个五金店。你明白什么叫五金店吗？天哪，叫你别老说‘报告’，你就说‘知道’或是‘不知道’。那么，你知道什么是五金店吗？你知道？很好。这个店是一个叫康考涅的匈牙利人经营的。你清楚匈牙利人是什么人吗？上帝啊，你到底是知道还是不知道啊？知道，那很好！他就住在这个店的二层楼上，这个你知道吗？不知道？妈的！那我就告诉你，他就住在那里，清楚了吗？听清楚了，好！你如果再听不清楚，你就去关禁闭！这家伙的名字你记下来了吗？他叫康考涅。好，你明天上午大约十点时下楼进城去，找到那座房子，之后到二层，将一封信转交给康考涅太太。”

卢卡斯上尉一面打着哈欠，一面打开自己的小皮夹，把一个没注明收信人地址的信封交给了帅克。

“这是一件非常重要的事情，帅克，”他接着叮嘱道，“必须小心谨慎。我那上面没注明地址，这可就全靠你了，我想你一定能顺利圆满地将信送到。再有，你记住那位太太的名字叫埃婷琪，现在你先把它记下来，埃婷琪·康考涅太太。你必须记住一点，把这封信交给她时，务必要谨慎小心，还要等个回话。我在信里也说了要等个回音的，你还有什么不明白的吗？”

“上尉首长，如果是太太不给我回话，那该如何处理？”

"那你对她说，不管怎样都必须有个回信，"上尉回答道，这时又打了个哈欠，"我要睡觉去了，我现在太累了。我喝了很多酒！如果换了别人，像我这样熬一整夜，一定会累倒的。"

卢卡斯上尉开始并没有打算耽搁在某个地方。他那天晚上进城主要是想到季拉赖达城的匈牙利剧院去观看一出正在上演的喜剧歌剧。剧中的角色全是些肥胖丑陋的犹太女演员。而她们最拿手的是跳舞时将脚伸向高空，蹬上踢下。这当然不会使人产生在画廊里的那种美感的效果来，然而，坐在池座里的炮兵军官们却借助炮兵双目望远镜来大饱眼福。

卢卡斯却没被这些低级的下流玩意儿吸引，因为他借到的观剧望远镜的镜头是有色的，所以他看到的是一道道晃来晃去的紫罗兰色的影子，而不是一条条大腿。

第一幕完毕休息时，他被一位由一个中年男子陪同的太太吸引住了目光。她正拖着这位男子去衣帽间，和他说要马上离开剧院返回家去，再也不看这些个下流玩意儿了。她大声地用德语说着，但她的陪伴却用匈牙利语回答说："是的，我的宝贝，咱们回去，我同意。这种演出无聊透了。"

"真可恶！"女的气鼓鼓地说，这时她的先生正帮她披上外衣。她说话的时候，眼里似乎要喷射出对这种糟透了的表演的愤怒的火焰。她的那双乌黑的大眼睛与她那美好的身段很相称。这时她看了卢卡斯一眼，再一次生气地说："真可恶，实在可恶！"好了，一小段罗曼蒂克史开始了。

卢卡斯上尉从衣帽间的服务员处得知了他们是康考涅夫妇，康考涅先生经营的五金铺在索普朗街十六号。

"他跟埃婷琪太太住在二楼，"管衣帽间工作的老太婆以特有的那股奉承劲儿介绍说，"女的是索普朗街的一个德国人，男的是匈牙利人。这里的所有都是混搭的。"

卢卡斯上尉从衣帽间拿出大衣后就跟到了城里。他在阿尔布雷希特大公饭店遇到了九十一团的几位军官。

他寡言少语，却没少喝酒。他绞尽脑汁研究着怎样给那位厉害又很讲理还很漂亮的太太写信。这位太太远比舞台上的那些被军官们称为"一群女人"的人对他有吸引力。

他兴高采烈地摸到一家名叫"圣·斯特凡十字架"的小咖啡店去要了一个单间，还从那里打发走了一个罗马尼亚女人，后来要了纸、笔、墨水和一瓶白兰地，通过一番润色，写下了他觉得是他有生以来写得最好、最精彩的一封信：

尊敬的夫人：

　　昨晚我前往市剧院观看了使您愤怒难平的那场戏。在第一幕演出的整个过程中，我一直注视着您和您的先生，我觉察到……

"别管那么多，接着写！"卢卡斯上尉自语道，"这家伙凭什么占有这么有魅力的老婆？他那副形象活像一头被剃了毛的猩猩。"

说着他继续写道：

　　您的先生对台上不堪入目的淫秽表演看得津津有

316

味，但您却对该戏极为反感，因为它根本称不上是什么高雅艺术，而是赤裸裸的对人的隐私的一种无耻挑逗。

"这小娘子的胸脯很是丰满，"卢卡斯上尉畅想了一些，"我干脆给她明人不说暗话吧！"

请原谅我，尊敬的夫人，虽然您不认识我，但我却这样鲁莽地给您写信。我一生中见过很多女人，却至今没有见过像您这样给我留下深刻印象的。您的观念、人生态度与我非常相同，我认为您先生是个纯粹的利己主义者，硬拽您陪他去……

"这么写不行。"卢卡斯上尉自言自语道，把"硬拽您陪他去……"几个字涂去，接着往下写道：

……他为了满足的自己兴趣才携您观看演出，尊敬的夫人，这戏只合他一人的口味。我喜欢直爽，只希望与您私下见一面，不想干涉您的私生活，就纯艺术问题交流思想……

"在这里的一些旅馆里会面是不适当的，我得想办法把她弄到维也纳去，"上尉还在绞尽脑汁，"我去弄个出差的机会吧。"

所以，尊敬的夫人，为了我们能光明磊落地相互增进了解，我冒昧地乞求见您一面。我是一个马上就要奔赴前线的人，想必您不会拒绝这一请求的。如蒙慨允，即使置身于硝烟弥漫的战火中，我定会铭记这一最美的回忆和我们所共同体会到的所有一切。您的决定就是对我的指示。您的回音将是我生命中的抉择时刻。

他签上名字，喝光了白兰地。接着又要了一瓶，喝了一杯又一杯，把信一段又一段读着。待他读到最后几行时，竟然感动得声泪俱下。

帅克叫醒卢卡斯上尉的时候，已是早晨九点了。"报告上尉首长，已经过了上班时间了。我也该到季拉赖达城去送信了。我在七点的时候叫了您一遍；七点半又叫了一遍；八点部队从这里过去操练的时候，我又叫了您一遍，但是您只翻了翻身。上尉首长，我说上尉首长……"

卢卡斯上尉嘴里哼唧了几句，还想翻身睡去。可这次没翻过去，因为帅克使劲儿地摇着他，还大声嚷道："上尉首长，我现在到季拉赖达城给您送信去了！"

上尉打了个哈欠说："送信？哦，就是我的那封信。你要小心，知道吗？只有我们俩知道这个秘密。去吧！"

假如帅克不在半路上凑巧遇到老工兵韦杰奇克的话，索普朗街十六号也会找得顺利些。这位韦杰奇克在施蒂里亚人那个团，他们的营地就搭在河边的帐篷里。韦杰奇克曾在布拉格的战场街住过几年，所以为了纪念他们这种意义非凡的相遇，没办法，只好到布鲁克的美羊崽酒馆去喝上几杯了。那里有位远近闻名的女服务员鲁仁卡，是个捷克人。

"你究竟要去哪里呀？"韦杰奇克在喝了一阵美味葡萄酒之后问帅克。

"这是个秘密。"帅克回答说，"不过你算是我的老朋友了，我可以信任你的。"

然后，帅克把这件事原封不动地告诉了韦杰奇克。韦杰奇克表示说，作为一个工兵，他一定不能让帅克独自去找，他要和帅克一起去送信。

他们一起回想往事，十二点以后，离开美羊崽酒馆时，他们觉得一切都非常舒心。

然而，他们心中还有一种强烈的感受，也就是他们天不怕地不怕。在前往索普朗街十六号的整个路上，韦杰奇克表现出一种对匈牙利人的强烈仇恨感，他持续不断地对帅克讲他和匈牙利人在某时某地打过架，或者由于某种原因他未能和他们打成架。

最后，他们终于在索普朗街十六号找到了康考涅先生经营的那家五金店。

"你最好在这里等我，"帅克在门洞处对韦杰奇克说，"我上二楼去，交了信，取回回信立刻就下来。"

"你一个人吗？"韦杰奇克惊奇地说，"你对匈牙利人太缺乏了解了，我和你说过好几遍了！必须多加小心，让我来帮你对付他。"

"你听我说，韦杰奇克，"帅克一本正经地说，"我们跟匈牙利人没关系，我们是找他的太太，在我们跟捷克女服务员一块儿饮酒时，我不是都告诉你了吗？我的上尉让我帮他送封信，这绝对是个秘密。我的上尉再三告诉我，无论如何也不能告诉任何人，你的那个女服务员不是也说上尉先生这样做是理智的，办这种事情要分外小心、考虑周全吗？她不是还说不能让任何人知道上尉先生同有夫之妇通信的事吗？你自己点了头也表示赞同的呀。我事先和你说明白了事情的所有经过了吗？我必须坚决地执行上尉的命令，但你现在却非要和我一起上楼去。"

"唉，你误会了，帅克，"老工兵韦杰奇克也非常认真地回答说，"既然我对你说过我不能放下你一个人不管，那么你必须知道，我是讲信用的。两人一起去只会更安全些。"

"那我们就一起去，"帅克下定决心，"但你必须小心行事，别弄出什么扫兴的事儿来。"

"你放心，朋友，"当他们一起朝楼梯走过去时，韦杰奇克暗暗对帅克说，"我来对付他……"

然后，他用更小声补充了一句："你看着吧，我们用不着费多大的劲儿就能摆平这匈牙利小子。"

帅克和韦杰奇克来到在康考涅先生的住所门前。在按门铃之前帅克又重申了一遍："韦杰奇克，听说过'谨慎乃智慧之母'这句谚语吗？"

"我管不了那么多。"韦杰奇克回答，"我根本就不会让他有张嘴的时间。"

"我不会和人家多说的，韦杰奇克。"

帅克按了一下门铃，但韦杰奇克却大声嚷道："一、二，否则他就得滚下楼去。"

门开了，一个女仆出来用匈牙利语问他们有什么事。

"听不懂，"韦杰奇克一脸不屑地说，"丫头，学说捷克话吧！"

"你会说德语吗？"帅克用德语问。

"只会一点点。"

"告诉你太太，我想跟她说几句。就说，有位先生在走廊上，带来一封给她的信。"

"你这人好奇怪哟，"韦杰奇克一面说，一面跟着帅克走进前厅，"跟这么个下等货也能谈上几句。"

他俩站在前厅里，关了通向楼梯的门。帅克说："他们这里的布置真不错！衣帽架上有两把小伞，这幅基督受难像也画得很有水平。"

女仆从那间刀叉碰着杯盘直响的房间里走出来，对帅克说："太太说了，她现在没有时间，要是有什么东西可以交给我。"

"我有一封信必须转交给太太，你可别告诉任何人。"帅克很庄重地说。

然后，帅克拿出卢卡斯上尉的信。

帅克用手比画着说："我在这里，就在这前厅等太太回话。"

"你为什么不坐下？"韦杰奇克问道，他自己已经在靠墙的一张椅子上坐下了，"那里有把椅子。你坐吧！站着活像个乞讨的。不要在匈牙利人面前那么唯唯诺诺。你看着，我们和他有一架要打的，让我来收拾他！"

"我问你，"过了片刻他问，"你在什么地方学的德国话？"

"自学的。"帅克回答说。又沉默了一会儿，接着只听得女仆送信进去的那间屋里传来一阵叫喊声。有人把很重的东西凶狠地摔到地上，之后又清楚地听到砸玻璃杯盘的声音，从这些声音中可以很清楚地听到骂声。

门开了，一个男子闯进前厅，他的脖颈上还戴着餐巾，手里挥舞着刚送进去不久的那封信。

因为老工兵韦杰奇克坐的地方离门口最近，那位气愤的先生也就首先冲着他："这是怎么回事？送这封信来的王八蛋在什么地方？"

"慢点儿，"韦杰奇克站起身来说，"你别在这里这般吵吵闹闹，义愤填膺地冲着我们发泄。你要想知道谁送这信来的？我的这位朋友可以告诉你。你和他说话得温柔些，否则我转身就把你扔出去。"

现在轮到帅克来评价这位脖子上还围着餐巾的怒气冲天的先生的雄辩口才了。这位先生颠三倒四、口齿不清地说他们正在吃午饭。

"我们听说你们正在吃午饭，"帅克磕磕巴巴地用德语说，之后又用捷克语添加了一句，"我们也考虑到，可能不该此刻来打扰你们吃午饭。"

"别那么低三下四的。"响起韦杰奇克的声音。

那位火冒三丈的先生开始要挥拳动腿，大动干戈，最后只剩下餐巾一只边角挂在脖子上了，他接着喊道，他开始以为来信是关于要他的太太把这所房子拨给军队住的问题。

"这里确实能安排下许多士兵，"帅克说，"可这封信不是关于这个，大概您也已经证实了这一点了。"

这位先生抱着头，气呼呼地说出了一连串的指责话。他说，他曾是预备役的中尉军官，只因他得了肾病，不能继续下去，不然他现在还很乐意去军队里效劳。又说，在他服役的那个时期，军官们是怎么肆无忌惮、平白无故，来打破人家家庭的和睦的。他还说，他要把这封信送到团部去，送到国防部去，同时还要到报上去发表。

"先生，"帅克用德语马上又用捷克语这样郑重其事地说，"这封信是我写的，是我写的。不是上尉，不是上尉。签名是假的，签名是假的。我迷上了你的老婆，我爱上了你的老婆，就像诗人伏尔赫利茨基说的那样，我被您的太太迷住了。那位漂亮的太太。"

气急败坏的主人想冲着神情愉悦、悠然自在的帅克扑过去，而监视着康考涅一举一动的老工兵韦杰奇克立刻伸出了一条腿来将他绊倒在地，夺过他一直拿在手里挥舞着的信件，放进了自己的衣袋。当康考涅先生弄清楚时，韦杰奇克已经揪住了他，把他拖到门口，一手将门打开，之后就听见一件什么东西从楼梯上滚落下去的声音。

所有这些和童话里讲的小鬼来勾人的魂一样于一刹那发生了。

那位愤怒的先生消失得无影无踪，只剩下一块餐巾留在楼上。帅克将它捡起来，很有礼貌地敲了敲五分钟前康考涅先生奔出来的那间房子的房门，这时房间里传出来一个女子的哭声。

"我来给您送餐巾了，"帅克对坐在沙发上哭泣的那位太太平和地说，"您好！它很可能会被人踩脏的。"

帅克站直立正，行了个军礼，然后就走出了过道。从楼梯上是看不到一点儿格斗的迹象的。看来韦杰奇克预料得很对，一切都进行得非常顺利。但是，帅克出来时在大门口捡到了一条被扯下的硬领。很显然，当康考涅先生绝望地抓住家门，以免被拖到街上去的时候，悲剧终于发生了。

街上正闹腾得厉害。从自己的房屋被拉到对面的门洞里的时候，康考涅先生还被浇了一身水。街上打斗得更是有趣：老工兵韦杰奇克像头雄狮似的跟一些出来保护康考涅先生的匈牙利步兵、轻骑兵搏斗着。他像挥动连枷一样熟练地挥动着挂有刺刀的武装带。他也并非孤身应战。恰好经过这里的来自各团的几个捷克士兵，也马上帮助他们一起战斗。

之后提起这件事来，甚至连帅克自己也不知道是怎么被卷入这场争斗的。他没有刺刀，却不清楚怎么就搞到了一根手杖——那本来是在围观人群中一个吓得半死的路人手里的一根手杖。

这场争斗打了很长一段时间，但一切好事都必有个了结。巡逻队来了，把他们全部抓走了。

帅克和韦杰奇克大踏步并排走着。巡逻队队长认为帅克手里拿着的那根手杖就是罪证。帅克神气十足地阔步走着，把手杖像枪那样扛在肩上。

老工兵韦杰奇克一路上都执拗地一声不吭。当他们走进禁闭室的时候，他才非常沮丧地对帅克说："我事先就对你说，你太缺乏对匈牙利人的了解了！"

第四章　历尽重重磨难的帅克

这时，斯劳特上校正扬扬得意地望着卢卡斯上尉那副脸色惨白、眼眶深陷的面孔。面对这样难堪的局面，卢卡斯只好尽力回避上校的目光，好像在研究某种东西似的偷偷看着营地部队部署图，这是上校办公室里唯一的一件装饰。

斯劳特上校面前的桌子上放了几份报纸，报上有些文章被用蓝色铅笔圈过了。上校又看了看它们，之后抬头看着卢卡斯上尉说道：

"现在，你已经知道你的内勤兵帅克被关起来了，并很有可能会被押解到部队的军事法庭去的消息啰？"

"是的，上校首长。"

"那么，事情不会就这样了结的，"上校很开心地望着卢卡斯上尉那惨白的面孔，意味深长地说，"毫无疑问，涉及你的内勤兵帅克的这件案子惹起了当地的民愤，但这件丑闻却和你的名字有牵连，上尉先生，师部给我们提供了一些资料。我这里有几份报纸对本案做了报道，劳驾，现在请你大声地念来听听。"

斯劳特上校把有用蓝色铅笔圈出的文章的报纸递给了卢卡斯

上尉，上尉则像小学生朗读语文课本那样单调乏味地念了起来：

　　全国抗战，奥匈帝国的一切阶层理应团结一致。我们如果要保证我帝国的安全,各民族必须团结合作,但帝国的命运的保障正在于各民族由衷之尊重。如果国内互不团结，倘若在后方，我军听任恶意败坏整个帝国威信、破坏帝国统一、制造帝国境内各民族的纠纷与分裂的分子潜伏，那么，我们已开赴前线并不断向前推进之英雄军队就不会去英勇战斗、牺牲。在这关键的历史时刻，我们坚决不能沉默，我们难以接受地眼看着极少数人试图从地方民族主义情绪出发，来破坏帝国各民族为严惩非法侵犯我国，并企图毁坏我们全部文化与文明成就的帮匪所进行的正义斗争。针对那些企图破坏各民族精诚团结的亡命之徒的卑劣行径，我们一定不能保持沉默。本报曾数度指出，捷克部队中的极少个别分子不遵循该部队的光荣传统，违抗整个捷克民族的意志，在我们匈牙利城市中胡作非为，军事当局必须严加制裁。这件事当然不能归咎于整个捷克民族，它正忠心耿耿地捍卫着我帝国的利益。很多优秀、杰出的捷克军事将领，像著名的拉德斯基元帅，还有其他一大批奥匈帝国的捍卫者都证明了这一点。与这些优秀人物形成鲜明对比的只是个别几名捷克籍的流氓、无赖,他们借世界大战的时候混入军队，其用心旨在破坏各民族的统一战线，在帝国各民族之间制造矛盾，并发泄他们的私欲。本报曾向读者指出某团在德布勒森的为非作歹行为，指出该团的胡闹行径已遭到布达佩斯议会的反对甚至批评；然后，该团的团旗又在前线……（此处被删）谁该负责这一卑劣行径呢？……（此处被删）谁把捷克士兵驱赶去……（此处被删）在我们匈牙利祖国大地上的一些外来分子的猖狂行径达到了疯狂的程度！发生在莱塔河畔匈牙利的季拉赖达城的事件，有力地证明了这一点。驻扎在莱塔河边的布鲁克城的士兵，即袭击、殴打该城商人康考涅先生的士兵是哪个民族的呢？地方当局行使职责，必须查询这一罪恶行径并联系师部。也许师部已对这一案件进行分析：在此针对匈牙利王国臣民之前无仅有的恫吓行为中，卢卡斯上尉充当的是什么角色。据我报当地一通讯员称，城内人士曾揭露最近发生的这件丑事牵涉卢卡斯。该通讯员收集了大量材料，这一丑事在目前这一危急时刻极为引人注目。《佩斯劳埃德氏报》的读者对此案的调查进度毫无疑问地将很关注。对此重大案件本报必定会继续作详细报道。此时此刻，我们也希望军方提供有关殴打匈牙利居民的季拉赖达暴行的信息。我们相信，布达佩斯议会也将查处这件事，使广大群众知道：借道匈牙利王国开赴前线的捷克士兵，不能把匈牙利圣·斯特凡王国的领土看作他们占领的殖民地。如果该民族的某些人，即在季拉赖达城非常精彩地表演了奥匈帝国各民族的"通

力合作"的某些人，现在还没有认清形势的话，必须
让他们保持冷静，因为在战争中，炮弹、绞索、监狱
和刺刀一定会让他们清楚如何服从祖国的最高利益。

"文章的作者是谁，上尉先生？"

"贝勒波舍·勃利。他是个编辑兼议员，上校首长。"

"一条乱咬人的恶狗！可是这篇文章在《佩斯劳埃德氏报》
刊登之前就已经在《佩斯新闻报》上发表过了。现在麻烦你把
《索普朗日报》上那篇官方文章念给我听听。"

卢卡斯上尉大声念了起来。作者在文章里三番五次重复一些
小题大做的词句。什么"国家秩序"了，"国家英明的命令"了，"人
类的堕落"了，"人的尊严与感情惨遭蹂躏"了，"兽欲之发作"了，"屠
杀生灵"了，"幕后指使"了，等等。继续往下说，好像匈牙利
人在他们自己的国土上成了最受欺凌的人了；好像捷克士兵一来，
就将这位编辑打倒在地，然后用穿着高筒靴的脚故意踩他的肚子，
疼得他鬼哭狼嚎，于是有人就速记下他的喊叫声一样。

《索普朗日报》悲泣地说：

　　对一系列最重要之事实，我们总是秉持慎重
又慎重之沉默态度，什么都不写。众所周知，驻
扎在匈牙利和上前线去的捷克士兵是些什么货色。
实际上，众所周知，捷克人干了哪些个勾当，他
们又做了些什么呢？他们之间是个什么状况，谁
是这些事件的幕后黑手。现在，当局的警惕性放

328

到了另一些重大的事情上，但当局应采取相应的举措将此案与对全局之关注紧密联系起来，使近日在季拉赖达发生的惨剧不致重演。本报昨日发表的那篇文章被删减有十五处之多。所以我们必须向读者宣明，因为种种原因，虽然到了今天，我们仍然不能过多地详加评判季拉赖达事件。然而本报特派记者的现场报道向我们证实了这一点：政府对整个事件真正给予了极大的关注，并立刻展开了调查。特别使我们所感到不解的是此次暴行的几名人士到目前为止还逍遥法外。这涉及一位非常特别的先生，据说，在兵营中没有受到任何处分，他至今仍佩戴着"学舌团"的领章。他的名字已在前天的《佩斯劳埃德氏报》和《佩斯新闻报》上公开过。那就是臭名远扬的捷克沙文主义者卢卡斯，关于他的为所欲为，我们季拉赖达州的议员萨尼克·杰佐要在议会中提出质疑。

"齐声同唱一种动听的声调，上尉先生，"斯劳特上校的声音响起，"季拉赖达出版的《周刊》和普雷斯堡的一些报纸也是用这种动听的调子描述你的，对这些你一定是毫无兴致的，那都是一成不变的老套路。从政治角度上分析，理由很简单，因为我们都同属于奥匈帝国的公民，无论是德国人，还是捷克人，与匈牙利人比，我们是非常有优势的……你懂我的意思吗，上尉先生？这里显然反映出了一种思想倾向。大概你对《克马尔诺晚报》上的一篇文章一定会更有兴趣，该报写成是你在饭厅里用午餐时，妄想在她丈夫面前要非礼康考涅太太，还说你用马刀威胁她丈夫，逼迫她丈夫用餐巾堵住他妻子的嘴，以免她大喊大叫。这些都是最新报道，上尉先生。"

上校笑了笑，接着说："当局有所失职。匈牙利控制了当地的报刊检查权。他们对我们简直是无法无天、出言不逊。面对这头匈牙利普通编辑猪猡的侮辱，我们的一名军官毫无抵防。直到我们提出了强烈的抗议，师部军法处才发出通电，因此，布达佩斯国家检察署才开始有所行动并采取措施，在所有与此有关的编辑部逮捕了几个人。《克马尔诺晚报》的编辑付出的代价昂贵，他会对这张报纸永生难忘。师部军法处派我作为你的上司来审讯你，所以收集到了所有与此事有关的审讯材料。如果不是你那个倒霉的帅克，事情也许早就会有个好的收尾。和他一块儿的另外一个叫韦杰奇克的工兵，打架之后，人家把他带到禁闭室，在他身上搜到了一封你写给康考涅太太的信。在堂上，你的那个内勤兵否认那信是你写的，一口咬定是他自己写的。人家把信放在他面前，让他再写一封来核实笔迹，他却一口把你的信咽了下去。之后又从团部把有关你的报告转送到师部军法处，为了与帅克的笔迹进行对比，问题就在这里。"

上校查翻了几个文件，之后把下面一段文字指给卢卡斯上尉看："被告帅克坚决不听写口授的几句话，还坚持说事隔一夜，竟然忘记怎么写字了。"

"上尉先生，我根本就不觉得你那个帅克或那个工兵在师军法处的供词有什么意义。他俩都坚持说，这所有一切都是由一个小小玩笑引起的。但是，老百姓不觉得这是个玩笑，后来揍了他们，他们是为了维护军人的声名才还手的。在整个审问过程中，你的那个帅克还真是有趣，例如，问他为什么不肯说实话，从审讯记录看，他的回答是：'我当时所处的境地有如学院派画家帕努什卡的用人有一次因为圣母像而陷入的窘境一样。'当案情牵涉他侵吞那封信时，那他也只好回答说：'要我把血吐出来给你们看一下吗？'当然，作为一团之首，我已以师军法处的名义交代有关各报更正当地报纸上那些恶意的文章。今天就已经发出了通知，我认为，我已经竭尽全力平息那些个匈牙利混账平民记者所煽动的事端了。"

"我觉得我的措辞是非常严厉和有力量的：

敬启者，某师军法处暨某团团部郑重声明：当地报刊所载某团士兵的所谓斗殴一文，根本不具备真实性，纯属胡编乱造。对上述报刊所进行之调查，必将导致对犯诽谤罪者严惩不贷。"

"师军法处在给我团的公文里就说了，"上校接着说，"我们感到，这件事事实上就是对来自内莱塔尼亚和外莱塔尼亚两地的军队的早有预谋的诽谤。"

上校吐了口唾沫，继续说道：

"你要明白，上尉先生，你那个帅克太有特点了，你看就他处理你那封信的办法，那真叫一绝。说实在的，这样的人，非常可惜。我看这是个教育的问题，我真的很欣赏这小子。审讯一定要结束。至于你，上尉先生，报纸把你骂得狗血喷头，我看你在这里已没有威信了。一个星期之内，先遣连就要开赴俄国前线，你是十一连老资格的军官，就去那个连当连长吧。这事已与旅部协商好了。只要通知军需上士一声，让他给你另找一名内勤兵来替代帅克就行了。"

卢卡斯上尉感激涕零地看着还在接着说话的上校，只听上校接着说道："帅克也会被派到你们连去当传令兵。"

上校站起身来和面色苍白的上尉握手，并说道："就这么办吧。祝你红运当头，从东线战场上传来喜报。假如有一天我们还能见面，希望你常来看看我们，别像在布杰约维采那样老躲着我们……"

卢卡斯上尉在整个回家的路上重复着两个词"连长，连部传令兵"。他的眼前浮现出帅克的形象。

在师军法处的一间窗子上装着铁栅栏的牢房里，囚犯按规定于每日早晨七点起床，叠好摊在满是灰尘的地板上的褥子。他们没有木板床，统统睡在用木板隔开的长廊里。按规定把毯子叠好后就放在草垫上，谁叠好就坐在靠墙的长条凳上，要么抓虱子，要么天南海北地瞎聊，以打发时间。

帅克和老工兵韦杰奇克同来自其他单位的几个士兵一起坐在靠门的长条凳上。

这时，钥匙在门上的锁孔里转动了几下，门开了，看守进来了。

"去见军事法审官先生，步兵帅克和工兵韦杰奇克。"

他们站起身。韦杰奇克对帅克说："你看他们这些混蛋，天天审来审去没休没止的！他妈的真不如给老子判个刑，免得折腾个没头。咱们每天就这么在这里吃吃睡睡，让他妈的这些匈牙利小子就在你眼前转来转去……"

师部军法处的审讯厅在这座房子的另一面。在去审讯厅的长路上，工兵韦杰奇克还跟帅克谈论着究竟何时才会给他们真正的判决。

工兵韦杰奇克思忖了片刻对帅克说：

"等会儿在军事法审官跟前，帅克，你可不要胡扯了，就按上次你受审时说的说好了。不要使我尴尬、忐忑不安。重要的是说你亲身经历了那些匈牙利小子是如何袭击我的。无论如何，我们在这场乱子里已经是患难与共了啊！"

"别害怕，韦杰奇克，"帅克劝解他说，"把心放宽，不要再发火，在区区一个军法处受审有什么可怕的？"

他们一进到师军法处办公室的那座房子，马上就被一位哨兵带到第八号办公室去了。军事法审官鲁勒正在一张堆满公文的长桌子后面坐着。

他面前放了一本什么法典，还有一杯尚未喝完的茶放在法典上。桌子的右边摆着一个假象牙制的十字架，钉在十字架上的沾满灰尘的耶稣像绝望地望着十字架的底座，那底座上面净是烟灰和香烟头。

军事法审官鲁勒这时正一只手在十字架的底座上掐灭着烟蒂，另一只手端起那杯茶，但是茶杯底和法典的封皮却紧紧地粘在一块儿了。

他先是把茶杯从封皮上撕开，接着翻起了从军官俱乐部借来的一本书。

这是弗斯·克劳斯的一本书，书名却取得很有吸收力：《关于性道德发展史的研究》。

他正全神贯注地看着书中栩栩如生的图解和弗斯·克劳斯学者在柏林西客站厕所里发现的与此相应的诗句，根本没注意到有人进来。

倒是工兵韦杰奇克的一声咳嗽才将他的注意力吸引开来。

"有什么要报告的吗？"他一面问道，一面接着浏览其他生动的图像、素描和速写。

"报告军事法审官首长，"帅克回答说，"我的同伴韦杰奇克着了凉，现在正咳嗽来着。"

军事法审官鲁勒抬头瞧了瞧帅克和韦杰奇克。

他要装出使自己看起来很严肃的样子。

"最终还是来了，你们这两个家伙，这么拖拖拉拉，"他翻着桌子上成堆的文件说，"我让你们九点来，现在都快十一点了。"

"你这是什么姿势？畜生！"他向竟然用稍息的姿势站着的韦杰奇克训斥，"等我喊'稍息'的时候你才可以随便站。"

"报告军事法审官首长，"响起帅克的声音，"他有风湿症。"

"你最好别说话，"军事法审官鲁勒训斥说，"等我问到你的时候，你再回答，你已经在我这里过了三次堂了，老爱说废话。我的这些案卷哪里去了，你们这些该死的家伙，老惹麻烦，到处给军法处惹是生非，这对你们没什么好处。"

他一面从一沓公文里找出一份厚厚的上面标着"帅克和韦杰奇克"的卷宗，一面说道：

"你们甭想利用这次愚蠢透顶的打架事件就赖在师军法处不走，逃避上前线打仗。为你们这事我还要打电话给军法处。你们这两个畜生！"

　　军事法审官叹了一口气。

　　"不要装出一脸冤枉相，帅克，要是到了前线你就只有精力去跟匈牙利民兵斗殴了，"他接着说，"现在取消你俩的审讯。你们各回各的连队去，在连队接受纪律处分。之后，马上和先遣连上前线。你们如果敢再出乱子而落到我手里，你们这些畜生，我一定要狠狠地收拾你们一顿，叫你们知道我的厉害。这是你们的释放令，拿走。带他们到二号室去。"

　　给他俩带路的那个士兵担心自己午饭赶不上，所以抱怨地说道：

　　"喂，能不能快点儿走，小伙子们，你们慢得像蜗牛爬似的。"

　　韦杰奇克叫他别老是废话，说幸亏他是个捷克人，如果是匈牙利人，早就像撕咸鲱鱼一样把他撕碎了。

　　由于办公室的那些文书、打字员都去吃中午饭了，押送的士兵不得不临时带他们回军法处的牢房里，然后他怒气冲天地把天下的各个种族的军人的办事员大骂了一顿。

　　"那帮人又会把我那份汤里的几片肉吃光，"他唉声叹气地抱怨说，"不会给我剩的。昨天也是叫我押送两个人到营房去，后来别人就偷吃了我一半口粮。"

　　"你们军法处的人怎么不务正业，一心只想着吃。"已完全恢复了精力的韦杰奇克说。

在办公室里毫不费劲儿就办完了手续。一位刚刚吃完午饭、嘴上还沾满油腻的军士一脸严肃地把证件交给帅克和韦杰奇克，而且趁机教导他们，要求他俩要保持军人风度。因为他是出生在加利西亚的波兰人，所以讲着一口波兰话，地方音很重，其中还夹杂着不少无关痛痒的粗俗话，像是"啃胡萝卜的""笨腌鱼卷""梅花七""脏猪"和"我们要往你的月亮脸上抽几个耳光"之类的。

帅克和韦杰奇克马上要道别回到各自的部队去了。临别时，帅克对韦杰奇克说："战争一结束，你就马上来看我吧。每天晚上六点钟起我都在战场街的溢满杯酒馆。"

"明白了，我一定去，"韦杰奇克回答说，"那里会有什么有趣的事情吗？"

"那里每天都有有趣的事情发生，"帅克保证说，"如果觉得太无聊的话，那咱们自己可以再干点儿大事嘛。"

两人告别了。当他们走了有一大段距离，老工兵在帅克身后喊道："等我到你那儿的时候，你一定要找点儿什么东西来让我打发时间啊！"

帅克也高声喊道："等这场战争打完了，你一定要来呀！"

后来两人都走远了。过了好一会儿，从第二排楼房的拐角处还能听到韦杰奇克的声音："帅克，帅克，溢满杯酒馆？"

但帅克的回答就像余音一样的回荡着："名扬千里。"

"那就等战争结束了，晚上六点钟见！"韦杰奇克从下面喊道。

"你最好在六点半来，以防我在某个地方有事耽搁了呢。"

帅克回答说。

后来，还能听到从遥远的地方传来的声音，韦杰奇克叫道："你就不能六点钟到吗？"

"好吧，就六点钟到。"韦杰奇克已是从非常遥远的地方听到了朋友的回答声。

于是，好兵帅克和老工兵韦杰奇克分别了。

第五章　从莱塔河畔的布鲁克到索卡尔

　　这天卢卡斯上尉正在办公室里走来走去，一副心绪不宁的样子。这是营房里一个阴暗的小屋子，是用木板从过道里隔出来的。屋子里面仅仅放了张桌子、两把椅子、一瓶煤油和一条床垫子。

　　军需上士温涅卡面朝着上尉站在那里，他整天在这间办公室里做军饷花名册，计划着士兵们的伙食账目。他应该就算是全连的后勤部长吧，整天都待在这里，连晚上也睡在这里。

　　门口站着满脸大胡子的大胖子步兵，像一个克拉考诺，他就是新调来给上尉当内勤兵的帕列，他曾经是契斯科·克鲁姆洛夫地方的一个磨坊主。

　　"你真是替我找了一个合格的内勤兵呀，"卢卡斯上尉对上士说，"你这份意外惊喜真让我受益无穷啊！第一天让他去食堂给我领中餐，自己居然在路上吃掉一半。"

　　"是我无意中洒掉了一些。"那个大块头的汉子说道。

　　"如果真的洒掉了，也就洒掉汤或肉汁吧，总不能连红烧肉也洒掉了呀。可你给我带回来的红烧肉就只有小拇指甲盖那么大。另外，我的苹果烤肉卷呢，又跑哪里去了？"

"我，这……"

"解释不清了，就是你吃了！"

讲这最后一句话时，卢卡斯上尉的表情和声音都特别严肃，吓得帕列不由自主地后退两步。

"我早就从炊事班得知午饭的菜谱了，是肝泥丸子汤，可丸子呢？一定是你在路上给吃了；还有酸黄瓜和牛肉，你是怎么处理的？是不是全都吃掉了？两大块红烧牛肉啊，你如果给我剩回来半块也行呀！那两块苹果烤肉卷怎么也没了？是不是你也给吃了？你真是恶劣极了！肮脏的猪猡！你说话呀，你把苹果烤肉卷弄到哪里去了？什么？掉到污泥里了？你这个该死的浑蛋！你敢把掉苹果卷的污泥地告诉我吗？什么？正好有只狗把它叼走了？我的上帝啊，我的耶稣基督，我真想抽你几个大嘴巴，让你这张嘴脸肿成个大饼，你还不承认，你这臭猪！你知道你叫谁看见吗？就是上士温涅卡。他亲自来说的：'报告上尉首长，那头馋猪帕列正在偷吃着您的午饭呢。'我就从窗口望去，正好看见你正在努力地往嘴里塞，好像一星期没吃过东西似的。我说，上士，你就不能给我找一头好一点儿的牲口来替换这家伙吗？"

"报告上尉首长，我认为帕列是我们连里最差劲儿的家伙，像根木头一样，刚学的枪法一会儿就忘光了。他要是手里有支枪，准会闯祸。上次训练时，他差点儿没把旁边一个人的眼睛打瞎了。后来，我想内勤兵这类任务活他应该能干好呀。"

"天天偷吃首长的整份中午饭！"卢卡斯上尉说，"好像他的那份口粮还不够填饱他的肚子似的，还来吃首长的。喂，现在你应该饱了吧？"

"报告上尉首长，我总害饿。谁要剩块面包之类的，用香烟跟他换我都心甘情愿，可还是不够。我从小就这样，总是吃不饱！上尉首长，我真的乞求您批给我两份口粮吧！不要肉，给我两样主食就行：土豆、馒头片，随便来点儿肉汁就行了，肉汁一般都会有些剩的……"

"够了，你这不要脸的，帕列！"卢卡斯上尉问道，"上士，你见过像他这么个厚脸皮的士兵吗？每天吃我的中饭，还跟我要两份口粮。我要给你颜色看看，让你饿个够，帕列！"

"上士，"他转过头对温涅卡说，"带他到威登霍伏尔小副那里去，在今天晚上煮红焖牛肉的时候把这个家伙绑在炊事班院子里两个钟头。正好让他脚尖着地，于是他就能看得到锅里焖肉的情形了。你就让他们这样做，在发红焖牛肉时，还必须把这浑蛋绑着，让他馋得流口水，像饿狗见了香肠似的。另外，告诉炊事员，把帕列的一份给别人分了。"

"遵命，上尉首长。帕列，那咱们就走吧。"

当温涅卡回来上报说帕列已经给绑上时，卢卡斯上尉说了："有人对我说你也是个酒鬼。只要见到你的红鼻子，人们立刻就会知道是在跟什么样的人打交道。"

"这都因为喀尔巴阡山，上尉首长。在那种鬼地方不喝酒是行不通的，饭送到山上都冰凉了，战壕挖在雪地里，还不让生火，我们不得不用朗姆酒来暖暖身子。倘若没有我，我们就会像别的连一样，连朗姆酒也喝不上，也会冻坏的。朗姆酒把鼻子搞红了，确有不好的地方，因为上边下令，必须让红鼻子的士兵去侦察。"

"现在冬天不是已经过去了吗？"上尉话里有话地说着。

"可是，上尉首长，和红葡萄酒是一样的，朗姆酒在战场上一年四季都是必不可少的东西。要知道：酒能提胆。一个士兵，如果半瓶葡萄酒下肚，再加四分之一公升的朗姆酒，他就有胆量同任何人作战……这是哪个浑蛋在敲门啰，没看见门上写的'请勿敲门'吗？请进！"

卢卡斯上尉将椅子转向门口，只见门慢慢地开了。好兵帅克非常安静地走进了十一先遣连办公室，在门口处便行了个军礼。显然，他敲门时并不是没有瞧见门上的"请勿敲门"的字样。

他敬礼的时候，一眼就能让人看到那张既充满朝气又轻松愉快的面容。他的神态真像一位身着奥地利士兵低级制服的希腊盗神。

卢卡斯上尉见到好兵帅克用他那亲和的目光来问候自己的神情时，立即闭上了眼睛。

帅克的神情却有点儿像一个离家很久、在外奔波的儿子见到父亲为他杀猪宰羊时的模样。

"报告上尉首长，我又回来了。"帅克在门边说话时是那样的自然，使卢卡斯上尉清醒过来。自打斯劳特上校通知他，要把帅克送回来仍由他领导的那天起，卢卡斯上尉就天天祈祷这个会面的日子越晚越好。每天早晨上尉都会在想："今天他一定不会回来的。说不定他又闹事了，人家一定又把他扣起来了。"

然而，上尉的那些个祈祷被帅克那憨厚的脸打得粉碎。

这时，帅克瞧见了军需上士温涅卡，转过身来，从军大衣的口袋里拿出证件和气地交给了他："报告上士首长，这是团部给我开的证件，要求交给您，另外我的军粮关系和军饷文件也交给您。"

帅克在十一先遣连办公室的行动很随意，好像他就是温涅卡最要好的朋友，温涅卡却只随意地说了一句："放在桌上吧。"

"是否可以让我和他单独聊聊话，军需上士？"卢卡斯上尉叹了一口气说。

温涅卡不得不出去了，却在门外偷听起来。

起初，他没有听到，因为帅克和卢卡斯上尉都没说话，只是相视无语，互相认真地端详着。卢卡斯上尉仔细看着帅克，好像要催眠帅克似的，又好像一只大公鸡在一只鸡雏面前站立，准备随时扑上去。

但帅克，如往常一样，温柔地看着卢卡斯上尉，好像在说："又见面了，我的心肝宝贝，现在我们再也不分开了，我的小鸽子！"

卢卡斯上尉沉默良久，而帅克的眼睛似乎在深情地引导他："你说呀，我的宝贝，快说出来吧！"

卢卡斯上尉用带刺的客套话打破了难以忍受的沉默："太欢迎你了，帅克！谢谢你来看我。看，我们盼望已久的贵宾终于来了。"

然而，他却没能把持住自己，满腔的怒火化成了狠狠的一拳砸在桌子上。墨水瓶跳了起来。黑色的墨水溅在了军饷花名册上。

这时，卢卡斯上尉跳起来，逼近帅克，大声喊道："混账！"紧接着，他便在这狭长的屋子里走来走去，每经过帅克身边就吐一口唾沫。

"报告上尉首长，"帅克说，这时的卢卡斯上尉继续在房间里走来走去，每经过桌子旁总要抓起纸揉成团，气鼓鼓地把它扔向屋子的角落，"我替您光明正大地把那封信交过去了，很幸运我找到了康考涅太太。这么说吧，她很美丽，虽然我看到她时她正在哭呢……"

卢卡斯上尉坐在了军需上士的床上，声嘶力竭地喊道："你这股傻劲儿到什么时候才有个头儿呀，帅克？"

帅克像没听到上尉说话一样，继续说："后来确实碰到了一点儿小小的麻烦，可是我把责任全包了。他们肯定不相信我会给那位太太写信。为了不露馅，审讯时，我索性一口吞下了这封信。然后，没有想到，我被牵扯到一场小小的殴斗中去了，这场官司轻松地解决了。他们觉得我是冤枉的，把我调往团部，在师军法处销实的。我在团里只等了几分钟，上校便来了。他只是训斥了我几句，就让我马上找您报到，当连里的传令兵。另外，他还让我转告您，要您马上去他那里讨论先遣连的事情。可这是三十分钟以前的事了，因为上校首长并不知晓我还需要在团部耽搁一刻多钟，我这一阵子的军饷必须补上。军饷应该由团部来补，不应该由先遣连发放，因为是团部把我关起来的。那里每个部门都混乱透顶，把人都弄晕了……"

卢卡斯上尉一听说三十分钟前就被命令去见斯劳特上校，就急忙穿好衣服，说："帅克，你瞧，你又给我惹了麻烦！"他说话时很丧气，使帅克赶紧要说两句话来劝解他。在上尉冲出门口时，帅克在他背后喊了两句："没关系，上校在等您，他现在也没什么急事嘛。"

上尉刚走，军需上士温涅卡便进来了。

帅克此时坐在椅子上，对着敞开的炉门往里面一块一块地扔煤。炉膛里冒着浓烟。帅克也不在意在一旁看着他扔煤块儿的上士，依然聚精会神地往里添煤。上士狠狠地踢了炉门一脚，叫嚣着让帅克滚开。

"上士首长，"帅克很平静地说，"请让我告诉你：让我从整个营里滚出去都可以，我都乐意。可是，我不能遵从您的命令而滚出去，理由是我只听从较高一级的上级的命令。"

"我是这个连的传令兵，"帅克神气地补充说，"我可是斯劳特上校派到十一先遣连卢卡斯上尉首长这儿的。我曾经给他当过内勤兵，可是现在呢，由于我与生俱来的远见卓识，我已经升迁了，当了传令兵，我和卢卡斯上尉是老朋友了。"

电话铃响了。上士立即跑上去拿起听筒，愤恨地把它往叉架子上一扔，说道："我现在去团部。总是这么着急喊人，真烦人。"

只剩帅克一人了。

过了一会儿，电话又响了。

帅克拿起听筒讲起话来：

"喂，你找谁？我是十一先遣连传令兵帅克。"从回答中帅克已经听出来了是卢卡斯上尉。

"你们在那里干什么呢？温涅卡在吗？马上叫他来接电话。"

"报告上尉首长，电话刚响没一会儿。"

"听我说，帅克，我没空跟你闲聊。在部队里，打电话绝不能东拉西扯，必须简单明了。另外，答话的时候你也用不着来'报告上尉首长'这一套。我现在问你，帅克，温涅卡还在不在？要他马上听电话！"

"报告上尉首长，他现在不在。他刚离开这里，到团部了。走了不到十五分钟。"

"帅克，你听着，等我回去再找你算账。你不能说话简洁些吗？你现在好好听着！明白吗？今后不许你借口电话里有杂音。你一放下电话，马上就……"

帅克马上挂了电话。电话铃立刻又响了。帅克摘下听筒，便听得一大堆臭骂："你这畜生、地痞、坏蛋！你想干什么？为什么挂电话？"

"我是听了您的指示才把电话挂上的。"

"我一小时后就回来，帅克。你就等着瞧吧！现在你立刻去楼里找一个排长，弗卡森来也行，告诉他立刻带十个人到团部仓库领取连里的军需食物。再说一次，他该干什么？"

"带十个兵到团部仓库领取连里的军需食物。"

"总算有点儿脑子了！我马上就给团部打电话叫温涅卡，叫他也去团部领取军需食物。如果这时候他回来了，叫他先别管其他事，以最快速度到仓库去。这时你可以挂电话了。"

帅克花了好长时间找弗卡森排长和军士们，然而却是徒劳的。他们一边在厨房里啃骨头，一边还拿捆绑着的帕列寻开心。多亏他们的关爱和怜顾，帕列被绑在一棵大树上，脚尖刚好可以沾着地面。这一切构成了一派有意义的图景：有个炊事兵拿来了一块排骨，塞进他嘴里。帕列被绑着不能用手，于是小心谨慎地用嘴咬住骨头，再用牙和牙床翻弄它，就好像林中妖人一样啃着肉。

"你们当中谁是弗卡森排长？"帅克问，帅克终于找到他们了。

弗卡森见他是个一般士兵，于是没理他。

"我清清楚楚跟你们说，"帅克嚷道，"我要问到什么时候才有人答应？谁是弗卡森排长？"

弗卡森走过来，神气十足地骂了帅克一通，说对他讲话要有礼貌，他可不是排长，而是排长首长，不可以说"弗卡森排长在哪儿？"应该问，"报告首长，排长首长在吗？"在他这里，如果有人不说"报告首长"，他马上就给他个耳光。

"当心！"帅克一副严肃的样子说，"快叫十个人来，让他们到仓库去领军需食物，别再浪费时间了。"

弗卡森听到这话有点儿惊讶："什么？"

"什么什么，"帅克回答说，"我是十一连的传令兵，刚才卢卡斯上尉打过来电话，他说：'马上带十个人到仓库去。'要是你不去，弗卡森排长首长，我立刻回去传达。卢卡斯上尉首长可是说明了要您去。这不用再说了！卢卡斯上尉还说：'电话里讲话应当简单明了。'已经指定了弗卡森排长去，弗卡森排长就得去！这是命令，可不是请您去吃饭，你可别推来推去。在部队里，特别是在打仗的时候，动作怠慢了就是犯罪。'如果弗卡森排长不马上去的话，你马上给我打个电话，我去找他算账！把这弗卡森排长剁成肉酱！'亲爱的，您不知上尉首长的厉害吧！"

帅克得意扬扬地瞅着士官们，这一席话把他们震住了，他们的表情十分沮丧。

弗卡森排长小声嘟囔了几句，迅速走了。帅克向着他的背影喊道："我能不能打电话给上尉首长，说事情都已确认了？"

"我这就带十个人到仓库去。"弗卡森排长在楼梯口应着。帅克听了"嗯"了一声，丢下这群吃惊的士官们离开了。

"要行动了！"小个子小副贝拉诺科说，"我们立刻要收拾行李了。"

帅克回到十一先遣连办公室。正要点烟斗，电话又响了。还是卢卡斯上尉给他的电话。

"我三次打过来电话都没人接。你到哪儿去混了，帅克？"

"我一直在找人，上尉首长。"

"人是不是已经都去了？"

"那是当然的，都去了。但我不确定他们是不是到了。要不要我再去瞧一眼？"

"找到弗卡森排长了吗？"

"找到了，上尉首长。起初，他还对我讲了几句'什么'之后，等我提醒他，电话里讲得简单明了……"

"别胡说了，帅克！温涅卡回没回来？"

"上尉首长，还没有回来呢。"

"别朝着话筒喊，你知不知道他这个该死的到哪儿去了？"

"上尉首长，我不知道那个该死的到哪儿去了。"

"他曾去过团部，后来又到别的地方去了。他是不是去小卖部了？你去找找他，帅克，叫他马上到仓库。还有，你告诉贝拉诺科小副，立刻给帕列松绑，把帕列叫到我这儿。挂了电话吧。"

帅克果真忙活起来了。他找到贝拉诺科小副，传达了给帕列松绑的命令。贝拉诺科小副嘀咕着说："他们遇到困难总是后退。"

帅克亲眼看着给帕列松绑，由于他还要去小卖部找温涅卡，于是又和他一起走，一路同行。

帕列把帅克称为自己的救命恩人，他发誓等家里给他寄来吃的，要和帅克共同分享。

大胡子帕列重重地叹了一口气，到团部去了。帅克则沿着一条大菩提树围成的林荫路来到了兵营的小卖部。

军需上士温涅卡正沉稳地坐在小卖部里，他已经喝得找不到东南西北了。可是，他兴致十分高，也十分和蔼。

"上士首长，"帅克对他讲，"您必须马上到团部仓库，弗卡森排长已带了十个人在那里等您。您赶紧去吧，上尉首长已经打过两次电话催您去领军需食物了。"

温涅卡捧腹大笑："哼，去领军需食物，那我可真能疯了。亲爱的，如果会有军需食物我就不是人，我的孩子！时间有的是，又没烧起来，忙活什么呢？我的小宝贝！等卢卡斯上尉先生掌管了和我管的一样多的先遣连时，他才有资格来对我说这说那，那时他也就不会用他那套'快点儿去'来打扰别人了。我已经从团里接到命令明天要出发，让我马上收拾行装，立刻还要去领口粮。应该做的我都做了，转到这里来高高兴兴地喝点儿酒。我在这里十分舒坦，其他事先不管。军需食物又不长腿，跑不了，迟早会是我们的。提起那仓库，我比上尉先生明白得多，我也明白军官们在上校先生召开的会上都聊了些什么。上尉先生居然想当然，以为团里的仓库里有军需食物。其实，我们团里的仓库里一直就没储存过军需食物，每当我们需要军需食物的时候，都是从旅部那里弄点儿来，要不就是从别的关系好的团部那里去借点儿来。单是贝纳舍夫团，我们就欠人家三百多斤。呵呵！随他们在那里扯吧！没必要着急。等那些人一到那里，仓库保管员一定会说他们是疯了。没有哪个先遣连领到过军需食物出发的。"

"不管它呢，随它去吧,这样最好了,"上士温涅卡接着说，"如果现在他们在团部里定好明天就走，连三岁小孩也不会相信。没有车皮怎么走呢？他们给调度室打电话的时候我一直在场，站上连一节车皮都没有。上一个先遣连也是一样。那次，我们在站台上等了两天，一直希望有位首长行行好，给我们拨一列车来。最后，我们总算上了车，可是又不知道车是往哪儿开的。连上校也不知道。我们开过了整个匈牙利，可还是没人知道，我们究竟是去塞尔维亚还是去向俄国。每到一站我们就和师部联系。我们简直就像是一块破布一样没人要。后来，我们到了杜克拉城附近的一处，在那里我们被打得落花流水，狼狈不堪，然后我们再次坐上火车进行整编。所以说，别瞎忙！顺其自然，用不着慌。就这么办，没什么好说的！"

"我为什么要为先遣营开拔而瞎忙活呢？我在第一个先遣连出征时，只用了两个小时，就把一切完成了。现在的先遣营的各个连花了整整两天才准备好，可我们那时的连长是谢诺希尔中尉，他是个花花公子，对我说：'兄弟们，不要紧张！'最后不是很顺利嘛。火车开动前两个小时我们才开始准备装车。我看你还是先在这儿坐一坐……"

"不必了，"好兵帅克拘谨地说，"我还是回连部去吧，要是来了什么电话怎么办呢？"

"哦，那你就去吧，我的宝贝，但是你得记在心里：你这么做并不合适。一个好的传令兵是一定不会到需要他的地方去的，也绝不可能这么热心于自己的工作。没有比做一个想去战争的鲁莽传令兵更糟的事了，亲爱的宝贝儿。"

此时，帅克早已走出门去，到先遣连的办公室去了。

这里只剩下温涅卡一个人。他喝着酒，偶尔地想到有一个排长带着十个人在仓库那边等他。想到这里，他莞尔一笑，心不在焉地挥了一下手。

他直到很晚才回到十一连连部，帅克还在电话机旁守着。他小心翼翼地爬到自己的床上，立刻进入了梦乡。

两小时前，卢卡斯上尉曾打来电话说，他在上校先生那儿开会呢，可是他已经忘了告诉帅克不用在电话机旁一直等着了，所以帅克一直待在电话机旁。

后来，弗卡森排长对帅克说，他和十名士兵白白等了军需上士半天。不但如此，仓库的门全是锁着的。

再到后来，弗卡森走了，那十名士兵也陆陆续续回了营房。

帅克时不时地拿起听筒偷听别人的讲话，他觉得很有意思，这是军队里刚安装的一种新式电话机，在线上可以清楚地听到别人谈话的内容。

比如，辎重兵和炮兵对着骂，工兵对着军邮所发脾气，射击培训班在骂机枪班。

帅克一直在电话机旁守着……

上校那里的会还在开着。

斯劳特上校正大讲特讲他的野战攻防最新理论，并且申明投弹手的作用。

他讲话是东一句西一句，一会儿讲两个月前建构的南方和东方战线，一会儿又讲各部队之间联络的重要性，继而扯到毒气导致的窒息、对空射击、前沿士兵的装备，一下子又扯到军队之间的相互关系。

他讲到了高级军官和下级军官、下级军官和普通军士之间的关系，谈到投敌叛变问题，谈到政治事件，还重申捷克兵有一半在政治上是不能够相信的。

"对，诸位，不论怎么样，克拉马什、谢依纳尔和克洛法奇……"大部分军官一边听他唠叨一边偷偷嘀咕：这个死老头不知要扯到什么年月才能结束。然而，斯劳特上校依旧继续谈着刚建立的各先遣营的新任务、团里的阵亡军官、齐柏林飞艇、西班牙骑兵、军人的宣誓……

当讲到最后一个问题时，卢卡斯上尉突然想起先遣营的人都宣过誓了，还有好兵帅克一个人没有宣誓，因为他当时还等在师军法处。

想到这儿，卢卡斯上尉突然咯咯笑了起来。这是一种没有来由的笑，使旁边的几位军官受到他的传染，也跟着笑了起来。这引起了上校的关注。这时，他刚谈到德军从阿登高地撤退中应吸取的经验教训。他把整个过程弄得一团糟糕，最后说："各位，这里没有什么好笑的东西啊。"

后来，由于旅部叫斯劳特上校接电话，大家就都去军官俱乐部了。

帅克正在电话机旁走神小睡，猛然间，一阵突然的电话铃声把他吵醒了。

"喂！"他听到听筒里说，"这里是团部办公室。"

"喂！"帅克回答说，"这里是十一先遣连办公室。"

"别啰唆了，"他听到听筒里说，"你听好，拿支铅笔记下来！"

"十一先遣连……"

接下来是一大串稀奇古怪、乱七八糟的句子，因为十二和十三先遣连也同时都在通话，团部来的电话全被这一片嘈杂声所淹没了。帅克一句话也没听清楚。后来，听筒中杂音稍稍小了点儿，帅克才听到里面说："喂！喂！重复一遍，快！"

"重复什么呀？"

"重复什么？你这个笨驴！电话记录呀！"

"什么记录？"

"妈的，你是聋子啊？我刚刚口述给你的呀，蠢猪！"

"我什么都没听见，因为总有人打岔。"

"你这个猴子，你以为我在跟你闲扯吗？你究竟是写还是不写？笔和纸都准备好了吗？没有呢？你这浑蛋！什么？我还得等你去找纸和笔？哼，你是个首长兵吧！喂，怎么样了？找到没有？你已经找着了？你真可能折腾。你是不是因为这事还得去换件衣服？老兄，好，你听着！十一先遣连，重复一遍！"

"十一先遣连。"

"连长，完了？重复一遍！"

"连长……"

"会议明早举行……好了吗？重复一遍！"

"会议明早举行……"

"九点钟——署名。你知道署名是什么意思吗,小羊羔子？是'署名'的意思了！重复一遍！"

"九点钟——署名。你知道署名是什么意思吗,小羊羔子？是'署名'的意思。"

"蠢材！署名是：斯劳特上校！小羊羔子！有没有记下来？重复一遍！"

"斯劳特上校,小畜生……"

"好了。你这头蠢猪！是谁接电话的呀？"

"是我。"

"我的上帝！这个'我'是谁呀？"

"帅克。还有别的事吗？"

"谢天谢地，没了。"

帅克挂上电话，去推醒了军需上士温涅卡。上士不耐烦地抗拒着，当帅克摇动他的时候，他打了帅克的鼻子一下，然后翻身伏趴着，双脚直往被子上乱蹬。

可帅克最后还是把他折腾醒了，他揉揉眼睛，翻过身来仰面向上，慌忙地问："出什么事了？"

"也没什么大事，"帅克回答说，"只是想问您一下。我刚接了一个电话，让卢卡斯上尉明天上午九点钟整再去上校首长那里开会。我这时不知道如何办。我是该马上汇报呢？还是等明天早上再说？我想了半天也没想明白，所以叫醒您，您睡得可真香。我拿定主意了，还是要请您帮忙，管它呢……"

"看在神的分儿上，你让我睡会儿觉吧！"温涅卡求饶道，还大大地打了一个哈欠，"你就早上去吧，可别再叫我了。"他翻了个身，又继续睡了。

帅克又坐在电话机旁，把头倚在桌子上，打起盹儿来。

帅克还真的甜甜地睡在电话机旁了，由于他忘记了挂上听筒，因此谁也不能打扰他的美梦。团部电话员又有事情要通知十一先遣连，命令明天中午十二点之前他们向团里报告，有多少人还没注射伤寒预防针，但是十一先遣连的电话就是接不上，气得他们又是跺脚又是骂。

这时，卢卡斯上尉依旧在军官俱乐部里。他喝完余下的黑咖啡就回家了。

卢卡斯上尉坐在桌边。这时，他心神不定，动笔给他姑姑写了一封感情洋溢的信。

亲爱的姑姑：

　　我刚刚接到命令，我将带领本先遣连开往前线了。这也许是我写给您的最后一封信了。前方战斗十分激烈，我方伤亡相当惨重。因此在信的结尾，我不方便用"再见"二字，而是向您永别，我想这也许更合适些。

"明天早上起来写完它吧。"卢卡斯想了一下就去睡觉了。

各连炊事班早晨煮咖啡散发出的香味把帅克唤醒了。就好像刚刚打过电话似的，习惯性地挂上听筒，随后在屋里做清晨漫步，还哼着小曲儿。

军需上士温涅卡被帅克吵醒了。他问帅克现在几点了。

"刚刚吹了起床号。"

"等喝完了咖啡我再起，"温涅卡决定了。他总是这样不紧不慢的，"要不然，他们又会让我们瞎忙，就像昨天领配给军需食物似的，徒劳地当跑腿……"

电话铃响了起来，上士去接了电话。是卢卡斯上尉，他问军需食物的事情如何了，随后电话里传出了责骂声。

"绝对没有，上尉先生！"温涅卡对着话筒大声说道，"全是军需处胡说的。哪儿有军需食物啊？派人去那里也无济于事。我正要汇报给您呢。什么？我去小卖部了？是谁说的？是食堂那个走阴巫师说的？我只路过在那里坐了一下，真的。上尉先生，您知道那个能走阴的把领军需食物的忙乱叫作什么吗？叫人为的恐惧。不，上尉先生，我没有喝多。帅克在干什么？他就在这儿。需要叫他吗？"

"帅克，来接电话，"上士说，还特地嘱咐他一句，"要是他要问起我回来的时候什么样儿，你就说我很好。"

帅克接过听筒："报告，上尉首长，是我帅克。"

"喂，帅克，军需食物配给到底是怎么回事啊？都领到了吗？"

"没有领到，上尉首长。连个影子都没有。"

"听着，帅克！在我们驻扎期间，我要你每天早上都要起床后向我报到，直到我们离开之前，你都不许离开我。你昨天晚上做什么去了？"

"我始终守在电话机旁。"

"有什么要紧的吗？"

"有，上尉首长。"

"不准瞎诌，帅克。是否有谁报告了什么紧急的事？"

"上尉首长，那是九点钟的事儿。我不想打扰您，上尉首长，我绝不会打扰。"

"那就少说废话吧，你他妈的！有什么要紧事！"

"这里有一份电话记录，上尉首长。"

"帅克，我听不清！"

"是我记录下来的，上尉首长。'把电话内容记下来。你是谁？记下来了吗？重复一遍！再重复一遍！'"

"去你妈的，帅克，你别再跟我捣乱了，告诉我是什么内容，要不我就狠狠教训你一顿。喂，都说了些什么？"

"又要开会了，上尉首长，今天九点钟在上校那里开会。我本想夜里把您喊醒的，可是后来我又改变想法了。"

"离天亮时间还早呢，你有能耐试试夜里把我叫醒！让他见鬼去吧，又是会议。把听筒给温涅卡！叫他来听电话。"

上士温涅卡拿起电话："我是军需上士温涅卡，上尉先生。"

"你给开一份……等一下，开什么来着？哦，一份军士花名册，上面要标注他们的年龄……再开一份全连应领粮饷的清单。写民族吗？对，对，写上民族……现在准尉普勒施纳和他的手下在干什么呢？检查装备？结账？我午饭后来签字。一个人也不准进城。挂了吧。"

为了不被人发现，温涅卡把萝朗姆装在了一个贴着墨水标签的瓶子里。此时，他正一面品着掺有酒的黑咖啡，一面对帅克说："咱们的上尉打起电话来总喜欢大声叫嚷，使我每个字儿都听得清清楚楚。帅克，从各个方面来看，你跟上尉先生的关系一定很好。"

"我们如同兄弟，"帅克回答说，"难以割舍。我和他曾经同生死共患难。他们几次想把我们分开，但是我们又总会相聚。他什么事都相信我，连我自己都很吃惊。"

斯劳特上校找来先遣营的军官开会，无非是又显摆他的演说功夫。

斯劳特上校指示说：部队马上就要出发了，起程之前，要多见面交流。继而又谈他接到了旅部的通知，说他们正在听候师部的指派，叫士兵们准备好，各连连长要多加戒备，不可以让一个士兵溜走。随后，又重复一遍他昨天的话，分析了时下的战局，并指出任何可能导致打击士气和斗志的行为都是不可以的。

他面前的桌子上摆着一张作战地图，上边有个小旗用大头针插着，但是小旗子都倒了，战线也被移动了，插着小旗子的大头针在地上散落得到处都是。

晚上，整个战局都被团部的一个文书的猫搅得一片混乱。这个畜生在奥匈帝国的战线上拉了一泡屎。它想把屎盖住，就把小旗子一面面拔了出来，把屎糊得阵地上到处都是。它又在前沿和桥头堡上撒了泡尿，把整个军团搞得不成样子。

糟糕的是斯劳特上校是个高度近视眼。

先遣营的军官们暗自注视着上校的手指头一点点接近一堆堆的猫屎。

"诸位，从这里到布格河上游的索卡尔……"斯劳特上校用一种十分有把握的口气说着，并依托记忆准确地将食指指到喀尔巴阡山，结果一下子插进一堆猫屎里去了，猫屎将作战地图立体化了。

"诸位，这是什么？"当有些湿乎乎的东西沾在了他的手指头上时，他吃惊地问道。

"上校首长，好像是猫屎。"察冈那大尉彬彬有礼地代表各位军官回答说。

斯劳特上校马上跑到隔壁办公室，之后便听到那里传来了一阵尖厉的咆哮声，上校狠狠地威胁说，要让办公室里的人把所有的猫屎都舔光。

通过一些简短的盘查，得知那猫是小文书茨维贝尔斐什在两个星期前带到办公室的。事情查明之后，茨维贝尔斐什就打起铺盖卷，被老文书领到禁闭室去了，他要一直守在那里等待上校先生的发落。

事实上，整个会议就已经结束了。斯劳特上校气得满脸通红。等他回到军官们那里时，他只是单纯地说："请各位军官先生做好十足的准备，听从进一步的命令与指示。"

目前的社会形势一直让人感到茫然。是走，还是不走呢？现在帅克坐在十一先遣连连部的电话机旁已经听到了很多不同的观点，有好的，也有坏的。十二连打来电话，说他们办公室里有人听说，一定要等到他们练好了移动目标射击之后，把基础射击课程都弄好了才出发。可是十三连却不同意这一积极的想法，他们在电话里讲：哈夫科克小副刚从城里回来，他听一个铁路工说，车皮已经停在站台上了。

温涅卡从帅克手里把话筒抢过来，气呼呼地叫喊说："铁路工看见一头老山羊，现在正在团部里等着。"

帅克从心底里喜欢接电话这差使，无论谁来向他打探有无消息，他都一概回答说：抱歉，我现在还没有准确的消息能告诉你们。

他也用相同的方式回复了卢卡斯上尉的问话。

"你那儿现在还没有新的消息吗？"

"暂时还不能汇报确切的消息，首长。"帅克就这样没有改变地回答。

"你这头愚笨的蠢驴，挂上电话吧。"

后来，他又接到好几次电话，帅克好不容易才连蒙带猜地记下电话的内容：第一件，昨天夜里，因他没挂好电话就睡了，致使打电话的人根本无法口授电话记录给他。这个电话就是关于哪些人打了预防针、哪些人没打的那个。

第二件，他接了一个迟到的电话，是军需食物问题方面的。这事已在昨天傍晚的时候搞定了。

第三件，是一个给团所属营、连及各单位的电话记录：

> 旅部电话第 75692 号，旅字命令第 172 号。炊事班堆栈订货时，所需各件物品应按下列次序进行排列：一、肉；二、罐头；三、新鲜蔬菜；四、干菜；五、大米；六、通心粉；七、燕麦和麸糠；八、土豆。有两项次序改变为：四、干菜；五、新鲜蔬菜。

帅克给温涅卡听这份电话记录时，温涅卡郑重其事地表示：这种通知应该扔到茅坑里去。

"这是军部哪个庸人凭空想出来的，就这样发给各师、各旅、各团了。"

之后，帅克又接到一份电话记录，可是对方说得太快，因此，帅克只能像记密码一样地把它写下来。

"更多的细节已经获得准许。另一方面；同样依然可以补充。"

帅克对自己写下来的这堆话感到吃惊，并且连着大声朗读了三遍。上士温涅卡说："全是废话、胡言乱语。鬼才知道，也许这是密码电话记录呢？也说不定。我们连没有密码本，这一份儿也应该扔掉。"

"现在，我要把电话挂上了。"

电话又像精神病一样活跃起来，再一次破坏了营地的安静与平和。

此时此刻，卢卡斯上尉正在他的斗室里研究团部送来的密码电文，猜测着密码译法的规则，同时也在研究关于先遣营前往加利西亚前线的路线的那个密令。

7217—1238—475—

2121——35 是莫雄。

8922—375—7282 是拉布河。

4432—1238—7217—

35—8922—35 是科马尔诺。

7282—9299—310—

375—788—298—

475—7979 是布达佩斯。

卢卡斯上尉一面翻译着这些密码，一面慨叹地说道："不要管了吧！"

第三卷　光荣地溃败

第一章　穿越匈牙利土地

火车就要启动了。士兵们一个接一个地被装进了车厢，每节车厢可以最多容纳四十二名士兵或八匹马。马在车厢里比人舒服多了，因为马能站着睡觉。不过，这倒没关系，关键的是军用列车又要把一批新的士兵送到加利西亚屠宰场去了。

不管怎样，士兵和马都看起来轻松多了。火车一启动，所有问题好像都不存在了。在这之前，士兵一直被笼罩在一种恐慌的气氛中，每个人的心都惶惶不安，不清楚是今天、明天，还是后天才启动火车。更有人甚至像被判了死刑一样，惊恐地在等待着刽子手处决。如今，人们终于可以安静下来，不久以后，所有的一切终将结束。

难怪有一个士兵会突然像疯子一样冲着窗外大声嚷道："我们出发了，我们出发了！"

军需上士温涅卡对帅克说："你大可不必着急，火车不会马上就启动的。"后来事实也证明，他的判断是对的。

过了几天以后，士兵们才又踏上了火车。这段时间大家总是在谈论着配给军需食物的事情。有着老练经验的温涅卡煞有介事地说：这是一种奢望，怎么会分配军需食物呢？也就是让神父来做一场祈祷罢了，因为先前那个先遣连就是让神父为他们做的祈祷。按照之前的惯例：配给军需食物，就不做祈祷；相反，做祈祷，就不配给军需食物。

这次当然也一样，没有配给军需食物，而是把首席神父耶波奥派来了。这位神父办事一贯采取"一箭双雕"的策略。这一次也不例外，他将被派往塞尔维亚的两个营和奔赴俄罗斯的一个营集中到了一起，做了一次祈祷，就算有个交代了。

在做祈祷时，他进行了一番义正词严的演讲。当然，那是从军事日历中抄袭而来的。他的讲话确实是感人至深，以至于在开往莫雄的路上，帅克在军需上士温涅卡的临时办公室的车厢中，还能回忆起他演说中的一段话。他对军需上士说："这位神父将战场上的景象描绘得太美好了！在黄昏的时候，金色的太阳披着万道霞光缓缓地向山的后面移动。战场上可以感受即将逝去的人们的最后呼吸，听到行将倒下的战马的嘶鸣声，还有那重伤员的哀号，以及房屋被烧毁后居民的痛哭声。我反而很高兴，还能幸运地见到这种'双料智障'的人呢！"

温涅卡赞赏地点点头说："这是一幅充满惊恐的感人图画啊！"帅克说："这幅图画不但美丽，而且令人受教育！我会一直记住它的。等我打完仗再次回到故乡时，我会在溢满杯酒馆里和别人聊天时，跟他们讲这件事情。另外，神父先生在演讲时，他的脚总爱撇向讲台外边，我真担心他会顺着讲台摔下来，被圣饼盘碰破他那椰子壳似的脑袋。他还讲了我国军事史上的一则事例给我们听。那是讲他在拉德斯基部队服役时，一个战地粮库遭遇火烧的一件事。他在讲述那时的场景时也曾说过：仓库燃烧的火光与鲜红的晚霞交相辉映，是多么美啊！就好像他亲眼看到的一般。"

与此同时，首席神父耶波奥又去了维也纳，给另一个先遣营讲述那个感人的历史故事，也就是帅克已经提到的、他很喜欢的、称之为"双料智障"的故事。

"敬爱的士兵们，"首席神父耶波奥说，"请你们回想一下一八四八年库斯托札战役胜利结束后的情景吧！"

"十个小时的猛烈战斗后，意大利国王阿尔博特不得不把血流成河、满是尸体的战场留给了我们的'战争之父'——拉德斯基元帅。元帅正是这样在他八十四岁高龄时获得如此辉煌的伟大战绩的！"

"'看！敬爱的士兵们！'高龄的统帅说，他勒住了战马，停在刚夺回来的库斯托札前方的高地上。忠诚的将领们环绕在他的周边。蓦地，所有人都肃穆起来，因为士兵们看到就在距元帅不远的地方躺着一位战士，他正在和死神展开着顽强的斗争。当拉德斯基元帅看着他时，身受重伤的旗手赫特感到了一种无上的光荣。他冰冷的右手正颤抖地握着那枚金奖章。他看着威严崇高的元帅，心脏又恢复了跳动，那残缺的身躯获得了最后一股力量。一位垂死的壮士正以超过凡人的毅力挣扎着爬向自己的首领。"

"'我亲爱的战士，快停下！'元帅向他喊道，然后立刻从马上跳下来，向他伸出手去。"

"'我不行了，元帅先生！'奄奄一息的战士说，'我的双手都已经受伤了。但是，我有一个小小的请求，就是请您对我说实话，这次战争我们取得胜利了吗？'"

　　"'是的，我们彻底打赢了，我最亲爱的小兄弟！'元帅和善地说，'但可惜的是，你的伤势如此严重，不能尽情地分享这次战争胜利的喜悦了！'"

　　"'是的，尊敬的先生，我马上要死了！'战士用微弱的声音说，脸上现出了欣慰的笑容。'想喝水吗？'拉德斯基问。'天气太热了，元帅先生，我们都在高温三十度以上战斗呀！'随后，元帅把自己副官的水壶递给他。战士一口不停地把水喝了。'愿上帝保佑您！'战士嚷道，挣扎着试图亲吻一下元帅的手。'你在军队服役多久了？'元帅问他。'四十多年了，元帅先生！'战士回答道，'在阿斯佩恩我获得了一枚金质奖章，在莱比锡战役中我一样又获得了炮十字奖章，我受了五次重伤，险些死去。可是这一次真的挺不过去了！能活到今天我是多么幸福啊！我们获得了辉煌的胜利，陛下再次收回了他的国土，我死了又怎么样呢！'"

　　"这时，从营房中传来我们敬爱的士兵们所唱的《主佑我等》的歌声。歌声嘹亮而且庄严肃穆，传遍了整个战场。那位即将告别生命的战士想挣扎着站起来，他激情地高声呼喊：'奥地利万岁！奥地利万岁！我们要一直唱着这支神圣的歌，光荣是我们将军们的，我们的军队万岁！'"

　　"这位垂死的战士又一次把头搭在元帅的右手上，并亲吻了它，最后缓缓地倒了下去，从那高尚的灵魂中吐出了最后一口微弱的气息。元帅把帽子摘下来，肃立在这位最优秀的战士遗体面前，双手捂住脸，感动地说：'这样美好的离去多令人羡慕啊！'"

通过首席神父耶波奥这一席话，帅克想起"双料智障"是没有丝毫侮辱意思的。

之后，帅克开始讲起上车前他们接到的两道著名的命令：第一道是弗朗茨·约瑟夫下达的命令，第二道则是东线军总司令约瑟夫·斐迪南大公下达的命令。这两道命令都和一九一五年四月十七日杜克拉山隘口事件有关联。那时，二十八团两个营的全体官兵在团部军乐队的军乐声中，公然投奔了俄军。

两道命令全是用颤抖的声音宣布的，并用捷克语翻译：

一九一五年四月十七日军令

我怀着悲痛的心情晓谕诸位军人，我军二十八团官兵，胆小怕死，企图叛变，已从我军逃跑出境。现决定，立刻收回被其玷污了的团旗，递交给军事博物馆保管。该团在国内已有叛变想法，开赴前线后又进行图谋叛变活动，并终于犯下谋反大罪。现决定，从今日起，撤销该团番号，将其所属部队从我军开除出去。

弗朗茨·约瑟夫

约瑟夫·斐迪南大公通令

捷克部队在行军中，尤其在近期战斗中，表现得相当之差，令人失望。而且，在阵地防卫战中，这支部队长期蜷缩在战壕当中，致使敌军有机会和该部队中潜藏之可耻分子取得联系。

而今，敌军的攻击目标主要选定为我军藏有反叛者的前线部队，以便于得到这些叛乱分子的配合。

敌军经常毫无防备地，甚至通行顺畅地深入我军前沿阵地，成功地俘虏我军大量守卫官兵。

这些不要颜面的无赖之徒，背叛陛下，背叛帝国，不仅玷污了我光荣勇敢军队之庄严旗帜，也深深损伤其所属民族之神圣荣誉。

那些不要颜面的无赖之徒，早晚都会遭到枪毙、上绞刑架、被刽子手杀头等极刑。

所有有荣誉感的捷克士兵，都有义务向其首长揭发这些可耻之徒、煽动者与叛徒的罪恶行径。

知情而不揭发者与那些无赖、叛徒同罪。

本通令须向捷克军团每一个官兵宣读。

当今国王已下令将捷克二十八团从我军开除出去，二十八团之逃逸分子，一经捕获，也将绳之以法，以其鲜血偿其弥天罪行。

约瑟夫·斐迪南大公

"这时才给我们宣读这些命令，好像有点儿晚了！"帅克对温涅卡说，"我很不明白，皇帝首长的命令是四月十七日颁布的，但是为什么一直到现在才宣读给我们听呢？这里似乎有某种不能立刻向我们宣读的原因。如果我是皇帝，我坚决不允许这种延迟现象发生。既然在十七日发布了命令，就算天上下刀子，也必须在十七日当天向所有团队宣读完毕。"

　　军官食堂的巫师伙夫坐在温涅卡车厢的另一头，正写着东西。在他身后坐着的是卢卡斯上尉的内勤兵大胡子巨人帕列以及十一先遣连的电话兵赫塔沃什奇。帕列正嚼着一片军用面包，胆战心惊地对电话兵赫塔沃什奇说明，他上车时挤得要死，没法儿到军官车厢去见自己的上尉，这实在不是他的原因。

　　赫塔沃什奇吓他说，现在可不能开玩笑，这是要吃枪子儿的。

　　"如果可以早点儿受完这种罪就好了！"帕列开始诉起苦来，"有一次我在沃季采进行演习时，差点儿没了性命。我们在那里走了很多路，又饥又渴。营副官骑着马来到我们跟前时，我就喊了一声：'给我们水和面包吧！'他掉转马头对我说：'如果这是在打仗的时候，你如此放肆，我非把你拉出去枪毙不可，不过即使现在我也要把你送到警备部候审所去。'但是，我的命大，当他骑马去参谋部告我状的路上，马受了惊，他从马背上摔了下来，谢天谢地，把他的颈椎给摔坏了。"

　　帕列深深地叹了一口气，啃了一口面包，又打起精神，盯着他面前卢卡斯上尉让他保管的两个背囊。

　　"长官们都领到了军需食物和匈牙利香肠了，还不少呢！"他郁郁地说。

而后，他又贪婪地紧盯着卢卡斯上尉的那两个背囊，就像一只饥饿的丧家犬坐在熏肉铺门口闻着煮肉的香味一般难受。

赫塔沃什奇说："要是现在有一顿美味的午餐摆在我们面前就好了！想当初，战争刚开始时，我们在开往塞尔维亚的路上，每到一站都受到了热情的招待，都可以饱餐一顿。我们吃着最美味的鹅腿肉，玩着传统的宗教游戏，将巧克力糖和羊羔肉放在一块儿吃。在克罗地亚的奥塞克，有两个退伍老兵将一大罐红烧兔肉放到我们车厢上，我们的人在接到罐子时，没拿稳，两罐子兔肉都洒到了他们的头上；在车上，我们没什么事做，只是一个劲儿朝窗外呕吐。我们车厢里的马捷依小副吃得实在太多了，肚子胀得很，必须叫我们在他肚子上放一块木板，然后像压白菜一样在上面跳，让他放了一连串的屁，才使他感到肚子好些；当我们坐火车穿过匈牙利时，每到一站都会有人往我们车厢扔烤鸡，我们只挑鸡脑髓吃，其余的不要；在考波什堡，匈牙利人索性把整块整块的烤猪肉扔进我们车厢，我的一位战友得到了一个烧熟了的猪头，然后他把这份礼物和几个匈牙利人都赶到三道铁轨以外的地方去了；但是，在通往波斯尼亚的一路上，我们却连口水都喝不上；可到了波斯尼亚之后，虽然不允许我们饮酒，我们依然可以喝到许多样的白酒，要喝多少就有多少，葡萄酒更是多得像水一样；我还记得，在一个车站上，有一些太太、小姐们拿啤酒慰劳我们，我们恶作剧，向啤酒壶里撒尿，把她们吓得全都往车厢外面跑……"

现在没有人听他啰唆了。帅克、温涅卡和赫塔沃什奇在玩

"马利亚什"纸牌，军官食堂的巫师伙夫正在给妻子写一封内容十分精彩的家信。他的妻子在他离开家以后，开始帮助别人代销一种新的神智学杂志。帕列坐在椅子上睡觉。

火车停在了莫雄站。因为当时已是黄昏时分，因此每个人都不能下车。

此时，就在大家感到有些疲倦的时候，从一个车厢里传出了嘹亮的歌声，歌手好像想压倒铁轨的撞击声似的。因为他是一个来自卡什佩尔斯凯霍里山区的士兵，所以在夜幕降临在匈牙利平原时，他怀着对上帝的虔诚，在大声歌唱着这静静的夜晚：

晚安，晚安！
祝所有劳苦的人晚安，
白昼已然悄悄流逝，
疲劳人已经进入梦乡，
愿他们甜美地睡到天明。
晚安，晚安！

"别唱了，你这个乡巴佬！"有人阻止了这位忧伤的歌手。

有人把他从窗口拉进了车厢。

但是，这些倦怠的人并没有安静地睡到第二天天明，他们就像其他车厢的人点着蜡烛打牌一般，也在一盏小煤油灯下打着"恰帕里"牌。

他们十分开心地玩着，脸上现出幸福的表情，就好像世界上从来没有发生什么战争一般，他们就好像没有坐在开往前线的列车上，将要去进行血淋淋的屠杀之战，而是坐在布拉格某个咖啡馆里的牌桌旁边一样。

然而，当他们在这里玩着用爱司压老 K 时，在远方的前线战场上，皇帝们为了抢夺土地，正驱使着他们的士兵去厮杀呢！

列车开动前，先遣营的军官们那时正坐在参谋部所在的车厢里，气氛十分凝重。大部分军官都在低头阅读一本精装德文书——路德维希·哥赫弗昂的小说《神父的罪恶》。他们一起翻到第一百六十一页，认真地读着。营长察冈那大尉在车窗旁，手里也拿着同样一本书，也翻到了第一百六十一页。

他望着窗外的田野，正在考虑着如何用最简单易懂的语言把这本书的意义给大家讲明白。这毕竟是一件很私密的事啊！

"诸位，"他带着十分神秘的表情说，"你们在任何情况下都不要忘记第一百六十一页！"大家反反复复地读了读第一百六十一页，但是看不出有什么不一样。只看到那一页上写道，有一位名叫马尔达的女人走到写字台前，在那里拖出一个人来，并对观众大声说道："大家必须要同情这位先生啊！"另外，在这一页上还描述了一个叫阿尔伯特的人，他一个劲儿地说俏皮话。可他说的那些俏皮话跟以前的剧情没有任何关系，简直是乱说一气，气得卢卡斯上尉把烟嘴儿都咬进了嘴里。

察冈那大尉将这一切在脑海里反反复复地思考了一会儿，随即离开了窗口。他没有教学的天赋，用了好长时间才把讲解第一百六十一页意义的发言稿整理了出来。

他和上校老头一样，在刚演讲时，习惯用德语问候大家：
"诸位！"尽管他在上车前已把大家称为"伙计们"了。

"是这样的，诸位……"他开始演讲说，"我昨天晚上收到了上校的通知，是关于路德维希·哥赫弗昂所著的《神父的罪恶》第一百六十一页的指示。"

"是这样的，诸位！"他接着又一本正经地说，"这一页就是我们战时使用的一套新电报密电码，它是很机密的。"士官生宾利拿出铅笔和笔记本，用非常讨好的口气说："我已经准备好了，大尉先生！"

大家瞟了一眼这个傻瓜。还在志愿兵学校时，他的勤奋中就夹带着几分傻气。他是自愿参军的一员。当志愿兵学校校长第一次问及学生家庭情况时，他第一个回答说，他祖辈的名字叫作宾利·冯·莱特霍利，他家的家徽上装饰有带鱼尾巴的鹳翅膀。

自从那刻起，大家便给了他个绰号叫"鱼尾巴鹳翅膀"。从那时起，他就遭到了大家无情的嘲笑，因为他父亲只是个做兔皮生意的小商贩，和他讲的鱼尾巴鹳翅膀毫不相称。虽然他是一个狂热追求浪漫主义的人，可他刻苦学习，以勤奋和知识渊博而著称。

"听着，士官生！"察冈那大尉嚷道，"不经过我的允许，你就不能随便说话，因为没有人问你什么。还有，你聪明过人，现在我们把机密的情况告诉了你，而你把它又记在笔记本上，一旦你把笔记本丢了怎么办？你就等着上军事法庭接受刑罚吧！"

士官生宾利另外一个习惯很不好，就是他总是想尽办法让人相信他的想法是对的。

"报告，大尉先生！"他回答说，"就算是我把笔记本丢了，也不会有人能看明白我写的是什么，因为我用的是速记法。这种速记法记录的内容，除自己明白以外谁也看不明白。我用的是英国速记法。"

大家轻蔑地瞥了他一眼。察冈那大尉挥了一下手，以便继续做他的报告。

"我已经讲了有关新的战时密电码的使用方法。但是，你们还不知道，为什么一定要让你们看路德维希·哥赫弗昂的《神父的罪恶》一书的第一百六十一页。诸位，这是破解新密电码的一把钥匙，它能够帮助我们知道军团司令部的最新指示。大家都清楚，战时有很多收发重要电文的办法。我们现在所用的是最新的数字补充法，因此，上回团部发给你们的密码和译电法就没用了。"

"这是阿尔布雷希特大公爵密电码，"用功的士官生宾利念叨着，"8892-R，这是从格伦费尔德法套用过来的。"

"新密电码体系十分简单，"大尉的声音在车厢里回荡着，"我已从上校先生那里拿过来了这套书的下卷和有关资料。比如说，我们收到一道命令为'令二二八高地机枪向左方射击，而我们收到的电报会是这样写的：'Sache-mit-uns-das...'十分简单，一点儿也不难。团部打电话给营长，营长打电话给连长，连长收到这个密码，就用这种方法把它破译出来。也就是说，拿出《神父的罪恶》一书，翻到第一百六十一页，再从反面一百六十页从上而下去找这个词。诸位，请注意，这个词首先在一百六十页上出现，它是第五十二个词，然后在一百六十一页，从头开始数到第五十二个字母。你们会发现这个字母是 A；电报上的第二个词是一百六十页的第七个词，接下来我们翻到一百六十一页，从头数到第七个字母是 u；然后是第三个词，诸位，请认真跟我查，是一百六十页的第八十八个词，而后，在背面的第一百六十一页中从头数到第八十八个字母，就是 f，这样我们译出这个词为'在……之上'。就这样一直译下去，直到我们把这道命令整个译出来，就可以看到，它们是'令二二八高地机枪向左方射击'。诸位，这个方法是如此巧妙，是如此简单啊！如果没有路德维希·哥赫弗昂的《神父的罪恶》一书，是完全不可能破译出这个密码的。"

每个人一声不响地看着那倒霉的一页，费尽脑汁地思考着。安静了一会儿后，蓦地，士官生宾利不安地叫了起来："大尉先生，这密码对不上号呀！"

这密码确实令人难以理解。

不论大家使多大的劲儿，除察冈那大尉以外，没有人能根据第一百六十页上的字序从被看作钥匙的一百六十一页上找到相应的字母。

"诸位！"察冈那大尉相信宾利说的话是对的，他一板一眼地说，"这是为什么呢？在我这本《神父的罪恶》书里一点儿也没错呀，可是怎么在你们那本书里就不同了呢？"

"大尉先生，"士官生宾利又说，"请允许我指出一个问题，路德维希·哥赫弗昂的小说分为上下两卷，请看书的内封页上写着'此书分上下两卷'几个字。我们拿的是上卷，您拿的是下卷。"这位认真的士官生宾利接着说，"因此很明白，我们书中的一百六十页和一百六十一页与您的内容是不同的，书中的文字肯定就不是一样的了。您那本书译出来的电文第一个词'Auf'，而我们这本书译出来的则是'Heu'。"

所以，士官生宾利并不是什么笨蛋。

"旅部发给我的是下卷，"察冈那大尉说，"这里一定出了什么问题。上校先生却给你们发了上卷。"听他的口气，似乎在讲简单的密码破译法以前就知道得很清楚了一样，"是旅部搞错了，他们没有跟团部讲清楚应该领下卷，因此才出了差错！"

这时，宾利得意扬扬地向大家扫了一眼，中尉托彼悄悄地对卢卡斯上尉说："士官生宾利这次可把察冈那大尉弄得非常难堪了，活该！"

"诸位，这事真是蹊跷！"察冈那大尉又说，他想引起大家讲话的兴致，以此来打破此时令人尴尬的安静场面，"在旅部办公室里，有些人真的没脑子！"

"请允许我再次提出一个问题，"不知疲倦的士官生宾利又说，他还想施展一下自己的才华，"比如，这类很机密的事根本不应该把电报从师部发到旅部办公室。涉及军团级的绝密，只能用绝密通知的形式直接传递到师长、旅长和团长本人。我明白有许多与此类似的密电码系统，如撒丁岛与萨伏依之战、英法联军塞巴斯托波尔之战、中国义和团起义，以及最近的日俄战争都曾经用过不同的密电码体系。这些密电码体系的传达……"

"我们不愿听你讲这些老故事，士官生宾利先生！"察冈那大尉轻蔑地、不悦地说，"我敢向大家保证，我讲的这套体系，既是现代最好的，又应该说是好得无法比拟的密电码体系。连我们敌人参谋部门的特务机构都拿它没办法，即使他们绞尽脑汁，也不能破译我们的密码。这是一套全新的密电码，这是一套全新的密电码系统，是以前所没有的。"

这时，不知疲劳的士官生宾利干咳了一声说："大尉先生，请允许我再一次真诚提醒您注意一下凯里克霍夫论军事密码的那本书。所有人都可以在军事百科词典出版社买到那本书。书中详尽描述了您给我们讲的那种方法，是季歇尔上校发明的，他曾服役于拿破仑一世时期的撒克逊军队。所以，这种方法被称为'季歇尔法'。大尉先生，来电的每一个字都能从反面一页，也就是被称之为密码钥匙的那一页中找出答案。随后弗雷斯内尔中尉又在《军用密码手册》一书中进一步完善了这种方法。这本书能在维也纳新城军事科学院出版社买到。"士官生宾利拿出手提包中的那本书，接着说："弗雷斯内尔也列举过同样的例子，大家请相信，也就是说我们刚才听到的那个事例，'令二二八高地机枪向左方射击'。解答的钥匙是路德维希·哥赫弗昂的《神父的罪恶》两卷集。请大家继续往下看，密电码电文为'Sache mit uns...'跟我们刚才听到的一模一样。"

很明显，这个毛头小伙子说的全部是对的。

肯定是军部某个将军偷懒，找来弗雷斯内尔论军事密码的书，从中抄袭了一段来敷衍了事。

在整个这一时期，卢卡斯上尉一直在抑制着自己内心的苦闷。他咬着嘴唇，想要说什么，可最后却又改变了想法而说了些其他的事。

"我们也不需要把事情想得太复杂了！"他心神不安地说，"在我们驻扎莱塔河畔的布鲁克期间，密电码体系就变过了好几回，我们还没到达前线就又产生了新的密电码系统。我认为，等我们到了前线肯定不会有时间去解密这种哑谜了。估计没等到我们搞清楚这类的密码，也许我们的连、营、旅早就完蛋了。这种密码全都没有什么实用价值。"

察冈那大尉很不满意地点着头说："从塞尔维亚战争的经验来看，我们的确没有时间去研究破译密码。可这并不说明，在我们长时间隐蔽在战壕中并等待时机时，这种密电码也不会有意义和价值。"

察冈那大尉的说法并没有让大家信服，因此，他只得说："目前的关键问题是，前线参谋部几乎不使用密电码了，况且我们的电话的通话效果不好，尤其在炮声隆隆的时候，就根本听不见了。如果什么都听不到，一定会出现十分混杂的局面。"他停了一会儿。接着说：

"诸位，在前线阵地上，发生混乱现象是很可怕的事！"他非常有预见性地补充了一句，之后又保持沉默。

"再过一会儿，我们马上到拉布河了！"他向窗外看看，又补充说，"诸位，到了拉布河车站，所有人都能领到一百五十克匈牙利香肠，而且允许休息三十分钟。"

他看了一下时间表接着说："四点十二分开车，所有人员三点五十八分在车厢中集合。现在按次序下车，从十一连开始。下车之后，一个连一个连地到第六仓库领取东西，由士官生宾利负责分发监督。"

大家都看着士官生宾利。他们的目光中似乎流露出这样的意思："这个狂妄的小子，早晚会吃亏的！"

这位勤劳的士官生宾利从手提包里拿出一张纸和一把尺子，按连里提供的人数在纸上画线条，准备给各连分配食物。他问起连长们各连的人数，但连长们都记不得本连究竟有多少士兵，因此，只好把他们平时信手写在笔记本中的一些不准确的数字交给他。

此时，察冈那大尉在失望之后又读起那本可恶的《神父的罪恶》。火车到了拉布河时，他收起书，说了一句："这位路德维希·哥赫弗昂写得还真不错！"

卢卡斯上尉首先冲出军官车厢，直接走向帅克坐的那个车厢。

帅克和他的战友们早已经打完了牌。卢卡斯上尉的内勤兵帕列因为十分饥饿，开始抱怨起那些军官首长们，说他很明白，这些首长们每个人都吃得脑满肠肥。说目前比农奴制时代还要不公平。以前军队的情况也不是这样的，记得他爷爷以前在家靠养老金过日子时常常说起，一八六六年普奥战争的时候，当官的同士兵还分享鸡和面包呢！当帕列埋怨个不停时，帅克却说现在的军队状况很好，应该表扬才对。

这时，卢卡斯上尉来到了车厢门口。

"帅克，你过来一下！"他嚷道，"别再胡说了，还是过来把事情说清楚，说明白。"

"好的，上尉先生，我立刻来！"

卢卡斯上尉用质疑的眼光望了帅克一下，并带着他走了出去。

在察冈那大尉失败的讲课那一时期，卢卡斯上尉就把他的侦探本领发挥了出来，找到了一些线索。事情并不烦琐，因为在开车的前一天，帅克曾经报告上尉说："上尉先生，我从团部领回来一些书，说这些书是给营部军官们看的。"

因此，在火车经过第二道铁轨时，卢卡斯上尉就直截了当地问道："帅克，那些书是怎么回事？"这时，火车已开到一部熄了火的火车头旁边，这部火车头在等待着一列装有弹药的军车，已有一个星期了。

"报告，上尉先生！这事说来很烦琐。我要细致地给您讲述那件事的整个过程时，可您总不耐烦听我说。就比如上一次，您还用手打了我的后脑勺，把我的一张军事借款单撕了。我当时对您解释说，我在一本书中读到过在过去战争时期，老百姓要缴纳各种税，比如，哪个人家要安窗户，就要为每个窗户交二十块硬币；养一只鹅也要交税……"

"帅克，你能不能说得简单清晰些！"卢卡斯上尉接着说，与此同时，他思考着怎样才能更好地把这个最大的秘密瞒住，免得帅克这个傻瓜又会搞出什么是非来，"你知道哥赫弗昂吗？"

"他是干什么的？"帅克很感兴趣地问道。

"他是一位德国作家，你这个笨蛋！"

"我发誓，上尉先生！"帅克像虔诚的追崇者一样说，"我只了解一位捷克作家，就是多玛日利采人拉迪斯拉夫·哈耶克。他在《动物世界》杂志做编辑。记得有一回，我还曾把一条看家狗当成纯种小狼狗卖给了他。他是一个快乐且善良的人，经常到一家酒馆去给饮酒的人读自己写的小说。他读小说时那种忧伤的样子，直逗得我们开怀大笑。然后，他却啜泣起来了，而且还为我们每个人交酒钱！我们也很高兴为他唱歌：'多玛日利采的门楼，壁画多么漂亮。画那壁画的人哪，正爱着漂亮的姑娘……她已不在这里了，在风景如画的地方长眠……'"

"帅克，这里不是歌剧院，你怎么能像歌剧演员一样乱喊乱叫呢？"当帅克唱到最后一句"她已不在这里了，在风景如画的地方长眠"时，卢卡斯上尉说，"我没在问你这件事。我只是想了解，你跟我所提到的那些书，是不是哥赫弗昂写的？那到底是怎么一回事？"卢卡斯说话时十分气愤。

"您是指我从团部拿到营部来的那些书吗？"帅克询问道，"上尉先生，那千真万确是他写的，就是您问我是不是认识的那个人写的。我接到直接从团部打来的电话，他们说要把一些书送到各个营部去，可各营办公室都没有人。我想他们一定是去小酒馆了，因为要上前线，也不知道今后还能不能再去那里喝上几杯了。上尉先生，他们肯定是在那里坐着，喝着，因此没人接电话。但是，您之前吩咐我作为传令兵暂时守着电话，等电话兵赫塔沃什奇回来接替我。所以，我就在那里等人来换班。团部的人骂骂咧咧地说，哪儿也打不通电话，而且说有一个通知，派营里人去团部取书，并且说那些书是给营里军官们看的。我明白，上尉先生，在军队里办事应讲究迅速，后来我就给他们回电话说，我得自己去取那些书。然后，我就把那些书搬回了营部。他们拿了一大袋子的书给我，特别重，我费了九牛二虎之力才搬回来。我看了看这些书，有些疑惑。团部的军需官对我说，按照团部的电话记录，营部早就清楚他们该拿哪一册书了，因为这部书有上下两册，上卷一册，下卷一册。我从来还没见到过有如此荒唐的事呢。我以前也读过很多书，但就是没听说过有从下卷读起的。他们还对我说：'那是上卷，这是下卷，读哪一卷军官们自己都已经知道了。'我心里想，他们肯定吃多了，撑到了。谁读书都是从头读起的。比如，我从团部背来的《神父的罪恶》这部小说吧，我也会德文，也是从上卷开始读吧！我们可不是犹太人，从后面往前读书。因此，上尉先生，您从小酒馆回来的时候，我也曾经打电话报告过这些书的事情，问您是不是在战争时期所有的事都颠倒了，是不是读书也得从后面往前读，比如说，先读下卷，后读上卷。可您说我是明知故问，连先念'上帝，我的主啊！'后念'阿门'都不知道了。"

"您怎么了，上尉先生！是不是不舒服了？"当帅克看到卢卡斯上尉脸色惨白地抓住那部已熄了火的火车头踏板时，关心地问道。

卢卡斯悲伤至极，惨白的脸上没有一丝怒容。

"接着说吧，接着说吧！帅克，没有关系，我现在好多了……"

"怎么说好呢，我还是那个观点。"在寂静的铁轨上方，帅克温和的声音再一次响起了，"有一回，我买了一本描写巴可尼森林中罗赫·夏瓦尼侠盗的惊险小说，而且也缺了一本上册，因此我只好去臆测上册中大概的故事情节，这类写侠盗故事的书，没有上册也看不明白！因此，我全都明白了，如果是我说军官们先读下卷，后读上卷，那着实可笑；如果我把团部的话如实地向营里转达的话，军官们自己清楚该读哪一卷，那我又似乎太愚蠢了。上尉先生，觉得这一次发书的事着实是莫名其妙，捉摸不透！我清楚，在战火纷飞的前线，军官们读不了什么书……"

"不要再说话了，帅克！"卢卡斯上尉深深地叹了一口气说。

"上尉先生，我当时也曾经打电话问过您，要不要把上下两卷都拿来，您就像刚才这样对我说，要我别再说了，还说拿那么多的书太累了啊！我猜，其他军官肯定也是这样了。我还问过我们的温涅卡，他具有丰富的实战经验。他说，原来军官们一直以为打仗是很容易的事，就像去消夏别墅度假一样，他们把大公们赠予的礼物，比如各种著名诗人写的整套诗集都带到前线去了。当然，这些书是由他们的内勤兵背着的，他们累得腰都一直弯着。他们总诅咒着自己的主子不得好死。温涅卡说，这些书一点儿都没用，用它卷烟叶儿抽呢，又太厚；把它做手纸吧，上尉先生，原谅我直言，这种写满诗的纸会擦坏屁股的；真读它吧，哪儿有那么多时间去读。因为，在前线总要四处跑，最后还是将这些没用的书扔在一旁。以后，他们的内勤兵形成了一种习惯：只要一听到炮声就把这些没有用的书扔掉。上尉先生，我听了温涅卡的意见以后，我心里不踏实，本想问问您。但我打电话给您，想问问如何处理这批书时，您告诉我说，如果我的笨脑袋还想不通的话，一定要给我一大耳光才能有效果！后来，上尉先生，我就把这部小说的上卷拿到了营部，把下卷暂时留在我们连部。我寻思着，等军官们读完了上卷以后，再把下卷发给他们，就像图书馆借书给读者那样。但是突然团部来电话通知说，马上开车了，营里所有多余的东西必须送回到团部仓库去。这时我又开始询问温涅卡，这部小说的下卷到底是不是多余的东西。他告诉我说，根据他在塞尔维亚、加利西亚和匈牙利的经验，不用把那些消遣的书带到前线去。城里士兵们用来装废纸的箱子倒还算是有用的东西，那是因为士兵们用报纸卷烟叶或者草沫子，士兵们在战壕里就是一直抽这些东西。这部小说的上卷营里已经发了，我们就把下卷送回到仓库去了。"

帅克歇了一会儿，又接着说："仓库里存的东西真是美妙无比啊！上尉先生，就连布杰约维采教堂唱诗班领唱人从军时戴的大礼帽都有呢！"

"帅克！"卢卡斯上尉长长地叹了一口气说，"你难道一点儿都没有意识到你做了些什么吗？也只有我骂你白痴，可除了叫你白痴又能叫你什么呢？我这样对你还算是客气的呢！你这次惹的祸可太大了，也就是说，这是我认识你以来所犯的最严重的错误了。帅克，你如果明白你干了些什么就好了……只可惜你永远也不会清楚你干了什么……如果什么时候有人说起这件事，你可一定别跟着一道乱掺和、胡说八道！也别跟人说

386

给我打过电话，说我让你把那本书的下卷……如果有人说起上卷如何如何，下卷又如何如何，你可不要去理会他们，你什么也不了解，你什么也不清楚，你什么也记不得。你千万不要把我掺和到里面去，你是一个……"

卢卡斯上尉说话似乎一个发高烧的人哼哼地胡说一样。当上尉沉默下来后，帅克又提了一个幼稚的问题："报告，上尉先生，请允许我另外再提一个问题，您为什么会说我永远都不会明白自己做了什么糟糕的事呢？上尉先生，我提这个问题，只是想下次不再做同样的傻事。人们经常说'吃一堑长一智'，就像达尼科夫卡村的翻砂工阿达麦茨也是这样，他一不留神把盐酸喝了下去……"

他话只说了一截，因为卢卡斯上尉不想再听他唠叨了。上尉打断了他的话："你这个笨蛋，我不会对你说什么了，你还是滚回自己的车厢去吧！"

"是，上尉先生！"帅克大声回答，然后暗无光彩向自己的车厢走去。

卢卡斯上尉顺着铁路轨道缓缓地走着，他一边走一边想："我当时真该给他几个耳光，可不知道为什么，我却像跟朋友一样同他聊了半天。"

帅克一本正经地走进自己的车厢。他感到自己受到了别人的敬重。一个人做了一件非常糟糕的事，但还要让他永远不要不提自己做过什么，这样的事倒是不多见呢！

第二章　集结布达佩斯

当火车停在布达佩斯的车站时，察冈那大尉接到一份旅部发来的机密电报，电文很长，是关于怎样应对一九一五年五月二十三日奥地利发生的新局势的指示。

上级来电说：意大利已经向奥匈帝国宣战。

察冈那大尉看完电报指示后，立刻下令吹号集合。

在先遣营全体官兵排成方阵集合之后，察冈那大尉用很严肃的语调向大家宣读了上级给他传来的电令：

"意大利国王本是我帝国的盟友，但因为他们无比的贪婪，将我们两国兄弟般的联盟置之脑后，不但不履行自己应尽的义务，相反，单方面背叛我们的盟约。大战爆发之后，他本应同我勇敢的军队站在同一战壕之中，而这位不讲信用的意大利国王却扮演了伪先生的角色，心口不一，和敌人暗中串通在一起，于五月二十二日至二十三日，他的背叛行为达到了极点，公然向我帝国宣战。我最高统帅深信不疑，我们勇敢和光荣的军队一定会对这种无耻叛逆的敌人给予沉重打击。让他明白，以无

388

耻奸诈之心发动战争，必将自取灭亡。我们坚信，在上帝的保佑下，不久一定会在意大利平原上再次出现像圣卢西亚、维琴察、诺瓦拉、库斯托札等那样伟大的征服者及伟大胜利。我们盼望胜利，我们一定胜利，我们终将胜利！"

之后是老一套的高呼"万岁"！士兵们一个个回到车厢，都感到有些吃惊。没有吃到一百五十克瑞士干酪，却领来了一场对意大利的战争。

在车厢里，帅克、上士温涅卡、电话兵赫塔沃什奇、帕列和伙夫耶拉笛对意大利参战一事进行了一场有趣的谈话。

"在布拉格的普蒂姆街也出现过这样的事情。"帅克第一个说，"在那条街上有一位老板叫哈斯伊西。他家的斜对门住着另一位老板，叫波什莫尔尼，也开了一个铺子。在这两家铺子当中，还有一位杂货铺的老板，叫罕弗勒斯。有一天，这位哈斯伊西老板突然想起要联手罕弗勒斯杂货铺老板，对付波什莫尔尼老板。他们谈好两个铺子合并后，就取名叫'哈斯伊西—罕弗勒斯公司'。可是，这位杂货铺的老板罕弗勒斯却去找波什莫尔尼老板，说哈斯伊西老板出了一千二百块钱给他的杂货铺想跟他合伙一起办公司。如果波什莫尔尼愿意出一千八百块钱，他将同意同波什莫尔尼老板共同反对哈斯伊西。结果，他们就这样合作了。这位罕弗勒斯老板在被他出卖了的哈斯伊西老板面前，经常转移话题不提这件事，仍假装他是哈斯伊西的最好的朋友。如果哈斯伊西提起联合经营一起办公司的事，他总是推说：'嗯，就快了，就等从别墅来的房客了！'之后，当房客纷纷到来的时候，也真的像他答应哈斯伊西的那样，联合经营的事真的办好了。哈斯伊西有一天早晨打开铺门却发现，自己竞争对手在铺子门口挂了一块大牌子：'波什莫尔尼—罕弗勒斯联合公司。'"

"在我们家乡也有过相似的事情，"蠢笨的帕列插话说，"我以前到邻村去买一头奶牛，已同卖主商量好了价钱，可后来沃季茨的一个屠夫硬是在我的眼皮底下把那头牛给买走了。"

"我们如今又要多打一场新的战争了！"帅克接着说，"我们又多了一个敌人，又开辟了一条新的战线。这样，我们就得省着点儿我们的子弹了。正像莫托尔的霍瓦勒兹所说的那样，'家里孩子多了，就要多加几条鞭子'。他对邻居家的孩子也总是没来由地乱打一顿。"

"我只是担心，"帕列全身打着战说出自己担心的事，"要想对付意大利，我们能吃的就越来越少了。"

军需上士温涅卡想了一想，然后一脸认真地说："什么事情都有可能发生，如此一来，我们赢得战争胜利的时间就会向后拖了。"

"我们此时正需要像拉德斯基那样的人物，"帅克不无感叹地说，"因为他很熟悉那一带的地形，又通晓意大利人的弱点，知道该从哪里进攻。谁都会发起进攻，但能不能达到预期的效果就不好说了。这确实是一门真正的军事艺术啊！一个人要从哪儿进去，就得洞悉周围的情况，不然就会陷入悲惨的绝境。几年前，在我们家乡的一座老房子的阁楼上，逮住了一个小偷。这小偷爬进屋里之后，看见泥瓦匠们正在修理天窗，他就藏匿起来了。之后他把一个看院子的人打死了，就顺着脚手架溜进那个天窗里，可是从那以后他就再也出不来了。但是，我们的拉德斯基对意大利的大街小巷都明明白白地知道。他们根本就抓不到他。有一本书详尽地描写了他如何从圣卢西亚跑出来的事，也写了意大利人又是如何逃跑的。直到第二天，拉德斯基才发现他最后赢了，因为意大利人都已跑没了。他还拿望远镜四处观察，也没有发现意大利人的足迹。于是，拉德斯基才又回去占领了那个曾经失守的圣卢西亚。从那时起他就升级为元帅了。"

"是的，意大利是个好地方。"伙夫耶拉笛插话说，"我以前去过一趟威尼斯，意大利人总愿意把人称为猪猡。若是一旦发起脾气来，他周围的人就都变成了猪猡。在他们眼里就连教皇也变成猪猡了。"

相反的是，军需上士温涅卡对意大利情有独钟。因为他在克拉鲁皮开了一家小卖部，卖些柠檬汁类的商品。那些柠檬汁都是用烂柠檬做成的，其中最便宜和最烂的柠檬都是从意大利来的。而今要跟意大利打仗，从意大利运柠檬到克拉鲁皮来也就不好办了。毋庸置疑，跟意大利打仗一定会带来各种各样想象不到的问题，因为意大利人一定会想尽办法地报复奥地利的。

"说起报复的事，"帅克微笑着说，"以前有一个人总想报复别人，就找了一个人当他的报复工具，结果当报复工具的人都没有好下场。几前年，我住在维诺堡时，在我楼下住着一位银行工作人员。这位银行职员经常去卡拉麦利瓦街一家啤酒铺饮酒。有一回，他在那里和一个人吵了起来。那个人在维诺

391

堡开了一个验尿研究所。这个人没说什么，总是一心想拿着验尿瓶子往别人手里放，让人家尿尿他拿去化验。说这种化验与病人和全家人的幸福息息相关。而且花钱也不多，只需要六个克朗。以前去过酒店饮酒的人，甚至酒店老板、老板娘，都曾经把尿拿给过他，只有这位银行职员坚决反对。但是，那位先生还是耐心地跟着他，银行职员到厕所去，他就在门外等，等人家上完厕所出来时，他总是关心地说：'森考昂科夫斯基先生，我不知道什么原因，总感到您的尿似乎有什么问题。您最好在这个瓶子撒泡尿装给我化验一下吧，否则就来不及了！'他最后终于说服了那位银行职员，让对方花了六个克朗。那位先生做化验时在尿里加了点儿糖，就像他曾经给酒店的其他人的尿加糖一样，包括酒店老板。后来，这个酒店也毁在他手里，因为他总是对接受化验的人说，你病得相当严重，不能饮酒，不能抽烟，不能要老婆，只能喝水，吃蔬菜。因此，这位职员和其他很多人都非常恨他，便选定了一个看院子的工人帮他们报仇，因为大家知道，那位看院子的工人是个心肠狠毒的人。有一天，银行职员对那位验尿的先生说，看院子的工人已经病了有一段时间了，想请他第二天天早晨七点钟去给那名工人化验一下尿。第二天清晨他真的来了，但是见院子的工人还在睡觉，这位先生就把他叫醒，并客气地对他说：'您好！我尊敬的马来克先生。这个瓶子给您，请您把尿撒在里面，再给我六个克朗。'这一下可完了。看院子的工人身穿三角裤衩，猛地从床上蹦起来，抓住那位先生的脖领，扯着他往柜子上撞，撞了一会儿，又把他塞进柜子里，后来看院子的工人又把他从柜子里拽出来，用一根鞭子抽他，并坚决把他赶到切拉柯夫斯卡大街上。那位先生就如同狗被踩着尾巴一样嗷嗷大叫。到哈夫利契柯瓦大街上，那位先生才狼狈不堪地跳上一辆电车逃走了。而那位看院子的工人却恰被警察抓个正着。然后，他又跟警察理论，结果由于他穿着三角裤衩上街，什么都露出来了，有伤风化，警察就把他扔进警车里，带到了警察局。他在车上还不老实，仍旧像野牛一样口出不逊：'你们这些浑蛋，我要让你们瞧瞧，他是如何验我的尿的！'结果他因故意伤人和辱骂警察被判了六个月徒刑。在宣判时，他又谩骂地方官员。或许他现在还在监狱呢！所以，我说，想报复别人，会殃及无辜的！"

此时，帕列正在发愁地思考些什么，终于，他开口问温涅卡："请问，军需上士先生，您当真认为这次对意大利交战会使我们的口粮减少吗？"

"这不是十分明显的事吗！"温涅卡回答说。

"我的上帝啊！"帕列叫了一声，双手抱着头，静静地坐到一个角落里去了。

这节车厢里有关意大利宣战问题的一场讨论就暂时停止了。

在军官车厢中，军官们正在谈论问题，是关于意大利参战后所形成的新的军事格局。由于著名军事理论家、士官生宾利没有出席，所以，讨论显得毫无意义。后来，幸亏三连的托彼中尉来了，讨论气氛才活跃起来。

托彼中尉当兵入伍前是一位捷克语文老师。他在教书期间就想尽办法从各方面表现出他对帝国的忠心。在语文考试时，他让学生做的作文题目是关于哈布斯堡王朝历史的问题；他对低年级的学生讲神圣的罗马皇帝马克西米利安是如何爬到悬崖上下不来的；讲奥地利皇帝约瑟夫二世怎样御驾躬耕；斐迪南一世皇帝又是怎样成为白痴的。用这些来吓唬孩子们。然而给高年级的学生讲的题材就更加不知所云了。比如，他给七年级的学生出的作文题目就是"弗朗茨·约瑟夫一世皇帝是科学和艺术的庇护者"。有一个七年级的学生在写这篇作文时，因为错误地说这位皇帝最大的功绩就是在布拉格建造了弗朗茨·约瑟夫一世大桥，结果被学校开除了，奥匈帝国所有中学都不能收他为学生。

每次皇帝生日和其他皇家庆典时，他都会让学生们高唱奥地利国歌。他的同事都非常讨厌他，因为别人知道他这个人爱打小报告。在他任教的那个城市里，他和中学校长、县长，当地三个最大的浑蛋和畜生，组成了"三叶派"。在这个势力里，他学会了怎样去看奥匈帝国的脸色来耍政治权术。此时此刻，他正在用一个死板的教书匠的腔调来阐述自己的理念：

"总体来讲，我对意大利介入战争，并不感到惊讶。在三个月前，我就已经猜到意大利会这样做的。不久前，意大利与土耳其争夺的黎波里获得胜利后就牛气起来了。另外，它也高估了自己海军的实力了，认为我们在亚得里亚海沿岸各省以及我国南部蒂罗尔省的居民都会支持他们。况且在大战以前，我就对我们家乡的县长说过，不要过低地估计了南方民族统一主义运动。他十分同意，因为所有关心帝国兴亡的爱国之士都早早地看到，假如我们太过宽容这些分子是没有好果子吃的。我记得十分清楚，大概两年前，我曾经和我们的县长先生进行过一次长谈，我说，当我们的领事普罗哈斯基在巴尔干战争中出洋相时，意大利就已经在等候时机攻打我们了。现在事情不是照此发生了吗？”他大声叫着，似乎在跟所有人争论一样。其实，每一个在场的军官都希望让这位不懂军事的空谈家快点儿走才好呢！

“实事求是地说，”他用微微温和的声音说，“我们在许多方面，甚至在学校的课程里，都没有谈到我们与意大利的关系问题，忘记了我们军队在一八四八年和一八六六年那些打败意大利的伟大的、光荣的、胜利的日子。在当今旅部的命令中也已经谈到了这一点。可是，我还是一直在尽自己的职责。在上一个学年结束之前，也就是战争刚开始的时候，我就给学生们布置过这样的作文题：‘我们的英雄在意大利，从维琴察到库斯托札，或者……’”

这位愚蠢的托彼中尉还一板一眼地用德语补充说：“把我们的鲜血和生命献给哈布斯堡王朝，献给统一、团结和伟大的奥地利……”

随后，他静思了一会儿，显然是在等待军官车厢里的其他军官对现在的新形势发表观点，他好再一次向大家证实，他在五年前就已经看出总有一天意大利会背叛自己的盟友。但是，他最终彻底失望了，因为营部传令兵马杜西奇从火车站取来《佩斯劳埃德氏报》递交给了察冈那大尉。大尉看了一下报纸说：“你们看，我们在布鲁克看见的那位魏纳诺娃，昨天晚上在这地方的‘小剧院’演出了！”

就这样，有关意大利问题的讨论在军官车厢中结束了……

在其他车厢里，列车已在这里停了两个多小时，大家认为现在可能会掉头开往意大利去。

这样的想法会出现在大家脑子里，是因为在列车上发生了几件怪事：首先是卫生委员会的人来检查卫生，把士兵们全部都赶下车，以方便他们在车厢里喷洒消毒水，甚至在放面包的车厢里也洒了消毒水，这引起了大家的愤怒。

喷洒结束，大家又被赶上车厢，可是半小时后，又把大家轰到车下，因为有一位老将军要来列车检阅。帅克见到这个老先生后，很快在脑子里就闪出一个词儿，充当这个老头儿的绰号。他站在后排，悄悄地对军需上士温涅卡说："他是个老病痨子！"

察冈那大尉陪同着老将军，在一排排队伍的前面缓慢走着。他停在了一个年轻的士兵面前，想给士兵一些激励。他问那个士兵是哪个地方的人，多大了，有没有手表。那个士兵已经有一块手表了，可他还想再要一块，所以就说没有手表。这位老病痨子将军装傻地笑笑，就好像弗朗茨·约瑟夫皇帝在城里会见市长们时的样子，连连点头说："很好，很好！"之后，他又要吹捧站在旁边的一个小副，便问他："你妻子的身体好吗？"

"报告，"小副喊道，"我还是单身。"老将军又和蔼地笑了笑说："这不错，相当好！"

之后，将军带着老年人独有的稚气让察冈那大尉命令士兵们表演操练时喊"一、二报数"。片刻过后，车站上就响起"一、二，一、二，一、二"的报数声。

这时，老病痨子将军很满足。听说他家里就有两个内勤兵，他闲暇时就让他们站在他面前，报数"一、二，一、二"，逗他开心。

这样的将军在奥地利还有很多。

检阅圆满完毕了，将军对察冈那大尉连连称赞，还允许士兵们在车站附近活动活动，因为传来消息说，列车要再等三小时才开走。这样，士兵们就在站台周围来回溜达，瞧瞧可以捡点儿什么。因为车站上来回上下人员很多，有的士兵还可以讨支香烟抽抽。

现在想来还真让人伤感。想当年老百姓到车站上来欢迎军用列车那是多么的热情，今天那高涨的热情已经彻底消失了，士兵们甚至已经沦到沿街乞讨的地步。

后来有消息说，列车要再等四小时以后才能开。前面去往豪特万的铁路线被装满伤兵的军列给堵住了。车站里还传说，有一辆装伤病员的军队汽车在埃格尔附近和一列装着炮兵的军车相撞，现在救援车正从布达佩斯城往那里赶去。

时间不长，全营就沸沸扬扬地议论起来。有人说这次事故死伤了二百人，有的说是有人蓄意制造的，是为了掩盖伤病员供应问题中的受贿行为而制造的，等等。

这时，一位先生走进了车厢，他拉裤缝上有着红金饰绦。他是专门负责检查全部铁路线工作的将军。

"请坐，诸位先生们！"他挥挥手，亲切地说。他非常高兴能在车站上遇到一列被堵住的军车。

正当察冈那大尉想向他汇报情况时，他摆了摆手说："你们这辆列车有点儿毛病吧！怎么你们还没有睡觉呢？该去睡觉了！军列停在车站上，九点钟就该让车厢里的官兵们睡觉，如同在军营里一样。"

随后，他直截了当地说："九点钟之前把士兵们一律带到车站后面，去上一趟厕所，之后回到车厢里睡觉。要不然士兵们会在夜间把铁路线弄脏的，明白吗？大尉先生，请给我复述一遍！哦，好吧！就不要复述了，就照我说的去做吧！先吹一次号，让战士们都去上厕所。然后，二次吹号，让战士们熄灯睡觉。最后，你再去检查一下，假如有人还没睡觉，就惩罚他。就这些，说得够完整的吧！哦，另外，六点钟开始吃晚饭。"

之后，他又讲了一些很久以前的事情，还说了一些从来就没有的和不靠谱儿的事情。他站在那里好像是第四帝国的幽灵一样。

"六点开晚饭。"他一面说，一面看着手表，那时已是晚上十一点多了，"八点半吹号，带士兵们上厕所，然后睡觉。六点钟到这里吃晚饭，原本吃一百五十克瑞士干酪的，现在改为吃土豆烧牛肉了。"

不一会儿，他又命令检查行军情况。察冈那大尉命令吹集合号。检察官将军看着全营士兵们排成了横队，便和军官们在队列前来回走，而且不断地对士兵们进行教育，就如同士兵们都是白痴，一下子听不懂他的话一样。他又看了看手表说："你们看，现在已经八点半了，该上厕所了，再过半小时睡觉，时间还很充足。但在这段时间里，士兵们是很少去大便的。现在重中之重是休息好，这对明天继续行军很有帮助。只要士兵们在火车上，就一定要好好休息。如果车厢里没有足够的铺位，便需要分批睡。三分之一的士兵在车厢里舒舒服服地睡觉，从九点钟睡到半夜，其他士兵在一旁站着，看着他们睡觉；等到第一批人睡够了，把位子空出来给第二批三分之一的人继续睡，从半夜睡到凌晨三点钟；第三批人从三点睡到早晨六点，然后吹号起床，让大家起床洗脸。在列车行驶中要严防跳车。军列上一定要有巡逻兵的，防止士兵跳车。假如敌人打伤了我们士兵的腿……"

将军拍拍自己的腿："这是值得表扬的。但是，在列车行驶过程中如果有人跳车弄残废了腿还是要受处分的，那是活该。"

"这就是你们营的人吗？"将军问察冈那大尉，当他看到被强行从睡梦中叫醒的士兵们，有的仍然迷糊，有的还在早晨的新鲜空气中打哈欠，说道，"大尉先生，这是个打呵欠营呀！士兵们必须在九点钟熄灯。"

将军来到十一连队伍前面时停下了脚步。帅克在队伍的左边站着，张着大嘴打哈欠。他用两只手捂住嘴，怕打出声音来，但是声音从他的指缝中像牛吼似的冒了出来。卢卡斯上尉听到他的声音浑身直发抖，恐怕将军离帅克太近会听到，后来还以为这是帅克故意的。

将军好像已听到了这声音，他转身走到帅克的面前，用德语问他道："你是捷克人，还是德国人？"

"报告将军，我是捷克人。"

"很好。"他是波兰人，也懂一点儿捷克语，便用捷克语说，"你如同牛吼一样，应该不说话，别发出牛的叫声！你上过厕所了吗？"

"没有。报告将军先生。"

"你为什么没有跟其他人一块儿去上厕所呢？"

"报告，将军先生！在皮塞克演习时，瓦赫特上校先生对我们讲过，士兵们爬行在黑麦地里时，不能总想着拉屎撒尿的事，而应该想着战斗的事。况且，为什么我们要去厕所？我们又不想拉屎！依照行军安排，我们应该在好几个站里领到晚饭的，可是我们没有领到，肚子还在咕咕叫，有必要去厕所吗？"

帅克用朴实的话语向将军讲述了路上的情况，诚恳地望着将军，希望将军能感受到士兵们企求援救的想法，并希望给予他们帮助。如果命令让大家一块儿去上厕所，那也总该有个理由吧。

"你让大家都回到车上去！"将军对察冈那大尉说，"这是为什么？他们为什么没有领到晚饭呢？按道理，所有军车经过本站都应该领到晚餐的。这一站是军运供应站，它们必须要提供晚餐，这是计划里规定了的。"

将军的话是如此肯定，这就是说，尽管这时是夜间十一点多钟，但是明晚六点大家就一定可以吃上晚饭了。所以，只要我们的列车在这里再逗留一夜和明天一个白天，到明天晚上六点钟时，士兵们就可以吃到土豆烧牛肉了。说起来，也只能这样了。

"这种事情确实是太糟糕了！"将军十分严肃地说，"在战争时期，忘记给去往前线的士兵发配食物是最糟糕的事。我的责任是必须搞明白事情的始末原委，以及军运处办公室对这件事的想法。先生们，因为有时候责任会是军用列车车长的。我在检察波斯尼亚南部铁路线工作时，就曾发现过有六辆军用列车没有领到晚餐。之后一经查实，结果是车长忘了去领晚饭。车站上做了六次土豆烧牛肉，怎么也没有人去领，害得一大堆饭菜都倒到垃圾堆了。先生们，这里把土豆烧牛肉堆成山，而距离我们这里三站路远的地方，军列上的士兵却在车站上讨路人的面包吃。他们无论如何没料想，他们乘坐的列车却是从波斯尼亚车站堆成的土豆烧牛肉的山丘上开过去的啊！责任不是军需处的，假如是这样的话。"

他挥了一下手说："这是列车长的责任。我们去办公室！"

军官们都随着他一道去办公室，但心里却直犯嘀咕，怎么每位将军都有点儿神经质呢？

在军运办公室才知道，他们真的不知道供应土豆烧牛肉的事情。原来，所有军列经过此地，他们都是提供饭菜的，可是这之后上面传达了一道命令，说在内部结算士兵给养经费时，执行从每个士兵的供应中扣除七十二克朗，因此每辆军列通过这里，都得从每个士兵那里扣除七十二克朗，这些扣除下来的钱被交到军需处用于贴补最近时期的军饷。对于面包的事，士兵们在匈牙利的瓦吉安车站上他们也只领到该发的面包的一半。

后勤处主任对此也有很多意见。他直截了当地对将军说，上面的命令一小时改变一次。一般我们给士兵们备齐了饭菜，突然开来一辆医护车，他们出示了更高级的命令，让我们把已经准备好了的饭菜先给他们吃，但是待到其他的车到了，锅里却是空空的，我们就没有给他们吃的东西了。

将军谅解地点点头，说现在的情况要好很多，战争开始的时候的情况更糟糕呢！做不到一下子把全部的事都办好的。这里需要积累丰富经验，需要实践。战争时间越长，所有工作就会越发趋于完善。

"我可以给你们列举一个实际例子。"他高兴地说，好像他要对大家披露什么神秘的事一样，"两天前，有几辆军列经过豪特万车站时，连块面包也没有。但是，你们明天就能在那里领到。好了，我们现在就去车站饭店吧！"

在车站饭店，将军先生又提起公共厕所的事情，说现在各条铁轨都堆着的大便就像仙人球似的，相当不好看。他一边说一边吃着牛排。周围的人都看着他，好像他正在咀嚼着"仙人球"一样。

将军很重视公共厕所，似乎厕所问题关系帝国的胜利。

在将军的眼里仿佛每件事都是那么简单，只要依照他开的药方做似乎就可以取得战争的辉煌胜利。也就是说，战士们只要在晚六点吃上土豆烧牛肉，八点半上公共厕所，九点钟睡觉，敌人在这样的军队面前就会被吓得逃跑了。

将军抽着奥佩拉牌香烟，看着天花板沉思了许久。他认为还必须再说点儿什么，既然已经到这里来了，总应该给车上的军官们鼓励才好。

"你们营的领导核心是很好的，"当大家觉得他还会一直沉默地看天花板时，他突然说，"你们的指挥人员还是很棒的，还有那位与我谈话的士兵也十分坦诚直率，而且军人的服从精神也在他身上显露出来，他应该说是全营士兵的楷模，他一定会坚持战斗到流尽最后一滴血的。”

将军又沉寂下来，把身子靠在椅背上，抬头仰望着天花板，仍然保持着原来的姿势。这时，只有托彼中尉出于奴性的原因也跟着他看着天花板。将军说："你们所取得的这些成绩不应该被埋没掉。你们旅各个营都有各自的光辉历史，你们营要继承并发扬优秀的传统，可你们营还缺少一个可以准确记录和编写营史的人。应该让各连把各自所得的成绩及时反馈到他那里。这个人肯定是个具有一定知识的人，而绝不可以是什么畜生和蠢猪。大尉先生，你一定要任命一个营史编写员。”

随后，他瞧了一眼墙上的挂钟。时钟正提示着无精打采的人们：该是回家的时候了。

将军有专用视察列车。他让军官们把他送回到自己的卧铺车厢。

次日一早，军车还停在站上。起床号吹响以后，士兵们接二连三来到水龙头旁边洗脸。将军和他的列车还在那里，他亲自到公共厕所视察工作。全营士兵遵照察冈那大尉的命令也到达了那里。为了使将军高兴，大尉命令："由小副带领，分班上厕所。"为了让托彼中尉高兴，他又分配中尉做今天的值日官。

这样，监视他们上厕所的工作就成了托彼中尉的了。

这公共厕所有两排长长的茅坑，能够供一个连的两个班士兵同时使用。

这时，士兵们一个挨着一个蹲在茅坑上，就好像去非洲度秋天的燕子蹲在电灯线上一般。每个人都脱下裤子，裸露着膝盖蹲在那里，脖子上还悬着一根皮带，好像等待一声令下就去上吊一样。

由此可以看出军队纪律性和组织性的严明。

帅克也来到这里，在一行的左端蹲着。他正兴致勃勃地拿着一张不完整的纸片读着，那是从鲁热娜·叶塞斯卡的小说中扯下的。

当帅克的目光从那残缺的纸片上移开时，不经意向厕所的东边瞟了一眼，真的吓了一跳。他看见昨天夜里的那位少将先生身着盛装同他的副官和托彼中尉站在一起，兴高采烈地聊着什么。

帅克转回头，看到周围的兵士们，还都安静地蹲在茅坑上，而军官们却像傻子似的立定不动。

帅克感到情况不妙。

他一下子蹦了起来，裤子也没有系好，皮带还挂在脖子上，赶紧用那张残纸片急匆匆地擦了一下屁股，大声嚷道："别拉屎了，起立，立正，向右看齐！"他行了一个军礼。两个班的人，裤子也都没穿好，皮带挂在脖子上，也都从茅坑上站了起来。

将军慈祥地微笑着说："稍息，接着拉吧！"小副马莱克带头，大家一起回到了刚才的位置，又蹲下去保持原来的姿势。只是帅克仍然站在那里还在敬着礼，因为托彼中尉正凶巴巴地从一头走来，但少将却面带微笑从另一头走来。

"昨天夜里我见过你。"将军看见帅克那可笑的样子说。满是怒气的托彼中尉转过身向将军说："报告，少将先生，这个人是神经病，是个蠢材，是个最大的白痴！"

"你说什么，中尉先生？"少将突然冲托彼中尉嚷道，并说帅克的表现与中尉说的正好相反。说就是这个士兵，当他看见首长和军官时，不论首长和军官有没有注意到他，他都能知道自己应该干什么。这正像在前方打仗一样，当指挥官处于危险状态不能指挥战斗时。就像刚才，本应由托彼中尉先生来指挥的，结果他没有做到，但是，这位士兵却做到了一个普通士兵应当担当起的指挥工作来——"别拉了，起立，立正，向右看齐！"

"你擦了屁股吗？"少将问帅克。

"报告，少将先生，已经擦过了。"

"你还拉吗？"

"报告，少将先生，我已经拉完了。"

"那你先把裤子穿好，然后再立正。"由于少将在说"立正"这个词时，声音有些大，周围的几个士兵都立刻从茅坑上站了起来。

少将对他们友好地挥了挥手，亲切地说："不用这样，稍息，稍息，请接着拉吧！"

帅克整理好自己的军装，在少将的面前站着。少将跟他作了简短的德语讲话："在部队里，能够尊敬首长，遵守礼节，机警敏锐，这就足够了。假如再加上些勇气，那我们就会战无不胜，攻无不克了。"

然后，他转过身对着托彼中尉，用手指捅了一下帅克的肚皮说："你记下他的名字，到了前线就晋升他，一有机会就为他申请授予铜质奖章，用以表彰他工作严肃认真……你应该知道我指的是什么意思了……解散！"

少将离开了公共厕所，缓缓地走远了，中尉为了让将军还可以听到他的声音，便大声命令士兵们说："第一班起立，排成四行……第二班……"

解散之后，帅克从厕所里走出来，走过托彼中尉身旁时，对他行了一个军礼，但托彼中尉却狠狠地说："再来一次！"帅克只好又重做了一遍。他听到中尉又说："你了解我吗？你还不了解我。你认为我很和善，但假如你做得不好，你就会知道我凶恶的一面了，我会让你哭都哭不出来！"

帅克最后离开了那里，走向自己的车厢。

第三章 从豪特万到加利西亚边境

　　军列在希雅索昂的罗薇镇停了下来。车站上满是列车和人。有两列装满火药的列车应该最先开出去，接下来开出的是两列炮兵军车和一列架桥部队的列车。可以这样说，这里汇集了所有兵种的列车。

　　军列车站后面有几个穿着盛装的匈牙利骠骑兵以及两个被抓的波兰犹太人。他们抢夺犹太人的烧酒篮子，非但不给钱，还招惹是非，打他们耳光。很明显，他们这样的放肆是经过上司批准的，因为他们的首长就在周围，见到他们打人正高兴地笑呢！就在这时，在车库后面也有几个匈牙利骠骑兵打伤了几个犹太人，还调戏他们长着黑眼睛的女儿。

　　车站上还停着一辆列车，装着航空部队士兵。在它周围的一些轨道上，有的列车满载着被击坏的炮铳。运到前方去的全是一些很新的武器，而这些被击坏的光荣残骸则是被运到后方去修理和改装的。

　　托彼中尉向正在围观被击坏的飞机火炮的士兵们解释说，

这些全部都是我们的战利品。突然他发现，在不远的地方帅克也在人群中不晓得在说些什么。他走了过去，听到帅克正十分严肃地说："不管怎么说，这些都是战利品。虽然冷眼一看，那炮架上用德文写着皇家王室炮兵师的字样，似乎会让我们产生疑问，但事实是这样的：这座大炮起初是我们的，后来落到了俄国人的手上，现在我们又把它重新抢了回来，这样的战利品岂不是更加珍贵嘛！因为……"

"因为，"当帅克看到托彼中尉时，他就更加郑重地说，"不能够让敌人留下任何我们的东西。不管是在普热梅希尔战役中被敌人收缴去的，还是在别的战斗中，甚至是某个士兵被收缴去的一个水壶，我们都必须把它们全部抢回来。提起水壶，那还是在拿破仑战争时期，有一个士兵夜里偷进敌人的营地，把自己的军用水壶偷偷拿了回来。他还多得了一点儿东西呢，因为敌人就在那天晚上刚刚领到了烧酒。"

托彼中尉只说了一句话："快滚，越远越好。帅克，别让我再在这里看到你！"

"是，遵命，中尉先生！"帅克离开了那里，来到另外一群人中。假如托彼中尉能听到他在那里说这样的话，料想他一定会气得蹦起来的。其实，帅克只是引用了《圣经》上的几句话："看见我也罢，不想看见我也罢，全都无所谓。"

在帅克走了之后，托彼中尉做了一件愚蠢的事。他指着那一架被击毁的、机轮上有着明显德文"维也纳新城"字样的奥地利飞机，对在场的士兵们说：

"那是我们在利沃夫击落的俄国飞机。"这句话被恰巧路过的卢卡斯上尉听到了，卢卡斯又大声地补充了一句："并且还有两个俄国飞行员也一同被烧死了！"

随后，他转身离开了那里，却在心里想：这个托彼中尉真是个蠢货。

他走过几节车厢，碰见了帅克。他本想避开帅克，当他看着帅克的眼睛时，觉得这个小伙了似乎有很多话要对自己说，也就没有再回避他。

帅克径直向他走来说："报告，连部传令兵帅克向您请示有什么指示。报告，上尉先生，我刚才已经去军官车厢找过您了！"

"你给我听着，帅克！"卢卡斯上尉用一种很嫌恶的语调对他说，"你知道你自己是谁吗？你已经忘记我是怎么叫你的了吧！"

"报告，上尉先生，我一直记得。我不是像一年制志愿兵热朗茨涅那样的人。提到他，那曾经是大战前很长时间的事了。当时，我们在卡林兵营服役。还有一位叫菲列朗·冯·布梅兰的上校，或者叫其他什么名字，我已不太记得了。"

卢卡斯上尉听到他说"其他什么"时，就控制不住地笑了起来。帅克接着说："报告，上尉先生，我知道那位上校比你矮一半，他像劳伯克威斯公爵那样，满脸络腮胡子，像个猴子似的。他生气的时候，一跳能有一丈多高，比他自己的个头还要高出一倍，因此我们都叫他'弹性橡皮首长'。有一次，'五一'节快到了，我们都进入了战备状态。在'五一'节的前夕，上校让大家集合在院子中间听他训话。他说，我们明天都得待在兵营里，不准外出半步，让我们随时等候最高指示。说到时候要枪毙所有社会主义匪徒。还说，假如到时有不准时集合、第二天才回到营房的士兵，都会被当作叛徒处置。不过，他说在放排枪时，那些酒鬼是任何人都打不中的，只会朝天放枪。志愿兵热朗茨涅回到房间之后不屑地说：'弹性橡皮首长说得真不错，确实就是那样。既然明天不让每个人回到营地，那么最好就是干脆不回来。'报告，上尉先生，结果他真的这么做了。这位菲列朗上校真是个可恶透顶的人，愿上帝惩罚他！次日，他到布拉格四处巡视，看我们团是否有人擅自离开军营在街上闲逛。他在火药塔那里遇到了热朗茨涅，立刻就冲他大发雷霆喊：'我必须得给你点儿颜色看看，我得教训教训你，不让你吃点儿苦头是不行的！'他还说了很多类似的话，然后把热朗茨涅揪回兵营，一路上说了很多很肮脏的、吓唬人的话，并且一直问他叫什么名字。'热朗茨涅，热朗茨涅！抓到你这个酒鬼真令人高兴。我要让你知道什么是"五一"节！热朗茨涅，热朗茨涅！你落到我手里，我发誓要把你牢牢地关起来。'热朗茨涅却是一副满不在乎的样子，跟他一道走过波里西，等到了尤一洛兹瓦里洛时，他一下子钻进路边的通道里，过了通道以后转眼就消失不见了。这可把'弹性橡皮首长'想要关热朗茨涅禁闭的那股精神头儿全都弄没了！上校因为他的囚犯逃跑了而暴跳不已，气得连那个囚犯的名字也忘记了。他一回到兵营便跳得头都撞到那并不高的天花板上。营部值日官很纳闷，怎么这位首长会毫无前兆地说不好捷克语了呢？他总是嚷：'把姓铜的关起来！不，不对，是把姓铅的关起来，把姓锡的关起来！'上校就这样日复一日地折磨着自己，总是问别人是有没有抓到姓铜的、姓铅的者或姓锡的逃犯。他让全团的人都走出来让他挨个检查，而人们早已把大家都熟悉的热朗茨涅送到医务室去了，因为他以前是个牙医。后来有一次，我们团的一个人在布吉来酒馆把一个龙骑兵捅了一刀，因为那个龙骑兵总是对他的女朋友图谋不轨。为了这件事，团部让每个人都到院子里集合，站成方阵，病人也得去，就算病得走不动的也得由两个人搀着去。这就没有办法了，热朗茨涅也只好到院子里站着。在那里，他们向全团官兵宣读了一份德文写的命令，大意是骑兵也是兵，是我们的战友，不能对他们捅刀子。当时，一个志愿兵在给大家做翻译，上校恶狠狠地看着每一个人。他先是在队伍的前面走，然后又绕到队伍的后面，最后又围着方阵转了一圈，突然他看见了热朗茨涅，志愿兵也停止了翻译，上校在高大的热朗茨涅面前上蹿下跳的，就好像一只狗扑向一匹雌马一样，很滑稽。他边跳边喊：'这一次你可跑不了了！别想着再躲起来了！现在我知道你叫热朗茨涅了。我一直把你叫作姓铜、姓铅、姓锡的呢！你是姓铁的，是姓铁的畜生。不管你姓锡，姓铜，还是姓铅，我都要教训你这个令人厌恶的浑蛋！你这头猪！你这个姓铁的！'后来，上校关了他一个月的禁闭。可是，大约半个月过后，上校的牙突然疼起来，他想起热朗茨涅是牙医，于是派人把他从禁闭室带了出来，让他给自己拔牙。热朗茨涅差不多用了三十分钟就给他拔掉了牙，之后又让上校漱了三次口，上

411

校感到好多了，于是，他把热朗茨涅剩下的十四天禁闭也给免除了。上尉先生，这就是上级忘记下级名字所发生的状况；而下级却必须永远记得上级的名字，正如这位上校曾经对我们说的一样，无论多久之后，我们也不能忘记，我们原来有个叫菲列朗的上校。上尉先生，我是不是说得有点儿多了？"

"你知道吗？帅克，"卢卡斯上尉回答说，"我怎么越听越觉得你对自己的上司很不尊重呢？一个士兵在多年后谈自己以前的上司时，应该多多美言才对。"

不难发现，卢卡斯上尉已经有点儿想聊天了。

"报告，上尉先生！"帅克插话道，"可是菲列朗上校早已去世了。假如上尉先生喜欢听的话，我可以全都讲他的好话。上尉先生，他就像个天使一样无微不至地关怀士兵；他仁慈得像圣马丁，把自己的鹅发给饥饿的穷人吃；他曾把从军官食堂领来的食物分给了在院子里遇到的士兵；当我们不想再吃面包和果酱时，他就吩咐食堂给我们做煎猪肉，还带水果汁儿呢！在演习时，他就更加值得尊敬了。当我们来到下克拉洛维采时，他大方地说由他请客，让我们把整个下克拉洛维采啤酒厂的啤酒全都喝光，一滴也别剩；要是碰到有什么节日或他的生日，就给全团士兵做酸牛奶调味的兔肉和白馒头片吃，好吃极了。他对士兵们简直太照顾了，还有一次，上尉先生！……"

卢卡斯上尉轻轻地在帅克的耳朵边拍了一下，微笑着亲切地说："好了，你这个机灵鬼儿，可以停下了，走吧。"

"遵命，上尉先生！"帅克说完便回到自己的车厢里。与

412

此同时，在装有电话机和电线设备的营部车厢门前，也出现了戏剧性的一幕：遵照察冈那大尉的指令，在营部门前布置了一个岗哨，由一个士兵把守，一切都按照战场上的标准听从大尉指挥。在其他一些重要车厢两头也设立了岗哨，并全部由营部办公室传达"通行"的口令。

有一天的口令是问，"Kappe"（帽子）；答，"Hatvan"（豪特万）。当时守在电话机旁的哨兵是一个波兰人，从科洛米亚来，是因为某种巧合来到九十一团的。他可以背下当天的口令，不过要想让他知道"Kappe"是什么意思就有难度了。幸好他生来记忆力很好，记住了这个词的首字母是"K"。那天营里的值日官托彼中尉走过来跟他对口令，他立刻开口说"Kaffee"（咖啡）。他这样回答再自然不过了，这位来自科洛米亚的波兰人还念念不忘他在布鲁克营房里每天早晨和傍晚喝咖啡的美好时光呢！

这个波兰人又重复几声"咖啡"，而托彼中尉没有理睬他，依旧继续向前走。这时他想到自己的誓言和守卫的职责，又用严肃的口气大喊了一声"站住"！当托彼中尉又向他靠近了两步，他仍没有听到中尉的回答时，便迅速把枪口对准中尉，他本想喊一声"我要开枪"的，但是因为他不会德语，使用波德混合的语言喊出了一句很可笑的话："我要拉屎！"

托彼中尉马上明白了，一边后退一边用德语冲他喊道："我是哨兵指挥官，是哨兵指挥官！"

这时，耶林内克排长及时赶到，把波兰人哨兵带到哨所。随后，托彼中尉也来了。他们一起问他口令，那位来自科洛米亚的波兰人依旧执着地大声回答说："咖啡，咖啡！"他的声音回荡在了整个车站。士兵们从车厢里跑了过来，突然间一片混乱，直到那位士兵被送到禁闭车厢以后，局面才得以恢复平静。

列车继续向赫迈拉驶去。这里已能明显地看到战争所留下的痕迹了，那是俄国人在攻打蒂萨谷地时所造成的。谷地两旁是简单的战壕，随处都是被大火烧毁的残垣断壁。旁边有些刚搭好的简陋小茅屋，表明以前的主人现在又回到了这里。

临近正午，列车到达了赫迈拉车站。车站上也有战争造成的伤痕。午饭正在准备。士兵们借机偷看了一个公开的秘密：俄国人离开，这里的政府是如何对待当地那些在语言和宗教信仰方面相近的俄国居民的。

站台上，有很多匈牙利籍俄国俘虏被匈牙利警察包围着，其中有一些是从周围的远郊区抓来的神父、教师和农民。警察让他们两个人背靠背站在一起，把他们的手紧绑在一起。大部分被捕者不是鼻子出血了，就是头上肿出一个大包，这些都是被捕时被那些残暴的警察打的。

靠近站台的地方，一个匈牙利警察正在侮辱一名神父。他在神父的左脚拴上一根绳子，用手拉着，然后用枪托强迫他跳匈牙利民间的恰尔托什舞，跳着跳着，他把绳子一扯，神父就摔个大马趴，鼻子冲着地，手又被绑在背后，怎么也爬不起来。神父无助地挣扎着，想翻过身躺在地上，认为这样能从地上支撑起来。那位警察看着这种情况，笑得腰都直不起来。当神父艰难地勉强爬起来时，他又猛地一拽绳子，神父又鼻子朝地趴了下去。

直到警察队长来到之后，这场恶作剧才终于被制止了。他命令在火车到来之前先把那些可怜的被俘人员带到车站后面的空仓库里去。在那里殴打他们、羞辱他们，都不会被别人发现。

军官车厢在讨论这些事情时，大多数军官是持反对观点的。旗手克劳斯认为，假如他们是叛国贼，应该施以绞刑，但绝不要虐待他们；而托彼中尉却对那些警察的恶劣行径表示完全同意。他甚至以为这些囚犯与萨拉热窝暗杀事件有关。他是这样说的：赫迈拉车站的警察是在为弗朗茨·斐迪南大公夫妇报仇雪恨。中尉为了让自己的话更有说服力，说他曾在西马切克《四叶》杂志战前六月号上看到过关于暗杀大公的文章，说这一残暴罪行将在人民心中留下无法抹灭的伤痛，更令人难过的是，它不仅结束了一位伟大的领导人的生命，还毁灭了他那忠诚和善良的伴侣的生命。他们的去世破坏了一个幸福美满的家庭，被众人喜爱的孩子们也失去了父母。

卢卡斯上尉只是自言自语，说也许赫迈拉的警察也从西马切克的《四叶》杂志上看到了那篇感人的报道了。他突然对周围的事物都感到很厌恶，只想借酒浇愁，于是他走出车厢，去找帅克去了。

"听着，帅克！"他对帅克说，"你知道从哪儿能弄到白兰地酒吗？我现在不太舒服。"

"报告，上尉先生！我认为这是因为天气变化的缘故。等我们到了前线，还会更糟的！一个士兵离开自己的军事基地越远，就越感到眩晕。在斯特拉斯尼采，有一个名叫约瑟夫·卡连达的园艺家。有一次他离开了家，从斯特拉斯尼采来到维诺堡，在车站酒家过夜，那时，他还没有疲累。但是，当他来到柯鲁尼大街的水塔时，就沿街进了一家又一家酒店，等到走到柳德米拉教堂时，他就感到四肢疲软了。但他并不认输，因为他离开家的前夜，他在斯特拉斯尼采小树林酒店里，跟一位电车司机打过赌，说他步行三周就能绕地球一圈。他又继续往前走，走呀走呀，离开家越来越远。一路上他踉踉跄跄，先走到查理广场的黑啤酒店；又从那儿走到小城广场，进入圣托马什啤酒店；又在乌蒙达古饭店歇了一会儿；再到布拉班王朝酒店驻了驻脚；然后走到'美景酒店'；再从那里到斯特拉霍夫修道院旁边的啤酒店。但是那时天气开始转凉，当他一直走到罗洛莱塔广场时，他突然很想家，感到头晕眼花，然后就猛地摔在地上，在人行道上滚来滚去，嘴里叫道：'各位，我再也不能继续走了，再也不他妈的弄什么绕地球一圈了！'请原谅，上尉先生，我说了脏字。上尉先生，假如您愿意的话，我立刻去买白兰地酒。我只是有些害怕我回来时火车已经开走了！"

卢卡斯上尉告诉他，列车会在两小时后才开走，叫他放心地去买酒，并悄悄对他说，在车站后面有人在偷偷地卖瓶装的白兰地，察冈那大尉就曾派马杜西奇去那里买回来一瓶很好的白兰地，才花了十五克朗。卢卡斯上尉同样给了帅克十五克朗，让他快点儿去买酒，并叮嘱他要守口如瓶，因为这是违反规定的。

"没问题，上尉先生！"帅克说，"我一定照办，因为我就愿意干违反规定的事呢！我经常被卷进这些复杂的事情中，可有些事连我也想不通。有一次，在卡林兵营，他们禁止我们……"

"向后转，齐步走！"卢卡斯上尉打断了他的话。

帅克向车站后面走去。一路上都反复思考着怎样办好这个任务，白兰地要好的，这就必须先尝尝。这件事是不被允许的，得小心翼翼。

帅克刚走过站台，就又遇见了托彼中尉。"你为什么在这儿游荡？"中尉问帅克，"你认识我吗？"

"报告！"帅克向中尉行了一个军礼回答道，"我不想认识您不好的一面。"

托彼中尉吓了一跳，但帅克镇定地站着，一直保持着行礼的姿势，他继续说："报告，中尉先生！我只想了解您好的一面，以免您逼得我流眼泪，这是您上次警告我的。"

见到这个倔强的士兵，托彼中尉哭笑不得。他生气地喊道："快滚吧！你这个笨蛋，咱们走着瞧！"

帅克离开了站台，托彼中尉突然觉得应该跟踪帅克，看他到底做些什么。在车站后面有一条公路，路边倒扣着一排排的筐子，筐底上面放着藤条编的托盘，里面摆着各种各样好吃的食物，看似是为那些青年学生旅游准备的。那里准备了糖块儿、薄脆卷儿、酸糖果等。一些摊子上还有卖切片的黑面包夹香肠的，那肯定是用马肉制作的。从表面看，这些食品都是符合规定的，但是在筐子底下却藏着种类繁多的烈性酒，有瓶装的白兰地、朗姆酒、花楸酒以及其他甜酒与烧酒等。

在公路旁水沟对面的一个小棚子里正进行着不合法的饮料

买卖。

士兵们先在藤条筐子前与卖主讲商量价钱，接着一个卷发的犹太人从筐子下面拿出一瓶烈性酒，藏在大袍子里，把酒送到木棚子里交给士兵，士兵再悄悄地把酒藏好带走。

此刻，帅克心里惦记着去买上尉要的东西。托彼中尉则像个特务一样极尽所能地跟踪在帅克后面。

帅克直接来到路边的第一个摊位前，先买了一些糖果，付了钱，把糖果装进口袋里。这时，一个长着卷发的犹太商人小声问他："您要买烧酒吗？"

他们迅速说定了价钱，帅克跟着他来到木棚子里。那留着卷发的人开了瓶子，帅克尝了一口，付了钱，高兴地把白兰地藏进军衣下面，便往回走。

"你干什么去了？你这坏蛋！"托彼中尉在去站台的路上拦住了帅克。

"报告，中尉先生！我去买了几块糖果。"帅克从口袋中，掏出几块很脏的、满是灰尘的糖果，"假如中尉不嫌弃的话，就请尝一个吧。我已经尝过了，味道还可以。中尉先生，这糖果有一种像果子酱那样的香甜味道，很好吃。"

帅克的军上衣下面显现出一个圆瓶状的轮廓。

托彼中尉摸了一下帅克的军上衣说："这是什么东西？你这白痴，把它给我拿出来！"

帅克把装着黄色液体的瓶子拿了出来，瓶子上清晰地贴着"白兰地"字样。

"报告，中尉先生！"帅克镇定地回答说，"我往装白兰地酒的空瓶子中装了些水，用来解渴的，因为昨晚我吃了很多红烧肉，到现在还口渴难耐。中尉先生，看，就是从那边一口井里打上来的水，水有点儿发黄，大概是一种含铁质的水。这种水可以让人的身体更健康呢！"

"帅克！既然你这么渴，"中尉奸诈地笑了笑，他想让帅克在失败前多吃些苦头，于是说道，"那你就喝吧，要一口气把它喝光。"

托彼中尉心想，帅克一定会在喝几口之后停下，到那时，他就会大获全胜，之后他再说："把酒瓶给我，我也渴了，让我也喝点儿！"他要好好看看帅克在那种情况下所表现的狼狈相，那才解气呢！然后他再神气地回去报告，等等。

帅克打开瓶塞，把瓶口放到嘴边，大口大口地喝了起来，一会儿的工夫就把酒喝完了。托彼中尉立刻吓得愣住了。帅克当着他的面一口气喝光整瓶白兰地，连眼睛都没眨一下，然后随手把空酒瓶扔到公路旁的池塘里，吐了一口唾沫，仿佛刚喝完一瓶矿泉水一样，说："报告，中尉先生！这水还真的有股铁腥味。在伏尔塔瓦河畔的卡米克古城堡附近也有一家酒馆，老板就把旧马蹄铁泡在井里，结果井水就有铁的味道，再在夏天时卖给游客当作铁质水喝。"

"我真想给你一蹄子！我要看到你打水的那口井！"中尉说。

"中尉先生，离这里不远，绕到这木棚子的后面就是了。"帅克回答道。

"你在前面带路，你这坏蛋！一定看看你往哪儿走。"

"奇怪！"托彼中尉暗自纳闷道，"这浑蛋到底要干什么？"

帅克听天由命地在前面走着，他总认为那里一定会有一口井的。而那里真的有井，可他并不那么吃惊，而幸运的是井旁边连抽水唧筒也是完好的。他们来到井边，帅克扳动把手，唧筒里就流出黄色的水来，这时帅克郑重地说："中尉先生，这就是我说的铁质水！"

一位留着卷发的男子胆战心惊地走了过来，帅克用德语对他说："请给我们拿只杯子来，中尉先生口渴了，想喝水。"

托彼中尉完全愣在了原地。他喝完了一整杯水，嘴里充满了马屎和粪水的味道。他被弄得晕头转向的，完全没搞懂事情居然会变成这样，而且他还得给那个留着卷发的犹太人五克朗作为水钱。他冲着帅克说："你怎么还在这里傻看？还不赶快回去！"

五分钟之后，帅克来到卢卡斯上尉的军官车厢里。他悄悄地向卢卡斯上尉做着手势，让他到外面说话。"报告，上尉先生！再过五分钟，最多再过几分钟，我就会醉得不省人事了。但是我想要回到自己的车厢里。我恳求您，上尉先生，至少三小时之内不要叫我，请您别派我干任何事，我是醒不了的。我把一切都办妥了，可是回来时托彼中尉抓住了我。我说这是水，他就让我当着他的面把整瓶白兰地都喝了干净，以证明我说的是事实。现在一切事情都完成了，没有任何差错，正像您所叮嘱的那样，而且我也很小心。但是现在，报告，上尉先生，我的腿已经软得不听使唤了。报告，上尉先生！当然啰，我的酒量也不小，我原来跟坎兹神父……"

"你走吧，浑蛋！"卢卡斯喊道，他并没有生帅克的气，但他对托彼中尉更加反感了。

帅克踉踉跄跄地回到自己的车厢，放下背囊，脱了衣服，就躺下了。他对军需上士温涅卡和其他人说："从前有一个人喝醉了，请大家不要叫醒他……"

第四章　按指示出发

　　部队按照师部的命令，十一连的全体官兵朝着托罗沃—维昂什克方向进发。当他们到了托罗沃时，卢卡斯上尉把电话兵赫塔沃什奇、军需上士温涅卡、连部传令兵帅克和内勤兵帕列召集到一起，向他们宣布了一条简短的指令，让他们将装备都留在救护队，立刻向东南方向的克什克威茨出发，到那里提前为全连宿营做好准备工作。

　　这四位军人遵照命令出发了。天黑了之后，他们来到了小溪旁的小树林里。这小溪和小树林一直通到克什克威茨，前面的路更加崎岖了。

　　帕列第一次遇上这种伸手不见五指、分不清方向的情况，而且还要摸黑去寻找全连的宿营地，他感到非常恐惧，甚至怀疑其中是否有其他的阴谋。

　　"朋友们，"他轻声地说，一边沿着河边的小路蹒跚地走着，"我们被丢下了！"

　　"不可能！"帅克反驳他说。

"朋友，别那么大声，好吗？"帕列轻声地请求着，"我觉得有人躲在暗处偷听，而且马上就会向我们开枪。我认为他们派我们来打前站，就是想知道附近有没有埋伏。假如他们听到枪声，就会马上明白这里有情况，不再往这边来了。伙伴们，这是小副特尔纳曾经告诉我的经验，我们当了前哨了。"

"那你在前头走吧！"帅克说，"我们就跟在你身后。你的身体那么魁梧，可以用你的身体来掩护我们。要是敌人朝你射击，你就告诉我们一声，我们就能及时趴下了！只要你是一个士兵，你就不该怕敌人对你开枪的。每个士兵都应该为此充满荣誉感，要明白，敌人向你每开一枪，他们就会浪费一颗子弹削弱一分战斗力。敌人也喜欢这样做，这样他们就不用背那么多笨重的子弹了，逃跑起来也会轻便得多的。"

帕列长叹一声说："可家里的人还得靠我养活呢！"

"现在还说要养家糊口？"帅克安慰他道，"还是去为陛下卖命吧！你服了这么久的役竟然还不懂得这个道理吗？"

"他们也曾这么说过，"愚钝的帕列说，"那是他们命令我到操场去做操的时候。之后就再没有听人提起过，因为我当了内勤兵……可皇帝首长至少也应该让我们吃饱些呀！……"

"你真是一头永远也喂不饱的猪！士兵们在打仗之前，是必须空着肚子的。对于这个问题，几年前在学校里翁特格里茨大尉就跟我们说过了。他总是说：'小伙子们，如果一旦有一天打仗了，你们开到前沿阵地，可别在打仗之前吃得太饱。谁要是吃得太多，万一子弹打进肚子，立刻就会升天，因为子弹进了肚子，所有吃的食物和喝的汤都得从肠子里溢出来，伤口会发炎感染，人就会很快死掉；假如肚子里空空的没有食物，那么子弹进了肚子，就不会有什么事，人还会觉得像被黄蜂螫了一口，舒服得很。'"

"我消化得快，"帕列说，"我的胃从来不会留下吃的。兄弟，例如，我吃了满满一盘的馒头片、红烧肉和白菜，半个多小时以后，除了三匙汤就基本没别的了，其他的都消化掉了。据说，有一个人吃下一只狐狸，拉出来仍然是一只狐狸，只要清洗一下，加点儿酸的调味汁，还可以当作新的再吃一次。但是，我完全相反，我能一口气吃下几只狐狸，如果换了别人就会把肚子撑破的，可我过了一会儿去上厕所时，只拉出来一点儿黄汤屎，就像小孩子拉的一样，其余的都被消化吸收了。"

"朋友，我的肚子真的连鱼骨头、李子核都能消化掉。"帕列亲密地对帅克说，"有一次我特地数了一下，我吃了七十个带李子核的馒头，等到上厕所时，我就跑到后院，把屎拉在一个小木盆里，把李子核拣出来，一数七十个李子核剩的不到一半了。"

帕列费力地喘了一口气继续说："在家里，我老婆用土豆泥给我做馒头，里面还加点儿乳渣，让馒头味道更好。她总喜欢撒点儿罂粟子，而不加干酪，可我正好相反。为了这个，我还曾经打了她一耳光……我那时真的不明白要珍惜幸福呀！"

电话兵赫塔沃什奇和军需上士温涅卡紧跟在他们身后。

赫塔沃什奇对温涅卡说，他认为发动这次世界大战真是太傻。令人郁闷的是，在大战期间如果有哪个地方电话线断了，你必须连夜赶到那里去修理。这还不算最糟糕的，如果你正抢修那些坏了的电线时，一旦敌人的探照灯一亮，全体炮兵队都会冲着你开炮。

他们总算找到了为连队提供宿营地的那个村子。周围黑漆漆的，村里所有的狗都汪汪叫了起来。他们只好先站住脚，讨论怎么应付这些狗。

"我们还是回去吧！"帕列小心翼翼地说。

"帕列呀帕列，要是你的这句话被首长听到，你准会被枪毙掉。"帅克说。

狗越叫越凶，连罗巴河南边的狗，以及克洛津采等村子的狗也都跟着叫了起来。帅克冲着黑夜嚷道：

"趴下，趴下，趴下！"就像他当年贩卖狗时呵斥自己的狗一样。

然而，狗叫越来越凶了。军需上士温涅卡对帅克说：

"帅克，不要再喊了，否则全加利西亚的狗都要叫起来的！"

"类似这种事，"帅克回答说，"我们在普蒂姆演习时曾经发生过一次。我们晚上开进那里的一个村庄，狗立刻叫起来。周围都住着人家，狗叫声从一个村庄传到另一个村庄，一直这样传着。我们宿营的那个村子的狗不叫了，却从别的地方依然不停传来狗叫，例如，从佩尔赫里莫夫传来的，这样一来我们村的狗又开始叫了。没多久，普蒂姆、佩尔赫里莫夫、布杰约维采、洪波莱茨、特舍波尼和伊赫拉瓦等地方的狗全都叫起来了。我们的大尉是个有点儿神经质的老头儿，他听不了狗的叫声，彻夜难眠，时不时走过来问巡逻兵：'谁在叫，叫什么？'

士兵们报告说狗在叫，他就生气了，把那几个巡逻兵关禁闭，直到军事演习完才放了出来。后来，他挑选了一些士兵组成'管狗队'，派他们打前站，主要职责是通知村民，在我们宿营的地方，所有狗都不得在夜间吠叫，不然就一律杀掉。我也是成员之一。当我们开进米莱夫斯科区的一个村子里，我在通知当地村长时，把'狗'和'狗的主人'这两个概念给搞反了。我是这么对那个村长说的：谁家的狗在夜间吠叫，出于战略考虑，狗的主人将被杀掉。这一来，可把村长给吓坏了，他赶紧套车赶往总参谋部给全体村民求情。参谋部的门卫不但不让他进去，还差点儿冲他开枪，他无可奈何地回到村里。在我们的队伍进入村里之前，全村老少在村长的劝导下都用布把狗缠起来绑在身上，还惹得其中的三条狗发起火来。"

帅克还说狗在晚上害怕香烟燃着的火芯儿，用这个办法可以制止狗叫。只是几个人都不吸烟，他的办法也就没法实施。同时大家还觉得，狗高兴时也会叫，因为它们对士兵有着怀念之情，狗狗们记得，军队从这里路过时总给它们丢下一些好吃的食物。

狗老远就嗅到这些曾经给它们扔下过骨头的军人们越来越近了。当他们走进村子时，突然有四条狗跑到帅克身边，兴奋地摆着尾巴，亲昵地抬起前腿来。

帅克温情地抚摸着它们，轻轻拍拍它们，像对孩子一样亲切地同它们说话。

"我们再次来到这里了，要在这里宿营，还要做好吃的。我们还会把骨头、肉皮呀什么的给你们。明早我们还要赶路，上前线打敌人呢！"

这时，村子里的房子都亮起了灯。他们走到第一家农屋，敲门打听村长家住哪儿。里面传来一声尖锐刺耳的女人声音，用一种既不像波兰语又不像乌克兰语的语言回答说：她的丈夫参军去了，孩子得了天花现在不能下床，说莫斯科人把家里的家当都打劫光了。男人在离家前曾特地嘱咐过，夜里无论谁敲门都不要开。直到他们使劲儿地把门敲个咣咣响，说自己是奉命找宿营地的，才有一只陌生的手打开门。他们进去后发现这里就是村长的家。村长没完没了地向帅克辩解，说他没有听到那个尖锐刺耳的女人声音，当时他正在干草堆上睡觉。还说他老婆要是突然被人叫醒了，总是爱说胡话。说到给全连找宿营地的事，他说，这个村子小得连可供一个士兵住的地方都没有，确实没有睡觉的地方。这儿也没有可买的东西，莫斯科人早就已经把这里扫荡一空了。

他说如果首长们愿意的话，他可以带他们到科洛西克去。那里有座大庄园，离这里很近，只有四十五分钟的路程。那里有足够的地方，并且每个士兵都能盖上羊皮睡觉；那里有很多牛，保证每个士兵都能喝上一杯新鲜的牛奶；那里的水质也非常好。军官们可以在庄园里睡觉。但在这里，在利斯科维茨呢？全是疥疮和虱子。他先前养的五头牛，全都被该死的莫斯科人抢走了。现在他想给生病的孩子弄点儿牛奶喝，也只能跑到科洛西克去买了。

就在这时，他家旁边的牛棚里传来了牛的叫声，之后又听到那女人在用她刺耳的声音骂那些倒霉的母牛，诅咒它们都得瘟疫死掉。

"长官们，你们刚才听到的牛叫声正是我的邻居沃依采克家的牛。这是我们这里唯一的一头奶牛。这牛有病，真让人感动到哭泣。自从莫斯科人把它的牛犊子掳走后，它就一直心有所系，忧心忡忡，连牛奶也挤不出来了。本应让它上屠杀场，可是牛的主人舍不得杀它，心想它会在圣母娘娘的恩庇下重新好起来。"

他边说边穿着羊皮大衣。

"长官们，我们到科洛西克去吧！用不着三刻钟，噢，对不起！我刚才计算错了，也许连半小时也用不着。我们可以抄近路，穿过一条小溪，看到一棵橡树，再穿过一片小白桦林……那村子非常大，酒铺里的烧酒非常香。老总们，我们走吧，还想什么呢？快呀！应该给你们这个光荣团的首长们安排一个整洁的、舒服的住处。你们是国王陛下的士兵，跟莫斯科人打仗，一定需要干净的宿营地才能养精蓄锐！……可在我们这儿——您瞧，只有虱子、疥疮、天花、霍乱。简直太糟糕了。昨天我们这个倒霉的村子就有三个人得了霍乱死去了……最仁慈的上帝在诅咒我们利斯科维茨呢……悲哀！"

这时，帅克神气地挥了一下手。

"长官们，"帅克模仿着村长的声调说，"我读过一本书，在瑞典战争期间，部队奉命在村子里宿营，有个村长总是推辞，不愿意帮忙，于是部队就把他吊死在离他家最近的一棵树上。今天萨克诺一位波兰神父对我说，如果部队来宿营，村长就要召集所有的乡绅，与他们一起挨门挨户地了解情况，一户分配那么三四个士兵，神父家里让首长来住。只需要三十分钟就都安排妥当了。"

"村长先生，"帅克转过身，严肃地问村长，"离这里最近的一棵树在哪儿？"

村长没有听清"树"是什么意思，然后帅克就连忙解释，例如桦树、橡树、梨树、苹果树，总而言之，只要长着结实树枝的树就可以了。村长仍然没有清楚，但当他听到一些果树的名字时，心中一震，樱桃已经熟了，因此他说，他并不了解这些果树，只了解自己家门前有棵橡树。

"很好！"帅克做了一个"上吊"的手势，"现在我们就把你吊死在你家门前那棵树上。你应该明白，战争时期，我们曾奉命来你们这里宿营，而不是去科洛西克。伙计，既然你不能帮助改变我们的战略计划，那只有吊死你，就像书中写的在瑞典战争期间那样……先生，有一次我们在大麦齐希契演习时就做过这样的事……"

就在这时，军需上士温涅卡打断了帅克。

"这件事你以后再给他们讲吧，帅克！"紧接着他转身对村长说，"这是最后一次警告，你最好马上给我们安排住处！"

村长吓得直发抖，结结巴巴地说，他原来是为老总们着想的，现在别无选择，或许能在村子里找到几个住的地方，尽量让大家满意。

紧接着村长便从房里走了出去，说去给他们取盏灯。这间房里就靠一盏很小很小的煤油灯照亮，灯光非常昏暗，灯的上方挂着一张圣人的画像，那圣人就看上去有点儿残疾。突然赫塔沃什奇大喊道：

"帕列不知道跑到哪儿去了！"

当大家正准备去寻找帕列时，炉子后面那扇通向外边的小门轻轻地打开了，帕列从那儿走了进来。他扫视了一下屋内的状况，见村长不在，突然像得了感冒似的，带着很重的鼻音说：

"我刚去了一下他家储藏室，在一个罐子里抓了一把不知道是什么吃的，我就放到嘴里，结果它粘在了我的牙上，不甜也不咸，大概是块做面包的发面。"

军需上士温涅卡用手电筒在他身上照了几下，大家都发现还从来没有见到过长得这么难看的奥地利士兵呢，接着又意外地看到帕列的肚子鼓得像个快要爆炸的皮球。

"到底是怎么回事，帕列？"帅克摸着他那鼓鼓的肚子同情地说。

"这都是些黄瓜！"帕列哑着嗓子说，一小块发面堵着他的嗓子，他吐不出来，又咽不下去，"小心点儿摸，这是腌黄瓜。我匆匆忙忙地吃了三根，其余的都带了出来留给你们的。"

说着说着他从怀里把黄瓜一根一根地掏了出来分给大家。

这时村长提着灯来到了门口，看见这种情景，他实在心痛，就画着十字大哭起来：

"莫斯科人来抢我们的东西不算什么，就连我们自己人也来抢我们的东西！这是什么世道呀！"

帕列是在一群狗的簇拥下走进了村子的。这些狗总绕着帕列转来转去，现在眼睛又盯着他的裤兜儿打转，因为它们知道里面藏着一块咸肉，是帕列刚刚从储藏室里摸来的。因为贪馋，他想独占了它，于是，他没告诉大家有肉的事情。

"为什么那些狗总跟着你呢？"帅克问帕列。帕列思考了好久才吞吞吐吐地说：

"大概这些狗能闻出我是个好人吧。"

帕列没有告诉帅克他的裤兜儿里正藏着一块咸肉，这时有条狗还在用牙齿拼命顶他的手……

在寻找宿营地的过程中，莫斯科人发现利斯科维茨其实是个很大的村子，但却已经被战争摧残得相当凄凉。战争中交战双方都感到好奇，因为他们都没有把利斯科维茨划在各自的战区里，不过这也使这村子避免了被炮火轰炸的灾难。但是，遭到危害和损失的黑罗夫、格格博夫、霍鲁布拉等村子的难民却拥入这个村子来了，使这个村子负担重了很多，房屋缺乏，甚至有的木屋里住了八户人家。掠夺性的战争使他们陷入了极其贫困的境地，一个洪水猛兽似的时代突然降临到他们的身上。

迫于无奈，只能把连队的士兵安顿到村子另一头的一所破旧的酿酒厂去住了，另外那里还有个发酵室，可以再安排一些人，大概一共可以容纳一半士兵，其他的就十人一小组分住在几家田庄上。以前这些田庄的土财主是不允许那些身无分文的穷光蛋走近他们庄园的。

连部的所有军官、内勤兵、电话员、医护人员、伙夫、军需上士温涅卡和帅克都住在神父家。神父也不情愿收留邻近的难民，尽管他家还有不少空地方可以住人。

神父是一位又高又瘦的老人，经常穿着一件褪了色的、油污点点的教袍。他很抠门，不舍得买什么东西吃。他的父亲教育他要仇恨俄国人。不过，突然有一天，他对俄国人的仇恨消失了，那是因为俄国人在这里时，几个贝加尔湖来的哥萨克大胡子兵曾来他家住过。他们从没有宰杀他家的鸡鹅，可是当俄国人走了，奥地利兵来时却把这些鸡鹅都统统杀死吃了。

之后，他对奥地利军队的仇恨更加深了，因为匈牙利人来到村子里，把他家蜂房里的蜂蜜全都抢走了。那一切导致如今他用极端憎恨的目光注视着这些夜行的不速之客。现在可不一样，他可以在那些军队的周围散步，嫉妒地耸耸肩膀，重复地说着："我现在身无分文，是个十足的叫花子了。老总们，你们在我这儿休想再找到一点儿东西。就连一小片面包也没有了！"

这里最有同情心的人就数帕列了。当他看到神父家这种穷困潦倒的境况，差点儿哭了起来。

神父住宅后面那家酿酒厂的院子里，战地伙房的铁锅下炉火正旺，锅里煮着水，但水里却没有一点儿东西。

走遍了全村，军需上士和伙夫都没买到猪。真扫兴啊！他们得到的回答都一样：莫斯科人把能吃的都吃光了，能拿的都拿走了。

他们又在一家小酒店里叫醒一位犹太人。那人便开始拨弄着两边的卷发，装出一副很抱歉的样子，说他帮不上老总们什么忙，可最终他还是被说服卖掉他的一头老掉牙的牛，而且那牛已经瘦得只剩下骨头了，一点儿肉也没有。他要价很高，还扯着胡须发誓说，整个加利西亚，整个奥地利和德国，整个欧洲，乃至全世界都不会有第二头这样的好牛了。他连哭带发誓地说：那是奉耶和华的旨意降生到世上来的最好的牛；他甚至以自己祖宗的名义赌咒说连沃罗齐斯卡的人也都曾来这里观赏过这头牛，邻里邻外的人都把它当作神话来说，说它不是一头普通的牛，而是一头油水最多的水牛；最后，他干脆跪在他们的面前，挨个地抱着那些士兵的腿，哀求着：

"除非你们把我这个可怜的犹太老人杀了，否则别想丢下这头牛！"

他的这些又哭又喊的行为把大家都弄得不知所措，最终他们还是把这头没人要的牛牵到了战地伙房。犹太人把钱塞进衣兜以后，还在他们面前哭了好久，说这么好的牛只卖了这么一点儿钱，真是太吃亏了，还说他这日子没法过了，以后只有靠乞讨维持生计了。他请求老总们把他吊死，因为他晚年竟干了这么一件不能原谅的事，这样会让他的祖先在坟墓里也会不瞑目的。

他越演越烈，甚至还在老总们面前的泥土地上翻滚了一阵，不一会儿突然站起来，拍掉身上的全部泥土，跑回家去了。在家中他对妻子说：

"伊丽莎白，知道吗？那些当兵的都是蠢货，只有你的唐纳才是最聪明的人！"

为了吃这头牛，士兵们可没少用力，有一时，大家觉得根本没法剥下它的皮。剥的时候，他们曾好几次使劲儿硬撕开皮，皮底下露出的腱子肉就像船上的缆绳一样紧。

这时，不知道他们从哪里搬来一袋土豆，放下后便开始灰头土脸地煮起这堆牛腱子肉和骨头来。隔壁军官食堂的厨师们也在拼命地煮着几块牛骨头，想用来讨好一下军官们。

如果这样皮包骨的怪物也叫作牛的话，那么这头可怜的牛倒让十一连的全体官兵永远记住了它。说起来什么事都可能那么巧，后来，在索卡尔战役的前夕，军官们只要让士兵们回忆宰利斯科维茨那头牛的情景，十一连的士兵到了战场上就会大声地呼喊着，愤怒地紧握着刺刀向敌人刺去。

这牛真是瘦得不得了，熬一点儿肉汤出来都很困难。牛肉是愈熬愈往下沉，渐渐地便跟骨头包在一起，成为一个不可分割的整体，硬得就像在公事房里啃了半个世纪公文的官吏一样。

帅克就像信使，总保持着连部和伙房的通信不间断，以便知道何时能煮好牛肉。最后他向卢卡斯上尉报告说：

"上尉先生，牛肉已煮得变成瓷器了，可以用它划玻璃。伙夫巴沃切克和帕列尝了一下，结果伙夫硌掉了一颗门牙，帕列掉了颗臼齿。"

帕列站在卢卡斯上尉的面前，显得十分严肃，他把那颗臼齿交给了上尉。那颗臼齿还用他从《赞美诗》上撕下的纸包裹着，然后他结结巴巴地说：

"报告，上尉先生！我们已用尽全力了。这颗牙是在军官食堂试尝时掉下的，当时我还想试试这牛肉能否做成牛排。"

后来，军需上士又听说那"绝妙"的牛还需两小时才能煮熟，根本不可能做成什么牛排，也就是能做点儿肉丁而已。

最后，在吹吃饭号之前，上尉让士兵们先去歇会儿，晚饭估计得到明天清晨才做好。

第二天早晨，部队要从利斯科维茨转往斯塔拉萨尔、桑博尔一线去，可那时那倒霉的牛肉还没煮烂。战地厨房决定只好带着它前进，等到在利斯科维茨到斯塔拉萨尔的半路上休息时继续煮，然后再吃。

行军路上，卢卡斯上尉骑着马，帅克则跟在旁边。帅克急忙往前赶，刻不容缓，好像要跟敌人干一仗似的。这时他又开始和上尉聊起来了。

"您有注意观察吗？上尉先生。我们当中有些人就像苍蝇似的，身上才背上三十公斤的东西就受不了了。这些人必须好好地教训他们一顿，就像去世的布哈内克上尉以前训导我们的那样。布哈内克上尉后来自杀了，是因为一笔陪嫁费。他从未来的丈母娘那里拿到那笔陪嫁费，可惜却花在别的姑娘身上；后来，他又从他的第二个未来的丈母娘那里拿到第二笔陪嫁费，那次他倒是没有花在一些姑娘身上，而是在赌桌上慢慢地输掉的；后来，没过多久，他又去寻找第三个未来的丈母娘，他又得逞了，用第三笔陪嫁费买了一匹阿拉伯公马，而事实上是一匹杂交马……"

卢卡斯上尉突然跳下马来。

"帅克，"他愤怒地说，"你要是再继续扯，信不信我把你扔到壕沟里！"

说完，他又跳上了马。帅克则一本正经地说：

"报告，上尉先生！不会再说可能有第四笔陪嫁费了，因为他拿到了第三笔陪嫁费以后就自杀了！真是奇怪！"

"你终于说完了。"卢卡斯上尉不耐烦地说。

接着，帅克又说了特多有趣的故事，不知不觉他们来到了指定的休息地，大家也终于等来了用那头牛做成的肉和汤。

就在这时，旅部的一位传令兵骑着马飞奔而来，他送来旅部给十一连的新命令，内容是让十一连改变行军路线向费尔施泰因前进，所以，原计划去沃拉里奇和桑博尔的路线取消，因为已有两个波兹南团守卫在那里，要再容下一个连有点儿难。

卢卡斯上尉则立刻做出新的决定，让军需上士温涅卡和帅克去费尔施泰因找宿营地。

"喏，帅克，注意安全，别在路上出什么意外情况！"卢卡斯上尉提醒他说，"特别要注意的是，对当地老百姓的态度要亲切和蔼！"

"报告，上尉先生，我会努力做好的。今天早晨我打瞌睡时做了一个梦，梦到我住房过道里的洗脸池漏了一整夜的水，结果把房东家的天花板给浸湿了。第二天一大早，房东就来找我训话，让我搬走。上尉先生，现实中确实遇到过这样的事。就在卡林铁路桥的下面……"

"别再啰唆了，帅克，还是跟温涅卡研究一下这张地图吧，探讨一下去费尔施泰因的行军路线是怎么样的。你们看，这儿有几个村子。你们从这个村子往右走，一直到河边，沿着那条河一直走，就会看见一个村子；到了那里后又会出现另一条小河在你们右边，你们再从那里前进通过一条田间小路往北走，这样会保证你们不迷失方向，并且可以安全地到达费尔施泰因。你们记住了吗？"

知道这些后，帅克和军需上士温涅卡按事先说好的路线前进了。

436

午后，闷热的天气让人窒息，掩埋士兵尸体的弹坑没来得及盖好土，就散发出一股难闻的臭味。他们现在到的这个地区曾发生过战斗，就在他们进攻普热梅希尔时，当时，有好几个营的士兵遭敌人的机枪扫射牺牲在那里。现在，在河边小森林里仍可以见被炮火破坏的痕迹。一望无际的平原和山坡上，只剩下被摧毁后的那些残缺树干和树墩子。这片荒原纵横交错的战壕地因此被分割成几大块。

"这里跟布拉格郊外有些不一样！"帅克为了打破眼前的寂静说道。

"确实，如果现在在我们那里，庄稼已经收割了，"军需上士温涅卡说，"总是最先从克拉卢普斯克开始收割的。"

"相信战后这里会有好收成的，"帅克停了一会儿，又说，"到时庄稼人不用买骨粉了。现在这里有整团的人烂在地里可以做肥料，老乡们可少费了好多事。总之，这块地肥得很呢！我就是担心老乡们会拿这些士兵的骨头到制糖厂去卖，用来做骨炭，那就可怜这些士兵了。在卡林兵营有个很有学问的中尉名叫霍卢普可，全连的人都嘲笑他是个笨蛋，因为他只知道一心钻研学问，还没有学会怎么去教训士兵，总喜欢用科学的观点去推理任何事情。有一次，士兵们向他汇报说领来的面包不能吃。这种放肆行为要是让别的军官遇到肯定会破口大骂，但他可不这样。他既不骂人猪猡，也不打部下的耳光，总是很有耐心地召集士兵们，耐心地说：'首先，士兵们，你们必须知道，兵营不是什么高级食品店，可以供你们随便挑选，这儿没有腌鳗鱼啦、油渍沙丁鱼啦，没有各式各样的夹心面包啦，等等。我们每个士兵都应该知足，毫无怨言地去吃发给你们的面包。必须懂得遵守纪律，不能对配给的食品质量有任何不满。士兵们，你们多考虑一下战争的情况吧！可能仗一打完，你们都要被埋在这块土地下了。你们死前吃了些什么食物，死后对这块地来讲还有什么区别吗？大地母亲还不是同样把你们分解开来，连人带靴子都腐蚀掉吗？在这个世界上，没有东西会真正永远消失的。士兵们，以后你们的枯骨上又会长出新的谷子，就些谷子又会做成军用面包供新的士兵们食用。也许那些士兵跟你们一样，不爱吃那种面包，就爱发牢骚，顶撞上级，就因为这样，有的上级就会禁闭他们，因为他有权力这样做。士兵们，今天我已经给你们讲得很清楚，应该不需要我再提醒你们了吧！如果以后你们还有人向上级发牢骚，那他就得好好反思一下。希望你们能明白这个道理。'‘还不如骂我们一顿痛快呢！'士兵们窃窃私语道。中尉这一番和蔼的说教反而弄得大家垂头丧气的。有一次，他们把我从连部叫出来，让我去跟那位中尉谈谈，士兵们都很喜欢他，可是不骂人那还算什么中尉呢？于是我就到他的住处，让他不用客气，军队的风气就应该像皮带一样绷得紧紧的。因为士兵们已经习惯了每天有人警告他们，骂他们猪狗不如，要是不这样，那些士兵就会对上级不尊敬的。刚开始，他还想着控制着自己，跟我讲一些关于文明的问题，说如今士兵们不能再服役鞭子了；可到最后，为了提高他在士兵中的威信，他还是毫不留情地给了我一记耳光，把我推出门外。以后，当我把这次谈话的结果告诉大家时，他们都很高兴。可第二天中尉又懊悔了。他来找我说：'帅克，昨天我太冲动了。这里有一块金币，你拿着，买点儿酒喝，为我们的健康干杯吧！我想跟士兵们打成一片才是正确的吧。'"

说着，帅克看了看四周的地形。

"我觉得，"帅克说，"这条路好像不对。上尉先生已经说得很清楚，我们应该先往上，后往下，然后向左拐，再向右拐，然后再右拐，再左拐……而我们一直是向前走，没转过方向。也可能在聊天中，我们已经不知不觉地按他说的路线走过来了。看这地图，前面有两条路是通向费尔施泰因的。我看走左边的这条路应该比较方面！"

军需上士温涅卡还是跟以前一样，遇到十字路口，就坚持走右边。

"我的这条路，"帅克说，"一定比您的那条路要好走些。我顺着小河走，欣赏一下这河岸上长着的勿忘我小花草吧！您就去走那条被太阳晒焦的土路吧！按照卢卡斯上尉指示，这样一定不会错的。既然不会走错，又为什么非得爬那些小坡浪费力气呢？我走在草地上，轻轻松松地采些花儿插在帽子上，顺便也给上尉摘上一束。再说，我们可以证明一下谁走的路是正确的。让我们就在此分开走吧，像好朋友分离一样！这里哪儿都能通向费尔施泰因。真是个不错的地方呀！"

"你太无聊了，帅克！"温涅卡说，"从地图上看走右边的那条路才是对的。"

"地图标示也有错的时候。"帅克一边回答，一边往山谷那边的小河走，"有一次，维诺堡的香肠师傅克谢内克就是按照布拉格城市地图行走的，夜里他从小城广场的尤一蒙塔古酒店回维诺堡,可是次日清晨却到了克拉德诺附近的罗兹德洛夫。清晨人们在麦地里发现他时,他已经躺在地里冻僵了。如果您有自己的想法,那么,上士先生,我们就分开走吧,费尔施泰因见。咱们留意一下时间表,看谁先到费尔施泰因。假如您遇到什么危险,就向天上放一枪,以便我知道您的位置来找你。"

午后,帅克来到一个小池塘边,发现一个逃跑出来的俄国俘虏正在池塘里洗澡。俄国佬一看到帅克,立刻从水里跳出来,衣服也没来得及穿就跑了。

附近有棵小柳树,在它下面,堆放着刚逃跑的俄国佬落下的一套俄国制服。帅克很好奇,特别想看看自己穿上它是个什么样子,便脱下自己的制服,穿上了那位光屁股逃跑的俄国俘虏的军服。森林后面一个村子里有支押送队,那个俘虏就是从那儿逃出来的。帅克很想看看自己穿上俄式军装的样子,便借着池塘里的一汪清水照了许久。就在这时,搜捕俄国俘虏的巡逻警察发现了他。这些巡逻警察都是些匈牙利人,根本听不进帅克的任何解释,便硬把他押到黑罗夫兵站。在那里,他同其余的俄国俘虏关在一起,以后会再运去修理通往普热梅希尔的铁路线。

事情过于突然,以致第二天帅克才认识到事情的严重性。在这间曾住过一些俘虏的教室里,他找到一根烧焦了的木炭,在白色的墙上写道:

"九十一团十一先遣连传令兵、布拉格人约瑟夫·帅克在奉命去费尔施泰因执行打前站工作的途中,因被误以为是奥地利部队俘虏,在这儿住过一夜。"

第四卷　溃败续篇

第一章　在俘虏押送队里的帅克

帅克糊里糊涂地穿了俄国军装被误认为是半途潜逃的俄国俘虏，他百般无奈，用木炭在墙上写下了绝望的呼救，但没有人注意到这件事。在黑罗夫兵站分发坚硬的玉米面包时，他试图向一位过路的军官诉说自己的情况，却又被一个押解俘虏的匈牙利士兵用枪托狠狠地撞了一下肩膀，还冲他叫喊道："滚回队里去，俄国猪猡！"

这就是匈牙利士兵，这就是听不懂俄语的匈牙利士兵，对待俄国俘虏的一贯做法啊！

帅克只好回到队里向站在他旁边的一个俘虏说：

"这个士兵也是在冒着生命危险执行任务呀。如果枪膛里有子弹，枪走了火，那后果会怎样呢？很可能他在用枪托撞别人肩膀时，子弹就窜进了他的咽喉，这样确实比在执行任务时死掉来得痛快！在苏马瓦的一个采石场里，有人拿了烈性炸药，想藏起来，留到冬天炸树墩子用。可石场看守堪称'天下一绝'，石场看守会让一个人在采石场工人们下班时，对每个工人搜身

443

检查，他非常愉快地搜查起来。他很快就抓到一个可疑的工人，工人闭口不招，他急了，拼命地拍那人的衣袋，最后把烈性炸药给弄爆炸了，两人都被炸得身首异处，灰飞烟灭。在最后时刻，他们还相互紧紧地抱着对方的脖子不放呢！"

那个俄国俘虏用一种如遇知己般的眼光盯着在一旁绘声绘色讲故事的帅克，帅克究竟说了些什么，他根本没听明白。

"真主，请饶恕我的无知，我听不懂，我是克里米亚的鞑靼人。伟大的真主！"鞑靼人正襟危坐，双腿盘成十字，双手合在胸前，开始祷告起来，"伟大的真主，伟大的真主，心慈善良的真主，冥冥中的主宰……"

"原来你是鞑靼人，"帅克吃惊地说道，同情之情也随之油然而生，"你真走运，你应该能听明白我说的话，我也能听明白你说的。既然你是鞑靼人，那么你认识那个传言中的施腾堡的雅罗斯拉夫吗？什么？竟然这个人的名字都不知道？太同情你了，你这鞑靼小伙子！他在霍斯丁城下把你们打得稀里哗啦。你们鞑靼人就从摩拉维亚夹着尾巴逃跑了，狼狈得跟什么似的。看来，你们教科书并没有像我们那样编写这段历史来教育孩子们。太可恶了！你知道霍斯丁的圣母伙夫吗？看到你的神情我就知道，你还是不懂！她这个时候在为你们，你们这些被俘的鞑靼小伙子们，做洗礼呢！"

帅克激动极了，猛地又转身问另一个俘虏：

"你也是鞑靼人吗？"

那个俘虏只听明白了"鞑靼人"这三个字，连忙摇摇头说："我不是鞑靼人。我是切尔科斯人，我是个理发的。"

帅克很高兴能和东方各民族的人在一起。在俘虏队里有鞑靼人、格鲁吉亚人、赫舍梯人、切尔科斯人、摩尔多瓦人和迦尔梅克人。

不过，帅克心烦的是，由于语言隔阂，相互间不能很好地交流。而且，他们还要一起被押送到多布罗米尔去修筑那可爱的从那里经过普热梅希尔到尼赞柯维采的铁路线。

在多布罗米尔兵站的办公室里，他们要逐一进行俘虏登记，这下麻烦大了，因为在这被押送来的三百多名俘虏中，没有人能说上士所说的俄语。上士说他之所以在东加利西亚当过翻译，是因为他会俄语，不过他在三周前就订购了一本德俄字典和一本会话书，可到现在也没有收到。正因为如此，他现在都没有说俄语，讲的是蹩脚的斯洛伐克语，那是他很久以前以担任维也纳公司代表的身份在斯洛伐克卖圣·史蒂芬像、圣水盆和念珠时学到的。

上士觉得他跟这些奇怪的人根本无法交流，与其呆坐在那里虚度时光，不如走访办公室，寻找乐趣，用德语对俘虏们嚷道："你们有没有人会说德语啊？"

话音刚落，帅克便从人群中走了出来，面带笑容地向上士走了过来。上士上下打量了一番，让他立刻跟他到办公室去。

上士在一堆登记着有关俘虏们的姓名、出身和国籍的表格旁边坐了下来。下面是他与帅克的一段有趣的德语对话：

"你是犹太人，是吗？"上士问帅克。

帅克摇摇头，笑而不答。

"你没必要不承认，"上士翻译官坚定地说这话时那极度严肃的表情让帅克哭笑不得，"在你们俘虏当中，谁会说德语，谁就是犹太人。谁都知道，还不承认！哼！你叫什么？帅克，显然，连名字也是犹太人的，还抵赖什么呢？在我们这里，承认这事又不招致祸端。我们奥地利并不杀害犹太人。你是哪儿的人？哈哈，普拉加，我明白了，那是华沙附近的一个小市镇。一个星期以前，我在这里还遇到过两个从华沙普拉加来的犹太人呢！你是哪个团的？番号是多少？是九十一团？真奇怪，承认这件事有什么奇怪的呢！"

上士十分认真地拿起登记册，一页一页地翻着："九十一团是埃里温团，高加索、第比利斯的。你看，我们这里什么都清清楚楚。"

不过，帅克听了他的这番话还真大为吃惊。上士把自己没有抽完的那半支香烟递给帅克，接着很认真地对他说："这烟跟你们的马哈烟完全不同。犹太人，知道吗？我是这里的最高长官。我如果说句话，这里每个人都得发抖，没有人敢违背我的命令！我们的军队纪律和你们的也有所不同，可以说截然相反。你们的沙皇是个恶棍，我们的陛下却很开明。现在我就让你瞧瞧我们的纪律。"

"砰"的一声，他推开隔壁房间的门，喊道："汉斯·劳夫勒！"

"到！"一个身患克汀病的施蒂利亚士兵哭丧着脸，走了过来。那眼神，有种说不出的哀怨。他是兵站上供大家使唤的杂役工。

"汉斯·劳夫勒，"上士命令说，"上士我让你把我的烟斗叼在嘴里，像叼骨头的狗那样衔着，之后绕着桌子爬！我没让停你不能停！还有，你必须学狗叫，并且不要让烟斗掉下来，哈哈，否则我叫人把你捆起来！让你好好地感觉一下违背我命令的'美丽'后果！"

可怜的患克汀病的施蒂利亚士兵就在地上爬了起来，一面爬一面学狗汪汪地叫着。

上士非常高兴地望着帅克："犹太人，我刚才和你说过如何抓我们的纪律了吧？瞧见了吧？"上士得意地看到这位来自阿尔卑斯山小茅屋的哑巴士兵的脸。他后来叫喊了一声"停"！意犹未尽地说："现在你必须像狗那样叼着烟斗向我撒娇……太好了，来，乖，还要汪汪叫几声！"

房间里充满"汪！汪"的狗叫声……可怜的士兵，自鸣得意的上士……

演出结束后，上士从桌子抽屉里取出四支运动牌香烟，大方地赏给了汉斯，犒劳一下这位为了尊敬上级而牺牲尊严的士兵。之后，帅克用生硬的德语给上士讲了一个故事。话说，曾经某某团有一位军官也有这样一个听话的内勤兵，他的首长叫他做什么，他总是言听计从，从不多语。可有一次，别人问他，如果首长要求他用匙子吃首长拉的大便，他会怎么做。他竟然答说："只要我的中尉命令我吃，我就吃。可是大便里不许有一根头发，否则，我会非常难受，还会生病的。"

上士笑了："你们犹太人还真有很多好吃的东西呢！但是，我敢打赌，你们的军队纪律一定不如我们，这是无可争议的。我们现在说点儿实质性的问题吧！我现在就任命你为俘虏队的队长，太阳下山以前你一定要把每一名俘虏的姓名登记完毕；从现在开始，你一定要代他们领口粮，按每十个为一组去分；并且你必须做到一个俘虏都不能跑掉。这是不可推卸的责任，要是有人逃跑掉，我就立刻毙了你！这就是我们的军纪。军纪牢记了，否则……哈哈……"

"上士先生，我现在跟你说几句话。"帅克说。

"马上说！"上士回答说，"我不爱听，要不我现在把你送到兵营里去。你在我们奥地利待的时间已经很长了，应该，也必须了解我们的习惯。有人要和我私下谈谈……结果就是对你们这些俘虏越好，事情就会越……行了什么都别说，立刻收拾一下，带上纸和铅笔，赶快去编花名册吧！……你还要什么？"

"报告，上士先生！……"

"快滚吧！瞧，我还有很多事情呢！真是没完没了！"上士脸上马上体现出非常疲劳的样子。

帅克什么都没说，敬了一个礼，便向俘虏队走去。他暗自想：既然是为陛下效劳，只要耐心去做，一定会受到嘉奖的。

可是，编造花名册可不简单。首先，记录清楚俘虏们的名字就很不容易，沟通有障碍呀！虽然帅克也算见过世面，可是他的脑子怎么也不能接受这些鞑靼人、格鲁吉亚人、摩尔多瓦人的名字。"没有人相信，"帅克暗自嘟囔道，"鞑靼人居然会叫出这样稀奇古怪的名字：什么穆赫拉哈莱依·阿布德拉赫马诺夫、贝穆拉特·阿拉哈里、德列捷·切尔德兹、达夫拉特巴莱依·鲁尔达戛莱耶夫等，真是复杂，累不累呀！

我们的名字比他们的简单多了，像齐多霍什捷的神父就叫沃贝达。"帅克低着头，边思索边喃喃自语，不过这个问题已困扰他多年了。

不知不觉中，帅克走到了穿着整齐的俘虏队伍面前。俘虏们依次向他报告自己的姓名：津德拉莱依·哈湟马莱依、巴巴莫莱依·米尔扎哈利等。

"请慢慢讲，"帅克微笑地对每一个俘虏说，"假如你们也像我们那里的人一样，叫什么班霍什勒弗·什杰潘内克、雅罗斯拉夫·马托谢克或者洛热拉·斯沃博多娃，不就简单多了吗？"

帅克花了很多工夫才把这些帕别勒·哈莱依、胡吉·穆吉等稀奇古怪的名字记了下来。见到上士，帅克还想对上士翻译官解释一下他被抓到这儿来纯属误会。可是，他在被当成俘虏押送至此的路上，曾几次请求能合理地解决这场误会，都没有任何结果。

上士翻译官在这以前头脑就不清醒，现在也是昏昏沉沉，神志不清。

摆在他面前的是一些德国报纸，上面登载着各种广告，他一边看，一边用《拉德斯基进行曲》的调子哼着广告上的词句："我想用留声机换儿童车！""我想收购碎玻璃，以及白色的和绿色的平板玻璃！""只要学过簿记的和能做平衡表的，就能够参加会计学学习班"等，自娱自乐，不亦乐乎。

但凡有广告词对不上进行曲的，上士便竭尽所能地去克服障碍，不是用拳头在桌子上打拍子，就是双脚在地上跺节拍，手脚并用，可谓是煞费苦心。他嘴巴上被波兰白酒黏着的大胡子向两边翘着，就好像向两边撇的干刷子，略显滑稽。尽管他一直凝视着帅克，可是帅克对他这种所谓的娱乐却一点儿也没有兴趣。上士只得见好就收，极其无奈地停止了边敲桌子边跺脚的动作，不过，上士可不是等闲之辈，继而又在椅子上"嘭嘭"地敲着曲调，唱起"我不明白这是什么意思……"的曲调，然后配上新的广告词句："卡罗利娜·德雷埃尔，接生婆，随时为女士们服务。"帅克不动声响地"欣赏"着上士的表演，静观其变。

由于唱得太多了，上士的嗓子已经嘶哑了，声音越来越微弱，甚至一点儿声音都发不出来了，最后，只能一动不动地坐在那里看着整块广告。终于消停了。这时，帅克就有机会讲述自己的不幸遭遇了。帅克用他那磕磕巴巴、不熟练的德语讲述了事情的详细过程。

帅克说，他选择沿小河去费尔施泰因的想法是正确的。但是，他作为打前站的士兵，有责任选择最近道路以便早些到达费尔施泰因，可路上看见了一个从俘虏队逃跑出来的陌生俄国士兵正在池塘里洗澡。但这条路非走不可，这也不能怪罪于他。可那个俄国人一见到他，转身就跑，甚至衣服也没有穿，把所有制服往灌木丛里一扔。帅克说自己曾经听说过，在需要的时候，可以穿上阵亡敌人的制服去进行侦探工作，这样他就试着穿了俘虏扔下的制服，想看看自己穿上外国兵的衣服是个什么样子。后来，就因为这衣服，让他走上了不归路。

帅克滔滔不绝地解释完这场误会后，才发现自己说的话没有被人听进去，有点儿对牛弹琴的感觉，全都白费了：上士在他讲到去池塘边时早睡着了。帅克蹑手蹑脚地走近上士，用指头轻轻地推了推他的肩膀，却差点儿把上士从椅子上推倒，吓得帅克直冒冷汗，但上士仍若无其事地呼呼大睡。

"对不起，上士先生！"帅克对着酣睡的上士敬了个军礼，径直走出办公室。

第二天一早，军事建筑指挥部修改了原先的计划，决定将帅克所在的俘虏队直接调遣到普热梅希尔去修筑从普热梅希尔至卢巴丘夫岛的铁路。

生活还在按着原先的秩序继续，帅克仍在俄国俘虏队里过着艰苦的生活。匈牙利押送兵驱赶着所有俘虏以最快的速度向目的地行进。

他们在一个村子里休息的时候遇到了辎重队。走在队伍前面的一位军官，过来视察俘虏们。帅克从队伍中走出来，喊道："报告，中尉先生！"但是，他语音未落，马上就有两名匈牙利士兵上前，朝他背上猛捶了几拳，继而又把他拖回到俘虏队伍之中。

一个俘虏捡起了某位军官掉在帅克背后的半支香烟。军官对身边的一个小副员说，俄国也有德国移民，他们也必须上战场打仗。

在整个到普热梅希尔的路上，帅克都没有得到任何申诉的机会来说明他是九十一团十一先遣连的传令兵。直到傍晚，他们才赶到普热梅希尔。接着，他们住进了一座已被炮弹炸毁的城堡里，里面还有一个马厩，是供原来守卫城堡的炮兵的马匹用的。

　　马厩四周堆着长满虱子的麦秸。虱子在短短的麦秆上到处乱爬，密密麻麻的，移动得相当快。它们不像虱子，倒是很像蚂蚁在搬运材料搭窝。

　　一点儿用菊苣制成的黑色垃圾饮料、一大块玉米渣制成的面包，便是俘虏们的食物。

　　之后，维昂弗少校接管了他们。在以后的时间里，他是修筑普热梅希尔城堡和周围建筑物的总管。他这个人喜欢自吹自擂、自以为是、好大喜功，身边还有几个翻译当他的参谋，替他了解俘虏们有什么擅长之处，可以根据他们的能力和所掌握的知识分配合适的工作。

　　维昂弗少校打心底认定俄国俘虏装疯卖傻，不愿意承认自己的学问。有几次，他让翻译问俄国俘虏："你们会修铁路吗？"每个俘虏都异口同声地答道："我什么都不会，也从来都不知道这种事。我是个老实人。"

　　后来，他们被叫来站在维昂弗少校和翻译人员的面前，维昂弗少校先用德语问俘虏们，他们当中有谁会讲德语。

　　帅克心中暗喜，又一个机会到来了，他立刻从队伍中走了出来，站在少校的面前，行了一个举手礼，报告说他会德语。

　　维昂弗少校立即喜笑颜开，很高兴，问帅克是不是工程师。

　　"报告，少校先生！"帅克回答说，"我不是工程师，而是九十一团十一先遣连的传令兵，因为某种原因被抓进了俘虏队。事情经过是这样的，请由我细细说来，少校先生……"

　　"什么？"维昂弗大声嚷道，十分震惊，略带着愤怒。

"报告，少校先生，事情是这样的……"

"什么？你是捷克人？"少校又嚷道，"可你穿了一身俄国人的军服。"

"报告，少校先生，事情就是这样。我很幸运，少校先生很快就清楚了我的处境。或许，我们的士兵正在某个地方浴血奋战，而我却在这里虚度时光，不能参加作战。作为一名战士我感到非常难过。请批准我，少校先生，再详细对您谈谈我的情况。"

"不需要了，就这样吧！"维昂弗少校说。一方面，他叫来两个士兵，命令他们把帅克关到禁闭室去；另一方面，他和另一位军官跟在帅克的后面慢慢走着。他一面走一面和那位军官打着手势在说些什么。他的所有话都说到了"捷克走狗"几个字。从他的表情中，军官感到少校有些自鸣得意，自以为凭着他尖锐的眼光就发现了一个潜逃的叛徒。几个月来，军队里各级指挥官一再接到有关捷克军人越境潜逃叛变的密令，密令中说：有几个捷克军团的潜逃者背叛了自己的国家，投靠俄国军队，为敌人所用，尤其是帮助敌人做间谍工作。

同时，奥地利内政部正在侦察逃往俄国的某个叛变组织，但该部对境外革命组织了解甚少。直到八月，索卡尔—米里亚丁—布勃诺夫沿线的各营营长才收到密令，说奥地利前任教授马萨利克已逃到国外，并在境外进行反奥地利的宣传。师部的一个呆子还在密令中画蛇添足道："要是抓获，马上押送师部。"

很长一段时间里，维昂弗对这些奥地利逃亡者的行为感到极为困惑。后来，他在基地遇到背叛者时问道："你们在这里干什么工作？"他们甩了甩头，非常愉快地回答说："我们背叛了我们的皇帝首长！"

这之前，他只是从密令中得知有一些逃亡者在从事间谍活动，但没想到其中有一个已被他抓住而且正送往禁闭室呢。这个逃亡者是自投罗网的，真是得来全不费工夫。维昂弗少校是个爱面子的人，他想象着这一次他会受到上级表扬，还会为他的谨慎、细心和干练颁发给他奖章呢！想到这儿，少校有点儿飘飘欲仙了。

在到达禁闭室之前，他就自认为他提出"谁会说德语"这个问题是极具侦探性的，因为一见这些俘虏就让他感到可疑。

跟少校同僚的那位军官附和着，说有必要把抓到叛逃者的事通知驻防司令部，并上报一下我们下一步的处理意见以及把被告押送到更高一级的军事法庭处决。比如，少校说，只在禁闭室审讯一下就立刻处以绞刑，这实在没有纪律。必须按照军事法庭的审讯条例来裁决，法律途径将他处以绞刑，最后还要进行行刑前的详细审讯，以便查清楚是否有同党存在以及这里面会不会还有什么相关的案情。

一种固执情绪突然左右着维昂弗少校，一直埋藏在内心深处的残忍兽性也发作起来。他决定审讯之后，他要亲自将这个潜逃犯——间谍处以绞刑。他是安全且有能力这样做的，因为他有人撑腰，他不怕！这里如同战场，在靠近战场的地方发现和抓到间谍，经过审讯后，依照法律就可以毫不留情地将他们处以绞刑。上尉先生也了解，在战场上，上尉和上尉以上的指挥官都有权绞死所有嫌疑犯。

对于哪一级军官有权处理嫌疑犯的问题，显然维昂弗少校还有点儿糊涂。

在东加利西亚，那个离战场很近的地方，拥有这种生杀大权的军官级别只有愈来愈低，甚至能出现这样的情况：一个巡逻队的小副也可以命令杀死一个十二岁的孩子，只因为他在无人居住的村子里的小破屋里煮土豆皮吃而受到偷窃的怀疑。

上尉和少校之间的争吵愈来愈烈，不可开交。

"您没有这个权力！"上尉恼怒地说，"要判他绞刑，需要由军事法庭的判决！"

"没有法庭判决也可以吊死他！"维昂弗少校用他那早已嘶哑的嗓音嚷嚷道，企图以此来捍卫他的尊严。

被押着走在前面的帅克一直听完了他们这场令人忍俊不禁的对话，帅克对押送他的人说："我的事只能由上帝做决定！想当初我在利布尼一家酒店与人打赌，什么时候把那个经常在舞会上耍流氓的帽贩子瓦夏克赶出去为好。我思考半天，是在他一进门时就立刻把他撵出去呢，是等他要了啤酒，付完钱，喝完后再撵呢，还是在他跳完第一场舞以后撵他呢？真是众说纷纭，不过想着还是兴奋。酒店老板最后决定说，在整个舞会进行了一半，等那小子的钱也花得差不多了，不得不结账走了的时候，我们再赶他出去。您知道那个小子怎么了？发生了什么事吗？哈哈！他根本就没来。您说这该怎么办呢？"

两个来自蒂罗尔的士兵看着帅克，很认真地同时用德语回答说："我们不懂捷克语。"

"你们懂德语吗？"帅克又用德语问了一句。

"懂！"那两个士兵回答说。帅克说："跟自己人在一起，也许我会好一些呢！"

愉快的谈话尚未结束，他们便来到了禁闭室。维昂弗少校继续与上尉争论着关于帅克生死的问题。这时，帅克毕恭毕敬地坐在后面的长椅上。

维昂弗少校最后接受了上尉的观点，决定详细审讯帅克，也就是所谓的通过"法律途径"才能处以绞刑。

要是他们问帅克自己对这样的判决感觉如何，可能帅克会说："我很遗憾，少校先生！您的军衔比上尉先生高，可是上尉先生是正确的。莽撞行事终究要付出代价。想当年，在布拉格一个区法院里，有一位法审官疯了。一直都没有人看出他疯了，直到他有一次在处理一件伤害人格尊严案时被察觉到。有一个叫兹纳麦纳切克的人，他儿子在上宗教课时，被副牧师霍尔基克打了一记耳光，因而记恨在心。有一回他在街上碰到那位副牧师，不管三七二十一，开口便骂：'你这蠢货，你这黑妖怪，你这黑猪猡，你这信教的白痴，你这头教区的公山羊，你这耶稣学说的强奸犯，你这披着教袍的伪君子和刽子手！'这个叫兹纳麦纳切克的，一股脑儿地就骂开了。这位有疯病的法审官是个很虔诚的教徒，三个姐姐都在教区里当厨娘，孩子也都在教会学校上学。当他听到有人竟敢如此谩骂亵渎牧师时就情绪失控，又是咬牙又是切齿当时就突然失去了理智。他对着被告大声嚷嚷：'我以陛下和国王陛下的名义给你定罪死刑，不得上诉！霍拉切克先生！'法官发狂后还意犹未尽地命令看守：'把这人带下去，把他吊死在那个地方，那个拍打地毯的

456

地方，然后你们回来我请你们喝啤酒！'不用说，兹纳麦纳切克先生和那位看守看到这种情景，都吓得魂飞魄散，浑身哆嗦，而那位法审官还向他们直跺脚，脸红脖子粗地继续：'你执行不执行我的判决？'那位看守被吓得马上拽着兹纳麦纳切克先生就往外跑。当时在场的人没有一个人出来干预这件事，也没有人去向救护站求援。我不清楚兹纳麦纳切克先生后来的情况，只知道医务人员把法审官先生装上车时，他还在嚷叫：'如果我找不到绳子，就用床单吊死他，一切费用从我们半年的拨款中支出……'"

帅克最终被押到驻防司令部，因为他已在维昂弗少校编造的供词上签了字，说他作为奥地利军队的士兵，在没有任何外在压力的情况下糊里糊涂换上了俄国军服，不幸地在俄国人撤离之时，在前线被我战地警察抓捕。

这些都是事实。帅克善良憨厚，也不反对这些指控，且无法反对这些指控。在他们编造供词时，他试图补充几句能准确说明他当时的情况的话，可维昂弗少校马上大发雷霆，大喝道："住嘴，我没有问你这个！事情是一目了然的。没办法抗拒。"

帅克只好向他行了一个军礼，报告说："报告，我住嘴，事情是一清二楚的。"

然后，帅克被押送到驻防司令部昔日存放大米的仓库里，而此时，这里成了耗子的天堂。地上仍然到处撒着大米，耗子在帅克的周围跑来跑去，一边品尝粮食，一边乐滋滋地跑。帅克不得不去为自己找了一个草垫子以便于生存，但是当他能在昏暗中看见周围的东西时，耗子已把全家老小都搬到了他的草垫子上了。不用怀疑，它们是打算在这腐朽的奥地利草垫子上光荣地构建自己的新窝了。帅克用力地敲着紧闭的大门，希望有人前来，一个波兰人小副走了过去。帅克请求他帮忙调个地方，否则他躺下睡觉时，会把自己草垫子里面的耗子压死的，给国家带来损失，军粮库里的一切东西，都是国家财产呀！哪怕是耗子！

波兰人似乎明白了一部分话，可他不领情。在关门之前，他用拳头吓唬帅克，并说了一些"浑蛋"之类的话。走远了仍然还在气冲冲地嘟囔着什么霍乱病的事，莫名其妙，估计只有上帝才知道帅克是怎样得罪他的。

帅克在漆黑的牢房里安静地度过了一个夜晚，耗子对他没有多大兴趣，它们还有更重要的夜间活动：到隔壁仓库咬军大衣和军帽，它们无所顾虑地、随心所欲地在那里啃着，可爱的军需处肯定在一年以后才会想起这些物资，派来一栏不领补助的军猫进驻这类军用仓库。这些军猫在军需处文件中被列为"军事仓库皇家军猫"一队。其实，这种猫的军衔制只不过是把一八六六年战争后被废除的旧制度恢复了罢了。

在马利亚·德莱齐亚统治时期，军需处的一些首长们曾把自己盗窃军服的罪责全都推到了倒霉的老鼠身上，这样就开了派军猫到军事仓库抓老鼠的先河。

由于皇家军猫都好逸恶劳，好吃懒做，最终导致发生了这样的事情：利奥波德国王在位时期，根据军事法庭的判决，派往军事仓库的六只军猫被处以死刑。据说，当时所有与这个军事仓库有关系的人对这件事都暗自感到好笑。

清晨，给帅克送咖啡时，他们又将一位戴着俄国军帽、穿着俄国军大衣的人塞进了这个漆黑的牢房。

这个某军团反间谍处的小人说着一口波兰腔捷克语，该军团司令部设在普热梅希尔。他一开始说道："我是因为一时失足才这样的。我原在二十八团服役，不久就转向为俄国人效劳。后来我被他们抓住了。我向俄国人请求派我到侦察队去工作……他们派我在第六基辅师做事。朋友，你在俄国哪个团做事？我认为，我们有一种相见如故的感觉。我在基辅认识好多捷克人，他们和我一道上过前线，我们还一道投奔俄国军队，事隔已久，我现在已记不起他们叫什么名字，是哪儿人了！或许你还能想起某个跟你关系很好的人！我很想了解，我们二十八团还有谁留在那里？"

帅克没有回答他，而是关心地摸了一下他的额头，把了他的脉搏之后，要他站到窗前伸出舌头瞧瞧。那人听从帅克的指示！他想，这也许是间谍接头的一种暗号吧。后来，帅克就用力地敲门，看守走过来问他有什么问题，他用捷克语和德语吩咐看守马上叫医生来，说刚来的那个人是精神病。

可是，这一招一点儿也没用，谁也没有马上派人来治疗那个人。那个人只好安稳地坐着，绘声绘色地聊着基辅的事情，还说他曾在俄国部队行军中见过帅克。

"您一定是污泥浆喝多了吧！"帅克说，"就像我们那里的一位年轻人迪湟斯基一样，人倒挺机灵，但是有一次他出门旅游，不知怎么就跑到意大利去了。后来一碰上他，他就谈意大利，说那里到处都是污泥浆。他说自己就被那儿的污泥浆给害过呢！也说一年会四次在虔者节日间犯病。他一犯病，就像您似的，说他认识地球上的所有人。有时在电车上，跟身边的人搭话说他认识人家，说他们以前在维也纳火车站见过面；所有他在大街上遇到的人，他不是说在米兰火车站碰过面，就是一起在斯迪尔斯基·赫拉茨市政厅的地下酒店里喝过葡萄酒；万一他在酒店里犯病，他就会说自己认识那儿的人，是在开往威尼斯的轮船上认识的。这种病大概只有卡特辛基城新来的护士才能治吧。有一回，那儿的护士护理的一个病人整天坐在角落里，就知道数数字！反反复复地。听说这个病人以前还是个什么教授。护士见到这种状况，没过几秒，就差点儿气死了。起初，护士还耐心地教他说七、八、九、十。不过没有用，因为那教授根本就不吃这一套，还是老样子，护士实在受不了，就在他数到'六'时，在他的脑勺上使劲儿打一巴掌，说：'这是七，这是八、九、十。'每说一个数字，就扇他后脑勺一下。喏，说来也怪，她这样一做，病人反而有点儿意识了。他捂着自己的脑袋问现在他在哪儿？护士说在精神病医院。他这才想起来到这里的经过。当时，他预测出在明年七月十八日清晨六点钟时会出现一颗彗星，然而有人向他证实，早在几百万年以前那颗彗星就已焚毁了……他还说他见过这位护士。后来，这位教授完全恢复了记忆力，医院让他出院休息，他就雇了这位护士照顾他。护士不用干别的什么事，就只是每天早晨扇教授四下后脑勺。她干这事渐渐熟练又准确了。"

"你在基辅所有认识的人我也认识，"反间谍处的密探特带劲儿，喋喋不休，"不是有一个胖子和瘦子跟你在一起吗？

我现在已记不清他们的名字和团队了……"

"干吗为这件事伤神呢？"帅克安慰他说，"这样的事每个人都会经历的。谁能记得住所有胖子和瘦子的名字？特别是瘦子的名字更难记住，世界上瘦子太多了。"

"朋友，你不信任我。其实咱们俩是同病相怜的呀！"

"我们都是军人，"帅克漫不经心地说，"我们的母亲把我们生养大就是为了帮我们穿上军装。而我们死也足矣。我们愿意效忠皇帝陛下和他的皇室，我们已经为他们夺得了黑塞哥维那。死后将奉献我们的骨头去炼成糖厂所需的骨炭，造福后人。几年前，齐麦尔中尉先生就是这样对我们讲：'你们这些土匪，你们这些没有教养的畜生，你们这些没有用、懒惰又游手好闲的家伙，活着毫无意义。但如果一天你们在打仗时挨枪子儿死了，你们每个人的骨头倒还可以炼出半公斤骨炭！糖厂可以用你们这些白痴的骨炭去过滤食用糖。或许你们压根儿就不明白，你们死后多么有价值吧。也许你们的孩子将来喝咖啡放的，就是用你们的骨炭过滤出来的糖。你们这些蠢猪！'当我正在思索着中尉的话时，他已经来到我的面前，问我在想什么。我说：'报告，我在想，用军官先生的骨头炼成的骨炭一定比我们普通士兵的更值钱！'就为了这一句话，我被囚禁了三天。"

帅克的伙伴敲了敲门，跟看守说了几句后，看守就去了办公室。

没多久，一位参谋部的上士过来带走了帅克的那位同伴。可怜，又只剩下帅克守着那孤单、黑暗的牢房了。

那坏人临走时还大声地对参谋部的上士说："这是我在基辅的老朋友帅克。"

除了偶尔有人送饭，每天就只有帅克一人孤单地待在那里。

晚上，他得出一结论，俄国人的军大衣要比奥地利的大些，暖和些。他睡觉，老鼠到他耳边，也没有感到不自在。他觉得这就像是一种温柔的耳语。第二天清晨，提囚犯的解差到来，把他从那"温柔的耳语声中"叫醒了。

现在帅克已忘记，在那个凄惨的早晨，他是怎样被带到法庭，后来又是怎样受审的。他只清楚那是个军事法庭，法庭上坐着将军、上校、少校、上尉、中尉、上士和一位书记官。另外还有一个步兵，他只管给抽烟的人点火。

他们问了帅克太多的问题。

只有那位少校对这次审问很感兴趣。他说着流利的捷克语。

"你背叛了皇帝陛下吗？"他对帅克怒斥道。

"上帝啊，怎么可能？"帅克喊道，"我为什么要那样做？我没有理由背叛我曾经为之付出所有的最最英明的陛下呀？"

"少装蒜！"少校说。

"报告，少校先生！我们军人是发过誓要誓死忠于皇帝陛下的，正像剧院里唱的那样，作为一名忠诚的士兵我对得起天地良心！"

"都在这里，"少校说，"你的全部罪证和事实。"他指着桌上放的一大卷材料。这些材料基本都是他们安插在帅克身边的那个家伙供出来的。

"无话可说了吧？"少校问道，"你也承认你是奥地利的军人，是自愿穿上俄国军服的。我最后再问你一次，你是被强迫的吗？"

"不是。"

"是自愿的吗？"

"是的。"

"没有人逼迫吗？"

"没。"

"你明白你失踪了吗？"

"明白，九十一团的人现在一定在找我。但是请您，少校先生，让我解释一下我是怎样自愿穿上俄国军服的。公元一九〇八年七月的某一天，布拉格普瑞茨纳大街的一个叫博泽铁希的图书装订工到郊区兹布拉斯拉夫县的贝龙卡河的支流去洗澡，他就把衣服脱了放在一棵小柳树上。不一会儿，又有一个人跳进水中，向他游去。博泽铁希很兴奋。他们在水里聊得很带劲儿，还相互泼着水，一直到黄昏时分。后来，那位陌生人说他要回家吃晚饭先上了岸，博泽铁希先生继续游了一会儿，才上岸到小柳树边拿衣服，结果没有找到自己的衣服，却发现一套流浪汉才穿的破烂衣服和一张字条：

'当我们在水中高兴地聊天时，我就开始想：要不要拿您的衣服，我没想好。后来，上岸后，我摘下一朵法兰西菊花，数着花瓣儿，让花瓣来决定了。因此我就用我的那套旧衣服换您的了。您用不着担心，一个星期前我在多布什县监狱里灭过虱子。今后您要

463

防着和您一道洗澡的人，每个光着身子的人看起来都像参议员。您根本无法辨认他们。为了游泳丢件衣服还行。傍晚的河水最舒服了。您可以再跳下去游一次，清醒一下。'"

"博泽铁希先生百般无奈，才穿上那套破烂的衣服，向布拉格走去。他避开去县城的公路，走草地小道。路上他就被从胡赫尔出来抓逃犯的警察巡逻队当流浪汉抓住了。次日早晨，他被带到兹布拉斯拉夫县法院，而那里的人都知道他是住在布拉格普瑞茨纳大街十六号的约瑟夫·博泽铁希。"

书记官不大懂捷克语，以为那地址是同伙的，又问了一次："是布拉格十六号，约瑟夫·博泽铁希，对吗？"

"我不了解他现在住哪里。"帅克说，"他一九○八年是住在那里的。他装订的书很漂亮，在装订之前，他一定把书从头到尾先读一遍，然后再装订。如果那部书是加黑边的，你根本不用看书，就能清楚那准是一部悲剧。想了解更多的话，您可以去岛弗莱库酒店找他，他每天必定去那儿，向人们讲述他装订的书。"

少校在书记官身边悄悄地说了几句，书记官就把记录的背叛者博泽铁希的地址给画掉了。

之后，这个奇怪的法庭仍然进行突击审讯，并由费坎·冯·费坎尔斯泰因将军主持。

人各有各的兴趣，就像有些人喜欢收集火柴盒，这位先生就喜欢疯狂地组织突击审讯，虽然这样做在很大程度上违背了军事法庭条例，但他仍我行我素。

那位将军说，他不需要军事法审官，他自己再找些人就可以组成法庭，只要三小时就可以把一个健壮的大汉给吊死。如今在前线，组织突击审讯更是小菜一碟。就像有些人每天都得下盘棋，打一盘台球，或者玩玩扑克牌一样，这位大名鼎鼎的将军每天都要组织一次战地突击审讯，否则他就不痛快。他享受自己亲自主持、威严地宣判被告人死刑的快感。

假如一位感伤主义者见到这种仗势欺人的状况，可能会这样写道：他应该对很多人的生命负责。特别是在东方，正像他说的，他如同置身于加利西亚乌克兰人中间的大俄罗斯主义者所进行的那场斗争，杀人不见血。在他看来，他不会觉得自己有任何罪。他从来不会良心不安，对他来说根本不会有任何的懊悔。在一次突击审讯的判决中一个男教员、一个女教员、一个神父和一个犹太人的全家被判绞刑，他回到自己的住处显得泰然自若，就像一个刚在酒店玩完扑克的人满意地回到家里，还在回味着他刚玩牌的场景！他把绞刑看作一种再平常不过的事了，好比家常便饭一样。他宣判时总是忘记要以皇帝陛下的名义，总是说："我判处你绞刑。"而从来不说"以皇帝陛下的名义判处你绞刑"。

有时候，在判绞刑过程中他会遇到可笑的事，这些他都会写在给自己老婆的信中："……比如说，我亲爱的，你不会相信，几天前在判处一个从事间谍活动的教员时，发生了一件实在可笑的事。我手下有个上士行刑官，他很在行绞刑，绞囚犯就像玩儿一样。我坐在指挥所里，突然那上士拿着判决书来问我，要把这个教员吊到哪儿？我就告诉他吊在最近的一棵树上。接下来的事会让你笑坏了的：我们四周是宽广的大草原，一英里内没有树苗。命令毕竟是命令，上士便坐车带着教员和押送队去找树，晚上才回来，上士跑来问我：'我把这家伙吊在哪儿呢？'我骂了他一顿，我说：'就按计划吊在最近的一棵树上嘛！'他说：'明天早上我再办吧！'第二天早晨他来了，脸色苍白，说是教员昨天夜里跑了。我觉得这事太可笑了，饶恕了他们。我还风趣地说了一句，这个教员准是去找树了。你瞧，我亲爱的，我们这里热闹吧！告诉我们的小维洛什，说爸爸亲他。我不久就会派人抓一个活的俄国人回来，给他当小马驹骑。我亲爱的，还有一件可笑的事呢！有一次，我们要绞死一个犹太间谍。尽管这家伙只是个卖香烟的，妨碍了我们走路，但是我们就把他吊起来，才几秒钟，绳子就断了，他也摔了下来，但他很快清醒过来，冲着我喊叫：'我要回家，将军先生。您已经吊过我了，根据法律，不能为一件事判两次绞刑。'我被逗乐了，就把他放了。我亲爱的，我们这里真是挺快乐的……"

费坎将军当上普热梅希尔要塞司令之后，很少有机会举办那种滑稽戏了。如今他抓住了帅克显得特兴奋。

帅克正站在这只"老虎"的前面，这位将军则坐在一张长桌的前排，不停地吸着烟，听着别人给他翻译帅克的供词，不时地点点头。

少校要求打电报给旅部询问目前九十一团十一先遣连现在的驻地，为了知道被告是否属于这个连。

将军不同意，认为这样做阻碍了审讯的突击性，目前被告承认他穿了俄国军装，还有被告承认他在基辅待过，因此他建议开庭审讯，做出判决后再执行。

少校很固执，觉得有必要搞明白被告的身份，因为这是一件非常重要的政治性案件。通过弄清被告的身份能进一步找出被告在其所属部队里与什么人来往密切等。

少校简直是个幻想家。他坚持说，我们要找出的是他们的联系网，而不只是判决他一个人。判决只是审讯的某种结果，审讯则包括了解案子的一切联系网，而联系网……他被这些联系网弄迷糊了。现在大家都明白他的意思，点点头表示赞同，就连将军先生对他所说的"联系网"也相当感兴趣。他甚至想到少校所说的联系网还会给他许多新的突击审讯的机会，因此他也就不再反对给旅部发电报询查帅克是否是九十一团的人等事宜了。

此时，两个背着刺刀枪的士兵正押着帅克在走廊里等着。然后他们又对帅克进行了一次审讯，询问他是哪个团的，问完后就把他押送到了驻防军监狱。

费坎将军突击审讯失败回到家中，躺在沙发上思考着，该如何快点儿解决这件事！

这一切会很快的，但不会像他的法庭那样闻风而动。到时还得请神父来给囚犯做行刑前的祈祷，而那样也会耗掉两小时。

"总之，"费坎将军想着，"在收到旅部回音之前，为他做行刑前的祈祷，之后就处以绞刑。"

费坎将军派人把军营神父玛迪涅兹请了过来。

玛迪涅兹是一位可怜的神学教员，摩拉维亚某地的副职神父。他曾效力于一个道德低下的神。因为在那里工作非常不顺心，不得已才到军队服役的。当然，他是一位很虔诚的信徒，总是怀着很怜悯的心，想着正职神父是如何渐衰下去的，想着他拼命喝李子酒晕晕的样子。一天夜里，他从酿酒厂晃荡地回来，遇到一位流浪的吉卜赛女人，他硬是把那个女人拽到他的床上。

军营神父玛迪涅兹总认为给战场上受伤的和快要死去的士兵做祈祷，一定会给那堕落的神父赎罪。每次他一到那儿，那个神父就会吵醒他，对他说：

"伊涅契科，伊涅契科！丰满浪漫的姑娘就是我全部。"

伊涅契科并未如愿。来到这里以后，他几乎没事可干，唯一的工作就是从这个驻防军走到另一个驻防军，每隔十四天到他们的星期堂里给士兵们做一次祷告，对抗军官俱乐部的荒淫风气，因为军官们说出的下流话比那位神父所说的"丰满浪漫的姑娘"要恶心得多了！

每当要庆祝奥地利军队的光荣胜利时，费坎将军都要叫玛迪涅兹去参加。费坎将军也疯狂地爱举行战地祈祷，就是跟组织突击审讯一样。

费坎这个怪胎对奥地利异常热爱。他从不为德意志帝国或土耳其军队的胜利祷告。当德意志帝国军队战胜时，它的祭坛上则是一片沉寂，被人忽略。

曾经，奥地利侦察队在与俄国前沿哨兵发生的一次小小的战斗中，取得了很小的胜利，可司令部却把它吹成俄国整个军团遭到严重打击。费坎将军为此举行了一次隆重的祈祷礼仪庆祝胜利。可是，可悲的军营神父玛迪涅兹就觉得，费坎将军还是普热梅希尔地区天主教的最高教主。

费坎将军还亲自把礼仪程序和规模弄得像过圣体节和八日节那样显得特别隆重。

将军习惯在做完祈祷之后，骑着马奔跑在练兵场上，到祭坛前大声高呼："好啊——好啊——好啊！"

军营神父玛迪涅兹虔诚、正直，属于那些少数真心信奉上帝中的一个，所以他并不愿意去费坎将军那儿。

驻防司令费坎给玛迪涅兹神父下达完命令之后，给了他一些烈性酒喝，并给他讲了一些很可笑的《快乐篇》中发表的故事。现在的《快乐篇》则是专门供军队士兵看的。

将军收集了相当多无聊的小册子，名字都很庸俗，什么《士兵背囊中的幽默·为了眼睛和耳朵》《幽默镜子中的兴登堡》《兴登堡的段子》《费利克思·什莱彼尔的第二只充满幽默的士兵背囊》《来自我们的红烧肉大炮》《从壕沟里飞来的带汁的手榴弹碎片》，等等。还有一些乱七八糟的小本子，如《在双鹰的下面》《皇家战地伙房的维也纳烤肉排，由阿瑟·洛克什烧烤》。有时，将军还给神父唱《我们必胜》歌集里的让他放松的军歌，并不停地给军营神父倒酒，逼着他喝，甚至还让神父跟着他一起儿叫喊些脏话。这时，玛迪涅兹神父很痛苦地想起从前的那位神父，他在说脏话方面的肮脏程度也不逊于费坎将军。

军营神父意识到，去将军那里的次数越多，他的道德品质就愈是低下，为此他感到很恐惧。

这个可怜的人开始愿意喝将军给的烈性酒了；他也习惯了将军的那些低俗语言，脑海里也出现了放荡的想法。喝了费坎将军给他的陈葡萄酒掺波兰白酒、花楸酒和珠丝酒，他美得忘了上帝。在他的祈祷书的字里行间还跳跃着将军给他讲的那些姑娘。将军的邀请他也不再拒绝了。将军很喜欢他。起初，神父总是以伊格那修·罗伊奥拉殉道者为榜样，坚守刻苦坚贞的品德，后来他则慢慢地熟悉了将军周围的环境了。

夜深人静，巡逻队沉重的脚步声和他虔诚热烈的祈祷声交织回响在空中。看来他还没有在乱世中丧失对上帝的全部信仰，并且要很认真地思考这样一个问题：他应不应该每天都如此空虚地度过。

而现在，他又和往常那样浑浑噩噩地就应召去了，而从不会多想将军的阴谋。

见他到来，费坎将军满面红光地出来迎接。

"您听说了吗？"他兴奋地说，"又有个突击审讯等我处理呀！犯人是您的一位老乡。"

军营神父玛迪涅兹听到"同乡"二字，顿时十分苦恼。他伤心地看着将军。他已经多次反驳别人说他是捷克人，并且还无数次地辩解，说在他们摩拉维亚教区，有两个小镇，一个是捷克的，一个是德国的。他一个星期间隔着给捷克人和德国人传教。捷克小镇里的学校不是捷克的，而是德国的，所以很无奈，他得在两个小镇里都用德语传教。因此，他说自己并不是捷克人。有一次他这种具有逻辑性的理由却让一位坐在桌子旁的少校十分感兴趣，他接着说了一句：然而这位摩拉维亚的战地神父也就是个卖杂货的商人。

"上帝啊！请宽恕您的仆人吧，别把他送上法庭了。要是您做不到，就没有任何人能在您的面前得到拯救了。宽恕他吧，求求您了！这对您并不是件难事呀！我需要您的帮助，上帝啊，我的灵魂永远皈依您。"

后来，每次费坎将军召他去时，他都以胃痛为借口，拒不接受一切世俗的享受。他觉得说这样的谎话是必要的，这可以使他的灵魂不用在地狱中忍受漫长的煎熬。同时，他也清楚，部队有这样的纪律要求：当将军对战地神父说"使劲儿喝吧，朋友"！他也必须使劲儿地喝，以表达对上司的尊敬。

其实，他也不是每次都可以做到的，有时候也做不到这一点。特别是在将军举行盛大战地祈祷礼仪以后，又要办一次更加隆重的宴会，筵席的花费是在驻防军财务费用中扣除的。事后，当一些人要报销这些吃喝费用到财务室吵闹时，神父总会有无尽的痛苦，感到自己在主的面前是个低劣的人，而且他会吓得全身发抖。

"抱歉，"将军说，"我忘了，他不是您的老乡，他是捷克人，而且是个逃兵、叛徒，俄国人的走狗。有必要处死他！不过得过段时间，还得通过一定的程序。得等我们调查清楚了他的身份才行。不过，这倒也不是关键，只要我们弄清他的身份，就立刻把他绞死。"

将军让军营神父坐在旁边沙发椅上，兴奋地说："因为我设立了突击审讯法庭，可以依照我的原则办事，一切都必须符合审讯的突击性要求。大战初期，在利沃夫城下，我在审判完罪犯后的三分钟内，就绞死了一个身材魁梧的罪犯。那是因为他是个犹太人，至于那个俄国人，在我们休庭后的五分钟内才被绞死的。"

将军和善地说："正好一个是犹太法律博士，另一个则是俄国神父，他们俩都不需要临刑前的祈祷礼仪。可是这一次的状况却不同，我们要绞死的是个信教徒。为了不耽误时间，我想出了一个好点子，就是提早为他做临刑前的祷告。"

将军按了一下铃，对内勤兵吩咐道："给我拿两瓶昨天弄来的葡萄酒！"

过了一会儿，他给战地神父倒了一杯葡萄酒，讨好地对他说："请在准备绞刑祈祷之前喝些酒，好好舒缓一下……"

在这紧张的时刻，帅克坐在阴暗的在牢房里的破旧行军床上，唱起歌来。他清亮的歌声从牢房的窗口飘出：

　　　　我们军人个个都是男子汉，

　　　　女人们向我们献上深深的爱；

　　　　我们领饷有钱花，

　　　　四海为家多自由。

　　　　喀啦啦……哎呀呀……

第二章　行刑前的祈祷

军营神父玛迪涅兹像是舞台上的芭蕾舞演员般踏着轻盈的步子向他翩翩走来。是对天堂和陈年老酒的渴望，才使他在这惊心动魄的时刻变得如此坦然。当他向帅克走去时，他仿佛感到，在这庄严和神圣的时刻，他离上帝越来越接近了。

他身后的门立刻被关上了，屋里只剩下他们两个人。神父和蔼地对坐在行军床上的帅克说："亲爱的孩子，我是军营神父玛迪涅兹。"

神父一路上都在思索，用这样的称呼最为恰当，这样能给人一种慈父般的温暖。

帅克从床上跳起来，热切地握住军营神父的手说："很高兴结识你，我是帅克，九十一团十一先遣连的传令兵。几天前，我们的部队曾开到莱塔河畔的布鲁克。军营神父先生，请坐到我旁边来。可以告诉我，他们为什么也把您关到这里来了？您是有军衔的受人尊敬的神父，可以要求他们把您带到驻防军军官监狱的，怎么能关到这么糟糕的地方呢！这里的行军床上全

473

都是虱子呀！当然啰，有时候因为办公室工作人员的失误，也许其他什么特殊因素，有些人确实不清楚自己该被关在哪种监狱里。比如，有一次在布杰约维采，我被关在团部监狱里，有一个没有军衔的士官生竟也被关了进来。这位士官生和军营神父一样，既不是军官又不是士兵。可他却像军官那样命令士兵。后来不知道他发生了什么事，他就被关到普通士兵的牢房里了。神父先生，他们这些人就像没娘的孩子，人家不允许他们到军官食堂去吃饭，他们又不能到士兵食堂去吃饭，因为他们比士兵地位高一点儿，又没有军官官大。那时，我们那里有五个这样的人。开始，食堂里没有他们的饭，他们还可以到士兵小卖部去啃点儿干酪。后来，乌姆上尉来了，认为这不符合没有军衔的士官生的地位，就不让他们去小卖部了。那他们去军官的小卖部吧，但那里更是不让他们进去。他们不知道怎么办，心里七上八下，受了好几天的气。当他们走投无路时，有一个跳进了马尔夏河，另一个逃跑了。两个月后，那个偷跑的士官生写了一封信回来，说他在摩洛哥已经当了军政部长。而那个跳河的人被其余的几个人从河里救了上来，救活了。那人说，他跳河时忘了自己会游泳，而且他的游泳考试还获得优秀呢！等大家把他送到医院时，医院里的人也不知道该如何对待他：是给他盖军官用的毯子呢，还是盖一般士兵毯子的呢？他们实在没有办法了，索性不给他盖任何毯子，只用一条湿被单裹着他。他在被裹了三十分钟后，便请求医院让他回兵营去。那个人当时被送到我住的牢房时，浑身还是湿漉漉的。他在牢里大约待了四天，这四天他还觉得挺舒服的，因为在这里有饭吃。尽管是牢饭，可毕竟是能填饱肚子的啊！第五天，终于有人把他领走了。过了三十分钟，他转回来取帽子时，兴奋得哭了起来。他对我说：'领导终于解决了我们的吃饭问题：从现在起，没军衔的士官生可以跟军官在一起吃饭了。我们的伙食由军官食堂负责，可一定得等军官们吃饱之后，我们才可以去吃。我们同一般士兵睡在一起，一起喝咖啡和使用烟丝。'"

直到这时，军营神父玛迪涅兹才回过神来，他该打断帅克的话了，因为帅克后来说的那些事与他们开始谈话的内容已没有一点儿关系了。

"好的，好的，我的孩子！对待世间的事情，我们都应当用自己的热心和对上帝大能的无比信仰来思考。亲爱的孩子，我是来给你做刑前祈祷的啊！"

神父沉默下来，因为他觉得现在说什么都不恰当。一路上他都在想怎么说，想带领这个可怜的人仔细思索自己的一生，只要他用真心虔诚地忏悔，上帝会宽恕他的。

当他正考虑应该怎样继续这个话题时，帅克却打断了他的思路："您有烟吗？"

军营神父玛迪涅兹目前依然没有学会吸烟。这也是他来这里之前所保持下来的唯一好习惯。有时候，他在费坎将军那里做客，当他有几分醉意时，也试着吸过一种最柔和的烟，但马上又全吐掉了，那是因为他感到好像守护天使安琪儿在搔他的喉咙，呛得慌。

"我不抽烟，我亲爱的孩子！"他很郑重地对帅克说。

"这很奇怪，"帅克说，"我认识很多军营神父，他们都是些烟鬼。我真不能想象还有不抽烟、不饮酒的战地神父。我就认识一个不抽烟的，但他嚼烟草。在传教的时候，整个讲坛全是他吐的烟草沫。——神父先生，您是什么地方的人？"

"我是新伊钦人。"军营神父玛迪涅兹气闷地回答说。

"神父先生，您可能知道一个叫洛热拉·考德尔苏娃的人吧！她前年在布拉格的普拉特内尔斯卡街一家酒店工作。她生了一对双胞胎，为获得抚养金，可以更好地照顾孩子，她要寻找孩子们的父亲，结果她一下子控告了十八个男人。在这两个孩子当中，一个孩子的眼睛一只是蓝色的，一只是褐色的；而另一个孩子的眼睛，一只是灰色的，一只是黑色的。她知道，四个有这种颜色眼睛的人经常到酒店来饮酒。后来，她又发现，这双胞胎中的一个孩子跟市政府一位顾问一样，都有一条瘸腿。那人也常来酒店鬼混。另一个孩子和本市的一位参议员都是一只脚上有六个脚指头，他也常来这家酒店。您瞧，神父先生，有十八位客人与她有染，不是跟她开过房间，就是带她到家中胡搞。在双胞胎身上都有他们的特征，这能是真的吗？后来法院判定，在这么多人中间，法庭无法确认谁是孩子的亲生父亲。最后，那位女人又认定酒店老板是孩子的父亲，后来老板拿出证据，说他在二十年前就已做过下肢炎症的手术，没有生育能力。最后，她被押送到新英琴去了。神父先生，由此可见，贪心太大，通常会落得竹篮打水一场空的下场。她要是认定一个人，但不是在法庭上乱说双胞胎中这个是参议员的，也许这人、那人都是孩子的父亲。其实，按照每个孩子的出生日期就能很容易推算出谁是这个孩子的父亲。只需出五个克朗就能找到一个证人，比如门卫呀，女服务员呀，他们都会发誓说，那天晚上他们的确在这里睡过觉，当他们下楼时，那女的还对那男的说：'如果我怀了孕怎么办？'男的回答说：'别怕，我的宝贝，假如有了孩子，我来抚养。'"

军营神父陷入了深深的思索。他感到此时进行刑前祈祷很困难。他事先准备好了一整套方案，其中包括他应该对他亲爱的孩子谈些什么以及怎么个谈法，并告诉他在庭审最后的那一天，只要所有戴着绞索的军人犯罪分子忏悔了，他们就都会像《新约》中的一个作恶多端的强盗得到仁慈上帝宽恕那样，但现在似乎都没有用了。

另外，他还准备了一篇最感人肺腑的刑前祈祷词，全文共分三个部分：第一，他想让帅克知道，如果一个人能完全相信万能上帝，那么他被绞死也是愉快的。犯罪分子因为背叛了陛下，所以军事法律才惩罚他的。陛下是全军之父，军人对陛下哪怕做了微不足道的错事都应看作弑父行为。第二，他为了进一步展开自己的观点，说陛下是上帝恩赐世人的先生主，是上帝派来管理世俗事务的使者，就像教皇被派来管理宗教事务一样。背叛陛下就是背叛上帝，除绞刑之外，等待这种军人犯罪分子的，还可能会是遭人唾骂，而且遗臭万年。第三，他还指出，假如世俗的公正审判无权改变军事纪律所做出的绞刑判决，也可以通过一定程序改为处以无期徒刑，前提是犯罪分子能忏悔。这是囚犯最好的选择。

军营神父幻想会有这样一个感人的场面：他挽救了一个死囚犯，他在普热梅希尔费坎将军府上所留下的污迹就会因此被洗刷掉。

他设计他开始时这样向那个囚犯大声叫道："忏悔吧，孩子！我们一起跪下吧，你跟着我念，我的孩子！"

之后，在这个肮脏黑暗的牢房里就响起了念祈祷词的声音："上帝啊！您一向宽宏大量，宽恕有罪的人。我现在为一个士兵的灵魂向您祈祷。这位士兵根据普热梅希尔地方突击审讯的判决就要离开这个世界了。他正悔恨地、虔诚地忏悔着自己所有的罪过。请您饶恕他吧，不要让他受地狱之苦，去享受着永久欢乐吧！"

"请原谅，神父先生，您已在这里默不作声地坐了五分钟了，我们都没有交谈过。一看就明白您是第一次被关禁闭的。"

"我的目的是行刑前祈祷。"军营神父严肃地说。

"奇怪，神父先生，您怎么总说刑前祈祷呢？我是个普通人，怎能为您来做刑前祈祷呢？您不是唯一一位被关进监狱的军营神父。神父先生，说实话，我真的没有能力给任何深陷困难的人做刑前祈祷呀！有一次，我也曾经试过，可我却总是会把事情弄得很严重。您先请坐，听我慢慢跟您说。想当年，当我还住在奥巴托维茨卡街的时候，有一位叫弗什汀的朋友，他在一家旅馆里当守门人。他为人善良、正派又做事勤快。他认识街上的所有卖笑女。晚上，您任何时候到旅馆里去找他，只要说一声：'弗什汀先生，我想要一位小姐！'他就会毫不犹豫地问您：'您想要金发的，还是褐黑发的；娇小的，还是高挑的；胖的，还是瘦的；德国女人，捷克女人，还是犹太女人；没嫁过人的，还是离婚的，或者是有老公的；没文化的，还是

478

有文化的？’”

帅克在军营神父身旁，搂着他的腰，接着说："神父先生，我们来打一下赌，只要您说：'我要一个金头发的、长腿、没文化的寡妇。'过不了几分钟后，您的床上一定会有这样一个带着洗礼证的女人。"

军营神父渐渐开始感到浑身发热。帅克像慈爱的妈妈一样紧紧地抱着他，又说："神父先生，弗什汀先生的道德人品确实好得没话说，经由他牵线送到各个房间去的女人数不胜数，可他却没有要过她们一分钱的小费。有时候，有些女人想给他塞一点儿钱，他就暴跳如雷，对她喊叫说：'你这头母猪，你出卖自己的身体，已经犯下了严重的罪孽，以后无论有什么事情都不要想我再帮助你。我不是拉皮条的，你这个不知廉耻的女人！我之所以这样做，只是因为可怜你。没想到你已经堕落到这种地步，你不要再出现在公共场合丢人现眼了，若再被夜间巡逻队带走，带你到警察局关上三天牢房那就更惨了。像现在这样，你至少可以温饱，在房间里暖和地待着，谁也不会了解你在什么地方干了什么丑事。'他既然不想像狗那样接受她们的钱，便在客人身上打起主意。他开了个价码：蓝眼睛的六个子儿，黑眼睛的十五个子儿。他把各种费用都详细地写在一张纸上拿给客人看。普通人都能认可这价格。另外，要是有人希望找没有文化的姐儿，还要另加六个子儿，因为在他看来，找这样的下贱货比起找有文化的女人更开心。但是，有一天傍晚，弗什汀先生非常生气地来奥巴托维茨卡大街找我，他那样子让我觉得好像有人偷拿了他的表并且还把他从电车上一把推了下来一样。他起初只是沉默地待着，然后从口袋里掏出一瓶朗姆酒，喝了一大口，突然递给我说：'喝吧！'我们什么都没说，等解决掉这瓶酒，他突然对着我说：'朋友，我求求你帮助我，你帮我打开朝街的窗户，让我坐到窗台上去，之后你抓住我的腿，把我从四层楼上轻轻地推下去。我现在真的活够了，不再有要求了。我今生最后一个愿望，就是能找到一个真的好朋友，送我离开这个世界。我已经无法再活下去了，像我这样一个老实人，还有人告发我是犹太区放野鸡的人，竟然说我是什么拉皮条的。我们的旅馆可是一级旅馆呀！三个女服务员和我老婆都不缺身份证，也没有拖欠任何一位医生的诊疗费。假如你还把我当作朋友的话，就把我从四层楼上推下去，而且请为我做最后的祈祷吧！'接着我对他说：'你爬到窗户上去吧！'后来我就一把把他推到街上去了。——神父先生，您不用怕！"

帅克站到床上，紧接着把神父也拽了上去，对他说："您看，神父先生，我就是像现在这样抓着他，突然一下子把他推下去的！"

帅克把神父扶了起来，突然又把他推在地板上。当吓得心惊肉跳的神父正要爬起来时，帅克继续说："您看，神父先生，您没事吧！弗什汀先生也和您一样，一点儿事也没有。只不过是那窗户比这床要高三倍。当时，弗什汀先生已醉得迷迷糊糊了，忘了我是住在奥巴托维茨卡街上的大楼的最下面一层，认为我自然住在一年前的四层楼上呢！一年前我还没住在克谢蒙佐瓦大街时，他经常来我家做客。"

军营神父坐在地上惶恐地看着帅克，只见他高高地站在床上，张开双臂。

神父这时才想到该治治这个疯子了，于是结结巴巴地说："喏，喏，亲爱的孩子，还没有这儿三倍高呢！"他一面说，一面继续地移动着身体，等到了门口，突然用力地捶着门，大声叫起来。很快，门就打开了。

帅克从铁栅栏的窗户中看见神父在卫兵的带领下快速走过庭院，他一边走还一边挥舞着手。

"这回他很可能被带到精神病院！"帅克思考着。后来，他跳下床，昂首阔步地在牢房里来回走，还唱着歌：

> 他送我的戒指我没戴，
> 他妈的，为啥你不戴。
> 等我回到自己团里时，
> 我要把它装进枪膛里……

不一会儿，军营神父被带到费坎将军府。

将军府宾朋满座，正在举行宴会。这次宴会的主角是两位美丽的太太。大家频频举杯，喝着葡萄酒和甜酒。

参加早晨突击审讯的军官们，还有早晨给他们点烟的一般士兵也都来参加宴会了。

神父像童话中的幽灵一般飘进来。他脸色惨白，浑身颤抖。然而，他知道，即使刚才无故受到了惊吓，这时也应该振作起来，不能失掉自己的尊严。

最近一阵子，费坎将军对军营神父特别友好。他把神父拉到身旁的沙发上坐下，醉醺醺地问他："刑前祈祷您做得怎么样？"

这时，一位正玩得愉快的太太扔给神父一支"梅菲斯"牌香烟。"喝吧，刑前祈祷！"费坎将军一边说，一边往神父先生的绿色高脚杯中倒着酒。还没等神父把酒喝完，将军又亲自给他倒满酒，要不是神父果断地把酒迅速地喝了下去，他浑身都会被洒满酒的。

这时，将军向神父问起因犯对做刑前祈祷有什么反应。神父站了起来，很气闷地说："他疯了！"

"这肯定是一次非凡的刑前祈祷！"将军说完满意地笑了起来。大家也一起笑了起来。两位太太愉快地向神父扔着"梅菲斯"香烟。

少校由于多喝了几杯，坐在桌子另一头的椅子上打盹。此时，少校从睡梦中清醒过来，又倒满两杯甜酒，跃过椅子急忙走到神父面前，一定要这位出名的上帝的仆人跟他为友谊干杯。然后他又回到自己的座位上继续打盹去了。

正是因为"为友谊干杯"，神父被推进了罪恶的深渊。魔鬼从桌子上摆满的所有的美酒中，从快活的太太们的秋波和笑脸中向神父张开双臂。太太们架着腿坐在神父的对面，但这时，地狱中的魔鬼别西卡便从太太的裙子里注视着神父了。

可直到这一刻，神父仍坚信：在拯救灵魂的斗争中他是一个战士。

当将军的两个内勤兵抬他到隔壁房间的沙发上时，他告诉了他们自己的想法："如果你们没有偏见，以客观的角度回顾那些为了信仰而牺牲的无数名人和著名的战士时，你们就会看到一个个既悲惨而又崇高的人物以及他们感人肺腑的故事。从他们的身上，也可以了解到，当一个人心中拥有了真理和尊严，他就会蔑视任何痛苦与磨难，勇敢地去争取光明和胜利。"

他说完话就翻过身面向墙睡去了。

他睡得并不安稳。

晚上，他做了一个噩梦，梦见他白天还在尽神父的崇高的职责，晚上却变成了弗什汀，那个让帅克把自己从四层楼上推下来的旅馆看门人。

他梦见客人需要一位金发女郎，可他却送去了一个深褐色头发的女人；有客人需要一个离了婚、有文化的女人，而他却送去了一个没有文化的寡妇。

第二天清晨他醒来时，浑身冒汗，筋疲力尽。他的胃像要炸裂般难受。他总感觉那个摩拉维亚传教的正派神父与他相比就像一位纯洁的天使，而自己则满身罪恶，他感到非常羞愧。

第三章　重返部队的帅克

前一天上午审讯帅克时担任军事法审官的那位少校，就是当天晚上在将军府与军营神父为友谊干杯、频频瞌睡的那个人。

可以想象，没有人知道少校是什么时候和怎么离开将军府的。那时大家都喝得醉醺醺的，没有人看见他什么时候走了。以至于将军听不清谁在说什么。少校无故消失已有两个多钟头了，而将军还在拂着胡须傻笑着说："您说得对，少校先生。"

第二天清晨，大家到各处找也没有找到少校。他的军大衣和马刀还都在前厅的衣架上挂着，只是他的军官帽没有了。大家想，或许他在厕所里睡着了，后来又到公馆的每个厕所里去找，最后还是没有找到他的人影。少校没有找到，倒是在四层楼上发现了一位睡着了的上尉，他也是来参加宴会的客人。他跪在马桶旁边，嘴对着马桶眼儿，好像是在呕吐时太困了，后来就睡着了。

少校就这样凭空消失了。

假如有人向关着帅克牢房的铁栅栏窗户里看一眼，其实就能看见有两个人盖着帅克的俄国军大衣睡在一张行军床上，下面还露出两双鞋。

带马刺的那双是少校的，另一双没有马刺的是帅克的。

两人像两只小猫一样亲密地紧挨着。少校的脑袋枕着帅克的手，少校搂着帅克的腰，活像小狗崽挨着牝狗一样。

这并不奇怪，这是少校先生发现了自己的责任之后才出现的情况。

有时候你也许会遇到类似情况，例如，你和某人一块儿喝了一整夜酒，到了第二天上午，突然你的酒伴拍着脑袋，跳起来叫道："上帝，八点钟我该上班了！"即所谓的"突发职责感"，也就是一个犯了错的人突然受到内心谴责时的感觉。如果某个人突然产生了这种高尚的自我觉悟，那么谁都没有办法改变他的这种神圣的坚定。他要立刻回到办公室去，对他所犯的错误加以弥补。这些人就是那些不戴礼帽、被看门人在过道里看到后，而被安置在他们住所里的沙发上好好睡上一大觉的怪物。

少校也产生了这种类似的"突发职责感"。

那天夜里，少校坐在椅子上睡觉，醒来时，他突然想到要马上审讯帅克。这种对工作的突发职责感来得很猛烈，以至于他的行为自觉不自觉地变得快速和坚决起来，所以谁也没意识到他是如何突然离开的。

但是，在军人监狱的守卫室的卫兵却显然地感知到了他的到来。一石激起千层浪。

值班的上士正趴在桌子上睡觉，其他看守兵也横七竖八地在他旁边睡觉。

歪戴着军帽的少校暴跳如雷，每个人都被吓得惊慌失措，表情呆滞。他们的脸变得很苍白，绝望地看着少校，没有人的表情像士兵应有的样子，倒像一群龇牙咧嘴的猴子。

少校用拳头重重捶着桌子，呵斥那位上士说："你们这些没有责任心的人，我不知和你们说了多少次，你们这帮人全是臭猪土匪！"他转过身又向着那些不知所措的士兵喊道："士兵们，看你们这副样子，不论你们是躺着，还是站着，你们那种表情活像是吃了一车厢烈性火药似的。"

之后，他严肃地向大家作了有关看守兵职责问题的又臭又长的训话。最后，他宣布马上打开帅克住的那间牢房的门，说他要对囚犯进行一次详细的审讯。

就这样，在深夜，少校来到了帅克的牢房。

当他迈进牢房门时，他在宴会上喝的那么多甜酒、烈酒也不住地混合在一起，并开始在肚子里翻腾起来，最终爆发出一阵巨吼，命令看守兵交出牢房的钥匙。

值班上士在这重要时刻仍不敢忘记自己的责任，坚决不交出钥匙。想不到这却给少校留下了不错的印象。

"你们这帮臭猪土匪！"少校对着院子吼道，"你们如果不立刻拿出钥匙，我立刻给你好看！"

"报告，"上士回答说，"您要是再这样逼我，很无奈，我只好也把您关起来了。但是，为了您的安全，我们会在这里设岗放哨，以防止危险的囚犯伤了您。无论什么时候要是您想出来，敲敲门就行了！"

"你这个傻瓜，"少校骂道，"你是个狒狒，骆驼！凭什么你认为我会害怕囚犯？我审讯他的时候，还需要你设什么岗吗？你去死吧，快把我关起来！你就在外面等着吧！"

在牢门上方窥视洞里的提灯架上有一盏点着灯芯草的煤油灯，昏暗的灯光正好够少校看到刚刚被嘈杂的声响吵醒的帅克。帅克稍稍起身立正站在自己行军床的旁边，默默地耐心等待着少校这次专程的来访，看他又要搞什么名堂。

帅克想，也许他应该向少校先生报告一下，于是他便抖擞精神地大声喊道："报告，少校先生，一名被关的士兵，其他一切安好。"

少校突然想不起来他到底来这儿是干什么的，便回答说："稍息，那犯人在哪儿？"

"报告，少校先生，我就是那兵。"帅克骄傲地说。

但是，少校并没有留意帅克的回答，因为将军的葡萄酒、烈性酒正在他头脑里发生着最后的酒精反应。他哈欠连天，任何文官要是像他这么个打法，都会把下巴颏儿打掉的。但是少校这种打法却使他想引吭高歌，他便很主动地倒在帅克的行军床上，用小猪崽被宰前发出的那种凄厉声音唱起歌来：

啊，圣诞树！啊，圣诞树！
你的翠绿树叶是多么漂亮！

他反复地唱着，有时候还冒出几句听不出来的歌词。

之后，他像小狗熊一样躺在床上翻来覆去，然后把身子缩成一团，打起呼噜睡着了。

"少校先生，"帅克想叫醒他，"报告，您会被虱子咬的！"

帅克没能叫醒他，因为少校睡得太沉了，这时如果把他扔到水里，他也不会醒的。

帅克看着他，轻柔地说："你就睡吧，酒鬼！"说完，为少校盖上军大衣，之后他自己也钻进大衣下面，跟少校一块儿睡了。第二天上午人们便发现他们俩紧紧地挨在一起。

第二天上午九时，大家都在寻找少校。这时，帅克从行军床上爬起来，该叫醒少校先生了。他用力地摇晃着少校，掀开他身上的俄国军大衣，把他拉起来坐在行军床上，这才使少校渐渐地清醒过来。醒来时，他愣愣地望着帅克，想知道到底发生了什么事。

"报告，少校先生！"帅克说，"守卫室的人已经到这里看了您好几次了。一看您还活着，我就没有冒昧地把您叫醒。我也不清楚您平时的睡眠时间是多长，沃赫希霍夫采的啤酒厂有个箍桶匠，他平时到早晨六点才醒，如果多睡了十二分钟，睡到六点十五分，那他就肯定要睡到中午才醒。他一直就有这么个毛病。之后，工厂把他辞了，他气愤之下就对教会和我们王室家族中每一个成员破口大骂。"

"你是个笨蛋，是吗？"少校有点儿气馁地说，因为他从昨天起脑袋就很晕，不知道他怎么会坐在这里，怎么守卫室的人总往这里来，怎么站在自己面前的这位男子总是絮絮叨叨地说些不着边际的话。他感觉到所有的事都非常奇怪。他依稀记得昨天夜里他到过这里，但是怎么来到这里了呢？

"我夜里来过这里吗？"他半信半疑地问道。

"报告，少校先生，"帅克回答说，"从您昨天所说的话来看，我感觉您是来审讯我的。"

少校猛然间记起，他看了一下自己，又看看身后，觉得好像在寻找什么似的。

"少校先生，您不用紧张，"帅克说，"您现在和我刚来时一样。您来的时候没有穿军大衣，没带军刀，只戴了一顶帽子。您睡觉时把帽子枕在头底下，我把它从您的手里拿出来放在那里了。那样讲究的军官帽就像高筒大礼帽似的，只有罗捷尼采的卡尔德拉斯先生才会拿它做枕头呢！他一般在酒店里的长板凳上，枕着那顶高筒大礼帽睡觉。他是个唱丧歌的，每次送葬，他都戴着那顶高筒帽。回来后，他就小心翼翼地把高筒帽枕在脑袋底下，还提醒自己别把它压皱了。他整晚压着帽子，由于他轻盈，非但没有压扁帽子，却把帽子变得更整洁，更漂亮了，因为他翻身时，头发总是慢慢地刷着和熨着那帽子。"

这时，少校终于知道发生了什么事。但他仍然呆呆地看着帅克，只是重复说着："你这个呆子，你明白吗？我要从这里离开……"他站起身来，走到门口，"当当"地敲门。

门还没开，他又转身对帅克说："要是不来电报，你，你，就会被绞死！"

"由衷地感谢您，"帅克说，"我清楚，少校先生，您很关心我，不过，少校先生，您在这里的行军床上抓到什么东西了吗？假如是只小小的、红红的，那就是公的；假如只有一只，没有找到那只有大大的肚皮和灰红色条纹的小东西，那就好，否则它们就是一对。这些小东西繁殖力很强，比家养的兔子还强呢！"

"别废话了！"看守兵来开门时，少校疲惫无力地说。

少校在守卫室里没什么暴躁的动作，反而很亲切地吩咐他们叫来一辆四轮马车。马车在通向普热梅希尔破烂的石子路上行驶。此时，少校脑海里只有一个想法：囚犯是个十足的笨蛋，很显然是被冤枉了。至于少校自己，现在要么回家自杀；要么派人到将军府把军大衣和军刀取回来，然后去城里浴池洗澡，再在沃尔格鲁贝尔酒店待会儿，品味甘甜的佳酿，吃些美味的佳肴，同时向市剧院订戏票，去看看当晚的戏剧。

他在回家途中，选择了后者。

就在这时，有一个意外在家中等待着他。他回来得非常凑巧。

费坎将军站在走廊里，一只手抓着少校的内勤兵的衣领子，大声地冲着他喊道："你把少校弄到哪儿去了，浑蛋？快说，你这个浑蛋！"

内勤兵没法回答，原因是将军正掐着他的脖子，他的脸都变青了。

少校进门时看见的就是这样的一幕，他的军大衣和军刀被可怜的内勤兵放在腋下夹得紧紧的，这当然是内勤兵从将军府前厅刚取回来的。

少校看到这种情况，感到很窝心，便站在半掩的门后继续看他忠实的奴仆是怎样受惩罚的。他总是认定他的内勤兵有小偷小摸行为，可是没有想到他还具有这样可贵的品质。

为了从他的口袋里取出电报，将军松开了脸色青紫的内勤兵。后来又打了他几嘴巴，并且边打边骂道："你把少校弄到哪里去了，浑蛋？你把自己的少校、军事法审官弄到哪里去了，浑蛋？你必须把这份公务电报交给他！"

"我在这里。"得霍昂特少校在门口喊道。当他听到"少校军事法审官"和"电报"等专业用词时，马上又想起了自己的职责。

"啊！"费坎将军说道，"你回来了！"他的口气带有讥讽的意思，少校不敢作声，不知所措地站在那里。

将军让他随自己到房间里去。在他们坐下来之后，将军把那封使内勤兵挨打的电报扔在桌上，气愤地对他说："看吧，这就是你做的好事！"

少校看电报时，将军从椅子上跳起来，气恼地在房间里走来走去，椅子和凳子被都碰倒了。他愤怒地嚷着："我非杀了他不可！"

电报上写着：

> "步兵约瑟夫·帅克，十一先遣连传令兵，在本月十六日奉命寻找宿营地，在前往黑罗夫—费尔施泰因的路上失踪。请尽快将步兵帅克送到沃雅利奇旅部。"

少校拉开抽屉，拿出一张地图详细查看，然后思考着费尔施泰因在普热梅希尔东南部，两个村庄相距四十公里，而整个防御阵地是安排在从索卡尔—吐尔泽—科兹罗沿线，那么帅克是如何穿着俄国军装出现在离前线一百五十公里的地方呢？这是一个极大的谜团。

少校把自己的想法汇报给了将军，并且把电报中提到的前几天帅克失踪的地方指给他看。将军像愤怒公牛似的咆哮了起来，这时他感到自己以前组织的突击审讯等一切努力都要白费了。他走到电话机旁，接通了守卫室的电话，命令他们马上把囚犯帅克带到少校住处。

在他们奉命带囚犯时，将军又无数次怒骂，说他本该承担风险，应该不用审问，直接处死犯人。

少校则有不同的观点，认为权力和正义是相对应的。他讲了历史上太平盛世时期法庭审判的公正性、法庭审讯上的谋杀行为，还有另外很多的问题。总之，他要想方设法为他昨天的失职行为狡辩。

帅克终于被带来了。少校要帅克说明一下他在费尔施泰因究竟做了什么，又为什么会穿上俄国军装。

帅克做了相当详细的解释，并说了几件他遇到的困难。少校又问他为什么在法庭审讯时没有解释这些情况呢，帅克回答道，当时没有人询问他怎么会穿上俄国军大衣的，只是问："你承认你是自愿的而不是被逼穿上敌人的军大衣的？"由于这是事实，我只能说："当然——是——就是的——是这样——毋庸置疑。"但他愤怒地对审讯判定他背叛陛下的结果做出反抗。

"这个人真是个白痴，"将军对少校说，"在池塘边随便换不知道什么人丢下的俄国军装，然后又迷迷糊糊地让人家把他抓到俄国俘虏队里去，这种事只有白痴才会做得出来！"

"报告，"帅克回答说，"说实话，有时我也在反思自己，我确实是个弱智，特别是在晚上……"

"闭上你的臭嘴，你这浑蛋！"少校骂道，马上转过身询问将军怎样处置帅克。

"就让他们旅部去绞死他吧！"将军最后决定说。

一小时后，帅克被押送到火车站，准备送他到驻扎在沃伊利契的旅部。

在被关押期间里，帅克留下了一样小东西作纪念：他从三根柱子上掰下一些小木块儿，在墙壁上刻出他在服兵役以前吃过的全部菜汤、调味汁和配菜的清单，以表达他对二十四小时内没有给他任何食物的抗议。

连同帅克一起送往旅部的还有一张字条：

"根据四六九号电报的意见，送上十一先遣连的逃兵约瑟夫·帅克，请旅部做进一步处理。"

后来，帅克在四个士兵的押送下来到驻扎在沃耶利奇的旅部。

这期间，旅部发生了翻天覆地的改变。

上校哈奥宾西担任了旅长。他颇有军事才能，这体现在他那双患有风湿病的腿上。他在国防部里认识许多高级军官，由于他们的帮助他才没有退休，而且通过在各大军事机构的周旋，还获得了丰厚的薪俸和各种战时补贴。要不是他的风湿病突然发作而闹出了一些蠢事，他还会稳当地继续当上校。后来，他被调到其他地方工作，俸禄也有所增加。他跟军官们一起吃饭时，其他事不谈，而只喜欢说他那红肿的脚指头，说有时候脚指头大到必须请人为他特制双特大号的鞋。

一吃饭时，他就愿意和大家说他的脚指头是如何流脓和出汗的。他是个和善的人，对待下级军官非常温和。他经常向下面的人说，他没有得这个病以前，食欲很好。

当帅克被带回旅部时，托彼中尉正坐在上校办公室里。押送队按照值日官的命令将帅克和一些文件一并交给了哈奥宾西上校。

在部队从萨克诺行进到桑博尔这段时间中，托彼中尉又发生了一场意想不到的事情。十一先遣连在费尔施泰因遭遇了去萨多瓦·维什尼亚的骑兵团马队。

这时，托彼中尉不清楚怎么突然要在卢卡斯上尉面前显示他的马术。他一跃跳到一匹马的背上，那马驮着他快速地向那山谷的深处奔去，不一会儿，就消失得无影无踪了。之后才发现他深深地陷在一小片沼泽地里。据说，他当时陷在那里的样子，甚至连最能干的园丁也望尘莫及。当人们用绳索把托彼中尉拽上来时，他却没有任何怨言，只是气若游丝地呻吟着。后来，人们把他安置在旅部的一处小型战地医务室里。

几天后他才清醒过来，医生说，再在他的背和肚子抹上两三次碘酒，他就可以痊愈回到自己的部队了。

这时，他正坐在哈奥宾西上校的旁边，讨论着各种疾病问题。

由于他了解帅克在费尔施泰因附近神秘消失的事，所以他一看到帅克就大声喊了起来："我们终于找到你了！很多人在外面游荡后成为凶猛的野兽回来，你就是其中之一。"

这里还应补充几句：托彼中尉因为骑马遇险得了轻微脑震荡。因此，我们不必吃惊他走近帅克时，还大声地朗诵诗文，呼唤上帝来帮着惩罚帅克。再补充几句：在哈奥宾西上校没有发病的这段时间，他的办公室里总是坐满各个官职的军官，因为在这种特殊情况下，他非常快乐，很健谈，他喜欢人们围坐在他的身边，听他讲些乱七八糟的故事，夸耀他见识独到，给别人带来了欢乐。说他们听了这些故事，哪怕是十八世纪劳登将军时期就有的段子，也会哈哈大笑。

今天，各级军官都跟在帅克身后走进上校的办公室，看他如何惩罚帅克。这时，上校正看着少校从普热梅希尔写给旅部的呈文。

这时，托彼中尉继续按他的习惯，以巧妙方式跟帅克谈话："你显然不了解我，要不，你会被吓死的！"

上校没能看懂少校写来的呈文，因为那位普热梅希尔的少校在写这份呈文时，体内酒精正在起反应。

正好此时，哈奥宾西上校的心情舒畅，因为昨天和今天他的脚并没有不适，所以脚趾没有肿胀，平静得像温驯的小羔羊一样。

"你到底发生了什么事？"上校用亲切的口吻问帅克。托彼中尉看上校这么温和地和帅克说话，心里很不痛快，立刻替代帅克回答说：

"上校先生，这个兵，"他向上校介绍帅克说，"他总爱装疯卖傻，想用假象来遮掩自己的卑劣行为。尽管我不清楚公函上写的什么内容，但是我完全能够想到，这个家伙准犯了错误，并且情节非常严重。要是您允许的话，上校先生，请让我看一下公函，我保证会给您提供一个惩罚他的适当办法。"

托彼中尉认真地阅读少校从普热梅希尔写来的公函。看完后，他幸灾乐祸地叫了起来："这回你可完了！你的军装哪儿去了？"

"我应该放在池塘边了，因为当时我想试试这套俄国军装是否合适。"帅克回答说，"这只不过是一场误会！"

帅克开始向托彼中尉解释因为这场误会他所遭受到的一切不幸。等他说完以后，托彼中尉冲着他喊起来：

"现在你知道了吧。你知道，丢失国家财产究竟意味着什么？你懂吗？你这浑蛋！你知道战争时期没有军装意味着什么吗？"

"报告，中尉先生！"帅克回答说，"士兵如果丢失了军装，当然要再去领一套新的装备。"

"上帝啊！"托彼中尉大喊一声，"你这个浑蛋，你这个畜生，你如果再拿我寻开心，我就让你在战后永远服兵役！"

一直不吭声地坐在桌旁的哈奥宾西上校的脸突然皱成一团，脸色非常难看，同时他那一直安分的脚指头因为风湿病发作，使其从一只听话的绵羊变成了暴躁的猛虎，他就像被六百伏特的电流穿过身体一般难受，他的四肢像被大铁锤一一敲碎一样。哈奥宾西上校只是挥了挥手，用虚弱嘶哑的声音喊道：

"你们都出去，给我左轮手枪！"

在场的人看到这种情况都跑了出去，看守的卫兵带着帅克走到廊上。那里只剩托彼中尉，他想借此机会添油加醋、添枝加叶地告帅克一状，这时，他就向龇牙咧嘴的上校说："上校先生，请允许我提醒您，这个兵……"

这时，上校正痛苦得难以忍受，顺手抄起墨水瓶就向中尉扔去。心惊肉跳的托彼中尉急忙向上校行了一个军礼说："当然啰，上校先生！"然后便走了。

过了很长一段时间，仍然能听到上校办公室里传出来的怒吼和哀叫声，又过了很长时间，才停止了痛苦的呻吟：上校的脚指头突然又不痛了，风湿病的突发症又过去了。上校按了一下电铃，命令把帅克带进来。

"你怎么了？"上校问帅克。他感觉帅克有一种说不出来的轻松自在之感，就像在海边沙滩上自在地散步一样。

帅克友好地对上校笑笑，对他讲述了自己的所有遇险经历，并说他是九十一团十一先遣连的传令兵，不知道现在连里没有他会不会不方便！

上校也笑了，后来下令："给帅克办一个顺利通过利沃夫到佐尔坦采车站的军事通行证，他们连队明天就会到达那里；再让他从仓库里领一套新军装，并发给他八十二个克朗作为路费。"

当穿着奥地利新军装离开旅部准备去火车站时，帅克严谨地按军纪向托彼中尉报告，给他看文件，还关心地问他，有没有什么话要捎给卢卡斯上尉的。

托彼中尉只是说了一句"你滚吧"。望着帅克远去的身影，托彼中尉喃喃地说："你还不了解我，耶稣马利亚！你会了解我的……"

在佐尔坦采火车站上，士兵被察冈那大尉召集在一起，就缺十四连的一位"后卫"，他在部队进行途中走失了。

帅克来到这座小城之后，随即发现了这座小城与其他地方的不同之处：从繁忙的景象中可以看出，距离前线不远。到处都是炮兵队和运输队，所有部队的士兵在同一所房子里随意进出。

有几个穿着土耳其大袍子的犹太人正指着西方天空中的烟云，挥着手，高喊着："沿布格河的乌吉什古夫、布斯克和德雷维尼亚等地方都烧起来了！"

硝烟声、爆炸声到处回响，也有人在高喊："俄国人正在炮轰格拉波维、卡明克、斯特鲁米洛。整个布格河沿岸都打起来了，士兵们正从布格河败退，企图逃回家呢！"

到处是一片混乱不堪。没有人清楚，俄国人是再度进攻还是继续全线撤退。

那些随意散布谣言和虚假信息的犹太人被战地警察队员押送到城防司令部。这些可怜的犹太人恐慌极了，在那里，他们被严刑拷打，直到体无完肤，才被放回家。

在这硝烟弥漫的混乱时刻，帅克来到了这座小城，来寻找自己的连队。在火车站上，他差一点儿跟兵站指挥部的人动起手来。当他来到专门为走失士兵寻找部队的服务站点时，在桌子旁边坐着的一位小副冲着他喊起来，嘲笑般询问是否要亲自帮帅克寻找部队。帅克说不用，只是想了解一下九十一团十一先遣连驻扎在城里的什么地方。帅克强调说："对我来说，这很重要。我要知道十一先遣连的地址，因为我是这个连的传令兵。"

这时，坐在另一张桌子旁的一位指挥部上士却暴跳如雷，对着帅克喊道："该死的蠢猪，如果你是个传令兵，你就肯定清楚自己的先遣连在什么地方！"

还没有等帅克回话，指挥部的那位上士就走进了办公室。不一会儿，他从里面带出来一位肥胖臃肿的上尉，后者就像某个屠宰公司的大老板。

那位胖上尉一进来，上士马上用德语喊道："立正！"上尉问帅克："你有证件吗？"

帅克递上自己的证件。上尉确认他是从旅部到佐尔坦采找自己先遣连的，就把证件还给了他。他对坐在桌旁的那位小副说："审问他！"说完又回到隔壁的办公室，关上了门。

等上尉关上门以后，那位指挥部上士拽着他到门口，对他说："去你的吧，你这浑蛋，快给我滚出去！"

帅克又开始大海捞针般寻找自己的连队了。他现在非常渴望能马上找到某个认识的同志。他在街上漫无目的走着，也没有遇到一个认识的人，最后他决定豁出去。

帅克在路上拦住了一位上校，用生硬的德语请求他帮忙，问他是否清楚他的先遣营和先遣连驻扎在哪里。

"你可以用捷克语跟我说话。"上校说，"我也是捷克人。你们营就驻扎在铁路那边的克里姆托瓦村里。你们营某个连的人刚进城就在巴沃拉克广场跟人打起架来，所以他们不能住在城里了。"

随后，帅克就前往克里姆托瓦村。

上校叫住帅克，从口袋里掏出五个克朗给他买烟，又友善地跟他说再见。他看着帅克的背影，暗自叹息："这是多么可怜的一位士兵呀！"

帅克在通向村子的路上边走边想着那位上校。

后来，他轻而易举地就找到了营部。

现在营部军官们正在一个希腊天主教神父死后留下的住宅里举行盛大宴会。他们凑钱买了一头猪，耶拉笛伙夫正给军官们准备着猪肉席。很多军官的内勤兵都围着耶拉笛看他做菜，尤其是军需上士更加来劲儿，他还给耶拉笛出主意教他怎么切才能给自己留出一块猪头肉。

在这些人当中，眼睛瞪得最大的是永远吃不饱的帕列。或许吃人的野人就是这样贪婪地望着铁叉上穿烤着的传教士是怎样流油以及迫切地闻着在煎炸时散发出的诱人香味的吧！

这时，营里的军官们已经聚集在楼上，正急切地等待着厨师们给他们准备美酒佳肴。

这时候，帅克已经走进营部办公室坐下来了。这里只有志愿兵莫列考一人。作为营史编写员，他正利用全营在佐尔坦采停留的机会，抓紧编写他们营未来要进行的几次战斗胜利时的场景，以留作他写营史时的资料。

帅克进来时，莫列考正在起草场景描写。

"看！"帅克对志愿兵说，"我们又见面了！"

"我的神哪，让我好好看看你！"志愿兵莫列考惊讶地说，"嗯，你身上真的有一股监狱里的味道！"

"不要紧，"帅克说，"就是一场小小的误会。你在干什么？"

"看，"莫列考说，"我在写保卫奥地利的英雄们呢！"

"你一点儿都没有变。"志愿兵对帅克说。"没有变。"帅克回答说，"我也没有时间去想这些事。他们想枪毙我，可这还不是最坏的。最坏的是我从十二号起就没有军饷领了！"

"你现在在我们这里恐怕也拿不到军饷，因为我们马上就到索卡尔去了，要等打完这一仗以后才能发军饷呢！现在我们就要节省开支。我计算了一下，打仗要用十四天，这样，每阵亡一个士兵就可以节省二十四克朗至七十二克朗。"

"你们这里还有什么新鲜事吗？"

"首先是我们有个'后卫队'走丢了；然后是军官们要在神父家举行猪肉宴会；还有，士兵们都跑到当地的村子里鬼混去了。对了，今天上午还抓了你们连的一个士兵……此外，我还要告诉你一件对你至关重要的事，营里已经发布命令要逮捕你了！"

"这没事。"帅克说，"他们的决定非常正常，营里应该这样做，就是下逮捕令抓我，这也是他们的职责，因为他们很久没有我的消息了。这不能说营部做事不负责任。对了，你刚才说所有军官都在神父家吃猪肉宴，是吗？我得去看看，我要向他们报告我归队了。再说，卢卡斯上尉也还在为我担心呢！"

帅克昂首阔步地向神父家走去。

帅克沿着神父家的楼梯往上走时，楼上军官们的嬉笑声已传入了他耳朵里。

军官们正酣畅淋漓，随意地聊着天。当大家正议论着旅部的混乱现象时，旅部副官却辩解说："对于帅克的事，我们曾发过电报，帅克……"

"到！"在半开着的门后，帅克用德语喊了一声，之后他走进来，又重复一遍，"到！报告，步兵帅克，十一先遣连传令兵到！"

帅克看见察冈那大尉和卢卡斯上尉那惊愕的脸有一种隐约的绝望神色，他还不等他们反应过来，便大喊道：

"报告，他们说要枪毙我，说我背叛陛下。"

"我的上帝，你在瞎说什么，帅克？"脸色惨白的卢卡斯上尉有气无力地叫喊道。

"报告，全部事情的经过就是这样的，上尉先生……"

帅克细致地讲解了他经历的所有事情。

大家惊讶地看着他，听他叙述着事情的整个过程。帅克说得非常详细、全面，连他在池塘边遇到不幸时，那里还长着勿忘我草的事都和大家讲了。然后，他又把路上遇到的鞑靼人的名字也说了一遍，如哈里莫拉巴里贝、沃里沃拉瓦里威、马里迈勒马里梅等。卢卡斯上尉实在听不下去了，说："我真想给你一脚，你这畜生，你接着说吧，简练明白点儿！"

帅克依然按照自己的方式继续往下说，说他们是如何带他到将军和少校那里接受突击法庭审讯的；还提到将军左眼是斜视，少校有一双蓝眼睛。

"那蓝眼睛啊，滴溜溜地转，一直在盯着我看呀！"帅克还声情并茂地补充了一句。

十二连连长热麦尔豪气地将一只小瓶子扔向帅克，那是他一直用来装从犹太人那里买来的烧酒的瓶子。

帅克接着说，后来他是如何进行临刑前的祷告，搂抱着少校一觉睡到大天亮的；然后，他们把他带到旅部；当营部命令把他当成失踪者带回到自己部队时，他又怎样在那里为自己进行精彩的辩护的。然后，他把证件拿出来交给察冈那大尉看，说由此可以证明，他确实是通过旅部高级诉讼程序排除了嫌疑之后才被释放出来的。他又补充说："请允许我报告，由于脑震荡的缘故，托彼中尉先生现在还待在旅部，他让我代他向大家问好。我请求部队补发给我军饷和烟草费。"

察冈那大尉和卢卡斯上尉相互暗示了一下。但就在这时，房门开了，伙伴们端进来一盆盆香气四溢的猪肝汤。

这是他们期待了很长时间的第一道美味佳肴。

"你这个该死的，"察冈那大尉在美酒佳肴送来的时候，就对帅克说，"这次猪肉宴救了你！"

"帅克，"卢卡斯上尉接着说，"如果你再犯什么错误，谁也救不了你！"

"报告，那样我肯定会受处罚的。"帅克行了一个军礼说，"既然当兵，就该遵守纪律……"

"快滚吧！"察冈那大尉冲他喊道。

从那里离开后，帅克来到楼下的伙房里……